포르말린 핑크
Formalin Pink

포르말린 핑크
Formalin Pink

초판 3쇄 찍음 2015년 8월 24일
초판 3쇄 펴냄 2015년 8월 31일

지은이 | 리 밀
펴낸이 | 정 필
펴낸곳 | **(주)뿔미디어**

기획 · 편집 | 이은정

출판등록 | 2002년 9월 11일 (제1081-1-132호)
주소 | 경기도 부천시 원미구 소향로 17, 303(두성프라자)
전화 | 032)651-6513 / 팩스 | 032)651-6094
E-mail | dahyangs@naver.com
블로그 | http://blog.naver.com/dahyangs
홈페이지 | http://bbulmedia.com

값 9,800원

ISBN 979-11-315-6320-5 03810

포르말린 핑크

Formalin Pink

리밀 장편 소설

DAHYANG ROMANCE STORY

C o n t e n t s

포르말린 핑크 [Formalin Pink]

가까이 좀 오지 마.

……만지고 싶잖아, 자꾸.

1

프롤로그

고백 vs 독백

"나 있잖아."

"말해."

"좋아하는 것 같아. 승하 선배."

한숨처럼 터져 나온 유원의 자그마한 목소리에 지후가 눈을 치켜떴다. 전공서적에 한창 몰입하던 터라 시선만 올린 것이겠지만 단번에 위로 치켜떠진 눈동자는 매우 날카롭게 초점을 잡았다.

사납고도 거친, 그러면서도 예리한 눈빛은 꽤나 위협적이었다. 마주 본다는 것 자체가 무리였다. 지속하기란 더더욱 곤란한 수준의 냉기 어린 표독함이 까만 눈동자 가득 고스란히 내비쳤다.

하여간 쌀쌀맞은 건 알아줘야 한다니까. 시니컬한 무표정에 싸늘한 눈빛까지 더해지면 지후는 말 한 마디 건네는 것조차 어려운 살벌 모드가 되고 만다. 범상치 않게 잘생긴 외모가 하등 쓸모

없이 돼 버린달까. 어찌나 야무지게 노려보는지 오금이 다 저렸다. 그나마 오래 봐 온 터라 익숙해짐이 다행이었다.

잠자코 눈만 깜빡이는 유원을 매섭게 노려보던 지후가 곧 시선을 내렸다. 그러고는 아무 일 없던 것처럼 전공서적 읽기에 집중했다. 침묵이 시작됐고, 덕분에 유원은 잠시나마 홀로 생각을 정리할 시간을 벌게 됐다. 그렇다고 해서 속이 진정되진 않았다. 되레 더 불편해진 것만 같아 은연중 애가 탔다.

말한 이유라면, 글쎄.

일종의 푸념이었다. 꾹꾹 눌러 담아 두자니 답답해 견딜 수가 없었다. 누군가 그랬다. 고민을 말이나 글로 표출하면 스트레스가 어느 정도 줄어든다고.

딱 그만큼의 기대로 고백을 해 버렸다. 것도 당사자가 아닌 이에게. 대뜸. 뭔가를 더 바라고 털어놓은 건 아니었지만, 저렇게 귓등으로도 안 듣는 친구 녀석이 유원은 못내 서운했다.

어쩌면 바랐는지도 모르겠다. 한심하다고 말해 주길. 그래서 이 가슴앓이가 조금이라도 덜어지기를. 근데 괜한 짓을 했나 싶다. 제 볼일이 아니면 결코 티끌만큼의 관심도 주지 않는 냉혈한 서지후를 얕잡아 봤다. 침묵으로 일관하는 게 차라리 다행이다 싶게 직설적인 화법의 녀석이란 것도 그제야 새삼 깨달았다.

이내 유원이 무거운 한숨을 내쉬고는 고개를 떨궜다. 어쩌자고 시작했을까, 하는 너무도 늦은 자책을 하며 멍하니 책상을 내려다봤다.

승하의 얼굴이 눈앞에 아른거렸다. 살가운 눈웃음을 떠올리자 심장이 또 괜스레 콩닥콩닥 요동을 쳤다.

진짜 어쩌면 좋을까나. 하아.

아무런 무늬도 없는 회백색의 책상 표면을 뭐라도 있는 듯 넋을 놓고 들여다보던 유원이, 이윽고 갑작스러운 인기척에 고개를 들어 올렸다.

거칠게 책장을 덮은 지후가 주섬주섬 가방을 챙기며 몸을 일으켰다. 물끄러미 올려다보는 유원을 향해 지후는 그저 무뚝뚝하게 입을 열었다.

"안 일어나고 뭐해."

"집에 가게?"

"그럼 뭐, 당직도 아닌데 밤샐 줄 알았어?"

"몇 시간 더 있다 갈 거라고 너 아까……."

"배고프다며. 일어나."

심드렁하게 내뱉은 지후가 됐으니 밥이나 먹으러 가자며 돌아섰다. 앞장서 도서실을 빠져나가는 그를 보던 유원이 뒤따라 자리에서 일어났다. 아까 분명 저녁 생각 없다고 매몰차게 거절한 지후였다. 더 조르기도 뭐해 조금만 지켜보다 먼저 일어나려 했는데.

자식, 결국 갈 거면서 암튼.

성큼성큼 참으로 빠르게도 멀어지는 지후를 겨우 따라잡은 유원이 쫄래쫄래 복도를 건넜다.

의국은 선배 레지던트들의 차지에 인턴방은 다른 과 녀석들까지 들락거리는 터라 과제를 하기엔 별관에 마련된 도서실이 딱이었다. 그마저도 방해받고 만 지후의 표정이 더없이 어둡고 딱딱했다.

뭐, 어쩌겠어.

들릴 듯 말 듯 한숨을 뱉은 지후가 티 나지 않게 유원을 돌아봤다. 의국 근처를 지나던 유원이 주위를 두리번거리고 있었다. 저절로 걸음이 더뎌졌다.

지켜보는 지후의 눈썹이 작게 씰룩였다. 동시에 입술 한쪽 끝이 비딱하게 뒤틀렸다. 놔둘까 말까 고민하던 지후가 결국엔 멈춰 서고 마는 유원을 싸늘히 불렀다.

"야."

"어?"

"빨리 와라."

"미안, 잠시만."

저게.

하나도 미안하지 않은 얼굴로, 되레 살짝 붉어진 두 볼을 하고서 유원은 의국 근처를 기웃거렸다. 불투명한 소재의 문 너머를 필사적으로 엿보던 유원이 잔뜩 실망한 표정으로 입술을 샐쭉거렸다.

뭐라 뭐라 들리지 않게 중얼거리는 유원을 보며 지후가 혀를 찼다. 치솟는 짜증을 애써 삭이며 낮게 을렀다.

"오라고 했지. 문유원."

"알았어. 가."

"영양가 없는 짓 말고 오라고, 그냥."

"나 잠깐 데스크에 좀."

"오늘 오프랬어."

"어?"

"네가 찾는 류승하, 진작에 술 푸러 갔다고 인마."

지후가 살짝 언성을 높였다. 까칠하기 그지없는 그 목소리에 유원은 정말? 하고 되묻는 것도 잊고서 눈만 깜빡였다. 붉게 물든 두 볼이 어지간히도 거슬렸다.

신경질적으로 눈을 흘긴 지후가 오든지 말든지, 라며 휙 돌아서서 걸음을 시작했다. 없는 말을 지어낼 녀석도 아니고. 유원이 서둘러 지후의 뒤를 쫓았다.

로비의 회전문을 밀고 나간 유원이 머지않아 지후를 따라잡았다. 무표정한 얼굴로 지후는 앞만 본 채 터벅터벅 걷고 있었다.

다리가 길어선지 보폭도 넓은 지후를 유원은 열심히 쫓아갔다. 그래도 뛰어야 할 정도로 속도가 급하거나 하진 않았다. 부러 천천히 걸어 주는 지후 덕분이었다.

얕은 밤바람이 볼을 스치고 지나갔다. 희미하게 비 냄새가 났다. 그리고 보니 오늘 늦게 비가 온다고 했던 것 같은데. 유원이 느릿하게 고개를 들어 하늘을 살폈다. 까맣다. 온통 까만 밤하늘에 간간이 반짝이는 별들이 이상하게 애달파 보였다.

언제 이렇게 감성적이 됐을까.

소리 없이 쓴웃음을 짓는 유원을 지후가 다시금 쓱 돌아봤다. 느슨하게 말린 입꼬리가 심히 못마땅했다. 미간이 구겨지려는 것을 꾹 참았다.

"뭐 먹을래."

"아무거나."

"메뉴 정돈 제대로 고르라고 몇 번을 말하냐."

"대충 시켜 줘. 머리 아파."

"뭘 했다고 머리가……."

아프다는 건지 호되게 꾸짖으려던 지후가 풀 죽은 유원을 보고 입을 다물었다.

이거야 원, 죽을상이 따로 없었다. 한숨을 아주 쉬지도 않고 흘려 대는 유원의 표정에 근심이 가득했다. 축 처진 눈꼬리가 어지 간히도 심기를 건드렸다.

어쩐지 요즘 종종 저런 얼굴을 하는 게 이상하다 했는데. 속내를 털어놓은 후라선지 이제는 감추려는 노력조차 않는 유원이 고스란히 느껴졌다.

어이가 없고 기가 막히고. 그렇다고 뭐라 면박 주는 것도 달갑지 않아 지후는 대충 유원이 좋아할 만한 것들을 골라 주문을 하고는 물을 들이켰다.

유원은 면 요리라면 환장을 했다. 게다가 빵도 엄청 좋아해 피자와 파스타를 한 번에 먹을 수 있는 이 파스타집을 병원 근무 첫날부터 단골로 삼아 버린 둘이었다. 어차피 따로 나와 사는 터라 각자 해결해야 하는 처지인 지후와 유원은 당직이 아닌 날은 꼭 이곳을 들르곤 했다.

그새 안면이 익은 남직원이 살갑게 웃으며 다가와 식전빵과 음료를 놓아주었다. 감사의 의미로 방긋 웃어 준 유원은 직원이 돌아서자마자 또 침울해져선 고개를 떨궜다.

앓느니 죽지, 진짜. 영 거슬리는 유원을 보다 못한 지후가 짜증 섞인 손놀림으로 물수건을 집어 들고 손을 닦았다. 그러고는 슬쩍 시선만 올려 유원을 봤다. 제대로 닦지 않고 끼적이기만 하는 유원이 성에 차지 않았다.

기어코 물수건을 빼앗아 든 지후가 직접 유원의 두 손을 잡고 닦아 주었다. 무심한 얼굴을 하고서도 손가락 하나하나 닦아 주는 동작은 꼼꼼하다 못해 세심했다. 그만 됐다고 말하려던 유원이 문득 울리는 진동 소리에 숨을 죽였다.

"……."

"……."

유원의 시선을 따라간 지후가 덩달아 멈칫하며 동작을 그쳤다. 액정에 떠오른 이름이 승하라는 걸 알아챈 지후는 다음 순간 얼른 유원의 표정을 살폈다.

어찌할 줄을 모른다. 당황과 긴장이 섞인 불안정한 상태의 유원은 손끝마저 파르르 떨고 있었다. 유원의 이런 모습을 처음 보는 지후로서는 도통 이해되지 않는 상황이었다.

아니 그보다, 근무 후의 개인적인 전화라니. 놀랄 노 자였다. 대체 언제부터?

슬그머니 손을 빼낸 유원이 테이블 위의 제 핸드폰을 조심조심 집어 들었다. 받을지 말지 고민하는 듯 잠시 망설이던 유원은 결국 옆 버튼을 길게 눌러 피하는 걸 택했다. 진동은 그쳤고, 조용해진 가운데 무거운 정적이 둘 사이를 채웠다.

지후가 눈을 깜빡였다. 집요할 만큼 날카롭고도 예리한 시선이 유원을 훑었다. 아쉬워한다. 고의든 아니든 전화를 받지 못했음을 신경 쓰며 무던히도 안타까워하고 있는 유원이 맘에 들지 않았다.

내리깔린 시선도, 그 안에 일렁이는 눈동자도. 연신 힘주어 베어 무는 도톰하니 붉은 입술도. 전부 다.

……제기랄.

어깨를 들썩여 한숨을 내쉰 지후가 뭐라 말을 꺼내려는 찰나, 음식이 도착했다. 민망함을 숨기려 유원이 먼저 포크를 집어 들었다. 허겁지겁 먹기 시작하는 유원을 조금 더 보다가 포크를 들었다. 그러기가 무섭게 지후의 시선은 또 유원에게로 향해졌다.

좋아하는 것 같아. 승하 선배. 아까 들었던 유원의 말을 곱씹는 지후의 미간이 보기 싫게 일그러졌다. 억지로 크게 한입 욱여넣었다.

"진심이냐."

"어?"

"아까 말한 거. 진짜냐고."

묵묵히 유원의 식사가 끝나길 기다려 준 지후는 후식이 나옴과 동시에 마침내 입을 열었다. 직접적인 지후의 물음에 유원은 한 박자 쉬고서 고개를 끄덕였다.

한 번, 두 번, 정확히 세 번 고개를 끄덕인 유원이 조심스레 지후와 눈을 맞췄다. 여전히 딱딱한 무표정이었으나 아까에 비해 분노의 기운은 그닥 크게 느껴지지 않았다. 아마도 공부를 방해한 것에 대한 짜증이 더해졌었을 거란 짐작이 들었다. 지후가 말을 이었다.

"우리 인턴 시작한 지 이제 딱 일주일 지났어."

"알아."

"O.T 때 잠깐 본 것까지 쳐도 한 달이 채 안 돼."

"안다니까."

"그래도 좋다는 거야? 류승하가?"

"어."

"왜? 왜 좋은데. 뭐가 그렇게 좋은데, 어?"

"……."

그걸 질문이라고 친다면, 이 세상의 모든 질문들은 다 부질없어질 것이다. 사람이 사람 좋아하는 데에 굳이 이유 따윈 필요 없는 거라는 대답이 목 끝까지 밀려 올라왔지만, 유원은 그냥 입을 다물고 시선을 피했다.

모른다. 저 역시 모르고 있다. 왜 좋은지를. 문득문득 생각이 나고, 잠깐 얼굴만 봐도 심장이 간질거리고, 너무 떨려 통화조차 못하겠는 이 마음이 사랑인 것 같다고 넘겨짚을 뿐이었다. 스스로 깨달은 그것을 지후에게 털어놓자 더욱 확실해졌다. 당장 대면하는 것도 아니면서 심장이 부풀어 오를 듯이 뛰고 또 뛰었다.

섣불리 대꾸 않는 유원을 지그시 바라보던 지후가 테이블 위에 두 팔을 얹고는 고개를 떨궜다. 맞잡은 손으로 가려진 너머의 표정이 꽤나 심각했다.

진심이란다. 알아 온 기간이 중요하지 않다는 건 알지만 노파심이 드는 것도 사실이었다. 이제껏 유원이 누굴 좋아한다 말한 적은 맹세코 단 한 번도 없었다.

그래. 그러니 더 진짜라는 거겠지. 남자라곤 관심도 없다던 녀석이, 누군가와 연애할 겨를도, 그럴 맘도 전혀 없다고 대학 시절 내내 입버릇처럼 말해 온 녀석이 바로 문유원이니까.

근데 왜 하필 류승하라는 건지. 지후는 못내 성질이 났다. 백번 양보해도 승하는 안 될 노릇이었다. 제가 보고 들은 것만 해도 기가 찰 지경이다. 류승하가 여자관계 난잡한 개차반이라는 건 병원 전체를 통틀어 모르는 이가 없었다.

그런데도 좋다는 건가. 이게 어쩌려고 정말. 후. 한숨이 나왔다.

"그래서. 고백이라도 할 셈이냐?"

마냥 넋을 놓고 앉아 있던 유원의 손에 스푼을 들려 준 지후가 아이스크림 그릇을 바싹 유원의 앞으로 밀어 주었다. 그제야 한입 머금은 유원이 글쎄, 하고 중얼거리고는 쓸쓸히 웃었다.

고백할 용기가 있었다면 진작 그리했을 거다. 혼자만 담아 두려니 답답하고 힘들어 털어놓은 것뿐이었다. 굳이 뭘 어쩌자는 건 아니라서, 아직 거기까지 생각해 보진 않은 듯 말을 아끼며 유원은 스푼으로 아이스크림을 콕콕 찔렀다. 유원의 눈가에 어둡게 그늘이 졌다.

지후 역시 유원이 고백하기란 만만치 않다는 것에 동의하는 바였다. 레지던트고 인턴이고 류승하와 엮이지 않은 여자가 거의 없는 판국에 끼어들 엄두가 날까 싶다. 하물며 고백을 해 봤자 이뤄진다는 보장도 없었다. 쯧, 하고 혀를 찬 지후가 작게 읊조렸다.

"누가 봐도 나쁜 남잔데. 여자들은 왜 그리 목을 매냐, 그런 헤픈 자식 뭐가 좋다고."

"······."

"허우대 멀쩡하고 집안 좋은 걸로 모든 게 커버되는 건가. 병원장 아들이란 게 그렇게나 대단해? 나 원."

"나 한심하지."

"알면 다행이고. 한심한 줄도 몰랐으면 너 나한테 한 대 맞았어, 알아?"

다소 엄한 말투로 중중거리는 지후를 보며 유원이 허탈하게 웃었다. 그래도 썩 비난하는 것만은 아닌 듯한 지후가 왠지 모르게 고마웠다.

현실을 직시할 필요성을 느꼈고, 충분히 실감했다. 가슴앓이는 조금도 덜어지지 않은 것 같지만. 거듭 한숨인 유원을 지후가 재촉했다.

"빨리 먹어, 가게."

"알았어. 근데 참, 비밀이다."

"비밀?"

"아무한테도 말하지 말라고. 소문나면 알아서 해."

"말할 사람도 없어, 인마. 얼른 먹기나 해."

간곡히 당부한 유원이 서둘러 아이스크림을 먹어 치웠다. 별 쓸데없는 걱정을 다 한다는 지후가 수저를 내려놓는 유원의 입가로 손을 뻗었다.

엄지로 쓰윽 입가를 닦아 준 지후가 하여간 칠칠치 못하게, 하고 중얼거렸다. 멋쩍게 웃은 유원이 그만 일어나자는 지후를 따라 가방을 챙겨 들었다.

파스타집을 나와 사거리의 골목으로 접어들었다. 나란히 서서 걷는 지후와 유원은 각자 아무런 말이 없었다. 스멀스멀 피곤이 몰려들어 유원이 입을 가리고 커다랗게 하품을 했다. 눈물까지 찔끔 나올 정도로 온몸이 뻐근했다.

가볍게 근육을 푸는 유원을 지후가 힐끔 봤다. 바람에 날려 흐트러진 까만 머릿결을, 화장기 없는 뽀얀 얼굴을, 들썩이는 동그란 어깨와 자그마한 체구를 훑는 지후의 눈매가 확연히 누그러졌다.

미처 지후의 시선을 알아차리지 못한 유원이 한쪽으로 비스듬히 목을 젖혔다. 하얗게 드러난 고운 목덜미가 가로등 불빛에 적나라하게 살펴졌다.

워낙 키 차이가 나는 터라 조금만 집중해도 느슨해진 옷자락 너머 쇄골까지 지후에게는 훤히 다 보였다. 얼른 시선을 거두려던 지후가 유원을 잡아 세웠다.

"서 봐."

"어?"

"끈 풀렸다고."

"아, 내가."

"쯧."

나지막이 혀를 찬 지후가 유원의 앞에 몸을 숙였다. 그러고는 손수 유원의 운동화 끈을 묶어 주기 시작했다. 놔뒀다간 분명 잊어버릴 거라고, 그래서 내일 아침 그대로 나오다 넘어질 게 분명하다는 지후의 말에 유원은 반박할 수 없었다. 구구절절 다 맞는 말이었으니.

적잖이 덜렁거리는 유원이었고, 그런 유원과는 비교도 안 되게 꼼꼼하고 철저한 지후였다. 오죽하면 둘을 가리켜 동기들이 극과 극이라고 불렀을까.

스물여섯 동갑내기. 같은 의과대에서 만나 스무 살 때부터 알고 지냈으니 햇수로 벌써 7년이나 된 인연이었다. 게다가 이번에 같은 병원 인턴 시험에도 나란히 합격한 이른바 단짝.

완벽주의에 가까운 서지후와 어쩌다 친해지게 됐는지 스스로조차 의문인 유원은 말없이 끈 묶기에 집중하는 지후를 가만히 내려다보았다.

각진 어깨가 무척이나 곧고 넓었다. 키가 몇이랬더라. 189? 190? 160이 조금 넘는 아담한 유원으로서는 이렇게나 거대한 지후를 내려다보는 일이 거의 없었다.

그나마도 살집이 없는 편이라 훤칠하다는 인상이 강한 지후였다. 유원이 알기로 지후는 모델 제의도 심심치 않게 받아 왔다. 얼굴이면 얼굴, 몸매면 몸매, 어디 하나 빠지는 데가 없었다. 흔히들 말하는 거의 완벽에 가까운 비주얼이랄까.

그럼 뭐해. 싸가지가 만땅인 것을. 무뚝뚝하고 이기적이고, 인정머리 없는 것도 모자라 제 성에 안 차면 버럭 성질이나 부려 대고.

하긴, 그러니 하늘이 공평하다고들 하는 걸 테다. 저 인물에 성격까지 좋다는 건 어째 상상이 되질 않는다.

까칠하고 냉정한 성격으로 정평이 나 있는 녀석이지만 솔직히 외모만큼은 매우 훌륭했다. 그래서 유원은, 지후가 제 친구라는 것을 솔직히 자랑스럽게 생각해 왔다. 가만 보면 남들이 말하는 것처럼 못돼 처먹은 것만도 아니었다. 이렇게 일일이 챙겨 주고 살펴 주니까 말이다.

왼쪽을 다 묶은 지후는 멀쩡한 오른쪽도 풀어 다시금 단단히 묶어 주었다. 사내답지 않게 차분한 그 손길에 정신이 팔려 있던 유원은 문득 지후의 넓은 등을 응시했다.

엄청나게 포근해 보인다. 저 등에 업히면 아마, 솔솔 잠이 올 거다. 피곤이 인식되자 유원은 또 하품이 나왔다. 그런 유원을 힐끔 쳐다본 지후가 이내 몸을 일으켜 걸음을 서둘렀다.

"들어가."

"그래. 내일 보자."

"문유원."

"응?"

"……너무 늦게는 받지 마라. 전화."

손을 흔들고 돌아서는 유원에게 지후가 넌지시 덧붙였다. 무뚝뚝한 말투였으나 전해지는 속뜻은 나름 깊었다. 밤늦게 거는 사내 녀석의 전화란 뻔한 거라고, 아무리 좋아도 남녀가 유별하니 함부로 굴지 말라는 거였다.

대충 알아들은 유원이 한쪽 입가를 피식 말아 올렸다. 염려 말라는 표현이었지만 좀처럼 맘이 놓이질 않는지 지후는 연거푸 한숨을 내쉬었다.

이걸 진짜 어쩌면 좋아. 생각할수록 자꾸만 걱정스러워 부쩍 진지해진 표정을 어찌지 못하는 지후를 향해 유원이 자그맣게 목소리를 꺼냈다. 밤공기가 한층 더 차게 불어왔다.

"생각 없이 굴지 않을게. 걱정 마."

"모르냐? 그딴 놈 좋아한다는 자체가 생각 없이 구는 거야."

"알아. 그건 아는데."

"됐고, 마지막으로 한 번만 더 묻자."

"응?"

"확실해? 확실히, 진심인 거야? 그래……?"

왜일까. 순간적으로 유원은 지후의 표정이 어쩐지 쓸쓸해 보인다고 느꼈다. 걱정과 염려, 그 이상의 어떤 감정들이 얼핏 내비쳤다. 누그러진 눈매에서, 축 처진 입가에서.

착각일 수도 있지만. 물론, 착각이겠지만. ……그렇잖아.

아무래도 가로등 불빛이 너무 은은한 탓일 거라 치부한 유원은 곧 응, 하고 답했다. 두어 번 고개를 주억거린 지후가 알았다, 들어가라, 라며 한 발 뒤로 물러섰다.

다시금 내일 보자고 말한 유원이 원룸 건물로 들어서서 계단을 올랐다. 층마다 환하게 켜지는 불빛을 따라 지후가 시선을 들어 올렸다. 빛의 반복이 곧, 멈췄다.

"……."

3층, 유원의 원룸이 암전된 복도와 달리 환하게 밝아졌다. 테라스 너머로 어렴풋이 살펴지는 인영을 따라 지후의 눈동자가 바지런히 움직였다.

오른쪽, 다시 왼쪽. 또 오른쪽으로. 그러다 욕실에라도 들어갔는지 아예 저 너머로 사라지기까지.

지후는 조용히 주머니에 두 손을 꽂았다. 그러고는 느릿하게 고개를 숙였다. 주황빛 가로등에 제 그림자가 골목길 바닥을 길게 덮어 물들이고 있었다.

발로 그것을 툭툭 까 대던 지후가 다시금 천천히 시선을 들어 올렸다. 까맣게 짙은 두 눈동자 가득 유원의 환영이 들어차 소리 없이 일렁거렸다.

눈을 한 번 감았다 뜬 지후는 무표정한 얼굴로 유원의 집을 한참 동안 바라보았다. 이만 돌아가야 함을 알면서도 발길이 떨어지질 않았다.

어차피 바로 옆 건물의 원룸에 사는 터라 시간을 지체하기도 무리는 아니었다. 몸이 천근만근 피곤해 죽겠지만 이대로 잠시 더 있어도 무방했다.

단지 그 이유일까. 발길을 떼기가 싫은 건. 아무것도 안 한 채 그냥 이대로 더 있으려는 건. 있고, 싶은 건.

훅, 한숨을 뱉었다. 착잡한 숨결이 허공을 타고 길게 피어올랐다. 지후가 살며시 입술을 달싹였다. 들릴 듯 말 듯, 낮은 목소리가 투명한 흔적을 남겼다.

"문유원. 인마."

작게. 아주 조심스럽게. 이미 사라지고 없는 유원을 불러 보던 지후가 미간을 찌푸렸다. 고작 이름 한 번 불렀다고 손끝이 다 따끔따끔 아렸다.

한심했다. 정말 어쩌면 이렇게 한심할 수가 있을까. 울컥 짜증이 치밀어 올라 아랫입술을 베어 물었다. 들리지 않을 유원에게 또, 작게 속삭였다.

"하지 마. 그거. 하지 마라. 어……?"

싫으니까. 싫을 것 같으니까. 싫어 죽겠으니까. 그러니까.

거듭 흘러나오는 한숨에 심장이 욱신거렸다. 표정이 더는 조절하기 어려울 정도로 굳어 버렸다. 눈동자 하나 움직이는 것조차 제 맘대로 되질 않았다.

결국 지후는 고개를 떨궈 제 발끝을 응시했다. 만감이 교차한다는 게 이런 건가 싶다. 한순간 눈앞이 캄캄해지면서 머릿속까지 새하얗게 비워지는 듯한 느낌은 이루 말할 수 없이 아프고 또 괴로웠다.

젠장. 허공에 대고 나지막이 쓴소리를 읊조리던 지후가 느릿하게 돌아섰다. 두어 발자국 가다 말고 다시금 멈춰 선 지후가 한번 더 뒤를 돌아보았다. 여전히 환하게 불이 켜진 유원의 방을 오래도록 눈에 담았다.

길게 한숨을 내뱉었다. 눈빛이 왠지 모르게 아련했다. 그렇게 바라본 채로 조금씩 뒷걸음질을 쳤다. 서두르지 않고 천천히. 아주 느리게.

더 보고 싶어서. 계속 보고 싶어서.

이렇게라도. 이런 비겁한 마음이라고 해도.

친구로라도 계속 너를.

……나는.

01

타이밍의 문제

"그쪽 아니고 이쪽."

"하아암."

"아직도 졸려? 정신 좀 차려 봐."

"으……."

거의 앓듯이 하품하던 유원이 비몽사몽 남자탈의실로 들어가려던 것을 지후가 가까스로 막았다. 목덜미를 잡아 여자탈의실 앞에 데려다준 지후가 유원의 안색을 살폈다.

이거 이거, 꼴이 영 엉망이다. 바로 잔다더니 뭘 했는지 늦게까지 뒤척인 기색이 역력했다.

새벽 다섯 시 반 출근에다 당직날인 것까지 고려하면 푹 잤어도 모자랄 판국에 컨디션이 이따위라니. 빨갛게 충혈되어 실핏줄이 선 유원의 흰자위를 보며 지후가 혀를 끌끌 찼다.

"가관이다. 뭐했냐."

"흉해?"

"엄청. 설마 울기라도 했어?"

"응."

"뭐?"

"되게 오랜만에 꿨거든. 엄마 아빠 꿈."

"……."

대수롭지 않다는 듯 유원이 방긋 눈꼬리를 내렸다. 헤실헤실 잘도 웃어 대는 유원이었으나 지후는 결코 따라 웃을 기분이 아니었다. 기쁘든 슬프든 실실 웃어 대는 버릇의 유원이 은근 거슬리기도 했다.

남들 앞에서는 절대 눈물을 보이지 않는 유원이 씩씩하다기보단 안쓰러웠다. 아이가 어른 흉내를 내는 것처럼 이질스럽기도 했다. 나 원. 차라리 풀 죽어 있는 편이 낫겠다는 생각에 한숨이 흘러나왔다.

얼른 갈아입고 나올 테니 일과 준비 같이 하자며 유원이 먼저 탈의실 안으로 들어섰다. 조금 더 지켜보던 지후가 남자탈의실 쪽으로 걸음을 옮겼다.

캐비닛 안에 재킷과 가방을 내려놓고 가운을 집어 들던 지후는 팔을 꽂다가 그만 멈칫했다. 가만히 허공을 바라봤다.

대학교 1학년 첫 엠티 때. 술을 진탕 마시고 바람을 쐬러 나갔다가 둘만 있는 자리에서 유원이 혼잣말처럼 주절주절 늘어놓던 말들.

우연히 알게 된 유원의 가정사가 지후의 머릿속에 새록새록 떠올랐다. 오랜 시병을 앓던 어머니가 중학교 땐가 돌아가셨고 그로부터 얼마 지나지 않아 아버지마저 갑작스런 교통사고로 세상을 떠났다던. 혼자 남은 유원은 유일한 혈육인 이모님 댁에서 지내고 있다고.

'야, 서지후. 표정 좀 풀어라.'

'내 표정이 뭐.'

'인상 진짜. 너 그러고 있으면 완전 무섭거든?'

'그러는 넌 왜 맨날 실실거리냐, 뭐가 좋아서.'

'그냥. 아무렇지 않게 보이고 싶으니까.'

'누구한테.'

'위에서 보실 거 아냐. 엄마 아빠가.'

'뭐?'

'난 잘 지내고 있다, 그러니 걱정 마시라고 보여 드리는 거야. 이러다 보면 진짜 괜찮아질 것도 같고. 일종의 자기암시랄까.'

……바보가.

팔을 마저 끼운 지후는 휴대폰을 챙겨 들고 캐비닛 문을 닫았다. 마침 들어오는 다른 과 동기 인턴과 짧게 눈인사를 주고받고서 복도로 나갔다. 아직 유원은 나오지 않은 것 같았다.

가운의 깃 매무새를 가다듬은 지후가 한쪽 벽에 기대어 서서 유원을 기다렸다. 이웃인 신경외과 병동 간호사 둘이 지나가다 지후에게 묵례를 건넸다. 무시할까 하다 대충 끄덕여 받아 주자 화색이 된 그녀들이 좋아 어쩔 줄을 몰랐다.

훤칠한 키에 곱상하니 잘생긴 어마무시한 외모로 전체 인턴들을 통틀어 벌써부터 유명인사가 된 지후지만 정작 당사자인 그는 아무런 관심도 없었다.

그러거나 말거나. 수시로 훔쳐보며 멀어지는 간호사들에게서 일찌감치 시선을 거둔 지후가 여자탈의실을 주시했다. 혹 안에서 졸고 있는 건 아닌지. 유원이 도통 나올 생각을 않는다.

말이 같이 사는 거지, 얹혀사는 거나 다름없는 상황이었다. 매 학기 장학금에 목매는 것도 모자라 빡센 본과 수업 중에도 간간이 과외 아르바이트까지 하며 정신없어하는 유원이 지나치다 싶었지만, 최대한 이모님 댁에 폐 끼치지 않으려는 의중을 알고는 그러려니 했다.

그야말로 필사적이었다. 집이 집이 아니기에. 아무리 노력해도 사라지지 않는 불편함이 꽤나 버거워서. 유원은 그녀가 할 수 있는 최선을 다해서 현실을 버텨 내고 있었다.

눈칫밥이 익숙하다며 웃었다. 힘들 때 더 웃는 버릇이 자연스럽게 생겼다는 말을 하면서도 유원은 연신 입가를 말아 올렸다. 그렇다고는 해도 모쪼록 너까지 불쌍하게 보지는 말아 달라는 유원의 당부가 귓가에 되뇌어졌다.

별, 무슨 말도 안 되는.

작게 중얼거린 지후가 미간을 구겼다. 언제부턴가 유원만 떠올리면 늘 가슴 한구석이 싸하게 욱신거린다. 이게 단순한 동정이나 연민이 아니라는 것을 지후는 아주 잘 알고 있었다.

'어떻게 됐냐.'

'뭐가?'

'경영학과 누구 왔었다며. 신영훈인가 뭔가.'

'아아, 그거. 그냥. 뭐.'

자그마한 체구에 오밀조밀한 눈코 입을 지닌 유원은 나름 인기가 꽤 있었다. 물론 모든 과 여학생들에게 하루에 열두 번도 더 고백받던 지후에 비할 바는 아니었지만, 동기나 선후배들로부터 심심치 않게 사귀자는 제안을 받곤 했다.

그때마다 유원은 말했다. 연애는 사치라고. 누굴 만날 시간도, 생각도 없다고. 그저 미안하다고.

가뜩이나 학과 공부에 아르바이트에, 몸이 열 개라도 모자랄 지경이라는 유원의 대답에 지후는 내심 다행이라고 생각했었다. 지후 역시 누군가와 교제를 할 맘은 결코 없었으니까.

여자에 딱히 관심이 있지도 않거니와 괜히 딴짓했다가 시험을 망치면 그야말로 낭패였다. 집으로부터의 독립은 지후 역시 원하는 바였고, 목표는 오직 의사 국시 합격이었다. 가치관이 부합해 선지 더더욱 유원과 붙어 다니게 된 것도 그 이후 즈음이었던 것 같다.

그게 이제 바뀌려나 보다. 악착같이 시험에 합격해 이모님 댁에서 나온 지금에서야 유원이 슬슬 다른 곳에 눈을 돌리게 된 건지도 모르겠다.

좋다. 다 좋은데 왜 그 대상이 빌어먹을 류승하냐 이 말이다. 그런 진짜 천하의 한량에 난봉꾼인 놈을, 어디 남자가 없어도 그렇지. 아오!

"미치겠네……."

생각하자 울컥 또 화가 치밀어 올랐다. 모르겠다. 기분이 아주 그냥 엿 같고 더럽고, 불쾌하기 짝이 없었다. 욕도 막 퍼붓고 싶어지면서.

좋은 건 몰라도 싫은 건 바로 표시 나는 성격의 지후가 미간을 한껏 구기며 입술을 뒤틀었다. 불편한 심기를 드러내는 눈빛이 싸늘하게 식어 있었다. 부글부글 끓는 속을 가까스로 가라앉힌 그가 거칠게 얼굴을 쓸어내렸다.

남은 짜증을 털어 내려 뒷머리를 벅벅 긁는데 유원이 나왔다. 신경 쓰이게 정말. 남의 속도 모르고 해맑게 웃으며 다가오는 유원을 보는 지후의 얼굴이 사정없이 썩어 들어갔다. 있는 소리 없는 소리 퍼부어 줄까 하다 말았다.

먼저 돌아선 지후가 수술장을 향해 성큼성큼 걸음을 시작했다. 어어, 같이 가! 유원이 쪼르르 지후의 옆에 따라붙어 걸음을 옮겼다.

"안녕, 일찍들 나왔네."

"어, 희주야. 어제 당직 잘했어? 별일 없었고?"

배정 수술방에 들러 수술기구들을 미리 소독하고 필요한 물품들의 수량을 체크했다. 환자 명부까지 체크를 마쳤을 즈음 인턴 동기인 희주가 무척이나 피곤한 얼굴로 터덜터덜 나타났다. 그 뒤로 역시나 눈도 제대로 못 뜨는 은환이 입이 찢어져라 하품을 하며 들어섰다.

수련회 때 로테이션 조정으로 만나게 된 네 사람이 같은 정형외과를 배정받아 함께 근무한 지도 어느덧 일주일이란 시간이 흘렀다. 곧 컨퍼런스가 있을 참이었다. MRI사진과 결과지를 비롯 병동 상황까지 체크하려면 적잖이 서둘러야 했다.

앞장서는 지후를 따라가며 유원이 여자 동기인 희주를 살갑게 챙겼다. 거듭 하품인 은환의 뒷머리가 꽤 멋스럽게 뻗쳐 있었다. 지후가 엘리베이터 버튼을 눌렀다.

"말도 마. 하마터면 골로 갈 뻔했다니까."

"왜? 응급 많았어?"

"5분에 한 명꼴로 들이닥치더라. 내가 진짜 왜 이 짓거리를 하고 있나, 죽도록 후회한 날이었지."

"헐, 그 정도였단 말이야? 대박."

밤새 콜이 얼마나 울려 댔던지 아직도 이명이 들린다며 희주가 툴툴댔다. 금요일이 달리 금요일이 아니었던 모양이다. 술 먹고 뭔 싸움들을 그리하는 거냐고 중중거리는 희주의 말에 유원이 절망스러운 표정을 지었다.

제대로 망했다. 금요일이 그렇다면 토요일인 오늘도 별반 다르지 않을 거란 얘기니까. 응급실 당직이 실감되자 벌써부터 녹초가 되는 것 같았다. 죽을상이 되어 한숨을 내쉬는 유원을 힐끗 쳐다보는 지후에게 은환이 말을 걸었다.

"서지후. 과제 다 했냐?"

"거의. 마무리 단계야."

"와, 벌써? 언제 그걸 다. 장난 아니다, 너?"

말이 기초상식이지, 수집해야 하는 자료의 양이 거의 논문 수준에 육박하는 꽤 어려운 과제였다. 아무래도 누구 하나 통과하지 못하게 만들어 놓고 초반부터 기를 죽이려는 게 분명하다며 음모론을 제기했던 은환으로서는 마무리 단계라는 말이 믿기지 않았다.

같은 스케줄에 같은 일과, 종일 근무에 격일로 당직까지 서면서 언제 그 많은 걸 해냈는지 불가사의하다는 은환이 사뭇 경의에 찬 눈으로 지후를 바라보았다. 자료 공유를 부탁하는 낌새를 폴폴 풍기는 은환이었으나 허락해 줄 지후가 아니었다. 유원이 피식 웃으며 손을 내저었다.

"야, 박은환. 포기해. 무슨 짓을 해도 안 보여 줄걸."

"성격 지독한 것도 모자라 매정하기까지 하단 거냐?"

"매정한 게 아니라 그게 원칙이거든. 본인 일은 본인이 알아서 하자."

"에잇! 그래, 너 잘났다. 하긴, 그러니까 전체 수석도 하고 그러는 거겠지."

들릴 듯 말 듯 괴물 같은 놈, 하고 중얼거린 은환이 딱 잘라 쳐내는 지후를 보며 고개를 저었다. 새삼스러운 그 말에 동조하듯 유원이 작게 미소 지었다.

학교 때부터 알아줬었다. 머리도 좋으면서 노력까지 게을리하지 않는 서지후를 두고 다들 사람도 아니라고 했다. 잠은 대체 언제 자는 건지, 쉴 틈 없이 짜인 무리한 실습들에도 불구하고 수업 시간에 잠깐 조는 꼴도 본 적이 없었다. 인턴 시험도 역시나 수석은 지후의 차지였고 말이다.

등록금 전액면제 혜택이 과내 수석과 차석 둘에게 돌아갔으니 망정이지, 그렇지 않았다면 어림없었다는 걸 유원은 아주 잘 알고 있었다. 그러면서도 어쩔 땐 한 번씩 차석으로 밀려나는 지후를 볼 때면 은근 설레기도 했다.

천재로 소문난 녀석을 제 힘으로 이겨 냈다는 보람, 뭐 그 비슷한?

그래도 지후는 확실히 저보다 대단했고, 그걸 유원은 진작에 받아들였다. 배울 점 많은 친구가 곁에 있다는 건 무척 뿌듯한 일이었다. 알게 모르게 경쟁의식이 생겨 나태해지지 않게 됨이 감사했다. 마냥 멍해 있던 유원이 내리자는 지후의 말에 엘리베이터 밖으로 발을 뻗었다.

"왜."

"먼저들 가, 나 잠깐 화장실 좀."

정형외과 병동에 도착해 간밤의 병동 상황을 파악하고 혈액 샘플을 만든 후, 데스크에 들러 결과지를 건네받았다. 컨퍼런스 장으로 가는 도중 유원이 세수를 좀 해야겠다며 화장실로 향했다.

영 잠이 안 깨는 모양이라 생각하던 지후의 표정이 은근슬쩍 굳어졌다. 부은 눈이 신경 쓰였을까. 곧 마주칠 승하에게 밉게 보일까 그게 걱정돼서 세수하러 간 걸지도.

은환과 희주를 먼저 들여보낸 지후가 저도 모르게 뒤를 돌아 사라진 유원을 찾았다. 착잡한 기분이 어지간히도 씁쓸했다. 쯧, 하고 혀를 찬 지후가 못내 시선을 거뒀다.

세면대 앞에 선 유원은 부리나케 세수를 했다. 찬물로 눈두덩을 거의 때리듯 연거푸 씻어 내고 고개를 들었다. 붓기가 꽤 가라앉긴 했으나 여전히 운 티가 났다. 그게 제 눈에는 어지간히도 밉상이었다.

이럴 줄 알았으면 화장이라도 하는 건데 그랬나. 인턴이라 그럴 여유가 없음을 알면서도 유원은 괜스레 아쉬워 애꿎은 찬물 세수만 벅벅 해 댈 뿐이었다. 여러 번 반복해서 때려 씻은 유원이 물을 잠그고 물기를 털어 냈다. 휴지를 뽑아 대충 닦아 내고 화장실을 나서던 그때였다.

"어제 걔랑 어땠냐. 좋았냐?"

"글쎄."

"새끼, 자세히 좀 말해 봐. 몸매며 가슴이며 죽이던데. 좋았지? 그치?"

"후후후."

나지막한 웃음이 유원의 귓가에 또렷이 들어와 박혔다. 본능이었다. 호감을 인식한 그 순간부터 저절로 주의를 기울이게 되는, 이를테면 자동반사.

고개를 들던 유원은 복도 저 앞에서 마주 오는 승하와 은규를 발견하고 그만 우뚝 걸음을 멈췄다. 누가 듣든 말든 큰 소리로 떠들어 대는 은규의 난잡한 말에도 웃기만 하던 승하가 쳐다보는 유원의 시선을 느끼고는 얼른 그를 제지했다. 왜 그러느냐 항의하려던 은규가 이내 고개를 돌렸다.

"여, 인턴. 좋은 아침."

"……안녕하십니까."

은규의 인사에 유원이 꾸벅 허리 숙여 답했다. 정중하게 예를 갖추는 유원의 동작과 경어에 흐뭇해하는 은규와는 달리 승하가 한쪽 눈을 찡긋거렸다.

이내 바로 선 유원이 가까스로 은규와 눈을 맞췄다. 동기 은환의 형이라곤 해도 두 살 위의 레지던트 선배인 그가 편할 리 없건만, 일부러 더 은규만 보려고 애쓰는 유원이었다.

승하의 시선을 외면하느라 진이 다 빠질 지경이었지만, 유원은 어떻게든 은규에게 시선을 고정시키려 노력했다. 유원의 앞까지 마저 걸어간 은규가 실실 웃으며 입을 열었다.

"그래, 컨퍼 준비는 다 했고?"

"네. 들어가시면 됩니다."

"몇 시에 나왔냐?"

"다섯 시 반입니다."

"좋아. 잘하고 있어. 훌륭해."

인턴 니들이 고생이 많다며, 계속해서 수고하라는 말을 덧붙인 은규가 장난스럽게 유원의 머리를 헝클었다. 미처 피하지 못한 유원의 머리카락이 부스스 흐트러졌다.

그만 들어가자는 은규가 먼저 걸음을 시작했지만 승하는 잠시더 유원을 보고 그대로 서 있었다. 얼마 못 간 은규가 안 오고 뭐하느냐며 뒤를 돌아봤다.

먼저 가, 담배 한 대만 피우고 들어갈게. 검지와 중지를 입에댄 승하가 은규에게 고갯짓을 했고 은규는 흔쾌히 돌아섰다. 승하가 살며시 미소 지었다.

"잠깐 괜찮지?"

"네?"

"혼자 피우면 심심해서. 할 얘기도 있고."

"아……."

대답도 듣지 않고 승하는 유원의 손목을 잡아끌었다. 승하에게잡힌 손목 피부가 불에 덴 듯 화끈거렸다.

침착하자는 주문을 연신 속으로 뇌까리는 유원을 복도 끝의 비상계단으로 데려간 승하가 벽에 기대어 서며 담배를 꺼내 물었다. 그제야 자유로워진 제 손목을 유원이 만지작거렸다.

치익, 탁. 불을 붙인 담배를 길게 빨아들이며 승하가 느릿하게눈을 감았다 떴다. 한없이 여유로운 시선은 줄곧 유원에게 단단히고정된 채였다. 뚫어져라 보는, 어쩌면 세세히 관찰하는 듯도 한강렬한 그 눈길에 유원이 마른침을 삼켰다. 슬쩍 고개를 떨궜다.

승하는 계속해서 유원을 바라봤다. 아주 잠깐도 시선을 떼지않는 승하라 유원은 슬슬 난감해졌다. 저렇게만 보면 당최 어찌할바를 모르겠다. 눈 둘 곳을 모르겠는 유원이 이리저리 허공을 짚으며 부담스러운 침묵을 견뎠다.

승하가 후욱, 연기를 내뱉었다. 쓰고, 텁텁하고, 매캐했다. 일부러 유원 쪽으로 뱉은 승하가 기침을 꾹 눌러 참는 유원을 보며 소리 없이 웃었다. 곤란해하는 기색이 훤히 보였다.

그게 꽤, 귀엽달까. 자꾸 놀려 주고 싶고.

뽀얗고 말간 피부와 대조되는 붉은 입술을 질끈 베어 무는 유원이 승하의 눈동자 가득 들어찼다. 연신 잘근잘근 물어 대는 모습을 지켜보는 승하의 고개가 한쪽으로 비스듬히 기울어졌다. 어느새 흥미를 잃어버린 담배를 바닥에 던진 승하가 목소리를 냈다.

"문유원."

"네."

"유원아."

"네……?"

"계속 그러고 있을 거야? 고개 좀 들지?"

나긋나긋 흘러나온 다정한 목소리에 유원이 작게 어깨를 떨었다. 참으로 솔직한 반응이었다. 보고는 싶은데 볼 수가 없겠는. 그만큼 조심스러운. 그렇게나, 좋은.

안절부절못하며 망설이는 유원에게 승하가 나 봐, 했다. 좀처럼 안 되겠는지 유원은 계속 바닥만 응시했다. 미간을 구겼다 펴며 머뭇거리는 유원에게 승하가 손을 뻗었다.

유원이 고개를 들었다. 승하는 아까 은규가 건드려 헝클어진 유원의 머리카락을 살살 매만졌다. 갑자기 다가온 기척에 저도 모르게 고개를 들었던 유원은 제 머리를 가다듬는 승하를 보고 숨을 멈췄다.

기다렸다는 듯 승하가 유원과 눈을 맞췄다. 한 치의 어긋남도 없이 눈빛이 교차됐다.

홀린다. 또다시 홀려 버린다. 빨려 들어갈 듯 매혹적인 그 까만 눈동자에 유원은 내려앉는 심장을 느꼈다. 곧게 뻗은 콧날과 매끈한 입술과 부드러운 얼굴선의 조화는 마치 아름다운 그림과도 같았다.

근사한 사람. 근데 왠지, 외롭고 쓸쓸해 보이는 사람. 그래서 자꾸 끌리는 사람.

왜일까. 모르겠다. 승하를 볼 때면 유원은 뭔지 모를 공허함이 느껴지는 것 같았다. 흠잡을 곳 없이 훌륭한 외모 너머로 극심한 보호본능을 자극하는 묘한 매력이 공존하는 이가 바로 승하였다.

분명 저보다 두 살이나 많은 어른인데. 언제나, 누구에게나 살갑게 말을 건네고 환하게 웃어 주고 장난을 걸고 하는 사람인데. 그만큼 인기도, 가진 것도, 모든 것이 풍족한 사람일 텐데. 그런데도 왜.

두근두근 뛰어 대는 가슴을 억누르며 유원은 승하를 봤다. 목이 메어 올 정도로 깊고도 강한 설렘이었다. 모호하던 감정은 지나간 시간, 그 이상으로 분명해져 있었다.

좋아한다. 이 사람을, 내가. 착각에 의한 호감이 아니었다. 잘은 모르겠지만 아마도.

승하가 조금 더 유원에게로 가까이 섰다. 상쾌하니 달달한 체취가 맡아졌다. 승하의 눈매가 깊어졌고, 유원은 숨죽여 마른침을 삼켰다.

"전화 안 받더라. 어제 했는데. 밤에."

너무 바짝 나가오는 승하 때문에 주춤한 유원이 뒤쪽 벽에 등을 기댔다. 승하가 오른손을 뻗어 유원의 얼굴 옆을 짚었다. 가늘게 일렁이는 유원의 눈동자를 응시하며 말을 이었다.

"저번에도 안 받고, 저저번에도 그렇고. 콜 아닌 거 같으면 안 받더라, 너."

"……죄송합니다."

"죄송해? 죄송한 건 알아?"

"네."

"말해 봐. 내 전화 왜 피하는 건데."

"그게, 저, 피하는 게 아니라……."

"아니라……?"

"그……."

숨결이 닿을 정도의 거리까지 다가간 승하가 한층 더 목소리를 낮췄다. 극도로 긴장한 유원이 대답하는 것도 잊고서 입을 다물었다. 볼을 간지럽히는 승하의 숨결이 감당하기 어려울 지경으로 뜨거웠다.

어느덧 끈적해진 눈빛에 압도당한 유원의 머릿속이 복잡하게 엉켜들었다. 뭘 어찌해야 할지, 무슨 말을 어떻게 꺼내야 할지조차 헷갈렸다. 이 이상 더 말을 한다는 자체가 무리였다. 유원이 두 눈을 꼬옥 감았다 떴다.

인턴 O.T 때 승하를 처음 봤다. 몇몇 과의 레지던트들이 인사차 방문했던 둘째 날. 정형외과 레지던트 2년 차라는 류승하를 보고 여자 인턴들은 목이 터져라 환호했다. 오죽하면 빡세기로 유명한 정형외과를 너도나도 먼저 돌겠다고 했을까. 뭐, 현실을 파악하고 머지않아 물러나긴 했지만.

힘든 과를 먼저 도는 게 어떠냐는 지후의 의견에 따르면서도 유원은, 그게 꼭 승하 때문은 아니라고 생각했다. 정형외과 수련을 해 놓으면 어쨌거나 나머지 인턴 생활에 도움이 되는 것은 사실이었으니까.

근데 어쩌면, 저 역시 내심 반했었나 보다. 좋아 죽는 다른 동기들처럼 유원 역시 승하를 은근슬쩍 마음에 담아 버렸나 싶다. 그러니 이렇게 정신 못 차리고 허우적대는 거겠지. 보면 더 보고 싶고. 자꾸만. 이렇게.

아······.

승하가 나머지 왼손도 뻗어 벽을 짚었다. 오롯이 그의 두 팔 안에 갇혀 버린 유원이 흠칫, 어깨를 움츠렸다. 그 반응에 승하가 살그머니 눈꼬리를 내렸다. 요사스럽기까지 한 승하의 간지러운 눈웃음이 유원의 심장을 다시금 세차게 뒤흔들었다.

괜한 기대. 괜스런 착각. 제게만은 진심일 거라 넘겨짚고픈 본심. 얕은 희망.

앞으로는 전화 잘 받으란 당부를 하며 승하가 그 자세 그대로 고개를 조금 비틀었다. 더욱 야릇해진 눈빛의 승하를 보는 유원의 손끝이 파르르 떨렸다.

여자라면 누구든 일단 들이대고 본다는 승하지만. 늘 이렇게 페로몬 팍팍 풍기며 아무나 건드리고 유혹해 대는 천하의 바람둥이라지만. 그렇지만.

어쩌면. 정말, 어쩌면.

혹시.

"……뭐하시는 겁니까."

마치 키스라도 할 것처럼 다가오는 승하를 알면서도 막지 못하던 유원이 순간 들려오는 목소리에 놀라 굳어 버렸다. 역시나 멈칫한 승하가 옆쪽을 돌아봤고, 유원도 따라서 문을 향해 고개를 돌렸다.

언제 왔는지 지후가 매우 무섭게 노려보며 서 있었다. 심각할 정도로 어둡고 딱딱한 무표정이 그야말로 험상궂었다.

무슨 레이저라도 발사될 것처럼 죽어라 노려보던 지후가 이내 한 발 한 발 움직여 다가왔다. 승하가 천천히 뒤로 물러났고, 덕분에 유원은 참던 숨을 몰아쉴 수 있었다. 지후가 승하와 마주 보고 섰다.

"컨퍼런스 안 가십니까?"

"가야지. 시작했어?"

"곧 시작입니다. 교수님들이 찾으시던데요."

"그래? 콜하지 않고 왜."

"글쎄요. 했으면 받으셨을까요."

비뚜름한 말투, 빈정대는 어조. 꽤나 정신없어 보이더라는 지후의 노골적인 지적에 승하가 힐끔 유원을 돌아봤다. 간신히 긴장을 풀었던 유원이 승하의 눈길에 다시금 긴장해 바짝 어깨를 곧추세웠다.

그랬나. 그랬었던가. 내가.

한쪽 입꼬리를 올려 피식 웃은 승하가 아아, 하고 자그맣게 중얼거렸다. 볼수록 귀엽다니까. 기분 좋게 웃은 승하가 이내 시선을 거두고는 느릿하게 먼저 비상계단을 빠져나갔다.

끝까지 곱지 않은 표정으로 승하를 노려보던 지후가 곧 유원을 주시했다. 두 눈을 질끈 내리감은 유원이 땅이 꺼져라 안도의 한숨을 내쉬었다. 당장이라도 주저앉을 것처럼 다리가 온통 후들거렸다.

애써 추스른 유원이 이윽고 눈을 떴다. 지후를 향해 고개를 들어 올리다가 멈칫했다. 화가 나도 단단히 난 얼굴로 지후가 입술 끝을 씰룩거렸다. 야단에 타박에, 한바탕 퍼부어 주고 싶은 걸 간신히 참아 내는 기색이었다.

민망해라. 어떤 말이 나올지 알겠는 유원으로서는 섣불리 먼저 입을 열 수 없었다. 어지간히도 부담인 침묵을 지후가 매섭게 찢어발겼다.

"야."

"어."

"야, 문유원. 인마."

"왜. 뭐."

"생각 없이 안 굴겠다며. 그래 놓고 뭔데. 그새 잊었어?"

하루 만에 이게 뭐냐는 듯 지후가 사정없이 미간을 구겼다.

그러게. 대체 뭘 하는 건지. 면목 없어진 유원이 설핏 입가를 말아 올렸다. 자조적인 미소가 얼굴 전체를 뒤덮었다.

씁쓸해한다. 근데, 그러면서도 못내 설레어하고 있다. 떨리고 설렌 제 감정들을 하나도 감추지 않는 유원이 지후는 못마땅했다. 불쾌하고, 미치도록 싫었다. 손에 닿는 건 죄다 때려 부수고 싶을 만큼.

어쩌면 좋을까. 진짜 어떻게 해야 할까, 너를.

화가 나서 돌겠는 심정으로 지후는 무거운 한숨을 뱉었다. 할 수만 있다면 벽이라도 한 대 걷어차 주고 싶었다. 온갖 것들 다 집어 던지고 고래고래 소리라도 지르고 싶었다. 근데 그럴 수도 없고 정말. 후우.

혼자 씩씩대는 지후를 물끄러미 보던 유원이 그만 가자며 벽에서 등을 뗐다. 지나치려는 순간 지후가 유원의 어깨를 잡아 도로 벽에 밀어붙였다.

유원이 제 앞에 다가선 지후를 올려다보며 눈을 깜빡였다. 승하하고만큼은 아니었지만 꽤 가까운 거리였다.

"더워?"

"아니."

"세수하고 잘 안 닦은 거야?"

"그런가 봐."

"한심하기는."

그렇게 좋았냐고, 어쩜 그리도 넋을 놓고 가만있었느냐고, 무방비하게 굴던 네 녀석, 아까 완전 꼴불견이었던 걸 아느냐 쏘아대려던 것을 지후는 그냥 말아 버렸다.

그럴 자격이 없으니까. 둘이 뭘 하든 솔직히 지후로서는 하등 관여할 바가 아니었다. 좋아한다는데. 류승하가 좋다는 문유원의 감정을 명백히 제삼자인 제가 무슨 권리로 말리겠는가.

대신에 지후는 유원의 턱을 손등으로 쓰윽 훑었다. 볼과 이마에까지 남아 있던 물기를 꼼꼼히 닦아 준 지후가 엄지손가락으로 살살 유원의 눈매를 건드렸다. 아직도 빨간 눈동자와 가라앉지 않는 붓기가 거슬려 매만지던 지후는 문득 가만히 저를 올려다보는 유원의 눈동자를 발견하고 움찔했다. 기분이, 묘했다. 동시에 불쾌해졌다.

이걸 그 자식도 봤다는 거다. 이렇게 올려다보는 눈동자를, 이 표정을, 이 말갛고 예쁜 얼굴을 류승하 그 자식도.

아마도 나보다 훨씬 더 가까이에서. 너를.

……짜증나게.

순간적으로 치솟는 분노가 상당했다. 딱딱한 말투로 지후는 곧 따라 들어가겠다며 유원을 먼저 보내고는 느릿하게 벽에 기대어 섰다. 주머니에 두 손을 꽂고서 고개를 떨궜다.

먼발치를 내려다보는데 손끝이 자꾸만 욱신욱신 저렸다. 정체 모를 초조함에 지후는 핏줄이 불거질 정도로 힘껏 주먹을 움켜쥐었다.

몇 번이고 아까의 장면이 눈앞에 되풀이되어 아른거렸다. 키스라도 할 듯이 야릇하게 다가가던 승하를 떠올리자 또 불끈 화가 치밀었다. 승하를 바라보던 유원의 발그레한 두 볼과 설렘 가득한 눈빛이 도저히 잊혀지지 않았다. 그런 표정, 그런 얼굴, 지후로서는 모두 다 처음 겪는 일이었다. 그게 참, 씁쓸했다.

마른침을 삼키자 귓가가 먹먹할 정도로 아득해졌다. 욱신. 심장에서 내는 기척을 지후는 외면할 수 없었다.

아랫입술을 힘주어 꾹 베어 물었다. 들릴 듯 말 듯 쓴소리를 읊조리며 눈을 감았다. 꼭 다물린 주먹이 위태롭게 떨렸다. 한층 더 떨구어진 지후의 고개 너머 눈가에 쓸쓸한 그늘이 드리워졌다. 아프다. 심장이. 그리고 맘이.

기다리긴 무슨. 머뭇거리더니 꼴좋구나, 싶다.

서지후. 너.

이제 어쩔래. 어⋯⋯?

02

감정, 깨어지다

컨퍼런스가 끝나자마자 곧바로 병동 회진이 시작되었다. 병실을 돌며 환자들을 살피는 의료진들의 표정이 진지했다.

밤사이 특별사항은 없었으나 이제 막 병원 생활을 시작한 인턴으로서는 한시도 긴장을 늦추면 안 되었다. 전문용어가 등장할 때마다 유원은 놓치지 않고 기록지에 빼곡히 기재하며 몇 번이고 소리 죽여 읊조렸다. 도톰한 붉은 입술이 회진 내내 쉬지 않고 옹알거렸다.

"리플란테이션(replantation, 재삽입술) 들어간다고?"

"그렇습니다."

"퍼미션(permission, 동의서)받고 애피 페인(epigastric pain, 상복부 통증) 있는지 다시 한 번 확인해."

"넵."

"SBC(Simple Bone Cyst, 단순골낭종)라. 어디 좀 봅시다."

건네받은 경과보고 차트와 실제 환자 상태에 차이가 있는지 확인하는 질문에 1, 2년 차 레지던트들이 신속히 답을 했다.

수십 내지 수백 명의 입원 환자들을 매일같이 체크한다는 것은 보통 일이 아니었다. 사소한 실수가 위험한 결과를 초래할 수 있음에 병동 회진은 보다 신중해야 했다. 정확히, 완벽하게, 그러면서도 최대한 신속하고 빠르게 마치는 게 중요했다.

채혈검사를 비롯 영상판독에서 이상을 보이는 환자들이 몇 명 발견되었다. 재검사 시행 환자들의 이름을 꼼꼼히 받아 적은 지후가 동기 은환과 함께 병실을 나섰다.

회진을 마치고 복도로 빠져나가던 김 교수가 문득 레지던트들을 돌아보며 인상을 썼다.

"류승하는 또 어디로 사라진 건가?"

"아, 그게, 저, 하하……."

승하의 단짝 은규가 어색하게 웃으며 대답을 얼버무렸다. 하루 이틀 일이 아니라서 딱히 둘러댈 말이 남아 있지도 않거니와 그 어떤 이유를 대든 궁색한 변명이라는 걸 모르는 이는 아무도 없었다.

쯧쯧쯧. 김 교수가 못마땅한 얼굴로 혀를 찼다.

"당장 콜해, 내 방으로 오라고."

"넵."

"니들도 조심해. 이딴 거 배우는 놈은 없어라, 제발. 알았나?"

"네, 교수님!"

쿵, 하는 소리와 함께 김 교수가 성난 얼굴로 돌아섰다. 펠로우들과 사라지는 그의 뒷모습에 은규가 한숨을 내뱉었다.

"또 어디로 사라진 거야, 이놈자식."

핸드폰으로 버튼을 누르며 걸어가는 은규의 뒤를 1년 차 몇 명이 급히 따랐다. 뿔뿔이 흩어지는 와중 희주가 멍한 유원을 툭 건드렸다.

이런, 이젠 승하의 이름만 들어도 자동으로 정신을 놓게 되나 싶다. 유원이 희주를 보며 어색하게 웃었다.

"수술방 가야지."

"어? 어."

"이래서 빽이 좋다는 거구나. 부럽다."

"응?"

"승하 선배 말이야. 완전 프리해 주시잖아."

감히 2년 차라고 어느 누가 믿겠느냐며 희주가 헛웃음을 지었다. 출근도 퇴근도, 심지어 회진마저 본인 내킬 때 아니면 참석하지 않는 승하였다. 병원장인 아버지에 담당 교수인 김 교수가 고모부인 지금 상황은 동료들마저 이의를 제기하지 못하게 만드는 듯했다.

진짜 있는 놈들이 더하고 잘난 놈들만 더 잘나가고 마는 아주 빌어먹을 세상이라니까. 희주의 비아냥에 유원이 쓰게 웃었다.

"그래도 실력은 탑이잖아."

"그러니까 더 문제라는 거야. 차라리 실력이라도 없으면 덜 억울하게?"

"누가 알아? 안 보이는 데서 혼자 엄청 노력할지."

"너 지금 승하 선배 실드 치는 거냐? 설마 너."

"아, 아니거든! 무슨!"

"오호……?"

미심쩍게 쳐다보는 희주의 눈초리에 당황한 유원이 언성을 높였다. 이내 황급히 입을 틀어막는 유원을 희주가 더욱 의심스럽게 바라보았다.

낭패다. 하여간 이놈의 속마음은 감추지를 못하겠다니까. 어쩜 이렇게 거짓말을 못하는지 스스로가 한심해 유원이 인상을 찌푸렸다.

갈 길이나 가자며 부리나케 걸음을 옮기는 유원의 심장이 두근두근 요동을 쳤다. 이래서야 어디 안 좋아하는 척할 수 있겠느냐고. 그런 유원의 옆에 바짝 달라붙은 희주가 장난스레 뭐가 아니냐 물었다. 점점 더 빨갛게 달아오르는 얼굴로 유원이 어쩔 줄을 몰랐다.

재밌네. 조금 더 골려 줄까 하던 희주가 이내 도착한 엘리베이터 앞에서 웃음을 삼켰다. 옆쪽 벽을 향해 돌아선 유원의 귀가 선명한 분홍빛이었다.

아닌 척 안 그런 척 마구 버튼을 누르는 유원이 부러 미간을 잔뜩 구겼다. 그래 봤자 웃는 상인 얼굴은 전혀 무서워 보이지 않았지만.

머지않아 열린 엘리베이터 안으로 도망치듯 오르려던 유원이 마침 안에서 내리는 지후와 맞닥뜨렸다. 지후가 유원을 보고 뚱한 표정을 지었다.

"얼굴이 왜 그따위냐."

"내가 뭐. 내 얼굴이 뭐, 왜."

잔뜩 뾰로통해진 유원이 씩씩대며 지후를 째렸다. 뭔가 한 마디라도 더 했다간 폭발할 듯 유원의 얼굴이 새빨갰다. 지후가 허, 하고 헛웃음을 쳤다. 이 녀석이 왜 이래?

채혈도구들이 담긴 드레싱 쟁반을 든 은환이 먼저 내려 지후를 재촉했다. 지후가 유원을 엘리베이터에 태우며 당부했다.

"수술방 가지? 나 채혈하고 갈 거니까 먼저 가."

"도와줘?"

"동맥 아직 못 잡으면서 말은 잘도 하네."

"너는 진짜! 야!"

"가라. 뭐라도 먹어, 수술 길어질지 몰라."

무뚝뚝하게 내뱉은 지후가 누르고 있던 열림 버튼을 놓고 돌아섰다. 사람 민망한 말을 낯빛 하나 안 바꾸고 참 잘도 하고 사라지는 지후였다.

그래, 너 잘났다. 어렵다는 동맥혈도 단번에 척척, 아주 명의 납셨다니까. 쳇.

심통 난 유원이 입술을 삐죽이는데 뒤늦게 사람들이 엘리베이터에 올랐다. 얼른 열림 버튼을 눌러 기다려 주는 유원의 눈에 다시금 지후의 모습이 보였다.

병실로 들어서려는 지후에게 음료수를 내미는 젊은 여자. 그 곁으로 쪼르르 다가가 웃으며 인사를 건네는 여자 간호사들. 소란스럽게 몰려드는 그녀들의 관심에도 시큰둥한 얼굴로 대충 인사만 받고 지나치는 지후는 평소처럼 냉기가 흘러넘쳤다.

어느 누구와도 시선 한 번 마주쳐 주는 일이 없었다. 제 볼일이 아니면 도통 관심을 주지 않는 까다롭고 시니컬한 녀석임을 상기한 유원이 저놈의 성질머리, 하고 중얼거렸다.

멍한 유원을 희주가 툭 쳤고 곧 문이 닫혔다. 적당한 수의 사람들을 실은 엘리베이터가 목표 층을 향해 빠르게 움직였다.

"여기서 질문."

"또 이상한 소리 할 거면 하지 말지."

"서지후 있잖아."

……?

아까의 일로 지레 겁먹은 유원이 뜬금없이 터져 나온 지후의 이름에 희주를 돌아봤다. 두 볼은 여전히 발갛게 달아올라 있었다.

승하를 들먹일까 초조해하는 모습이 귀여워 픕 웃어 버린 희주가 이내 나지막이 헛기침을 했다. 목소리를 가다듬는 희주를 유원이 말없이 응시했다.

"혹시 있어?"

"뭐가?"

"그, 여자 친구……나 뭐, 그런 거."

"어?"

"넌 알 거 아냐. 대학 동기잖아, 니들. 맨날 붙어 다니고. …… 있어?"

숨소리가 가득 실린 작은 목소리로 거의 속삭이듯 물은 희주가 말아 쥔 주먹을 입에 대고 큼큼거렸다. 이리저리 허공을 헤집는 희주의 눈동자가 아주 조금 일렁이고 있었다.

태연한 척하며 대답을 기다리는 그녀의 모습이 유원은 무척 생경했다. 여자 친구라. 질문의 의도를 파악하기란 그리 어렵지 않아서, 근데 그러면서도 왠지 단번에 이해되지는 않아 유원은 잠시 말을 아꼈다.

중간층에서 엘리베이터 문이 한 번 열렸고 사람들이 내렸다. 다음 층에서 다시 멈췄으나 타는 이는 없었다. 문이 도로 닫힘과 동시에 희주가 뒷머리를 벅벅 긁었다.

"아, 쪽팔려. 나 원래 이런 거 잘 안 물어보는데."

"근데?"

"인정. 있어, 관심. 서지후한테."

"정말……?"

헐, 하고 유원이 입을 벌렸다. 믿기지 않는다는 듯 크게 뜨인 유원의 눈동자가 부담스러워 희주는 얼른 쪼끔이라는 말을 덧붙였다. 엄지와 검지까지 동원해 가며 매우 상세한 설명을 해 주는 희주였지만 놀랄 대로 놀라 버린 유원에게는 그닥 효과적이지 못했다.

시원하고 털털한 성격에 연애라면 애들 소꿉놀이라고 거들떠도 안 볼 것 같던 희주가 지후한테 관심이 있다니. 아무래도 믿기지 않았다. 유원이 눈을 동그랗게 떴다.

"언제부터?"

"묻지 마, 나도 모르니까."

"진짜? 희주 네가 지후를 좋아한다고?"

"나 말고도 탐내는 애들이 수두룩 빽빽이야. 빨리 걔 여자 친구 있는지나 말해 줘. 설마 있어?"

"아니, 없을걸. 한 번도 없었어."

"뭐?"

다급함에 일그러지던 희주의 얼굴이 한순간 쨍, 하고 펴졌다. 뭔가 엄청난 소릴 들은 것만 같아 희주는 어안이 벙벙해졌다.

거짓말. 그럴 리가 없잖아. 말도 안 돼. 리얼리? 황망한 그 표정만으로도 희주의 심정을 알겠는 유원이 진짜라며 말을 이었다.

"내가 알기론 그래. 대학 때부터 쭉 없었어."

"대박. 그 얼굴에? 그 키와 그 몸매와 그 멋짐에? 왜?"

"성격이 개떡 같잖아, 까칠한 게."

"야, 개떡은 무슨, 그 정도면 다 커버되거든? 그렇게 눈에 띄게 잘난 녀석을 여자애들이 가만 놔뒀단 말야?"

"여기저기 고백은 엄청 많이 받았는데 사귀지는 않더라."

"그니까 대체 왜?"

"글쎄. 여자한테 별로 관심이 없다고 했던 거 같은……."

"에! 설마."

걔 그럼 혹시 남자를 좋아하는 거냐며 희주가 사색이 된 얼굴로 유원에게 물었다. 이야기가 왜 또 그렇게 되는지는 모르겠으나 유원 역시 한 번쯤은 의심했던 바였다. 글쎄. 모호한 유원의 대답에 희주가 울상인 얼굴로 한숨을 뱉었다.

간만에 찾은 완벽남이 게이라니, 맙소사! 반쯤 넋이 나가 중얼거리는 희주의 말에 유원이 그래도 설마 아닐 거라며 웃었다. 저역시 제발 아니길 바란다는 희주가 온갖 신들을 찾아 대며 기도하기 시작했다.

수술장에 도착한 엘리베이터 문이 열렸다. 복도를 걸으며 희주는 얼마간 더 지후를 입에 올렸다. 일단 여자 친구가 없다는 건다행이라는 희주는 유원이 보기에 꽤 적극적이었다.

아직 관심 단계이긴 하나 마음이 더 확실해진다면 고백도 할예정이라는 희주가 수줍게 두 볼을 붉혔다. 지후를 떠올리기만 해도 좋은지 희주의 들뜬 목소리에는 설렘이 가득했다.

유원은 감정 없는 리액션과 무미건조한 얼굴을 하고서 희주의이야기를 들었다. 예전부터 빈번하게 있던 일이라 별다른 감흥이생겨나질 않는 거였다. 화장실 좀 다녀온다며 먼저 가라는 희주를보낸 유원이 미로 같은 수술장 입구로 들어섰다.

불현듯 대학 시절 어느 날의 기억이 떠올랐다. 본과 1학년 기말고사 전날. 질리도록 이어지는 여학생들의 고백에 결국 폭발하고 만 지후가 종일 저기압이던 바로 그.

'와, 표정 대박. 그렇게 싫었어?'

'말해 뭐해. 짜증나 돌아가시겠다.'

'예쁘던데. 너 눈 엄청 높나 보구나? 역시 인물값을 하는 건지도?'

'까분다. 관심이 없을 뿐이야.'

'이상해. 여자들마다 전부 싫다고만 하고. 설마 너 남자가 좋은 건

아니…….'

"으으."

기억을 더듬던 유원이 기겁을 하며 어깨를 떨었다. 장난처럼 던진 말에 죽일 듯이 노려보던 지후의 얼굴은 상상 속에서조차 위협적이었다.

여자만 아니었음 실컷 얻어맞았을지도 모른다 생각하니 오소소 한기가 돌았다. 무서운 놈. 살벌한 놈. 유원이 부산스럽게 팔을 쓰다듬으며 수술방을 찾아 걸음을 재촉했다.

입버릇처럼 여자들은 다 귀찮고 불편하다던 지후를 유원은 똑똑히 기억하고 있었다. 연애할 생각 따위 추호도 없다고, 관심 밖이라고. 괜히 한눈팔았다가 시험 망치면 안 된다고.

생각이 같아 다행이라고 여긴 건 유원이었다. 먹고살기 바쁜 처지에 무슨. 그래서 더 개의치 않았다. 고백이 난무하는 와중에도 꿋꿋이 제 할 일만 하던 지후였으니까.

그럼 뭐, 이제 슬슬 녀석도 시작이려나.

깊어지는 사색이 현실로 이어졌다. 습관처럼 승하를 떠올린 유원이 두 볼을 빵빵하게 부풀렸다. 누군가를 좋아한다는 건 은근 위험한 일인 것도 같다. 생각만 해도 심장이 빨리 뛰어 숨 쉬는 것조차 쉽지가 않아진다.

끝도 없이 차오르는 설렘을 애써 억누르며 로비 끝 코너를 돌았다. 꺼져 있는 수술방 램프를 확인하던 유원이 멈칫했다. 어라.

방금…….

무슨 소리가…….

"하아……. 아……."

수술방 바로 옆에 위치한 준비실. 어둑한 내부로부터 요상한 신음 소리가 새어 나오고 있었다.

느낌이 꽤, 질펀하고 야릇했다. 혹 잘못 들었나 싶어 고개를 갸웃거리는 순간 한층 더 격해진 숨소리가 터져 나왔다.

……이상한데.

유원이 망설임 끝에 조심조심 다가갔다. 미리 예약한 스케줄대로만 이용할 수 있는 수술장은 과별로 분리된 수술방들이 모여 있는 복합적인 구조였다.

타 과에서 잘못 들어올 수도 있지만 그랬다면 바로 나갔을 것이다. 남의 수술 구역에서 시간을 보낼 만큼 한가한 의료진은 없으니까.

일단 누가 와 있는 건지 확인해야 했다. 가장 먼저 도착해 모든 걸 준비해야 하는 인턴으로선 신경 쓰이는 일이 아닐 수 없었다.

오늘 주치의 선생님이 누구누구였더라, 곱씹으며 유원이 살짝 열린 문틈으로 눈을 가져갔다. 생각이 곧 뚝, 하고 끊어졌다.

"이러다…… 들키면…….."

"알 게 뭐야……."

"너무해……."

"누가 먼저 유혹했더라……?"

"읏……!"

익숙한 음성에 유원의 동공이 커졌다. 그보다 먼저 보게 된 놀라운 장면이 시야를 덮고 어지러이 흔들렸다.

어두웠으나 완전한 암흑은 아니었다. 복도로부터 새어 들어가는 빛이 형체를 파악하기에 충분한 도움을 주었다. 그게 유원에게는 안된 일이었다. 직감인지 뭔지 기분이 벌써부터 좋지 못했다. 유원이 두 눈을 질끈 감았다 떴다.

남자, 그리고 여자. 준비실 책상에 앉아 잔뜩 풀어헤쳐진 가운 너머 젖가슴을 드러낸 여자와 그 앞에 선 채 하체를 바짝 붙여 들이밀고 있는 남자는 한창 몸을 섞는 중이었다.

전부 벗지 않은 형체가 되레 더 야했다. 그만큼 급했다는 뜻이려나.

"아……. 자기야……. 아흑……."

잔뜩 헝클어진 머리카락으로 얼굴을 반쯤 가린 여자는 잠시도 쉬지 않고 남자에게 달려들었다. 남자의 어깨에 얼굴을 묻었다가 머리를 댔다가, 하도 난리를 치는 통에 누군지 알아보기가 어려웠다.

그래서일까. 유원은 어느덧 남자만 뚫어져라 보고 있었다. 역시나 가운을 걸친, 바지를 무릎까지 내린 뒷모습이 차츰 더 뚜렷이 눈에 들어와 박혔다.

격렬하게 움직이는 그의 탄력적인 엉덩이가 매끈한 다리와 함께 수축 이완을 반복했다. 폭발적인 힘에 책상이 다 흔들릴 지경이었다.

유원의 미간이 구겨졌다. 이성은 마비됐고 감성은 증폭되어 갔다. 장소와 어울리지 않는 거침없는 그들의 행위에, 이미 다 인지

해 버린 상황에 가슴이 묵직하니 아려 왔다.

심장이 제대로 뛰고 있는지조차 헷갈린다 싶을 즈음 속도를 높이던 남자가 고개를 살짝 옆으로 틀었다. 순간 유원은 숨을 멈췄다.

눈을 지그시 내리감고 호흡을 고르는 그는, 매끈한 콧날과 수려하고 반듯한 옆선을 자랑하는 매력적인 그 남자는 바로, 승하였다.

말도…… 안 돼.

선……배……?

"아, 너무……. 흡……."

"좋다고……?"

"응……. 미치겠어……. 아앙……."

……하아…….

격하게 치닫는 흥분을 이기지 못한 여자가 앓는 소리를 냈다. 사뭇 간드러지는 신음이 포르노 영화의 그것을 방불케 했다.

퍽퍽, 살끼리 마찰하는 소리가 들렸다. 찰박찰박, 젖은 소리도 연신 들려왔다. 적나라한 증거들이 유원의 숨통을 무겁게 짓눌렀다. 끈적하게 달라붙은 둘의 몸이 격정적으로 부딪히고 흔들렸다.

연신 여자의 가슴을 주물러 대는 승하의 손은 능숙하고도 자연스러웠다. 강도를 조절해 가며 매우 현란하게 여자를 더듬고 자극했다. 때문에 여자는 어쩔 줄 몰라 하며 발끝을 오므렸다 폈다 난리도 아니었다.

소문으로 익히 들어 알고 있었는데. 몰랐던 것도 아닌데, 근데…….

이런 장면. 이런 상황. 실사의 힘은 굉장했다. 아무런 마음의 준비도 하지 못한 상태의 유원이 감당하기엔 그야말로 역부족이었다.

과부하에 걸린 머리가 삑삑 위험신호를 보내 왔다. 소문은 소문일 뿐이라고 치부했던 것에 대한 참으로 혹독한 대가였다. 그만 봐야 하는데 눈이 떨어지질 않았다. 몸이, 움직여지질 않는다. 조금도. 전혀. 이를 어쩐다.

'문유원. 이름 한번 귀엽네, 얼굴처럼.'

'네?'

'앞으로 내가 많이 친한 척할 거 같은데. 괜찮지?'

'네……?'

배우처럼 잘생긴 외모, 서글서글한 성격. 누구에게나 다정하게 구는 이른바 만인의 연인. 늘 해사한 미소를 머금고 있는, 보는 순간 설레게 하는 극한 매력의 소유자.

모두에게 잘해 주지만 당사자로선 유일하다고 느끼게 하는 재주가 있었다. 깊고 매혹적인 까만 눈동자에 가득 담기는 순간 여자들은 승하의 모든 관심과 사랑이 오로지 제게만 향해진다고 착각하게 되는 거였다. 그건 유원도 크게 다르지 않았다.

살갑게 웃으며 말을 걸어 줬다. 매 순간 기꺼이 먼저 다가와 줬다. 그래서 특별한 줄 알았다. 특별하게 생각하고 그리 대해 준다고 느꼈다. 물론 누구에게나 그런다는 걸 알지만 아주 조금의 차이라도 존재한다고 여겼다.

내게는, 나에게만은.

아니면 그렇게 될 수도 있을 거라 여겼던 스스로가 한심해 유원은 씁쓸해졌다. 모든 여자들이 흔히 하는 착각이라지만 저 역시 그리될 줄은 미처 몰랐다. 솔직히 본질은 그런 게 아니었다. 승하에게 끌린 건 단순히 그가 잘생기고 멋있어서만은 아니었는데.

그의 웃음 너머에 자리한 공허함에 동질감을 느낀 것부터가 잘못이었는지도 모르겠다. 그가 웃는 이유가 자신과 비슷할 거라고 짐작하지 말았어야 했다. 바보같이.

그게 다 실수였다. 그래서 좋아하게 된 거다. 계속 생각나고 떠오르고, 승하의 얘기만 나오면 두근두근 괜스레 어쩔 줄 모르겠고. 한심하게도.

나는, 뭘 한 거지.

대체, 내가, 누굴…… 좋아한다는 거지……?

"잠깐, 무슨 소리……."

"응……?"

넋을 놓고 보던 유원이 돌아서는 순간 지잉, 진동이 울렸다. 가운 속 핸드폰이 낸 것임을 알아챈 유원은 서둘러 걸음을 옮겼다.

발소리를 들었는지 안에서 부랴부랴 정리하는 기척이 났다. 어떻게든 빨리 자리를 피해야겠다는 생각을 하며 유원이 코너를 돌았다.

필사적으로 걸었다. 그들로부터 멀어지기 위해 무작정 걷고 또 걷는 유원의 얼굴이 창백하게 질려 있었다. 출구가 어딘지도 모르고 걷다가 나타난 다른 구역 수술방 앞에서 안면 있는 타 과 인턴들과 마주쳤다.

건네는 인사조차 받지 못하고 돌아섰다. 제정신이 아니었다. 경황이 없어 흔들리는 시야를 잡을 생각도 못 하고 무작정 걸었다. 그러다 마침내 뛰기 시작했다.

어디로 가는지도 모르고서 유원은 그저 앞만 보고 뛰었다. 일단은 밖으로 나가고 싶었다. 숨이 막혀 견딜 수가 없었다. 후들거리는 다리를 꾹 참고 미친 듯이 뛰어 수술장 입구를 찾았다.

문밖으로 나온 유원이 황급히 왼쪽으로 몸을 돌렸다. 그때까진 몰랐다. 자신이 펑펑 울고 있다는 사실을.

그때, 누군가 유원의 손목을 힘주어 끌어당겼다. 맥없이 돌아세워진 유원의 눈앞이 온통 흐렸다.

"뭐야, 너 왜 이래? 어?"

"흑……."

"왜 우냐고, 지금! 무슨 일인데! 야, 문유원!"

"으윽……. 읍……."

엉망이 된 얼굴로 우는 유원의 모습에 놀란 지후가 버럭 소리를 질렀다. 동시에 지후의 두 손이 유원의 어깨를 강하게 움켜잡았다.

부들부들 심하게 떨리는 유원의 몸이 느껴졌다. 후드득 떨어지는 눈물방울들이 유원의 얼굴을 흠뻑 적셨다. 지후가 미간을 찌푸렸다.

주체할 수 없이 화가 솟구쳤다. 엄청난 속도로 끓어오르는 분노에 지후의 얼굴이 딱딱하게 굳었다. 단번에 통제 불가 상태가 됐다. 유원의 이런 모습은 흔한 것이 아니었으니까.

힘들수록, 아플수록 더 웃는 녀석이 말도 제대로 못 하고 운다. 슬플 때마다 괜찮은 척 부러 더 웃는다는 녀석이 지금, 제 앞에서 오열하듯 울고 있는 거다.

이게 대체 무슨. 하.

답답하고 막막한, 도저히 진정되지 않는 심정으로 유원을 살피는데 옆쪽에서 은환이 다가왔다. 지후가 서둘러 가운을 벗어 유원의 얼굴과 머리를 감쌌다.

"오늘 어시 네가 봐야겠다."

"뭐? 왜?"

"유원이랑 나 급한 일 있다고 말 좀 해 줘. 전화할게."

"나 아직 안 돼, 인마! 서지후! 야!"

가운으로 감싼 유원을 데리고 빛의 속도로 사라지는 지후를 보며 은환은 울상이 됐다. 남자 체면에, 것도 의사가 우습긴 하나 피 울렁증이 심해 아직은 제대로 어시스트조차 볼 수준이 못 되는 그였다.

불행 중 다행으로 명석하고 손 빠른 동기 지후가 매 수술마다 하는 어시를 옆에서 보고 배워 가는 중인데, 게다가 신입 인턴이 수술 바로 전에 말도 없이 불참이라니. 제아무리 총애를 받는 기대주 서지후라도 무사할 수 없을 것이었다. 뒷일이 두려워진 은환이 고개를 절레절레 저었다.

본관 건물을 벗어난 지후는 유원을 데리고 곧장 별관으로 향했다. 병동과 수술장, 의국이 모인 본관보다는 세미나와 학회를 대비한 강의실 위주의 별관이 확실히 한산했다.

비어 있는 소규모 강의실을 발견한 지후가 유원을 안으로 들이고 문을 잠갔다. 낮이긴 해도 블라인드가 드리워진 실내는 제법 어두웠다. 불을 켤까, 말까. 고민하던 지후가 유원을 근처 의자에 앉혔다.

울어서 눈 아플지도 모르니까. 창가로 걸어간 지후가 블라인드를 아주 조금 끌어 올려 사물이 보일 정도로만 만들었다. 새어 나오는 흐느낌. 지후가 유원의 옆에 살며시 몸을 낮췄다.

"계속 울 거냐?"

"흐윽……."

"문유원. 인마."

"흑……."

유원은 그저 울었다. 이곳으로 오는 내내 울었던 것도 모자라 지후가 기다려 주는 한참의 시간 동안을 계속해서 울기만 했다.

고개도 못 들고 끅끅대며, 심하게 울어 거의 쉰 목소리가 된 채로 울고 또 울었다. 너무 놀란 나머지 터져 버린 울음이 그치질 않았다.

지후가 유원을 노려보며 한숨을 내쉬었다. 어쩌면 이렇게 사람 속을, 정말. 생각할수록 화가 나고 짜증이 솟구쳐 기분은 엉망진창이었다. 지후가 싸늘하게 말을 뱉었다.

"그만 울지. 듣기 싫은데."

"흑…… 흑……."

"그만하라고, 좀. 말 들어. 안 그치냐?"

"으…… 왜……."

"뭐?"

"왜…… 내가…… 흑, 네 말을…… 들…… 으흑……."

"……."

지후의 윽박지름에 서운해진 유원이 지후를 향해 눈을 흘겼다. 친구가 우는데 위로해 주지는 못할망정 혼내기나 하고. 천하의 나쁜 놈. 유원이 입술을 삐죽거렸다. 뭐라 뭐라 들리지 않게 웅얼거리는 한편, 눈에서는 연신 눈물이 흘러내렸다.

손등으로 대충 훔치고 나서 또 우는 유원이 원망스레 지후를 째렸다. 물기가 가득 어린 말간 그 얼굴에, 웅얼거리는 작은 입술에 지후가 할 말을 잃어버렸다.

지후는 생각에 잠겼다. 시선은 유원에게 단단히 고정된 채였다. 그러고 보니 이렇게 어두운 공간에 둘만 있었던 적이 있던가.

아무도 없는, 단둘뿐인, 컴컴하고 조용한. 기억을 더듬을수록 기분이 이상해졌다. 훌쩍이며 울고 있는 유원의 모습에 은연중 손끝이 간질거렸다. 뭔가 막, 뒤숭숭하기도 한 것이.

……미치겠네.

왠지 묘한 감각에 사로잡힌 지후가 애써 다른 곳으로 고개를 돌렸다. 차라리 안 보는 게 상책이라는 생각이 들었다. 흔들리는 지후의 눈이 묵묵히 허공을 더듬거렸다.

"다 울었냐."

조금의 시간이 더 흐른 후에야 유원은 울음을 멈췄다. 잦아들던 흐느낌을 알고도 마냥 더 기다려 준 지후가 얼른 나가 휴지와 생수를 사 왔다.

유원은 꼼꼼히 눈물자국을 닦고 물을 마시며 안정을 찾으려 애썼다. 더 보채기도 뭐해 지후는 한숨만 푹푹 내쉬며 상황이 나아지길 기다렸다. 유원이 눈꼬리를 내리며 활짝 웃었다.

"미안."

"알면 됐다."

"콜 계속 안 받았는데 어떡하지?"

막연하던 머릿속이 이제야 제 페이스를 찾았다. 현실을 깨달은 유원이 걱정스레 눈썹을 내렸다. 빨갛게 물든 코끝이 유난히도 반짝거렸다.

꼭 강아지 같네. 지후가 대수롭지 않은 목소리로 죽기밖에 더 하겠느냐고 중얼거렸다. 얼른 가자며 돌아서는 유원의 손목을 지후가 낚아챘다.

"왜 울었는데."

"어?"

"뭔데, 너. 왜 그랬던 거야. 말해."

"아……."

기습적인 지후의 대답에 유원이 그냥, 하고 둘러댔다. 말 한 마디 못 한 채 여태 울어 놓고 그냥이라니. 기도 안 찬다는 지후였으나 유원으로선 대답할 맘이 전혀 없었다.

빨리 가야 하는 거 아니냐며 무음으로 해 뒀던 핸드폰을 꺼내 보던 유원이 마침 번쩍이는 액정을 보고 그대로 동작을 멈췄다.

어둠 속에서도 확연한 빛을 지후의 시선이 좇았다. 승하라는 글자를 확인한 지후가 다음 순간 보게 된 장면은 핸드폰을 꼭 쥔 채 파르르 떨리는 유원의 손끝이었다.

너무도 명백한 반응. 내려지는 결론. 지후의 눈가가 어두워졌다. 재차 물었다.

"말 안 해? 왜 울었어."

"몰라."

"머리 굴리지 말고 말해라. 화내기 전에."

"모른다니까. 그만 가."

"문유원."

"대답하기 싫다잖아. 그만 묻고 빨리……."

"설마 류승하야? 네가 운 거? 그래?"

당장은 힘드니 조금만 나중에 물어 주면 안 되겠느냐고, 그때 가서도 대답할 수 있을지는 잘 모르겠지만 지금만큼은 피해 달라고.

위로를 바라는 게 아니었다. 그냥 잠깐만 놔둬 달라는 거였는데 그것도 못해 주는 지후가 유원은 못내 야속했다. 또 눈물이 차올랐다.

승하의 이름을 보고 들으니 저절로 아까의 기억이 되살아났다. 눈앞에 아른거리는 장면은 여전히 잔인하고 가혹했다. 동시에 환청마저 들리는 것 같아 가슴이 아려 왔다. 격하게 헐떡거리던 거친 숨소리에 속이 울렁거렸다. 맘이, 아팠다.

대꾸 않고 나가려는 유원의 손목을 지후가 낚아챘다. 뿌리치려
해도 놔주지 않는 지후가 무서운 얼굴을 하고서 유원을 노려보았
다.

너까지 이러지 마라, 제발. 촉촉하게 젖은 두 눈으로 유원이 원
망스럽게 지후를 올려다봤다. 지후가 서늘한 목소리로 유원을 타
박했다.

"이 정도였어? 너 이 정도로 그 자식을, 그랬어?"

"상관 마."

"질질 짤 정도로 그 새끼를 좋아한다는 거냐고!"

"글쎄, 네가 상관할 일……."

"또 울기만 해. 가만 안 둬."

지후가 어금니를 악다물었다. 가득 차오른 유원의 눈물이 눈가
에 맺힌 채로 위태롭게 일렁였다. 지후가 인상을 찌푸렸다. 누구
를 향한 분노일까.

그딴 놈을 좋아하는 너? 아니면, 네 마음을 짐작도 못 했던 등
신 같은 나?

유원의 손목을 쥔 손에 점차 힘이 실렸다. 지후가 입술을 뒤틀
며 딱딱하게 말을 뱉었다.

"빈말 아니야. 한 번만 더 울어 봐, 어디."

"……아파."

"분명히 말했다. 더는 짜증나게 하지 마."

"야, 서지후."

"뚝 그쳐. 보기 싫어."

할 말을 마친 지후가 신경질적으로 유원의 손을 놓았다. 크게 휘둘러진 손목을 감싸 쥔 유원이 투둑 흘러내린 눈물에 고개를 떨궜다.

누군 뭐 울고 싶어서 우느냐고 항변하고 싶은 걸 꾹 참았다. 원래 못된 녀석인 건 알았지만 이렇게까지 차가울 줄은 몰랐는데. 가시 같은 말들만 쏟아 내는 지후에 대한 섭섭함과 원망이 목 끝까지 울컥울컥 치밀어 올랐다. 유원이 아랫입술을 꾹 물었다.

반항의 의미로 뒤돌아선 유원의 어깨가 이내 약하게 떨려 왔다. 슬슬 또 울 준비를 하는 것 같았다. 차마 더 볼 수 없어 지후는 먼저 강의실을 빠져나갔다. 그러고는 문에 기대어 선 채 유원을 기다렸다. 유원이 금방 웃으며 나와 주길 바랐다. 하지만.

기대와는 달리 약하게 새어 나오는 흐느낌에 지후의 가슴이 무너져 내렸다. 울지 말라니까. 도로 들어가려다 말아 버렸다.

젠장. 어쩌라는 건지. 말도 더럽게 안 듣는 유원을 탓하며 지후가 있는 대로 미간을 구겼다. 그러쥔 주먹이 지끈거렸다.

03

엇갈린 화살표

"정말 괜찮겠어?"

갓 뽑아낸 차가운 음료수 캔을 눈에 대고 있던 유원이 웃으며 고개를 끄덕였다. 위로 살짝 말려 올라간 입꼬리가 아련했다.

누가 봐도 절대 안 괜찮은 얼굴을 하고서 괜찮다라. 못 말린다는 듯 어깨를 한 번 으쓱한 희주가 가방을 챙겨 들었다. 엘리베이터로 향하는 희주의 옆에 유원이 따라붙었다.

"오늘 응급실 장난 아닐 텐데, 주말이라."

"버텨 봐야지."

"바꿔 준다니까 고집은."

"약속 있다며. 글구 어제오늘 이틀 연속 당직이면 너 쓰러져."

"하긴, 내 코가 석 자다. 근데 진짜 무슨 일인 거야? 서지후랑 뭔 일 있었어?"

버튼을 누르려 손을 뻗던 유원이 멈칫했다. 내리깔린 유원의 눈동자가 작게 일렁였다. 간신히 묻어 뒀던 오전의 일이 기억 틈으로 스멀스멀 새어 나오려 안달이었다.

애써 표정 관리를 하며 버튼을 꾹 누른 유원이 입술 안쪽 여린 살을 잘근잘근 씹었다. 심상치 않은 분위기를 감지한 희주가 흐응, 콧소리를 내며 조심스레 말을 이었다.

"걔 무뚝뚝한 거 알아준다지만 그렇게까지 저기압인 건 처음 봐. 완전 화났던데?"

"……글쎄."

"하루 종일 말 한 마디 안 하고 표정 서늘하게 굳어서는. 설마 싸우기라도 한 거야?"

"싸우긴. 애도 아니고."

"그럼 뭔데?"

"나중에 말해 줄게. 그만 들어가, 고생했어!"

"어어, 야!"

대답하기 곤란한 유원이 마침 도착한 엘리베이터 안으로 희주를 밀어 넣었다. 내심 궁금해 꺼낸 말이건만 유원은 어서 가라며 손을 흔들 뿐이었다.

마지못해 알았다며, 수고하라는 말을 덧붙인 희주가 같이 손을 흔들었다. 닫히는 문 사이로 사라져 가는 희주를 바라보던 유원이 어깨를 들썩여 한숨을 푹 내쉬었다.

오전 수술에 불참한 대가로 유원과 지후는 종일 수술방에 갇혀 있어야 했다. 병동 회진과 진료에도 참석하지 못하고 내내 수술방

어시만 한다는 건 꽤나 고된 일이었지만, 충격으로 머리가 복잡한 상태의 유원에게는 오히려 잘된 일이기도 했다.

긴장감으로 가득한 수술방에 있는 동안은 아무 생각도 안 할 수 있었다. 수술대 위의 환자만 보기에도 정신이 없었으니까.

혹 사소한 실수라도 하진 않을지 유원은 잔뜩 신경을 곤두세우고 열심히 보조를 했다. 게다가 승하가 집도하는 수술방에는 지후가 대신 가 준 덕분에 마주치는 불상사를 피할 수 있었다.

불상사? 하, 이것 참.

유원이 씁쓸하게 웃었다. 언제는 얼굴 한 번이라도 더 볼까, 조금이라도 더 마주칠까 기대하고 기다렸으면서. 마음이 식은 건가 싶다. 벌써라는 말이 어울리는지는 잘 모르겠지만.

이제, 어떻게 해야 하지……?

아무래도 해야겠지. 정리란 거.

"무슨 생각을 그렇게 해?"

"풉!"

은연중 목이 탔다. 끓어오르는 갈증을 잠재우려 음료수 캔을 따 입으로 가져가던 유원이 불쑥 튀어나온 목소리에 놀라 음료를 뿜었다.

두근, 하고 내려앉는 심장을 막을 길이 없었다. 그게 참, 절망스럽달까.

흔들리는 눈동자를 간신히 억누르며 유원이 고개를 들었다. 퇴근 준비를 마친 사복 차림의 승하가 씨익, 입가를 말아 올리는 특유의 미소를 지었다.

"나 더운 줄 어떻게 알고 이렇게 샤워를 다."

"아……. 죄송……."

"죄송하면 한 모금만. 괜찮지?"

얼굴에 튄 음료를 대충 닦아 낸 승하가 유원의 손에서 캔을 가져갔다. 찰나의 순간 손가락이 닿았고, 유원은 저도 모르게 흠칫 어깨를 떨었다. 그런 유원을 힐끔 본 승하가 눈꼬리를 내려 웃고는 음료를 마셨다.

한 모금이라고 해 놓고 벌컥벌컥 마시는 승하를 유원이 빤히 쳐다보았다. 입까지 바싹 대고 마시는, 남이 먹던 것이라곤 전혀 개의치 않는 허물없는 그의 행동에 유원이 굳으려는 표정을 애써 풀었다. 심장 한쪽이 따끔거렸다.

결국 다 마셔 버린 승하는 한사코 괜찮다는 유원을 휴게실 자판기 앞으로 이끌었다. 대충 아무거나 골라 버튼을 누른 유원에게 승하가 음료를 뽑아 내밀었다. 마개를 따서 입구를 소매로 정성스레 닦아 주기까지 했다.

말갛게 웃는 눈꼬리가 부드럽게 휘어지며 유원을 응시했다. 또 저런다. 세상 어느 누구한테도 관심 없다는 듯, 오로지 너뿐이라는 얼굴과 눈빛으로 바라봐 주는 승하가 유원은 못내 야속했다.

난 지금 속이 속이 아닌데. 눈도 제대로 못 쳐다보겠는데. 대체 어쩌라는 건지. ……후우.

괜한 원망감에 대충 캔을 건네받고 시선을 피하려는 유원에게로 순간 승하가 손을 내뻗었다. 그러고는 살짝 흐트러진 유원의 머리를 매만졌다. 피할 새도 없이 불시에 이뤄진 접촉이었다.

주변을 지나던 타 과의 여레지던트 둘이 그런 승하를 보고 꺅 소리를 질렀다. 숨기지 않고 터져 나온 그녀들의 관심에도 승하는 오직 유원만 바라볼 뿐이었다.

사라락, 하고 흩날려 떨어지는 앞머리 사이로 승하가 그윽하게 눈을 맞춘 채 미소 지었다.

"당직?"

"네."

"피곤하겠다. 좀 도와주고 갈까?"

"……괜찮습니다."

"뭐 먹고 싶은 건 없어? 이따 야식 사다 줄게. 뭐 좋아해?"

매우 다정하게 물어 오는 승하의 말에 유원이 입을 다물었다. 평소와 같은, 아니 어쩌면 평소보다 더 살갑게 대해 주는 승하가 낯설었다.

싫다는 건 아닌데, 싫을 리가 있겠냐마는 곧이곧대로 받아들이기엔 마음의 상처가 너무 큰 탓이었다. 불현듯 또 떠올라 아른거리는 준비실에서의 장면에 유원이 저도 모르게 인상을 찌푸리며 고개를 떨궜다.

울면 안 돼. 울기만 해 봐, 너.

혼자 별스런 미련 떨지 말자는 각오로 주먹을 꼬옥 말아 쥐기까지 하며 어떻게든 스스로를 다잡는 유원을 승하가 나지막이 불렀다.

"문유원."

"……네."

"유원아."

"듣고 있습니다."

"너, 괜찮아……?"

걱정스러운 말투로 승하가 넌지시 말을 꺼냈다. 귓가로 들어오는 그 목소리가 정도 이상으로 감미롭고 달달해서 유원의 시선이 저절로 들어 올려졌다. 근심이 가득한 다정한 눈빛으로 자신을 바라보고 있는 승하가 보였다.

허리를 조금 숙여 키를 맞춰 주기까지 하는 그의 정성에 유원이 조용히 눈을 감았다 떴다. 미워할 수도 없게 만들려는 건가.

생각이 정리되자 감정은 되레 더 깊어지는 것 같았다. 조심스레 올려다보는 유원을 향해 승하가 웃으며 말을 이었다.

"기분 말이야. 괜찮냐고."

"기분이요?"

"응. 완전 상한 얼굴이라서."

"……아닌데요."

"거짓말도 할 줄 아네. 의외네, 문유원."

"……."

"나 네 표정만 봐도 알아. 기분이 좋은지, 나쁜지. 왜인 줄 알아?"

너한테 관심이 무지 많거든, 하고 덧붙인 승하가 한쪽 입가를 말아 올렸다. 동시에 휘어진 눈꼬리에 한없이 말간 미소가 실렸다. 보기만 해도 가슴이 두근, 울리는 묘한 표정을 하고서 그보다 더 설레는 말들을 들려주는 승하를 유원은 그저 바라볼 수밖에 없었다.

거짓말인 걸 알면서도 믿고 싶은 마음. 가까이에서 맡아지는 머스크향이 지독히도 달콤하게만 느껴졌다. 유원이 들릴 듯 말 듯 작게 한숨을 뱉었다.

종일 안 보여서 걱정했다며 혹 무슨 일 있는 거냐고 묻는 승하의 다음 질문에는 당연하게도 답을 할 수 없었다. 그만큼 신경 써 주고 있다는 뜻일 테지만 유원은 솔직히 헷갈렸다. 승하의 말은 이제 그 어느 것도 확신할 수 없을 지경이 되었기에.

좋아하는데 밀다. 좋아하니까 서운하고 서러운 거다. 슬프고 괴롭고 힘든 온갖 종류의 감정들이 일시에 휘몰아쳐 가슴을 짓눌렀다.

그쯤 되자 짐작이 됐다. 표정만 봐도 안다는 아까의 말은 필시 거짓일 거라고. 그랬다면 지금 제가 어떤 기분인지부터 알아야 하니까.

이렇게 떨려 죽겠는 심정으로 바라본다는 건 진작 알아차려야 하지 않나, 하는 생각이 들었다. 유원은 문득, 소리 내어 엉엉 울어 버리고만 싶어졌다.

"힘들면 콜해, 근처에서 마실 거니까."

"……."

"맘 같아선 지금 확 데려가고 싶은데. 같이 갈래?"

"아뇨, 그건 좀."

"그럼 이따 봐서 중간에 제끼고 나와. 내가 책임질게, 응?"

"나를 좀 책임져 봐라, 이놈아! 너 땜에 맨날 나만 호출이잖아!"

병원이란 곳이 워낙 상하관계가 뚜렷한지라 거역이 쉽지 않다지만, 승하의 억지까지 따라 줄 수 없어 난감해하던 유원이 마침 나타난 은규에게 꾸벅 허리를 굽혔다.

당장이라도 잡아 죽일 기세로 씩씩대던 은규는 유원을 향해 잠깐 표정을 풀더니 다시 승하를 보며 바락바락 성을 냈다. 이에, 귀 따갑다는 표정으로 닥치란 한 마디를 던진 승하가 유원에게 손을 흔들며 돌아섰다. 그러고는 쉴 새 없이 종알대는 은규를 끌고 걸어가며 한 번 더 유원을 돌아보았다.

전화할게. 수고.

입만 벙긋거리는 승하에게 별다른 말없이 꾸벅 인사한 유원은 은규와 사라지는 승하의 뒷모습을 조금 더 바라보고 서 있었다.

로비를 지나 스테이션 근처에서 간호사들에게 둘러싸여 웃어 주는 승하를, 이내 엘리베이터 쪽으로 걸어가며 은규와 뭐라 뭐라 우스갯소리를 주고받는 모습까지 보다가 돌아섰다.

왠지 가슴 한구석이 서늘하게 시렸다. 유원이 입술을 꾸욱 다물었다.

'엄청 사랑했던 여자가 사고로 죽었대. 그 뒤로 이상해졌다더라.'

'친엄마가 돌아가셔서 아니었어? 난 그렇게 들었는데?'

'그래? 난 사촌 누나가 죽어서라고 들었는데. 그 누나랑 완전 친했어서 충격이 컸다고.'

'이유야 어쨌든 애정결핍이 확실해. 잠자리는 아무하고나 갖지만 누구한테도 진심은 안 준다잖아.'

한 발 한 발 내딛는 제 걸음을 내려다보며 유원은 묵묵히 복도를 걸었다. 언젠가 들었던 승하에 대한 소문들을 머릿속으로 가만히 곱씹어 보았다. 확인되지 않은 소문임에도 듣는 순간 괜스레 맘을 아리게 하는 것들이었다.

그래서였을까. 승하를 생각하면 외롭고 쓸쓸한 기분 먼저 느껴지던 것이.

그래서였나.

담는 줄도 모르고 마음에 담아 버린 것이. 어쩌면.

'근데 저렇게 잘나서 감정 없이 그것만 해 대는 건 좀 그렇지 않니?'

'그래도 좋아, 류승하잖아. 저 인물하고 키스만 하는 것도 감지덕지지.'

'나도! 저 얼굴에 저 몸에, 잠자리에선 얼마나 황홀할까. 아, 미친다.'

'경험과 기술은 비례한다는 말이 있긴 하지. 듣기로 끝내준다더라고.'

'대박. 게다가 병원장님 외아들이시잖아. 잘만 보이면 인생 한 방일 수도?'

병원 어딜 가든 여자 둘 이상만 모이면 승하를 입에 올렸다. 가진 게 많은 승하를 두고 팔자 한번 고쳐 보겠다는 마음을 먹는 이들도 여럿이었다. 그런 이야기들을 들으며 유원은 그녀들이 조금은 한심하다는 생각을 한 적도 있었다. 뭐, 이제 와 생각하면 피차일반인 것 같긴 하지만 말이다.

그래도 유원은 그냥, 승하가 궁금했다. 류승하라는 사람이, 그가 가진 생각이, 그의 마음과 그의 감정이란 게 대체 어떻게 생겼을지 알고 싶었다.

호기심은 호감이 되었고, 마치 당연한 수순처럼 유원으로 하여금 승하에게 신경을 곤두세우게 만들었다. 매 순간 누군가가 떠오르고 생각난다는 건 유원으로선 처음 느껴 보는 생소한 감정이었다. 그게 너무 신기한 나머지 의심조차 못 하고 여기까지 왔다.

그래. 그렇긴 한데. 아무래도 난 말이지.

무수히 많은 다른 여자들처럼 아무나 취급은 싫으니까.

나오라는 대로 나가고, 달라는 대로 주고, 그런 건 죽기보다 싫으니까. 그러니까.

"……미안. 내가 좀 꼴값이에요."

유원이 혼잣말을 중얼거리며 쓰게 웃었다. 아래로 처진 눈꼬리가 한없이 아련했다. 하필 그런 사람을 좋아하게 되다니 얄궂기도 하지.

생각할수록 어이가 없어 고개를 저으며 걷던 유원이 멈칫했다. 그러고 보니 승하가 건네준 음료수를 한 모금도 마시지 않았다는 걸 깨달았다.

아까워서 못 마셨나. 나 참.

복잡하게 타들어 가는 마음으로 유원이 코너를 막 돌 때였다. 저 앞에서 오던 은환이 유원을 보고 눈을 반짝였다.

"야, 문유원! 너 인마! 어딜 그렇게 싸돌아다녀!"

안경을 밀어 올리며 얼굴이 시뻘겋게 달아오른 채로 달려오는 은환의 모습에 유원이 고개를 갸웃거렸다.

당직까진 여유 시간이 제법 남아 있었다. 막간을 이용해 저녁이나 먹으려던 참인데 타박이 웬 말인지. 유원은 그대로 걸음을 멈춰 섰다. 다가온 은환이 유원의 손에서 음료를 낚아챘다.

"아고, 목말라. 좀 마시자."

"나 찾았어?"

"그래, 인마. 지후 녀석 어찌나 난리법석인지 말도 못한다."

"응?"

"수술 끝내고 나왔는데 너 의국에 없냐면서 날 들들 볶잖아. 핸드폰은 왜 꺼져 있는 거야?"

"핸드폰?"

아차 싶은 유원이 서둘러 가운 주머니를 뒤적였다. 요즘 자주 깜빡깜빡한다 했더니 오래된 핸드폰이 또 그새 배터리 방전으로 잠시 꺼진 모양이었다.

전원을 켜니 다시 멀쩡한 상태가 된 핸드폰을 보며 유원은 이참에 바꾸든지 해야겠다고 중얼거렸다. 음료수 원샷으로 갈증을 해소한 은환이 한숨 돌린 얼굴로 말을 이었다.

"암튼 내려가 봐, 지후 방금 수술방 들어갔어."

"또?"

"응급환자 땜에 급하게 불려 들어갔다. 수술장 앞에서 기다리래. 쑤쳐(suture, 봉합)만 하면 된다니까 금방 끝날 거야."

"아……."

"다른 데로 새지 말고 후딱 내려가라. 알겠지?"

은환이 재촉하며 유원의 등을 떠밀었다. 못 믿겠는지 은환은 아예 엘리베이터 앞까지 유원을 데려가 버튼도 눌러 주었다.

애를 대체 뭘 얼마나 잡은 거냐. 냉기가 잔뜩 실린 무서운 얼굴로 다그쳤을 지후를 떠올리는 건 그닥 어려운 일이 아니었다. 당직까지 하려면 고생일 거라며, 병동에 들러 드레싱이라도 해 주고 퇴근하겠다는 은환의 말에 유원이 고맙다며 작게 웃었다.

잔심부름부터 각 과의 콜과 업무지시를 받느라 심신이 고달픈 인턴의 출발치고는 나름 인복이 있는 편이었다. 다른 과들은 들어 보면 서로서로 농땡이를 피우려 안달이라는데, 그래도 유원을 비롯한 정형외과의 인턴 네 사람은 그런 기미라곤 없었다.

이게 다 처음부터 엄포를 놓은 지후 덕인지도 모르겠다. 절대 각자 할 일을 남에게 미루지 말자고 신신당부하던 녀석의 그 위협적인 눈빛도 한몫했겠지.

그런 걸 떠나 희주와 은환이 요즘 애들답지 않게 착한 영향도 크다는 생각을 하며 유원이 고개를 주억거렸다. 땡, 소리와 함께 엘리베이터에서 내려선 유원이 수술장 안으로 걸음을 옮겼다.

"오. 한다, 한다."

"저 봐, 시킬 줄 알았다니까."

"손놀림 예술인데? 웬일이니, 엄청 빨라!"

트라우마가 꽤나 깊었는지 수술장 안으로 들어갈수록 기분이 언짢아졌다. 그래도 계속 이런다는 건 말이 되지 않기에 밖에서 기다릴까 하던 맘을 접고 수술방을 찾아 들어가던 유원은 꽤나 소란스러운 말소리들을 감지하고 시선을 주었다.

마취과 여자 인턴 둘이 어느 수술방 안을 들여다보며 호들갑을 떨고 있었다. 담당 수술은 끝난 듯한데 식사도 하러 가지 않고 구경을 하고 있다는 게 어쩐지 호기심을 자극했다. 인사할 틈도 없어 보이는 그녀들 뒤로 유원이 조심조심 다가갔다.

어라? 저 녀석······.

모두의 시선을 사로잡은 수술방 안에는 급하게 불려 들어갔다던 지후가 있었다. 근데 그보다 중요한 건 지후가 환자의 환부에 직접 손을 대고 있다는 사실이었다. 거의 끝나고 봉합만 남았을 거라던 은환의 설명이 떠올랐다. 유원이 눈을 감았다 떴다.

수술용 바늘을 손에 쥔 지후가 꼼꼼하게 봉합을 해 나갔다. C-arm(수술시 뼈 촬영을 위해 사용하는 방사선 촬영기) 잡는 것에도 아직 서투른 유원은 환자의 어깨 부근 넓은 상처를 야무지게 잘도 꿰매는 지후의 모습에 소리 없이 감탄을 했다.

떨리지도 않는지 망설이는 기색 하나 없이 매우 능숙하게 손을 놀리는 지후는 눈빛에서마저 한 치의 흐트러짐도 찾을 수 없었다. 하여간 잘났다니까. 주변의 의료진들 대부분이 비슷한 생각을 하는 듯 연신 고개를 끄덕이고 있었다. 유원이 한껏 숨을 죽였다.

인턴 근무 첫날부터 주목받은 것에 비하면 사실, 지후의 수술방 데뷔가 빠른 편은 아니었다. 위계질서가 엄격해 웬만해선 잡일 담당인 인턴이라지만, 아마도 지후를 눈여겨보던 누군가가 불러들여 직접 해 보라고 지시를 내려 준 것임에 틀림없었다.

고작 봉합이라는 말조차 할 수도 없겠다. 그럴 정도로 재빨리 움직이는 지후의 현란한 손놀림에 유원은 입까지 헤— 벌리고 완벽한 감상 모드에 돌입했다.

큰일이구나. 자료 찾는 것도 일등, 분석도 일등, 순발력에 응용력에 집중력마저 월등한 저 녀석을 대체 뭘로 이기면 좋을지 유원은 순간 심각한 고민에 빠졌다.

참으로 부질없을 생각에 빠져 허우적댈 무렵 수술방 램프가 꺼졌다. 문이 열리기 바로 직전 유원이 뒤쪽으로 슬그머니 물러섰다.

"잘하네, 서지후. 1, 2년 차들보다도 훨 나은데?"

"과찬이십니다."

"아냐, 완벽했어. 접합 부위라 쉽지 않았을 텐데 집중력이 아주 대단해."

수술방을 나서며 건넨 치프 현태의 칭찬에 지후가 꾸벅 고개를 숙였다. 별다른 감흥을 표현하지 않는 무뚝뚝한 표정인 지후의 어깨를 두어 번 두드리는 현태의 얼굴에는 만족감이 상당했다. 따라 나온 다른 의료진들도 엄지를 치켜세웠다.

수줍게 서성이던 마취과 인턴들이 다가가 잘 봤다며 지후에게 인사를 건넸다. 역시나 지후는 시큰둥한 얼굴로 대충 화답할 뿐이었다. 눈도 잘 마주치지 않는 그의 표정 가득 귀찮은 기색이 역력했다.

괜한 뿌듯함에 따라 웃으려던 유원이 지후의 행태에 혀를 끌끌 찼다. 욕하는 것도 아니고 칭찬하는 건데 웃으면서 받아 주면 좀 좋아. 천성이 차가운 녀석인지라 못 말린다는 생각으로 고개를 절레절레 젓는데 문득 주위를 둘러보던 지후가 뒤쪽의 유원을 발견하고 걸음을 멈췄다.

죄지은 것도 아니건만 유원은 본능적으로 코너 뒤에 몸을 숨겼다. 솔직히 선배들과 다 같이 밥을 먹는 건 질색이었다. 메뉴 고르는 것도 힘들고 내내 눈치 보이고, 혹시라도 먹다 남기면 일과가 안 힘들었느냐 타박이고 이래저래.

유원의 속내를 알아챈 지후가 뒷정리를 깜빡했다며 수술장 밖으로 사람들을 보내고 돌아섰다. 조용히 코너 뒤쪽에 숨어 있던 유원의 앞으로 곧 가늘고 긴 그림자가 드리워졌다.

고개를 삐딱하게 기울인 지후가 유원의 앞을 턱, 하니 막아서며 입을 열었다.

"뭐하냐."

"뭐가."

"기다리랬더니 왜 숨어 있냐고."

"그야……."

대꾸를 하다 만 유원이 고개를 빠끔 내밀어 밖을 살폈다. 현태를 비롯한 선배 의료진들의 모습은 이미 온데간데없었다.

안도의 한숨을 내쉬는 유원을 보며 지후가 미간을 설핏 구겼다 폈다. 굳이 듣지 않아도 알겠는 대답을 일부러 시킨 의도는 뭘까 싶다.

뻔하지. 혹시라도 너, 이런 순간에조차 그놈 생각하는 걸까 봐.

딱딱하게 표정을 굳힌 지후가 유원에게로 얼굴을 불쑥 들이밀었다. 유원이 눈을 동그랗게 떴다.

"왜?"

"설마 울었어?"

"어?"

"또 어디 처박혀서 혼자 울고 짜고 한 건 아니겠지?"

아주 그랬단 봐, 라며 지후가 으름장을 놓았다. 하도 무섭게 다그치는 통에 유원은 괜히 심술이 났다. 진짜 확 울어 버릴까 보다, 란 맘까지 들어 버리는 게.

소심한 반항은 그러나 위협적인 서지후의 눈빛 앞에선 차마 현실화될 수 없었다. 밥이나 먹으러 가자고 돌아서는 유원을 지후가 늦지 않게 잡아 세웠다.

손목이 잡히는 순간 유원은 저도 모르게 움찔 놀라 버렸다. 지후의 손이 너무나 뜨거웠다. 갓 수술방에서 나온 탓이려나. 그래서 이런 건가.

머뭇거리는 유원을 벽에다 밀어붙인 지후가 다시금 유원과 빤히 눈을 맞췄다. 티 없이 맑은 지후의 까만 두 눈이 유원의 얼굴 곳곳을 누비며 관찰하려 들었다. 아마도 진짜 울진 않았나 살피려는 것 같았다. 오전에 그렇게 호통을 쳐 댄 걸로는 모자랐던 걸까.

아, 이 의심도 많은 녀석 같으니라고. 아까는 축하한다는 말들에도 죄다 본척만척하더니 제게만 왜 이러는지. 유원이 못마땅해 인상을 찌푸렸다. 지후의 눈빛이 한층 더 날카로워졌다.

"어쭈, 표정 풀어라."

"싫다."

"입 집어넣으라고."

"싫다고."

"자꾸 화나게 할래? 혼나, 진짜."

지후가 어허, 하며 아랫입술을 지그시 베어 물었다. 가끔 이럴 때 보면 꼭 유원보다 한참이나 어른인 것처럼 구는 지후였다.

기가 막혀서. 누군 뭐 화 안 났나. 힘들어 우는 친구 위로해 주지는 못할망정 무섭게 혼내기나 하고 이 천하의 인정머리 없는 놈.

앞으로 내밀어진 유원의 입술이 도통 들어갈 줄 모르고 샐쭉거렸다. 보다 못한 지후가 유원의 입술을 엄지와 검지로 꽉 움켜쥐었다. 유원이 기겁을 했다.

"우우!"

"아프냐?"

"으어으어!"

"뭐라는 거야. 말 똑바로 해."

"우어아으어아! 어어!"

"……바보가."

버둥거리는 유원의 모습에 웃음을 참은 지후가 그만 유원의 입술을 놓아주었다. 원망 어린 얼굴로 씩씩거리며 유원이 지후를 째렸다.

그러거나 말거나 지후는 심드렁한 얼굴로 배 안 고프냐고 물었다. 싸워 봤자 이길 수 없는 상대에겐 이른 포기가 답이었다. 분하긴 하지만 금세 화제전환이 돼 버린 유원이 앞장서는 지후를 따라 걸음을 옮겼다. 지후가 옆쪽의 유원을 힐끔 돌아보았다.

"핸드폰은 왜 자꾸 그래?"

"몰라, 배터리 풀인데도 수시로 꺼지네."

"그러게 저번에 바꾸자니까 말 안 듣고."

"돈이 썩어 나냐? 아직 괜찮은 것도 같아. 켜면 다시 멀쩡해, 더 쓸 수 있어."

"내가 하나 사 줘?"

수술장을 나서며 건넨 지후의 말에 유원이 입을 다물었다. 부담스럽지 않게 툭 던진 말임에도 그 안에 담긴 지후의 속내가 고스란히 느껴졌다.

됐거든, 내가 거지냐. 대충 얼버무린 유원은 애써 웃으며 시선을 피해 버렸다. 그런 유원을 지후는 티 나지 않도록 제법 오래 쳐다보았다.

지후는 아니라고 할 테지만 유원이 볼 때는 명백한 동정이었다. 가정환경을 털어놓은 그날부터 지후는 은근 유원을 살피고 챙겨 주었다. 남들에게는 찔러도 피 한 방울 안 나는 냉혈한으로만 통하는 서지후가 제게는 살짝 져 주기도 한다는 걸 유원은 어느 정도 파악했다.

물론 뭐만 하면 지적질에 맘에 안 든다며 시도 때도 없이 버럭 성질이나 부려 대는 지후지만, 아주 심하다 싶을 정도로 화를 내거나 유원을 잡거나 하진 않아 주는 거였다. 지금처럼 저렇게 핸드폰도 다 사 준다고 하고.

현실이 씁쓸하긴 하나 되받아쳐 매도할 만큼 민감하게 굴 사안은 아니라는 생각이 들었다. 그냥 해 본 말일 테니까. 친구가 참 안돼 보여서. 홀로 생각을 정리한 유원이 입가를 쓱 말아 올렸다.

지후가 유원을 몇 번 더 힐끔거렸다.

구내식당에서 저녁을 먹고 병동으로 향했다. 간단한 드레싱 처치를 한 번씩 더 끝내고 추가 채혈까지 마치고 나서야 응급실 당직이 시작되었다.

과연 주말은 주말이었다. 길지 않은 간격을 유지한 채로 환자들이 끊임없이 들이닥쳤다. 한 명을 보고 나면 두세 명이 기다리고 있는 상황에 유원과 지후는 타 과의 당직 인턴들과 함께 정신없이 환자들을 봤다.

거짓말 조금 보태어 화장실 갈 틈도 없었으나 그나마 다행인 것은 진단을 내리기 어려운 환자는 많지 않다는 사실이었다. 그래도 역시 인턴에게 있어 노티(notify, 보고하기)란 쉬울 수만은 없는 일.

잘못 판단해 애꿎은 과의 전문의를 호출했다간 날벼락을 맞기 일쑤였다. 단잠을 깨웠다며 혼나는 것은 물론, 환자에게 있어서 귀중한 생명을 단축하는 돌이킬 수 없는 재앙이 된다.

유원은 병력 청취와 차트 작성을 최대한 꼼꼼히 하려고 애쓰며 신속 정확하게 움직였다. 혹시 놓친 부분이 있는지 거듭 확인해 가며 친절하게 환자들을 살폈다.

어느덧 자정이 훌쩍 넘은 시각. 환자 수가 차츰 줄어듦에 따라 슬슬 피곤이 몰려왔다.

"많이 졸려?"

"어, 죽겠다. 넌?"

"별로."

"괴물."

연거푸 하품을 해 대는 유원과는 달리 지후는 여전히 쌩쌩했다. 유원이 눈을 가늘게 떴다.

어떻게 된 게 흰자위에 실핏줄 하나 서지 않은 거냐, 너는. 에라이.

생각할수록 서지후는 정말 희대의 불가사의였다. 머리는 물론 체력까지 완벽한 녀석이 신기하고 의아했다. 고개를 절레절레 젓는 유원에게 커피라도 사다 주겠다며 지후가 일어섰고, 그와 동시에 불량한 인상의 남자 하나가 비틀거리며 응급실로 들어섰다.

내가 갈게. 잠이라도 깰 요량으로 유원이 서둘러 남자에게 다가갔다. 지켜보던 지후가 그만 휴게실로 걸음을 옮겼다.

"어떻게 오셨어요?"

"밥 먹는데 갑자기 머리가 아파서요."

"눈썹 찢어진 건 어쩌다 그러셨어요?"

"찢어져요? 아까 잠깐 넘어졌더니 그랬나."

"좀 볼게요, 이쪽으로 누우세요."

피곤을 억누르며 생글생글 웃는 얼굴로 환자를 살핀 유원이 대기하는 간호사를 불러 혈압과 맥박을 측정했다. 정상 범주에 있긴 했으나 혈압이 살짝 높았다.

남자의 동공과 안색을 꼼꼼히 살피던 유원이 흐릿하게 맡아지는 알코올 향을 감지했다. 밥을 먹은 게 아니라 술을 마셨군. 유원이 남자에게 질문했다.

"속은 어떠세요? 구토 증세 있으신가요?"

"아니요."

"어지럼증은요? 머리가 어떻게 아프신 거예요?"

"깨질 거 같아. 어떻게 좀 해 줘 봐요."

"혹시 아까 넘어지실 때 정신 잃으셨었어요?"

계속되는 질문에 남자가 짜증 섞인 얼굴로 고개를 끄덕였다. 그러더니 더는 대답하지 않겠다는 듯 마구 손사래를 쳤다.

안면근육이상과 언어장애는 없으나 조심할 필요는 있었다. 혹시 모를 뇌 쪽의 손상을 막기 위해 유원이 CT 촬영을 청했다.

"바늘 준비해 주시고 Brain CT 먼저 찍어 볼게요, 영상의학과 선생님 연결해 주세요."

"네, 인턴 선생님."

"사진 찍으러 가시기 전에 찢어진 곳 먼저 꿰매 드릴게요. 잠시만요."

"사진도 아가씨가 찍어 주는 건가?"

부리나케 달려가는 간호사를 따라 돌아서던 유원이 손목을 잡아채는 남자 때문에 멈칫 서 버렸다. 아까부터 남자의 낌새가 뭔가 심상치 않다 싶었다.

느물거리는 표정과 눈빛으로 남자가 유원의 몸을 이리저리 훑었다. 당황한 유원이, 그럼에도 미소를 잃지 않은 채로 잡힌 손을 빼내려 애썼다.

"죄송한데 이거 좀……."

"묻잖아. 사진도 아가씨가 찍어 주냐고."

"그건 방사선사 선생님이 따로……."

"에이, 난 아가씨한테 찍히고 싶은데. 몇 살이야? 애인 있어?"

"저기, 환자분. 저기요."

"예쁘게도 생겼네. 이리 와 봐."

"꺅!"

남자가 한순간 손에 힘을 줘 유원을 확 잡아당겼다. 그 바람에 하마터면 남자의 몸 위로 겹쳐 쓰러질 뻔한 유원이었다.

어떻게든 다리에 힘을 주고 버틴 유원이 남자의 손을 뿌리쳤지만 작정을 한 듯한, 것도 육중한 체격의 남자를 당해 내기엔 실로 역부족이었다.

한쪽에서 지켜보는 간호사가 도와줄 처지도 못 되고, 잠깐 짬을 내 휴식을 취하러 간 건지 타 과 인턴들조차 보이질 않아 유원은 애가 탔다. 최대한 좋게 말해서 달래 보려는 유원의 손을 낚아챈 남자가 연신 주물럭거리며 능글맞게 히죽 웃었다.

"어이구, 손 고운 것 좀 보소. 비단 같네, 비단."

"환자분, 이러시면 제가 곤란하거든요?"

"아가씨 때문에 나도 곤란해. 왜 이렇게 예쁘게 웃어? 구미 당기게."

"저기, 저기요……!"

"그만 안 하시면 경찰 부릅니다."

일진 한번 더럽게 사납구나 싶었다. 오전의 승하부터 시작해 오늘 진짜 왜들 이러냐며 울상이 되려던 유원이 마침 나타난 지후 덕분에 위기에서 벗어났다.

뛰듯이 서둘러 다가온 지후가 남자로부터 유원을 빼내어 제 뒤로 데려가 숨겼다. 지후의 표정이 이루 말할 수 없을 만큼 딱딱하게 굳어 있었다.

보기만 해도 서슬 퍼런 그 매서운 눈빛에 남자가 저도 모르게 흠칫거렸다. 지후에게 손목을 강하게 붙들린 채로 유원 역시 숨을 죽였다. 남자가 기선제압을 하려는 듯 먼저 입을 열었다.

"넌 뭔데 끼어들어?"

"병원에 있는 제가 뭐겠습니까. 가운 입은 거 안 보이세요?"

"뭐, 인마?"

"됐고, 사과부터 하시죠. 아님 그냥 나가시든가."

"이, 뭐 이런! 싸가지가. 야!"

얼굴이 시뻘겋게 달아오른 채로 남자가 벌떡 일어나 눈을 부라렸다. 표정 변화 하나 없이 시니컬한 자세로 지후가 말을 이었다.

"사과하시고 치료받으실래요, 아님 경찰서 가실래요?"

"인마! 너 몇 살이야! 어디 감히!"

"한 번만 더 소리 질러 보세요. 마취 안 하고 꿰매는 수가 있습니다."

"허! 이게 근데!"

"사과 진짜 안 하실 겁니까? 그냥 꿰맬까요?"

한층 더 서늘해진 눈빛의 지후가 나지막이 읊조렸다. 절대 빈말 아니란 듯 지후의 표정에는 뚜렷한 살기마저 어려 있었다.

남자는 기가 막혔다. 나이로 보나 체격으로 보나 제가 월등하건만, 결코 무시할 수 없을 위협적인 눈빛을 지후는 갖고 있었다.

어찌나 죽어라 노려보는지 싸늘한 그 기세만으로도 충분히 위협을 받는 기분이었다. 저렇게까지 살벌한 눈빛은 흔치 않았다.

끽해야 이십 대 초반일 것 같은 놈이, 의사 가운 좀 입었다고 까부는 거야, 뭐야. 쳇.

속마음과 달리 입이 얼어 말이 나오질 않았다. 남자의 얼굴이 점점 더 벌겋게 달아올랐다. 그러는 동안 수술바늘이 도착했고, 지후는 손을 소독한 후 장갑을 꼈다.

이러다간 정말 마취 없이 바늘이 생살을 뚫고 들어올 것만 같아 남자는 초조해졌다. 그렇다고 순순히 사과를 하기도 뭐하고 안 하기도 뭐하고. 어찌할 바 몰라 하는 동안 침대 옆에 자세를 잡고 앉은 지후가 남자를 떠밀어 눕히고 이마를 내리눌렀다.

거침없이 다가오는 날카로운 바늘은 공포 그 자체였다. 설마 하는 마음보다는 혹시 하는 우려가 더 컸다. 마침내 남자가 잠깐! 하고 외마디 비명을 내질렀다.

뒤쪽에서 지켜보던 간호사 둘이 꿀꺽 마른침을 삼켰다. 겸연쩍어하던 남자가 마지못해 유원에게 미안하게 됐다면서 사과를 건넸다. 이에 흔쾌히 괜찮다고 받아 주는 유원을 못마땅하게 쳐다본 지후가 바늘을 놓고 마취약을 집어 들었다. 남자가 안도의 한숨을 길게 뱉었다.

"하아……."

CT 결과 딱히 이상이 없다는 것까지 듣고 나서야 대략적인 일과가 끝이 났다. 다른 날보다 조금 일찍 환자가 끊겼고, 이만 퇴근해도 좋다는 지시를 받은 유원이 화장실에 들러 찬물로 벅벅 세수를 했다.

거울을 들여다보는 눈동자가 작게 일렁였다. 기분 정말 끝내준다. 일진 참, 하하.

물을 잠그고 물기를 대충 훔쳐 내고 복도로 나갔다. 벽에 기대어 서 있던 지후가 유원을 보고 미간을 찌푸렸다.

"제대로 안 닦지? 감기 걸리려고."

"잔소리는."

"문유원."

"오늘은 좀 봐줘. 너한테까지 혼날 기분 아니니까."

"한잔할래?"

뭐……?

방금 뭔가 굉장한 말을 들은 것 같아 유원이 지후를 보고 멍한 표정을 지었다. 기억하기로 처음 듣는 말이었다, 알아주는 범생 서지후한테서.

술도 담배도 일체 안 하는 녀석이면서. 단체 회식 때마다 제 컨디션 유지가 먼저라며 단 한 모금도 입에 대지 않던 녀석이 갑자기 한잔하자니. 언제였더라. 대학 1학년 첫 엠티 때 이후론 지후가 술 마시는 꼴을 볼 수 없었던 유원이었다. 그때마저도 취한 기색은 전혀 없었고 말이다.

정말? 진심으로? 너…….

믿기지 않아 묵묵히 바라보기만 하는 유원을 여자탈의실 안으로 들여보내 준 지후가 얼른 준비하고 나오라며 돌아섰다. 유원이 고개를 갸웃거렸다.

아무래도 위로를 해 주려는 것 같긴 한데. 그렇게까지 엉망으로 보였나. 서지후가 술이 땡길 만큼? 뭐, 어차피 내일은 오프이기도 하니까.

간만에 술의 힘을 빌려서 기분을 업시키는 것도 나쁘지는 않겠다는 유원이 가운을 벗어 내리는 순간 진동이 울렸다.

[승하 선배]

핸드폰 액정에 표시된 승하의 이름을 유원은 멍하니 바라보았다. 섣불리 받을 수도 없다는 사실에 쓴웃음이 나왔다.

모르겠다. 뭐가 뭔지. 또다시 가슴 한구석을 짓누르는 공허함이 느껴졌다. 유원이 아랫입술을 질끈 물었다.

망설이고 망설이던 끝에 유원은 거절 버튼을 길게 눌러 버렸다. 정리할 거니까. 그게 맞는 거니까. 굳게 먹은 마음과는 달리 승하의 얼굴이 연신 눈앞에 아른거렸다. 미간을 구겼다.

04

도발과 객기의 차이

새벽 3시가 넘은 유흥가는 주말치고 활기차지 않았다. 문을 닫은 곳도 꽤 되었고, 그렇지 않은 곳들은 곧 마감이라며 들어서는 손님들을 정중하게 돌려보내고 있었다. 문전박대를 당하는 모습이 왠지 남의 일 같지 않아 유원은 못내 아쉬워졌다.

조금 더 걸으며 술 마실 장소를 탐색했으나 마땅한 곳이 없었다. 어디로 가야 할지 난감해하는 유원을 지후가 유흥가 안쪽 골목으로 이끌었다. 네온사인이 번쩍거리는 모텔들이 양쪽으로 쭉 늘어선, 참으로 민망한 모양새에 당황한 유원이 지후의 옷자락 끝을 조심스레 움켜잡았다.

이런 곳을 제정신으로 걸어갈 수 있는 사람은 대체 어떤 심장을 갖고 있는 거야. 소심한 유원과는 달리 지후가 성큼성큼 앞장을 섰다. 이내 유원의 눈이 휘둥그레졌다.

"자, 잠깐. 잠깐만."

골목에서 다시 큰길로 이어지는 제일 안쪽에는 척 보기에도 굉장히 화려한 호텔이 하나 자리하고 있었다. 이름이 낯설지 않은 걸로 보아 매체에도 여러 번 소개된 듯한 브랜드 급의 호텔이었다. 문제는 그곳으로 거리낌 없이 들어가려는 지후였다.

대체 어딜 가려는 거냐며 기겁한 유원이 쥐고 있던 지후의 옷자락을 강하게 잡아끌었다. 걸음을 멈춘 지후가 심드렁하게 뒤를 돌아보았다.

"왜."

"왜냐니, 여길 왜 가?"

"술 마시러."

"뭐?"

너무도 태연하게 말해서 하마터면 아, 하고 수긍할 뻔한 유원이 술을 마시려면 술집을 가야지 무슨 소리냐고 되물었다. 무표정한 얼굴로 지후가 답했다.

"봤잖아, 다 문 닫은 거. 갈 데가 없어."

"그래도."

"너 피곤해서 몇 잔 못 마시고 뻗을 텐데, 마시다가 자려면 여기가 낫지 않겠어?"

"야, 그건 그렇지만 여긴 좀……."

"싫으면 뭐, 말래? 딱 말해. 그냥 집으로 가?"

강요하지 않겠다는 듯 지후가 유원에게 선택권을 넘겼다. 그 어떤 불순한 의도도 담겨 있지 않은 무난한 눈빛과 표정으로 지후는 유원을 바라보았다.

막상 대놓고 물으니 유원으로서는 말자고 하기에도 망설여지는 희한한 기분이 되었다. 유원이 시선을 들어 올려 호텔을 한번 쓱 올려다보았다.

따져 보면 다 말이 된다. 아니, 너무 이치에 맞고 말이 돼서 반박할 의지조차 생겨나질 않는달까. 조목조목 설명해 준 지후의 논리에 설득당한 유원에게는 이미 일말의 의심조차도 남아 있지 않았다.

하긴, 애먼 짓을 할 녀석도 아니고. 여자 보기를 돌같이 한다는 냉혈한 서지후 선생이 아닌가. 유원이 허락의 뜻으로 눈썹을 한번 들었다 놓았다. 지후가 다시금 앞장을 섰다.

"웬일이야?"
"룸 줘, 하루만 쓸게."
"그래. 올라가자."
"계산부터 해. 또 한 소리 들을라."
응? 이건 또 웬……?

주변 사람들의 시선이 민망하지도 않은지 성큼성큼 잘도 걸어 들어간다 했더니 지후의 익숙함엔 이유가 있었다. 세련된 유니폼을 갖춰 입은 직원들이 깍듯하게 인사를 하는 모습도 모자라 데스크에 있던 남자 하나가 직접 나와 지후를 맞아 주는 광경에 유원은 어안이 벙벙해졌다.

딱 봐도 분위기가 장난 아닌 남자였다. 앳돼 보이는 잘생긴 얼굴도 얼굴이지만 고운 선을 가진 입술에서 흘러나오는 중저음의 목소리가 꽤 매력적이었다.

어른 남자 특유의 섹시함이 팍팍 풍겼다. 다가가기 쉬운 타입은 결코 아닌. 그런 그에게 반말도 모자라 너무도 능숙하게 카드를 꺼내어 건네는 지후는 이질감이라곤 전혀 없어 보였다.

무슨 사이지? 잘 아는 사람 같은데.

반강제로 지후의 카드를 받아 결제한 데스크의 남자가 이내 두 사람을 엘리베이터로 안내했다. 지후의 뒤를 열심히 쫓아가던 유원이 지후의 옷자락을 잡아당겼다.

"야."

"왜."

"너 여기 단골이야?"

속삭이듯 묻자 기가 막힌다는 얼굴로 지후가 유원을 돌아봤다. 제가 말해 놓고도 말이 웃겼는지 유원이 머쓱하게 웃으며 아니, 자주 와 본 것 같아서, 라고 덧붙였다.

뭐라 설명해야 하나 잠시 망설이던 지후가 말없이 먼저 엘리베이터에 올라탔다. 그러고는 마냥 멍해 있는 유원을 데려다 제 옆에 세웠다.

마지막으로 올라탄 남자가 흥미로운 시선으로 둘을 번갈아 보고는 닫힘 버튼을 꾹 눌렀다. 주머니에 두 손을 꽂은 지후가 앞을 본 채로 입술을 달싹였다.

"배도 고파, 조금 이따 룸서비스 올려 줘."

"그래."

"직원 시켜, 형은 부담스러워. 무슨 상무가 이런 일까지 해?"

"네가 보통 손님은 아니잖아. 특별서비스야."

"됐고, 나 온 거 양쪽 다 비밀이다. 말 안 해도 알지?"

"여부가 있겠냐."

"그래 놓고 또 말하면 나 진짜 가만 안 있을 거야. 경고했어."

미간을 조금 찌푸린 지후가 이글이글 타오르는 눈빛으로 남자를 노려보았다. 누구나 움츠러들게 하는 그 눈빛에, 그럼에도 남자는 고개만 살짝 까딱여 보일 뿐 크게 위협을 받지는 않는 듯했다. 오히려 여유롭게 입가에 엷은 미소까지 띠고 있었다.

그렇게나 오래된 사이라는 것 같다고 유원은 생각했다. 혹시 가족이려나. 그러고 보니 눈빛이나 턱 선 따위가 닮은 것도 같다며 꽤 가능성 있다는 결론을 내려 갈 즈음 엘리베이터가 멈춰 섰다. 20이라고 적힌 숫자를 눈으로 읽은 유원이 지후를 따라 복도로 내려섰다.

히야……

대리석 바닥과 인테리어 자재, 하다못해 자잘한 소품 하나하나까지도 무척이나 값진 최고급 호텔이었다. 이런 수준이면 아무리 작은 룸이라 해도 보통 가격이 아닐 것 같았다.

유원은 괜스레 위축되는 스스로를 느꼈다. 입안이 바싹 말라갔다. 그래도 티를 낼 순 없어 헛기침으로 마음을 다스리며 열심히 걸음을 옮겼다.

바닥만 본 상태로 끝도 없이 이어지는 레드카펫을 따라가다 우뚝 멈춰 선 지후의 등에 이마를 콩 박고 말았다. 깍듯하게 인사를 건네는 남자와 맞인사 한 유원이 곧 지후가 열어 준 문 안으로 들어섰다.

"입 다물어, 침 떨어져."

"여기 얼마야? 하룻밤에 한 백만 원쯤 하나?"

"미쳤냐, 그 돈 주고 잠을 자게."

"그럼?"

"별로 안 비싸니까 신경 쓰지 마. 아는 사람 거야."

"누구?"

"어머니. 지금은 남이 된."

이혼하셨거든, 하고 덧붙인 지후가 바닥에 대충 가방을 내려놓고 재킷을 벗었다. 외가에서 하는 사업이 여럿 된다며, 아까 봤던 남자가 이종사촌 형이라는 말까지 잇는 내내 지후의 표정은 지극히 덤덤했다.

마치 남의 얘기를 전하듯 무감한 그 눈빛에 유원이 입을 다물었다. 지후의 가정사에 대해서는 딱히 들은 바가 없었다. 지후가 제 일을 떠벌리는 성격도 아니거니와 유원으로서도 굳이 남이 알아서 털어놓지 않는 것들에 대해 캐묻는 것에는 취미가 없었다. 하물며 유원 역시 수다가 썩 많은 타입은 아니기도 했다.

그러고 보면 술김을 핑계로 잘도 했었구나.

대학 때 지후에게 털어놓은 부모님 얘기가 떠올라 유원은 괜히 머쓱해졌다. 그나마도 후회를 하지 않은 이유라면 입이 무거운 지후의 영향이 컸다. 그래서 승하에 대한 마음마저 털어놓게 된 거다.

지후가 입고 차고 다니는 것들이 명품 어쩌고임은 그런 것들에 문외한인 유원도 여자애들의 수다를 통해 얼핏 들은 바가 있었다. 과연 난놈은 난놈이로구나. 적정 이상 잘사는 줄 짐작은 했었으나 이렇게까지 대단한 호텔을 가진 어머니라니.

지후의 부모님은 대체 왜 이혼을 하셨을까, 하고 생각에 잠기던 유원이 곧 어딘가로 걸어가는 지후에게 시선을 주었다. 룸 안에 또 다른 룸들이 여러 개 딸린 스위트룸의 구조가 아직 생소했다. 그래도 지후가 들어가려는 곳이 욕실이라는 것쯤은 알 수 있었다.

셔츠의 단추를 툭툭 풀어헤치며 지후가 유원을 응시했다. 서서히 벌어지는 셔츠 앞섶 사이로 뽀얗지만 탄탄한 가슴팍이 모습을 드러냈다. 유원의 얼굴이 불분명한 이유로 발그레해졌다.

"씻을 건데 혼자 있을 수 있지?"

"어……?"

"샤워하고 나온다고. 앉아서 TV라도 보든가 해."

룸서비스 오기 전에 빨리 씻고 나오겠다는 지후가 그대로 욕실로 들어가 문을 잠갔다.

씻, 씻, 씻는다니. 갑자기 왜?

하루 종일 근무에 당직까지 하고 바로 퇴근했으니 샤워가 시급한 건 알지만 장소가 장소인지라 유원은 사뭇 곤란해졌다. 이러니저러니 해도 지후 저 녀석은 남자고 자신은 여자니까.

한밤중에 남녀가 단둘이 호텔에 있으면 위험한 거 아닌가. 이러다 자칫 잘못하면…….

"내가 지금 무슨 생각을 하는 거야."

유원은 스멀스멀 치솟는 불안감을 애써 삭였다. 일단 여자에 관심이라곤 눈곱만큼도 없는 서지후인 데다 여긴 녀석 어머니 소유의 호텔이었다. 설마 가족이 경영하는 곳에서 허튼짓을 할까 싶다. 다른 사람은 몰라도 서지후는 절대 그럴 위인이 아니었다.

더불어 깨닫고 마는 아주 간단한 사실. 지후가 저를 결코 여자로 안 보고 있다는, 새삼스러울 것도 없는 그것이 인식되자 마음이 한결 편안해졌다. 이런 곳에 냉큼 들일 정도면 뭐. 말 다했지. 그래, 까짓 적당히 마시고 방도 많으니 각자 하나씩 차지하고 자면 그뿐이겠다.

좋게 좋게 생각하자며 소파에 앉은 유원이 리모컨을 찾아 TV를 켰다. 조용하던 넓은 룸 안에 와자지껄 말소리들이 들어찼다. 토크쇼에 집중하는 유원이 소리 내어 킥킥 웃었다.

"……잘하는 짓이다. 미친."

욕실 안으로 들어서자마자 지후의 얼굴이 사정없이 일그러졌다. 불과 조금 전까지 태연했던 사람이라고는 보이지 않는 극한의 위태로움이 표정 가득 내비쳤다. 이리저리 흔들리는 눈동자로 허공을 헤집는 지후가 아랫입술을 질끈 물었다.

잠근 문에 기대어 선 채 눈을 감았다. 머리를 몇 번 콩콩 찧어 대다가 일단 빠르게 옷부터 벗어젖히고 샤워기를 틀었다. 조금씩 젖어 가는 탄탄한 그의 몸이 이루 말할 수 없을 정도로 뜨겁게 달아올랐다. 젠장. 지후가 소리 죽여 쓴소리를 중얼거렸다.

부모님의 이혼 후, 아버지와 단둘뿐인 집이 갑갑하다 여겨질 때마다 일종의 도피처로 애용해 온 곳이었다. 물론 이제껏 그 누구도 데려온 적은 없었다. 여자는커녕 남자조차 데려오지 않았던 곳에 유원을 들인 건 매우 단순한 이유에서였다.

말했듯 늦은 시간이라 딱히 갈 곳이 없었고 유원이 피곤해 보여서. 시간 낭비하기도 싫고 밤이라 추운데 헤매기도 싫으니까.

때문에 아예 편한 곳에서 마시다가 편하게 재우자는 생각에는 변함이 없었다. 그런데 은근슬쩍 또 다른 맘이 생겨나려 하고 있었다.

'나 있잖아.'

'말해.'

'좋아하는 것 같아. 승하 선배.'

"⋯⋯."

쏟아지는 물줄기 아래에서 지후가 눈을 떴다. 낮은 허공을 바라보는 눈빛이 아련하게 일렁였다. 성을 내듯 미간이 보기 싫게 구겨졌다.

그 고백만 듣지 않았어도 이러진 않았을 거다. 말도 제대로 못 하고 울어 버리는 꼴만 보지 않았어도 지금, 맘이 이러진 않을 텐데. 인식하지 않으려 무던히도 애를 쓰곤 있다만 자꾸만 가슴 한 구석이 덜커덕 요동을 쳤다. 씁쓸하게 끓어오르는 갈증을 눌러 삼켰다.

조급해서. 초조해서 견딜 수가 없으니까. 이대로는 안 될 것 같다는 일종의 불안함에서 기인된 방어기제 같은 거였다. 허나, 비겁해지고 싶진 않다. 아무리 간절하고 절실하다 해도 류승하 그놈처럼 그딴 식으로 굴지는 않을 거다. 절대로.

무거운 한숨을 내뱉은 지후가 젖은 얼굴을 쓸어내렸다. 그러면서도 뭔가, 한계가 가까워 온다는 것을 본능적으로 느꼈다.

자극하지 마. 폭주하게 하지 마, 제발. 누굴 향한 바람인지도 모를 말들을 되뇌며 샤워를 했다. 속이 바싹바싹 타들어 갔다.

— 문 열지 마.

"아, 내가……."

— 됐어, 가만있어. 나가.

머지않아 벨이 울렸다. 도착한 룸서비스를 맞아야 하나 고민하던 유원은 욕실 안에서 들려오는 지후의 목소리에 잠자코 있어야 했다.

안에 구비되어 있는 건지 실크 소재의 편안한 파자마 차림이 된 지후가 이윽고 젖은 머리를 수건으로 탈탈 털며 나왔다. 잘 여미지 않은 웃옷 너머로 튼실한 가슴팍이 고스란히 비쳤다. 유원이 눈 둘 곳을 몰라 하다 도로 TV에 집중했다.

지후가 룸 문을 빼꼼 열었다. 이 형이 진짜. 오지 말랬더니 기어이 올라온 우민을 향해 지후가 미간을 찌푸렸다. 그러거나 말거나, 우민은 능청스레 고개로 트레이를 까딱거렸다.

"더 필요한 거 있으면 언제든 말하고."

"없어. 나머진 알아서 할게."

"모르는 거 있으면 물어보고."

"그딴 게 있을 게 뭐야, 글쎄. 됐다고."

"그 애지? 저번에 네가 말했던."

우민이 한껏 목소리를 낮추며 안을 힐끔거렸다. 인턴 시험에 합격하고 나서 둘이 한 번 조촐하게 술자리를 가진 적이 있었고, 그때 연애 상담을 해 주던 우민의 술수에 말려들어 저도 모르게 속마음을 털어놓았던 기억을 지후는 여전히 후회하고 있었다.

지나친 관심은 사양이라며 악다문 잇새로 말을 흘린 지후가 빨리 가 달라 고갯짓을 했다. 주먹까지 쥐고서 파이팅을 외친 우민이 웃음을 참으며 흔쾌히 돌아섰다. 복도 끝으로 멀어져 가는 우민을 조금 더 지켜보던 지후가 조심조심 이동식 트레이를 룸 안으로 끌고 들어왔다.

어지간히도 신기해하는 그가 거슬렸으나 믿어 보는 수밖에 다른 도리가 없었다. 이모를 거쳐 어머니와 아버지가 아시는 건 시간문제였다. 그렇게 되면 어쩐다. 어머니야 그렇다 쳐도 아버지는 달갑지 않아 하실 게 뻔했다.

왜 거길 갔느냐부터 시작해 외가에 대한 묵은 감정들을 터뜨리며 엄하게 호통치실 모습이 눈에 선했다. 꽤 오랜 시간이 지났다지만 여전히 아버지는 어머니를 미워하고 있었다. 당신이 사랑했던 그 이상으로. 하지만 지금 지후에겐 유원이 편한 것이 먼저였다.

까짓 한 번 혼나고 말지, 뭐.

답지 않은 생각을 하며 들어가자 소파에 앉아 있던 유원이 트레이 소리에 시선을 주었다. 찹스테이크를 비롯해 활어회와 양장 피까지 그야말로 국적을 아우르는 일품 메뉴들이 한가득 실려 있었다.

세상에, 이게 다 뭐야. 고급 양주까지 두어 병 세팅되어 있는 광경에 유원이 입을 떡 벌렸다.

"먼저 먹기 없다."

"알았다고."

"근데 식으면?"

"데워 줄게, 인마. 빨리 씻고 나와."

지후도 씻었는데 저만 안 씻을 수는 없어 고민하던 유원이 부리나케 욕실로 뛰어 들어갔다. 저렇게 서두르다 넘어지진 않을까 싶어 지후가 혀를 찼다.

곧 희미하게 물소리가 들려왔고, 지후는 트레이의 음식들을 거실 테이블에 보기 좋게 늘어놓았다. 술과 음료도 빠짐없이 준비해 놓고는 얼른 머리를 말렸다.

유원이 앉을 소파의 위치를 조절하고서 룸 안을 둘러보다 조명이 좀 밝은가 싶어 버튼을 누르던 지후가 문소리에 고개를 돌렸다.

가슴이 쿵, 내려앉았다. 살짝만 낮춘다는 게 너무 낮춰 버렸나 싶다. 주황빛의 은은한 불빛이 하필이면 이토록 그윽하고 로맨틱한 분위기를 자아낼 줄은 미처 몰랐는데.

고정된 시선 안에 열기를 머금어 발그레해진 유원의 얼굴이 들어왔다. 자신과 같은 엷은 아이보리색의 실크 파자마를 입고서, 머리를 하얀 수건으로 감싼 채 방긋방긋 웃는 유원을 보는 지후의 표정이 딱딱하게 굳어 버렸다.

그러지 말지. 그렇게 웃지 말지, 나 슬슬 힘든데. ……젠장.

"완전 빨리 나왔지?"

"……."

"맛있겠다. 얼른 먹자."

"……머리나 말려."

"응? 아아."

먹기 전에 머리부터 말리라는 지후의 말에 유원이 수건을 풀었다. 그러고는 설렁설렁 닦아 대충만 물기를 털어 내고는 됐다며 씩 웃었다.

부드럽게 휘어지는 눈꼬리에 지후가 못마땅한 듯이 미간을 구겼다. 드라이기를 집어 든 지후가 제 앞의 화장대 의자를 툭툭 쳤다.

"와 봐, 말려 줄게."

"괜찮은데."

"감기 걸려. 와, 빨리. 안 와?"

거절하려던 유원이 매섭게 째리는 지후의 눈빛에 입술을 삐죽였다. 가만 보면 참 걱정도 팔자인 녀석이다. 그깟 감기 좀 걸린다고 죽는 것도 아닌데.

알아서 말리겠다고 해도 성에 차지 않아 할 거다. 당장 안 가면 때려죽일 것처럼 무서운 표정으로 노려보는 지후는 이미 말이 통하지 않는 지경이 되어 있었다.

괜히 토 달았다가 또 혼날까 싶어 유원은 잠자코 지후의 앞에 몸을 낮췄다. 위이이잉, 하는 드라이기 바람 소리가 귓가를 간지럽혔다. 지후가 살살 손을 놀렸다.

"졸리냐."

"아니. 씻으니까 깬 듯. 넌?"

"나도. 술 마실 수 있겠어?"

"당연하지. 저거 다 먹고 잘 거야."

"하이고."

유원의 머리를 조심스레 말려 주던 지후가 퍽이나 잘도 그러겠다며 헛웃음을 지었다. 발끈한 유원이 못 믿겠다는 거냐며 뾰로통한 표정을 하고서 지후를 올려다봤다.

끝이 내려간, 세모꼴이 된 유원과 눈이 마주친 지후의 손길이 순간 더뎌졌다. 앞으로 내밀어져 샐쭉거리는 작고 도톰한 붉은 입술에서 시선이 떨어지질 않았다.

미치겠다. 진짜 어쩌려고 이러냐. 지후가 인상을 찌푸리며 빠르게 손을 놀렸다. 가늘고 긴 손가락 안에 감겨드는 유원의 젖은 머릿결이 한없이 부드러웠다. 꼭, 녹아들 것처럼.

의식하지 않으려 애쓰며 꼼꼼하게 잘도 말려 준 지후는 곧 유원과 마주 보고 앉아 술을 마시기 시작했다. 한 잔 두 잔 비워 가며 대화는 주로 유원이 이끌었다. 병원 일과 환자들에 관한 것, 교수 누구누구가 어떻다더라 하는 시시콜콜한 일상들을 지후는 묵묵히 들어 주었다.

원래 말이 많지 않은 지후라 유원은 저마저 입을 다물면 그야말로 엄청난 침묵이 펼쳐진다는 걸 잘 알고 있었다. 때문에 부러 더 이것저것 잡다한 일들을 떠들어 댔다.

그나마 다행인 것은 지후 역시 아주 최소한의 리액션은 해 준다는 것이었다. 그래 봐야 고작 음, 그러냐, 하는 짧은 음성과 고개나 한두 번씩 끄덕여 주는 정도이긴 했지만.

하여간 무뚝뚝해. 유원이 새삼 신기한 듯 지후를 바라봤다. 감고 난 직후라서 그런가. 지후의 까만 머릿결이 평소보다 유난히 더 찰랑거린다는 느낌이었다.

피부는 또 왜 저렇게 말끔해. 사내 녀석이 꼭 기생오라비같이. 예쁘게도 생겼네.

가득 따른 술을 단번에 비워 낸 지후가 잔을 내려놓다 유원의 시선을 알아채고 멈칫했다. 뭘 그렇게 봐? 퉁명스레 묻는 말에 유원이 고개를 비스듬히 기울였다.

"꽤 잘 마신다 싶어서."

"뭘 얼마나 마셨다고. 이제 시작인데."

"술자리에선 맨날 빼더니 주당이 따로 없다?"

"그러는 넌. 얼굴색 하나 안 변하는 주제에."

"에이, 나야 뭐."

간이 워낙 튼튼하잖아, 라고 덧붙인 유원이 입가를 말아 올려 활짝 웃었다. 어깨까지 들썩여 짓는 귀여운 미소에 지후가 뭐라 하려다 말고 술을 따랐다.

안 그래도 잘 웃는 녀석이 이따가는 또 얼마나 실실거릴까. 딱히 주사가 없는 유원을 알면서도 벌써부터 두려워지는 지후가 채운 잔을 부딪쳐 말끔히 털어 넣었다.

술이야 귀찮고 피곤해서 잘 안 마시는 것일 뿐, 지후의 주량은 사실 상당했다. 게다가 한번 마시면 끝장을 보고 싶어 하는지라 다음 날 컨디션을 핑계로 웬만하면 피해 왔었다. 무엇보다 가장 큰 이유라면 혹시라도 술김에 실수를 하진 않을까 싶어서였다.

아무리 막아도 새어 나오려고 하는 본심처럼, 술을 핑계로 이성이 무너져 버릴까 봐. 그래서 혹, 유원에게 숨겨 왔던 제 맘을 들킬까 지후는 그게 무던히도 두려웠다.

더불어 이제 와선 더더욱 들킬 수 없는 이유가 존재했다. 애꿎은 원망이 승하에게로 향해짐을 느끼며 지후는 다시금 잔을 가득 채웠다.

짠, 하고 입으로 소리 내며 잔을 부딪혀 준 유원이 오늘따라 술이 달다며 눈꼬리를 내렸다. 말간 그 눈웃음에 지후가 못내 미간을 구겼다.

"어? 내 거다."

"어디다 놨는데."

"옷에. 욕실 앞인가."

양주 한 병이 빠르게 비워질 무렵 핸드폰 벨소리가 들려왔다. 경쾌하게 울려 퍼지는 음악을 따라 흥얼거리는 유원이 몸을 일으키려는데 대신 갖다 준다며 지후가 한발 앞서 욕실 쪽으로 다가갔다.

바닥에 널브러진 유원의 겉옷을 지후가 뒤적거렸다. 이렇게 늦게 대체 누가 전화를. 퇴근한 걸 깜빡하고 들어온 병원 콜이거나 알람이 잘못 울린 것이길 바라던 지후가 액정에 뜬 이름을 보고 그대로 동작을 멈췄다.

짜증에 한숨에, 치솟는 분노가 말도 못 할 정도로 심각했다. 절로 어두워지는 안색을 어쩌지 못하다가 이내 유원에게로 다가갔다. 지후가 핸드폰을 내밀며 딱딱하게 뱉었다.

"받아."

"누군데."

"보면 알 거 아냐."

꽤나 사납게 읊조린 지후가 던지듯 핸드폰을 건네주고 자리에 앉았다. 냉랭한 그 반응에 한마디 하려다 만 유원이 얼른 액정을 살폈다.

번쩍거리는 승하의 이름에 심장이 철렁, 내려앉았다. 그와 동시에 커다랗게 흔들리는 유원의 눈동자를 지후는 놓치지 않고 지켜보았다.

적잖이 놀란 표정이, 일렁이는 눈빛과 말문이 막혀 어쩔 줄 몰라 하는 작은 입술이, 받을까 말까 망설이는 유원의 모든 것들이 못마땅하고 거슬렸다. 지후가 다그쳤다.

"안 받고 뭐해?"

"……그냥."

"시끄러워. 빨리 받아."

"……."

"문유원."

"안 되겠다, 나 잠깐 화장실 좀."

자리를 피해 주긴 죽어도 싫지만 그래야 하나 고민하던 참이었다. 좀처럼 받지 못하고 우물쭈물하던 유원이 거절 버튼을 길게 누르고 일어섰다. 핸드폰까지 놔두고 화장실로 뛰어 들어가는 유원을 지후가 의아하게 쳐다보았다.

너무 늦은 시간이라 피하는 건가. 그렇다면 그나마 다행이고.

지후는 빈 잔에 술을 따라 연거푸 들이마셨다. 마시면 마실수록 정신이 말짱해진다는 건 실로 괴로운 일이었다. 어떻게 된 게 생각마저 흐트러지지 않고 자꾸만 현실을 직시하게 했다.

유원을, 유원을 향한 제 맘을, 승하를 바라본다는 유원을 몇 번이고 곱씹고 되뇌었다. 표정은 점점 더 썩어 들어갔고 맘도 계속 무겁게 가라앉았다.

쯧, 하고 혀를 찬 지후가 다시금 채운 잔을 입으로 가져갔다. 씁쓸한 알코올을 목으로 막 넘겼을 때 문자 알림음이 울렸다. 굳이 보려고 한 건 아니었으나 절로 눈이 갔다. 미리보기가 되어 있는 탓에 승하 선배라는 이름으로 온 문자가 고스란히 읽혀졌다.

[벌써 자? 퇴근했다더니 자느라 전화 못 받는 건가.]

벌써는 무슨, 시간이 몇 신데 이 새끼가.

새벽 4시가 넘은 걸 인식 못 하는 뇌는 대체 어떻게 생겨 먹은 뇌인 거냐며 지후가 투덜거렸다. 당장이라도 전화를 걸어 있는 욕 없는 욕 실컷 퍼붓고 싶어졌다.

사람 치사하게 만드는 거, 몰랐는데 되게 간단한 일이었구나.

답지 않게 흥분한 지후가 열 받아 미치겠는 맘으로 묵묵히 술을 따랐다. 찌푸려진 인상이 풀어질 줄 몰랐다. 또 문자가 울렸다.

[보고 싶은데. 유원아.]

"……하, 씨발."

너무 화가 나서, 미쳐 버릴 정도로 피가 거꾸로 솟는 것 같아서, 이렇게까지 기분이 언짢은 건 처음이라, 진짜 다 뒤집어엎고만 싶어지는 심정이니까.

저도 모르게 쓴소리를 뇌까린 지후가 아랫입술을 질끈 물었다. 누구 맘대로 유원의 이름을 저리 다정하게 부른단 말인가. 보고 싶다는 말을 남발하는 승하가 짜증스러웠다. 아니, 엄밀히 말하자면 부러웠다고 할까. 제기랄. 지후가 고개를 떨궜다.

남자는 남자가 봐야 안다고 했다. 무성한 소문들이 아니더라도 지후가 보는 승하는 같은 남자라고 하기에도 창피할 만큼 정도가 심했다. 여자들을 바라보는 끈적한 눈빛과 입에 발린 다정한 말들, 능숙하게 다루는 손길과 매너를 가장한 흑심이 훤히 다 들여다보였다.

그런데도 좋다고 난리들인 게 한심했는데 유원마저 홀려 버렸다는 게 지후는 통탄할 노릇이었다. 미리 알았다면 막을 수 있었을까. 확신 없는 상상에 가슴은 여지없이 무너져 내렸다.

거칠게 얼굴을 쓸어내리며 지후는 생각에 잠겼다. 뭘 어떻게 해야 할까. 저 문자를 보고 설레어 할 유원이 떠오르자 심장이 욱신욱신 아프게 저려 왔다.

그렇다고 몰래 지우자니 눈 가리고 아웅인 격이고, 그냥 놔두자니 배알이 꼴려 미치겠고, 이러지도 저러지도 못하고 끙끙 앓고 있는데 욕실 문 열리는 소리가 났다.

낭패로군. 다 틀렸다는 생각에 도저히 표정 관리가 되질 않는 지후가 인상을 벅벅 쓴 채로 술을 들이켰다. 서둘러 다가온 유원이 지후를 보고 놀라 눈을 크게 떴다.

"왜 그렇게 전투적으로 마셔?"

"문자 왔어."

"응?"

"보고 싶단다. 류승하가."

유원이 입을 다물었다. 크게 뜨인 두 눈이 쉴 새 없이 깜빡거리는 모습이 정말이냐고 되묻는 것 같았다. 심기가 뒤틀렸다.

그래. 정말이다. 그래서 좋냐? 내던져진 지후의 말투가 어지간히도 삐딱했다. 유원이 애써 태연한 척 술병을 집어 들었다.

"그냥 한 말일걸."

"그냥 한 말이라도 좋다는 거잖아."

"……글쎄."

"애매하게 굴기는. 빼지 말고 대답해. 좋지?"

지후는 굳이 필요 없을 확인 사살을 했다. 이것으로 아프고 다치는 건 틀림없이 제 자신이라는 걸 알면서도 대뜸 물어 버렸다.

고개를 끄덕이는 대신 입가만 약간 말아 올린 유원이 가득 채운 잔을 들어 건배를 권했다. 확실한 말보다도 은은하게 어린 유원의 미소가 지후의 눈에는 더 분명하게 느껴졌다. 왜. 대체 왜 그딴 놈을 너는. 끓어오르는 화를 꾹 참아 내며 대충 건배했다.

한 병을 마저 비우고 이어 새 병을 또 땄다. 도수 높은 양주치고 제법 뒷맛이 깔끔해 목으로 넘기는 것이 어렵지 않았다. 얼굴색 하나 변하지 않고 마셔 대는 유원과 역시나 조금의 흐트러짐도 없이 마시는 지후 모두 한동안 말이 없었다. 그저 채우고 마시고의 반복일 뿐.

그러는 동안 은연중 취기가 올랐다. 그래도 정신을 잃을 정도는 아니라서, 아주 조금 기분이 업 되는 정도라 술 마시는 속도를 늦출 필요는 없었다.

열심히 안주를 집어 먹던 유원이 거의 손도 대지 않는 지후를 힐끔거렸다. 그러고 보면 진짜 술이 세다. 빈속에 쉬지 않고 때려 붓는 지후가 놀라웠다. 반 이상이나 남아 버린 음식들을 둘러보던 유원이 양장피 한 젓가락을 집어 앞으로 쑥 내밀었다.

고개를 숙이고 있던 지후가 시선만 들어 올려 유원을 쳐다보았다. 단번에 위로 치켜떠진 지후의 날렵한 눈동자가 흐릿한 조명이 무색할 만큼 너무도 강렬하게 유원을 응시했다. 머쓱함을 이기려 유원이 살그머니 눈꼬리를 내렸다.

"좀 먹으라고."

"됐어, 너나 먹어."

"사람 민망하게. 남기면 아깝잖아, 줄 때 먹어."

"됐다고, 글쎄. 저리 치워."

"냉정한 놈. 근데 너 말이야."

"뭐."

"혹시 여자랑 섹스해 봤어?"

"큽?! 콜록, 콜록……!"

싫으면 말라며 양장피를 제 입으로 가져가던 유원의 말에 지후가 사레에 걸려 콜록거렸다. 하필 술을 마시려던 타이밍에 던져진, 충격적인 질문이었다.

목이 따가울 정도로 몇 번이고 기침을 해 대는 지후를 유원이 매우 흥미롭게 바라봤다. 이 녀석이 이렇게 놀라기도 하던가. 취기인지 뭔지 지후가 전혀 무서워 보이지 않는 희한한 경험에 기분이 한층 더 업 되었다. 유원이 실실 웃으며 말을 이었다.

"천하의 서지후가 당황을 다 하네."

"넌 무슨, 그딴 걸 질문이라고, 자식이."

"궁금하니까 그러지. 해 봤어?"

"……해 봤으면 왜."

"헐, 진짜? 진짜로 해 봤어? 언제? 누구랑?"

"똑바로 들어. 해 봤으면 이라고 했지, 했다고는 안 했거든."

"에, 뭐야. 그럼 그렇지."

김샜다는 표정으로 유원이 툴툴거렸다. 하긴, 여자라면 질색인 녀석이 경험이 있을 리가 만무했다. 대체 뭘 기대한 거냐고 쌀쌀맞게 타박한 지후가 술이나 마시자며 잔을 부딪혀 왔다.

평정심을 되찾은 지후의 모습에 괜히 아쉬운 유원이 혼잣말을 중중거렸다. 좋은 말할 때 입 다물라는 지후가 유원을 향해 눈을 부라렸다.

다시 물어볼까 말까. 아까처럼 당황해하면 진짜 재밌을 텐데. 사납게 날을 세우는 지후가 느껴져 유원은 그쯤에서 호기심을 접어놓았다. 왠지 좀 아쉽긴 했다.

얼마간 더 술을 마셨다. 취기가 차츰 더 빠르게 오름을 느낀 유원이 화장대에서 머리끈을 찾아와 자리에 앉았다. 어깨를 살짝 넘기는 머리를 두 손으로 모아 잡고 야무지게 묶는 유원을 지후가 힐끔 바라보았다.

잘 안 되는지 연신 헤매고 마는 유원이었다. 윗부분이 튀어나와 다시 풀어 묶더니 이번엔 아랫부분이 말썽이라 도로 풀어 버린 유원이 작게 성질을 냈다. 왜 이렇게 안 되는 거야. 아놔.

유원의 발갛게 변한 두 볼에 지후의 시선이 오래도록 머물렀다. 입술을 삐쭉이는 뾰로통한 표정에, 집중하느라 지그시 내리감은 두 눈에, 연신 꼼지락거리는 귀여운 손가락과 가는 손목을 차례로 훑던 지후가 유원에게로 다가가 끈을 낚아채곤 이내 머리를 묶어 주기 시작했다.

"취했냐."

"아니거든."

"머리도 하나 못 묶어, 바보가."

"바보 아니거든."

"어허, 앞에 봐라."

"칫."

발끈해 뒤를 돌아보려다 혼만 잔뜩 난 유원이 심통 난 얼굴로 구시렁거렸다. 나쁜 놈 개놈 어쩌고 대놓고 욕을 하는 유원은 이미 무서울 게 없어 보였다.

이제 술은 그만 먹여야겠다고 생각한 지후가 정성스레 유원의 머리를 묶어 주고는 천천히 자리에서 일으켜 세웠다. 넓은 곳에서 편히 재우는 게 좋겠다 싶어 메인 룸으로 데려가 침대에 앉혀 주었다. 유원이 못내 아쉬운 얼굴로 입을 열었다.

"더 마실 수 있는데."

"그만 자."

"딱 한 잔만 더 마시면 안 될까?"

"눈이나 뜨고 말하시지. 졸려 죽겠으면서."

"서지후."

"왜."

"지후야."

"말해. 뭐."

"……그건 왜 하는 걸까. 남자들. 대체."

반쯤 감긴 눈으로 옹알거리는 유원이 싫지 않아 꼬박꼬박 받아주던 지후가 문득 길어지는 대화에 유원의 옆쪽에 걸터앉았다.

한숨을 푹 내쉰 유원이 가볍게 쥔 주먹으로 두 눈을 비볐다. 졸려서 저러나, 하고 지켜보던 지후의 표정이 순간 말도 못하게 딱딱해졌다.

잘못 본 거였다면 얼마나 좋을까 생각했다. 술김에 착각한 거라면, 그렇다면.

어느덧 촉촉하게 젖은 눈으로 유원이 떨리는 목소리를 내뱉었다.

"그거 말야. 내가 아까 말한. 뭔지 알지."

"문유원."

"그거 왜 하는 거야……? 하면 기분이 좋아……? 그래?"

"인마."

"난 진짜 모르겠다. 뭐가 뭔지, 정말……."

어떻게든 울음을 참으려고 하는데 그게 잘 되질 않는지 유원이 인상을 찌푸렸다. 채 감추지 못한 눈물방울이 속눈썹 끝에 매달려 흔들렸다.

기껏 잊고 있었는데 왜 또 전화질로 기억을 상기시키는 건지. 승하가 원망스러워 견딜 수가 없었다. 유원이 어깨를 들썩여 거듭 한숨을 내쉬었다.

대체 무슨 소릴 하고 싶은 거냐고 버럭 화내고 싶은 걸 꾹 참아 낸 지후가 얼굴을 쓸어내렸다. 이 녀석이 이러는 이유야 보나 마나 뻔한 거니까.

다시금 울컥 끓어오르는 분노에 지후는 그저 묵묵히 할 말을 골랐다. 마땅한 말이 나와 주질 않아 곤란해하다 유원을 돌아본 지후가 숨을 멈췄다.

어두운 방. 열린 문틈으로 새어 들어오는 흐릿한 불빛. 금방이라도 울어 버릴 것만 같은 얼굴로 멍하니 앉아 있는 유원. 이상하고 묘한 기분.

머릿속에서 뭔가 투두둑, 하고 끊어지는 소리가 난 것 같았다. 그게 뭐였는지 자세히 알 수도, 알기도 싫었다.

지후의 한쪽 눈매가 가늘어졌다. 확실해진 마음이 감정을 키웠고, 이내 순순히 물러나긴 싫다는 결론에까지 다다랐다.

도발이든 뭐든, 객기든 뭐든. 알 게 뭐야. 지후가 나지막이 물었다.

"류승하가 그렇게 좋아?"

"……."

"묻잖아. 그렇게까지 좋은 거야?"

"……모르겠어."

"그놈이랑 자고 싶어?"

앞뒤 자르고 툭 내던져진 질문에 유원이 미간을 찌푸렸다. 정곡을 찔렸다는 표정은 결코 아니었다. 되레 불쾌해하는 것 같은 유원이 느껴졌지만 그럼에도 지후의 기분은 썩 나아지질 않았다. 그렇잖아. 그딴 놈이 좋다는데. 지후가 목소리에 힘을 실었다.

"말해. 자고 싶어? 자게 해 줘?"

"그만해."

"뭘 그만해. 좋아한다며. 도와주냐고."

"그만하라니까."

"혹시 외롭냐."

"뭐?"

"단순히 외로워서 그러는 거면 껍데기라도 빌려주냐 이 소리야. 빌려줘?"

뭐랄까. 단어와 단어 사이의 연결고리를 잃어버린 느낌이었다. 갑자기 뭐라는 건지 헷갈린 유원이 입을 꾹 다물고 지후를 물끄러미 바라보았다.

어둠 속 말간 유원의 얼굴을 응시하던 지후가 다음 순간 손을 뻗어 살며시 유원의 어깨를 밀었다. 아무런 저항 없이 뒤로 눕혀진 유원의 위로 올라간 지후가 가깝게 유원과 눈을 맞췄다.

한계. 지후가 머릿속에 떠오르는 단어를 지우며 거침없이 읊조렸다.

"오늘 하루만 류승하 해 줄게."

"어……?"

"아무것도 안 하고 싶은 건 아닐 거 아냐. 키스든 뭐든 도와준다고, 내가."

"무슨……."

"그놈이라고 생각하고 해. 아님 그놈하고 하기 전에 연습이라도 하라고. 싫어?"

"야, 서지후."

"서툴다고 찍힐 거 아니면 잘 결정해. 기회는 다시 안 와. 어쩔거야. 말아?"

"……."

무난한 어조와 태연한 말투로 툭툭 내뱉는 지후의 표정은 지극히 냉정했다. 너무 차분해서 오히려 신뢰가 쌓이는, 그야말로 말도 안 되는 상황이 벌어지고 있었다.

여성 편력으로 대단한 류승하를 상대하려면 너도 어느 정도는 할 줄 알아야지. 저절로 해석되는 말을 한참 더 곱씹었다. 기분이 어지러이 뒤틀렸다. 그러면서 참, 은근히도 떨렸다.

사기인 걸 알면서도 걸려드는 피해자의 심정이 이런 걸까. 늦기 전에 뿌리쳐야 한다고 생각하면서도 유원은 그러지 못했다. 이상하게도 그럴 맘이 들지 않는 거였다.

딱히 거절하고 싶지 않음에 혼란스러워하던 유원이 두 눈을 질끈 감았다 떴다. 흔들리는 시선이 고운 선을 지닌 지후의 입술을 향해 고정되었다. 꿀꺽. 마른침이 삼켜졌다.

05

키스, 모든 것의 시작

"……."

"……."

잠시 그대로 있었다. 몸의 그 어느 부분도 닿지 않는 아슬아슬한 자세를 유지한 상태로 지후는 말없이 유원을 내려다봤다.

유원 역시 묵묵히 지후를 올려다볼 뿐 그 어떤 미동도 하지 않았다. 조금이라도 움직였다간 의도치 않게 몸이 닿을 것도 같았다. 그저 눈을 감았다 뜨는 것 말고는 아무것도 할 수 없는 상황을 이겨 내며 유원은 계속해서 지후와 눈을 맞췄다. 귓가가 아득해졌다.

지후는 결코 충동적인 녀석이 아니다. 단 한 순간도 성급하게 굴지 않는, 철저히 이성에 의해서만 움직이는 치밀하고 완벽한 지후를 잘 알고 있는 유원으로서는 지금의 일이 장난이라는 생각조차 할 수 없었다. 무미건조한 까칠남 서지후가 장난은 무슨. 말이 안 되지.

술에 취한 것 같지도 않다. 명확한 발음과 더불어 눈에 초점이 너무도 또렷하게 잡혀 있으니까. 그렇다면 이걸 과연 어떻게 해석해야 하는 걸까. 한 번도 이래 보질 않아서 도통 모르겠는데. 어쩌지.

이런저런 생각들로 유원이 혼란스러워하는 사이 지후는 조금 더 얼굴을 가까이 들이밀었다. 숨결이 닿을 정도의 거리가 되자 긴장한 유원은 저도 모르게 혀를 날름거렸다.

할짝, 하는 소리에 지후가 시선을 내렸다. 속이 타들어 갔고, 미간이 저절로 일그러졌다.

돌겠다. 어쩜 이렇게 너는. 빌어먹을.

"진짜 하게⋯⋯?"

점차 흐릿해지는 이성을 간신히 부여잡고서 지후는 생각하고 또 생각했다. 차라리 밀어내라고. 가슴팍이든 어디든 밀어 뿌리치라고.

힘들긴 하겠으나 못 이기는 척 물러나 줄 각오가 되어 있었다. 간교한 수를 써서라도 유원을 탐하고픈 못난 자신을 억누르고 싶었다. 뒷일 따위 상관 않겠다던 강한 다짐마저 외면할 정도로 감정을 우선시하는 타입이 아니다. 보다 분명한 이성이 남아 있으니까.

그래. 그랬는데.

됐으니까 그만 비켜, 라는 말을 기대했던 지후가 흘러나온 유원의 말에 한껏 더 인상을 썼다. 그보다는 적잖이 겁을 먹은 듯한 유원의 말간 표정에 가슴이 쿵, 하고 내려앉은 탓이었다.

동그란 눈매가 너무도 애처롭게 지후를 올려다봤다. 까만 눈동자의 잔잔한 일렁임에 심장이 두근두근 울림을 냈다.

고문이 따로 없구나. 터질 것 같은 흥분을 가라앉히며 부러 퉁명스레 말을 뱉었다.

"말했잖아, 도와준다고."

"취했어?"

"취했으면 이러고 마냥 기다려 줄까."

"서지후."

"왜."

"서툴면 정말 싫어해……?"

남자들은, 이라고 둘러댔지만 그게 승하를 지칭한다는 것쯤 모를 지후가 아니었다. 자연스레 기분이 언짢아졌고 표정은 더욱 썩어 들어갔다.

제법 험상궂게 노려보는 지후의 눈빛을 알아챈 유원이 그렇겠지, 라고 덧붙여 중얼거렸다. 유원이 시선을 살짝 옆으로 옮겨 허공을 바라보았다. 주어진 시간이 많지 않다는 걸 알면서도 상념에 빠져들었다.

눈앞에 승하의 얼굴이 떠올랐다. 뭘 바라고 좋아한 게 아니었다. 굳이 승하와 뭘 어쩌고 싶다는 구체적인 망상까진 해 본 적이 없다. 그냥 좋아져서 좋다고 한 건데. 그뿐인데.

과연 이런 것들이 필요할까 싶지만 지후의 말도 일리는 있었다. 좋아하는 사람에 대해 욕심이 나는 건 당연한 거다.

좋으니까. 그 사람이 좋으니까 보고 싶고, 보면 만지고 싶고, 그러다 보면 안고 싶고……. 이상할 게 전혀 없는 그런. 하물며 키스조차도.

여태 뭐한 거야, 나는. 에이.

유원은 문득, 이런 것들에 무지한 스스로가 왠지 촌스럽다 여겨졌다. 스물여섯이나 먹어서 아직 키스의 느낌도 모르다니.

남자에 아무리 관심이 없었어도 그렇지, 인생 헛산 것 같단 생각마저 들었다. 순진한 건 결코 자랑이 아니었다. 적어도 지금의 유원에게는, 좋아하는 승하를 완전히 이해할 수 없게 하는 커다란 장벽같이 작용하고 있었다.

오기가 생겨났다. 알고 싶다. 해 보고 싶다. 대체 그깟 게 뭐길래 승하가 그렇게 환장을 하고 해 대는 건지 분명하게 알아 두고 싶어졌다. 게다가 지후의 말마따나 서툴다고 구박받으면 엄청 민망할 것 같았다. 물론 그럴 기회가 올지 안 올지는 확신할 수 없었다. 그치만.

오든 안 오든 상관없다는 생각까지 마쳤을 때 유원은 두 손을 들어 올렸다. 약간의 취기. 거기에 미처 몰랐던 호기심까지 더해지자 의욕이 마구 솟구쳤다.

유원이 조심스럽게 지후의 목에 손을 둘렀다. 인기척에 놀란 지후가 멈칫, 숨을 죽였다.

닿을 듯 말 듯 너무도 가까워진 둘 사이의 거리. 내려앉은 적막이 서늘했다. 유원이 살며시 입술을 달싹였다.

"표정."

"뭐?"

"무섭다고. 너."

이렇게나 가까이에서 유원을 보는 건 정말이지 처음이었다. 그간 충분히 눈에 익었다고 여겼던 유원을 지나치게 근접한 거리에서 마주하자니 지후는 머릿속이 새하얗게 비워져 버렸다.

티 내지 않으려 애썼더니 되레 인상이 더 험악해진 모양으로 유원이 무섭다 투정했다. 자그맣게 흘러나온 목소리가 달콤한 체취와 더불어 지후의 이성을 마비시켰다.

젠장. 감당하기 힘든 자극에 지후는 자꾸만 성질이 났다. 유원이 거듭 항의했다.

"승하 선배 대신해 준다며."

"누가 뭐래."

"나한테 그런 표정 안 해, 선배는. 모르냐?"

"⋯⋯어쩌라고. 말까?"

"눈이라도 감아. 겁나서 키스를 못 하겠잖아."

"⋯⋯."

그럴 생각은 추호도 없으면서 관두겠냐고 묻던 지후가 유원의 말에 입을 다물었다. 유원이 내뱉은 키스라는 단어가 세상 그 어떤 말보다도 감미롭게 들렸다.

믿기지 않아 조금 더 바라보던 지후가 이내 천천히 눈을 감았다. 유원을 보고 싶지만, 계속 더 눈을 맞추고 싶지만 그랬다간 또 무섭다며 그냥 말자고 나올까 봐 겁이 났다. 그저 지그시 눈을 감고 유원을 기다리는 수밖에는 없었다.

유원이 느릿하게 눈을 깜빡였다. 너무 가까워서일까. 마치 처음 보는 사람처럼 지후가 낯설었다. 이마에 와 닿는 지후의 까만 머릿결도, 결 고운 짙은 눈썹도, 오뚝하니 잘생긴 콧날과 가지런한 붉은 입술까지도 모두 다 어색해 유원은 한참이나 더 지후를 봤다.

그러면서 생각했다. 대신이라는 게 될까. 딱히 비교를 하자는 건 아니었으나 너무 다른 둘을 동일시한다는 것이 어쩐지 유원은 양쪽 모두에게 썩 내키지 않았다.

류승하는 류승하일 뿐이다. 그리고 역시, 서지후는 그냥 서지후인 거다. 그래 놓고 이런 건. 이런다는 건 좀.

시도는 이미 헛된 것이라 판명이 났고, 그럼에도 호기심은 여전해 일단 한번 부딪혀 보기로 했다. 솔직히 이런 기회가 흔한 건 아니기에. 까칠한 서지후가 모처럼 베풀어 준 선심을 얌전히 받아들이는 것도 나쁘지는 않겠다 싶었다.

갖은 용기를 끌어 모아 유원은 조심조심 입술을 내밀었다. 툭, 하고 입술이 부딪히는 순간 지후가 눈을 떴다. 감으라고 하기도 전에 지후가 한껏 더 진하게 입술을 부딪혀 왔다. 유원은 곧, 두 눈을 감아 내렸다.

처음엔 그냥 가만히 대고만 있었다. 조금은 마른 듯한 입술들이 서로의 온기를 나누듯 한없이 조용하고 평온한 접촉이었다.

이내 살짝살짝 좌우로 움직여 비벼 보기도 하던 지후가 유원의 아랫입술을 약하게 건드렸다. 그 건드린다는 것이 살살 빨아들이는 거라서, 갈수록 힘껏 빨아 대는 지후라서 유원은 저도 모르게 힘을 빼고 입술을 벌렸다.

그게, 시작이었다.

"음······."

할짝, 할짝. 유원의 열린 입술 안으로 뭔가 촉촉한 게 밀고 들어왔다. 뭘까 싶어 헤매던 유원이 느껴 보려는데 순간 흔적도 없이 빠져나갔다. 몰캉거리면서도 물기를 머금어 부드러운 느낌이 전혀 싫지 않았다. 불현듯 갈증이 일었다.

다시 넣어 줬으면 하는 맘으로 멀어진 그것을 찾아 얼굴을 들어 올리려는 유원의 입안으로 다음 순간 지후가 거칠게 혀를 넣었다. 이곳저곳 난폭하게 헤집다 유원의 혀를 동그랗게 말아 잡고서 쭉 빨아 당겼다. 유원이 약한 신음을 냈다.

지후가 차츰 격하게 혀를 놀렸다. 크게 벌린 입으로 유원의 입술을 거의 집어삼키듯이 머금었다. 말랑말랑 따끈하고 부드러운 유원의 입술을 빨다가 그보다 더 매끄럽고 보드라운 유원의 혀를 찾아 핥았다.

쉬지도 않고 계속. 더 힘껏. 더 오래. 그리고 더 많이.

힘을 줬다가 풀었다가, 이리저리 건드리며 엉켜드는 아찔한 촉촉함에 유원은 점차 숨이 가빠졌다. 정신이 몽롱해짐을 느끼면서도 유원은 연신 제 입안을 들락거리는 지후의 날렵한 혀를 잠시도 놓치지 않으려 애를 썼다.

지후가 유원의 뒤통수를 살그머니 손으로 감싸 안았다. 격렬하게 포개어진 입술 사이로 둘의 혀가 빠르게 얽혀 들었다. 서로를 더듬고 만져 자극하는 나른한 몸짓이 오래도록 반복되었다.

소름 끼치도록 부드럽고 미끈한 감촉에 손끝이 다 저릿저릿했다. 머릿속은 마비가 된 지 오래였고, 젖은 혀들이 맞물리는 야릇한 소리만이 귓가에 가득 울려 퍼졌다.

혼절이라도 할 것처럼 몸에서 힘이 쭉 빠져나갔다. 유원이 끝내 인상을 찌푸렸다.

"하아…… 하아……."

"하아…… 하……."

한참이나 이어지는 키스가 버거워 유원은 고개를 살짝 비틀었다. 쉰다고 쉬었건만 숨이 너무 막혀 견딜 수가 없었다. 심장이 미친 듯이 뛰어 대고 있었다.

막간을 틈타 젖은 입술들이 떨어졌고, 그 사이로 거친 숨이 마구 휘몰아쳤다. 유원 못지않게 집중했던 지후도 격하게 차오른 호흡을 가라앉히려 애를 썼다. 어둡고 조용한 룸 안에 앓는 듯한 숨소리들이 들어찼다.

유원이 지후를 향해 고개를 돌렸다. 어느덧 초점이 흐려진 탁한 눈으로 지후는 유원을 가만 내려다보고 있었다.

왠지 모르게 나사가 풀린 듯한 지후라서 유원은 다시금 지후가 낯설다고 느꼈다. 이런 식의 눈빛, 이런 식의 표정. 평정심을 잃어버린 지후는 지나치리만큼 섹시했다.

반쯤 내리감긴 나른한 눈으로 유원을 바라보던 지후가 이내 조심스레 유원의 머리를 쓰다듬었다. 한없이 부드러운 그 손길에 순간 두근, 유원의 심장이 내려앉았다.

조명이 어두워서일 거다. 아까 마셨던 술이 이제야 오르는지도 모르겠다. 것도 아니면 분위기에 취했을까. 뭐, 어쨌든지 간에.

평소처럼 차갑고 무뚝뚝한 지후가 아니었다. 성질만 부려 대는 못돼 처먹은 서지후가 아닌, 지극히도 따스하게 바라봐 주는 지후의 그윽하고 깊은 눈매에 압도된 유원이 다시금 지후의 머리를 당겨 입을 맞추었다. 지후가 겹쳐진 입술 사이로 단번에 혀를 집어넣었다.

놀리는 건가. 혹시 어쩌면, 나를.

질펀하게 이어지는 키스 속에서 유원이 아주 살며시 눈을 떴다. 미간을 살짝 구긴 채 지그시 눈을 내리감고 열중하는 지후가 보였다.

남의 일에 관여하는 성격이 아니다. 타인에게 관심 갖는 것도 꺼리는, 그래서 누굴 도와준다는 생각조차 쉽게 갖지 않는 냉혈한 서지후가 왜 별안간 자신을 도와주겠다고 했을지 유원은 문득 궁금해졌다.

어지간히도 불쌍해 보였나. 그래서일까.

아마도 맞을 거다. 그게 아니라면 설명되지 않으니까. 여자라면 질색인 녀석이 이런다는 건 도통 있을 수 없는 일이니까.

지후가 고개를 비틀었다. 빈틈없이 포개어진 입술 너머로 한층 더 깊숙하게 밀고 들어오는 끈적한 혀에 유원은 생각을 그만 지워 버렸다. 주어진 굉장한 자극이 정상적인 사고를 불가능하게 만들었다.

예상과 다른 키스는 황홀 그 자체였다. 싸늘한 표정만 짓는 줄 알았더니, 냉랭하다 못해 삭막하고 독한 말들만 툭툭 쏟아 내던 녀석이 이렇게 따뜻하고 부드러운 키스를 할 줄은 미처 몰랐는데.

따끈한 입술의 온기와 말랑한 혀의 감촉을 곱씹던 유원은 문득 맘 한구석이 아려 옴을 느꼈다. 모르겠다. 왜 순간적으로 울컥한 건지. 왜 갑자기 울어 버리고 싶다는 생각이 든 건지.

뒤통수를 어루만지는 조심스러운 지후의 손길에, 거칠게 헤집으면 그다음은 꼭 한 번씩 부드럽게 어루만지듯 혀를 놀려 주는 지후의 배려에, 이대로 끝없이 계속하고 싶다는 괜스런 생각들로 유원은 혼란스러웠다. 떨리는 손끝을 살며시 말아 쥐었다.

"하웃……. 흡……."

오래도록 물고 빨던 유원의 입술을 놓아준 지후가 고개를 살짝 돌려 유원의 볼에 입을 맞추었다. 쪽쪽 소리 내어 볼 여기저기를 돌아다니던 입술이 턱 선을 지분거리다 올라가 귓불을 탐했다. 자 그맣고 말랑한 살결을 머금자 유원이 떨리는 어깨를 움츠렸다.

간지럽다고 해야 하나. 지후의 입안이 너무도 뜨겁고 촉촉해 유원은 잠시도 쉬지 않고 몸을 바르작댔다. 살살 굴려 핥고 빠는 혀 놀림이 무던히도 질펀하고 야했다. 간질간질. 발바닥마저 짜릿한 쾌감에 온몸이 배배 꼬이는 것만 같아 연신 끙끙 앓았다.

은근하게 풍겨 오는 체취가 달았다. 피부의 맛과 향이 혀끝에서 사르르 녹는 것만 같았다. 해서 지후는, 한껏 더 조심스럽게 입을 맞추었다. 있을 리 없는 여유를 어떻게든 끌어 모아 최대한 서두르지 않고 유원의 목덜미 이곳저곳을 핥으며 탐했다.

아래로 더 내려간 지후가 유원의 어깨를 살살 베어 물었다. 흐트러진 옷깃 너머 드러난 쇄골 부근을 혀로 핥아 쭉 빨아들이자 유원이 앓는 소리를 내며 허리를 들썩였다.

제길. 당장이라도 벗겨 유원의 맨살을 마구 더듬고 만지고 싶어 안달이 났다. 마음이 조급해질수록 키스는 차츰 더 과감해졌다. 지후가 아프다 싶게 유원의 살결을 핥아 빨아들였다.

아아…….

진득하니 따끔한 통증에 곧 유원이 천천히 눈을 떴다. 가쁜 숨을 헐떡이며 어두컴컴한 천장을 보는데 문득 지금 상황에까지 이르게 된 과정들이 머릿속 가득 펼쳐졌다.

얼마 전 인식한 승하를 향한 마음과, 본의 아니게 목격한 가슴 아픈 장면과, 위로한답시고 함께 술을 마셔 준 지후, 하루만 도와주겠다는 제안까지…….

잃었던 정신이 금세 돌아왔다. 그 모든 것들 사이에 인과관계가 전혀 없다는 걸 깨닫자 갑자기 겁이 덜컥 났다. 두려웠다.

이러고서 내일부터 지후 녀석 얼굴은 어떻게 볼 건데. 망할.

눈을 한 번 질끈 감았다 뜬 유원이 서둘러 몸을 일으켰다. 그리고는 어리둥절해하는 지후의 품으로 파고들며 키스를 그만 멈추게 했다.

하아, 하아……. 번갈아 터져 나오는 둘의 거친 숨소리가 한없이 무겁던 적막을 깨웠다. 끝이 갈라진 나른한 목소리로 지후가 물었다.

"싫으냐……?"

"아니……."

"근데 왜……."

"미안……."

"뭐……?"

"미안해……. 서지후……."

순간적으로 혹했던 것도 미안하고, 갑자기 변덕 부려 흥을 깬 것도 미안하고, 한창 잘 나가다가 초 친 게 죄스러워 유원은 되도 않는 사과를 건넸다.

이에 할 말을 잃은 지후가 홀로 긴 한숨을 내뱉었다. 기분이 썩 좋지는 않아 보이는 지후라서 유원은 다시금 미안, 하고 속삭였다. 무슨 그딴 사과를. 나 원. 못마땅한 표정으로 지후가 눈을 감았다.

느릿하게 위로 올라간 지후의 손이 유원의 뒤통수를 어루만졌다. 한동안 지후는 말이 없었다. 원인제공자인 유원 역시도 면목이 없어 잠자코 지후의 품에 안긴 채 숨을 골랐다.

지후의 손이 유원의 머리를 헝클었다. 살살, 조심스럽게 헤집어 어루만지는 손길은 무척이나 따스하고 부드러웠다. 잠이 올 것 같다고 유원은 생각했다. 지후의 품이 이렇게나 넓고 포근한지 처음 알았다.

여러모로 수확이 많은 날이구나. 그만큼 잃은 것도 많으려나.

어쩐지 가슴 한구석이 싸하게 시려 왔다. 머지않아 안정을 되찾은 지후가 나지막이 입을 열었다.

"문유원."

"응?"

"잘했어."

"뭐가."

"끊길 잘했다고. 좀 전에."

"……."

"됐으니까 잊어. 괜히 눈도 못 보고 신경 썼다간 아주 죽는다. 알아들어?"

"……응."

"자, 얼른. 누워."

지후가 서둘러 유원을 자리에 눕혔다. 이불까지 잘 끌어 올려 꼼꼼하게 덮어 주고는 차 버리지 말라 경고한 후 문 쪽으로 걸어 갔다.

한 번쯤 뒤를 돌아볼 줄 알았던 지후는 그대로 룸을 나가 버렸다. 나가기 전 굳게 룸 문을 잠가 주는 것만은 잊지 않았다. 발소리가 멀어졌고, 이내 지후의 흔적은 찾아볼 수 없게 됐다.

긴장이 풀린 유원이 후욱, 한숨을 내쉬며 천장을 응시했다. 멍하다가 씁쓸하고 금방 다시 허탈해졌다. 분명 지후는 잘했다고 했는데 기분이 그닥 홀가분하지만은 않았다.

이상하게 허전하고 묘하게 찜찜했다. 꼭, 뭔가 크게 잘못한 것처럼. 그게 뭘까. 유원의 눈매가 조금씩 일그러졌다.

서지후. 나 있잖아.

아까 말이야. 내가, 그러니까. 그…….

유원이 느릿하게 손을 들어 올려 입술을 더듬었다. 아무 감흥이 없거나 불쾌했으면 모를 텐데 좋다 못해 정신을 놓을 뻔했던 자신을 기억한다.

원래 키스란 게 다 이런 건지. 타인의 입술을 느껴 본 게 처음이라 더 헤매는 걸 수도 있었다. 그 대상이 친구인 지후라서 더 그런 것 같기도 했다. 단 한 번도 이럴 거라 여기지 않았던 녀석이라서.

갑작스러운 경험이 가져다준 충격은 실로 굉장했다. 숨이 가빠지고 얼굴이 화끈화끈 달아올랐다. 할짝이며 엉켜들던 지후의 부드럽고 촉촉한 혀와 입술. 조심스럽게 어루만지던 손길. 그 모든 감촉들이 되살아나자 온몸이 파르르 떨려 왔다.

두근두근. 간격을 좁혀 빠르게 뛰어 대는 심장이 버거워 유원은 그만 눈을 감았다. 조용히 숨을 고르는데 감긴 눈앞으로 지후의 얼굴이 아른거렸다.

승하가 아니었는데도 흥분했다. 승하가 아닌 걸 뻔히 알면서도. 어째서. 가슴이 온통 먹먹하게 아렸다. 막, 꿀렁꿀렁거리는 것 같기도 하고.

알 수 없는 감정들 속에서 헤매며 끊임없이 생각에 잠기던 유원은 그보다 더 깊은 잠 속으로 빠져들었다. 표현하기조차 난감한, 참으로 기묘한 밤이었다.

으음……?

죽은 듯 미동도 않고 자던 유원이 눈을 떴을 때는 꼬박 하루가 지나 있었다. 피곤에 숙취가 겹쳐 세상모르고 잔 것 같았다.

새벽 4시에 맞춰 둔 핸드폰 알람 소리에 놀라 눈만 깜빡깜빡하다 몸을 일으켰다. 모처럼 맞은 휴무인 일요일을 고스란히 날려버렸다는 사실이 애석했다.

시간을 돌릴 순 없나 고심하던 유원이 문손잡이를 잡은 그대로 멈칫 숨을 죽였다. 꿈인가 싶던 기억 하나가 빠르게 머릿속을 돌아다녔다.

큰일이네. 어떤 얼굴로 봐야 하는 거야.

앞선 걱정에 엄두가 나질 않아 유원은 조금 더 망설이다 문을 열었다. 열자마자 쏟아지는 거실의 환한 빛에 인상을 찌푸렸다.

"실컷 잤냐?"

"너……."

"오래도 잔다. 어떻게 하루 종일 잠만 자냐."

소파에 앉아 책인지 뭔지를 들여다보고 있는 지후의 모습에 유원은 어안이 벙벙해졌다. 방금 일어났다고 하기엔 지나치게 여유로운 태도가 느껴졌다.

고개를 갸웃거리던 유원이 벽시계와 창밖을 확인했다. 아직 동이 트기 전인 새벽 4시가 확실히 맞았다. 유원이 손등으로 눈을 비비며 지후에게 다가갔다.

"언제 일어났어?"

"오늘 일어난 거 묻는 거면 한 시간쯤 전에."

"어제저녁에라도 깨우지."

"아직도 졸린 얼굴이면서. 씻고 나와, 밥 먹게. 뭐 먹을래."

내내 틀어박혀 잠만 잔 유원 때문에 혼자 어지간히도 심심했던 모양인지 지후의 표정이 뾰로통했다. 그러면서도 속은 괜찮냐 묻는 지후라 유원은 더욱 미안해졌다. 너무도 곤히 자는 터라 깨우지 못하고 있었나 보다. 다시 말해 황금 같은 일요일 오후를 지후는 이곳에서 홀로 보냈다는 거였다.

머쓱한 표정으로 웃는 유원의 눈에 깨알 같은 영어 글씨들이 들어왔다. 그새 또 전공서적을 들여다보다니, 하여간 잠시도 쉬질 않는 녀석이다.

"쉬엄쉬엄해라, 무섭다."

"그러는 넌 과제 얼마나 했는데."

"글쎄, 반은 했나."

"자랑이다. 혼나는 꼴 보기 싫으니까 빨리 끝내."

데드라인 며칠 안 남은 거 잊었냐며 지후가 유원을 쪼았다. 서두른다고 또 대충 하지 말라고, 퇴짜 맞았다간 아주 알아서 하라는 지후가 매섭게 눈을 부라렸다.

아직 잠도 술도 덜 깬 상태에서 서슬 퍼런 잔소리를 듣자니 머리가 핑핑 울렸다. 저놈의 시어머니 진짜. 알았으니 그쯤 해 두라는 유원이 손사래를 치며 지후를 향해 눈을 흘겼다. 심드렁히 쳐다보던 지후가 다시금 책으로 눈을 돌렸다.

유원이 지후를 물끄러미 응시했다. 괜히 걱정했나 싶다. 평소와 조금도 다르지 않게 대하는 지후의 모습에 유원은 내심 안도가 되었다.

무슨 말을 하고 어떤 표정으로 대해야 하나 무던히도 고민했는데 그럴 필요가 없었던 걸까. 별거 아닌 걸 혼자 오버해서 생각했던 건 아닌지 민망했다. 지후는 벌써 다 잊어버린 걸 혼자만 내내 떠올리고 가슴 설레 했던 건지도 모를 일이었다.

뭐, 잘된 건가. 하긴, 계속 생각해 봤자 서로 대하기만 껄끄러울 테고.

거듭 메뉴를 묻는 지후에게 말간 국물 같은 게 먹고 싶다고 중얼거린 유원이 욕실을 향해 돌아섰다.

"······."

굳게 닫히는 문소리가 나고서야 지후는 책에서 시선을 거뒀다. 눈에 들어올 리 없는 글자들을 부여잡고 씨름했단 걸 유원은 알까. 어제저녁부터 지금껏 세 페이지를 못 넘어가고 있다는 것도. 하도 곤히 자는 것 같아 깨우고 싶은 걸 꾹 참고 조용히 기다리면서도 언제 깰지 몰라 항시 대기상태였다는 것 역시. 모르겠지.

조금 전 봤던 부스스한 유원의 말간 얼굴을 떠올리며 지후가 한숨을 내쉬었다. 그 잠깐 봤다고 금세 또 심장이 두근두근 난리도 아니었다. 지독히도 명백한 설렘이었다.

아무렇지 않은 척하는 게 갈수록 더 힘들어지고 있음에 애가 탔다. 지후가 미간을 구기며 눈을 감았다. 언제까지 숨길 수 있을까. 커져 가는 이 마음을. 죽겠는 이 감정을. 대체.

"······헉!"

칫솔을 입에 문 채 파자마를 벗던 유원이 욕실 거울을 보다 기겁을 했다. 이게 다 뭐람.

쇄골과 목덜미 아래 곳곳에 붉은 흔적들이 낭자했다. 원체 피부가 하얀 탓에 약한 자극에도 쉽게 멍이 들고 붉어진다지만 이

건 정도가 좀 심각했다. 가려지는 부분이기에 망정이지, 하마터면 낯부끄러운 꼴을 당할 판국이었다.

너무 놀라 눈만 깜빡거리던 유원이 이윽고 한 손을 들어 올렸다. 적잖이 머뭇거리던 손끝을 가져가 가만가만 자국을 쓸었다. 그와 동시에 잠시나마 잊으려고 했던 어젯밤 일들이 되살아났다.

어두운 밤, 지후와의 입맞춤, 꽤나 격렬하던 녀석의 키스, 그리고……

기억을 더듬자 순식간에 얼굴이 벌겋게 달아올랐다. 제정신이 아니었다고, 술김이었다고 치부하기엔 너무도 멀쩡하단 게 문제였다. 지후도, 또한 유원 자신도 분명 그러했다.

애써 생각을 지우며 샤워를 했다. 외면하려 할수록 시선이 자꾸만 거울 속 붉은 흔적들로 향해졌다. 문득 오소소 한기가 돋았다.

이럴 줄 알았으면 나도 만드는 건데. 왠지 모르게 억울하단 생각이 들어 유원은 스펀지로 더 박박 닦아 내며 입술을 샐쭉거렸다. 발그레해진 마음이 귀엽게 콩닥거렸다.

"뭐야?"

"옷. 갈아입어."

"어?"

"입었던 건 세탁 맡겼어. 같은 옷 입고 출근하기 그럴 거 같아서. 자."

씻고 나온 유원은 지후와 마주 앉아 콩나물 국밥을 먹었다. 잠을 자는 것에도 에너지 소비는 충분히 된 모양으로 남김없이 싹싹 긁어 먹고 있는데 룸서비스가 도착했다.

집에 들르기엔 시간이 여의치 않았다. 외박한 티를 내기가 꺼림칙하단 걸 어찌 알고 새 옷까지 준비해 둔 지후가 의외였다. 조심스레 받아 든 종이백 안에는 유원의 사이즈에 맞는 니트와 바지, 점퍼를 비롯해 심지어 속옷까지 구비되어 있었다.

멍하니 지후를 바라보던 유원의 눈이 차츰 가늘어졌다. 유원의 심상치 않은 눈길을 알아챈 지후가 눈썹을 들어 올렸다.

"왜?"

"의심스러워서."

"뭐가."

"솔직히 불어. 너 선수지? 이런 적 많지, 응?"

말을 해도. 기껏 신경 써서 준비해 줬더니 선수 어쩌고 하는 유원이 못마땅해 지후가 인상을 찌푸렸다. 날이 선 눈매에 노기가 잔뜩 실렸다.

죽어라 노려보는 지후의 강렬한 눈빛에 순식간에 제압당한 유원이 근데 뭐 이렇게 완벽하고 난리냐며 들릴 듯 말 듯 중얼거렸다. 다 먹었으면 준비하라는 지후가 유원을 룸으로 들여보냈다. 조금 더 중중거리던 유원은 이내 종이백을 뒤적여 옷을 꺼내 들었다.

해가 뜨기 전이라곤 해도 호텔에서 나온다는 건 굉장한 용기를 필요로 하는 일이었다. 누가 볼까 싶어 빠른 걸음으로 빠져나온 유원이 서둘러 주위를 둘러보고는 안도의 한숨을 내쉬었다.

늦지 않게 따라붙은 지후가 유원을 살폈다. 불안한 눈빛 가득 수줍어하는 기색이 역력했다. 당최 남자와 이런 곳을 와 보지 않은 유원이라 매 순간 낯설고 어색해하는 게 훤히 보였다.

쉴 새 없이 주변을 살피던 유원이 문득 지나가던 사람과 눈이 마주치자 혹 의심스럽게 보나 싶어 부리나케 고개를 떨궜다. 그러고는 헛기침을 하며 괜히 애꿎은 볼만 긁적였다.

귀여워 가지고. 어쩔 줄 몰라 하는 유원의 모습에 지후가 몰래 웃음을 삼켰다.

"그냥 택시 타지."

"5분 남았다는데 뭐."

"춥잖아. 그러지 말고……."

"어, 저기 온다!"

병원까지 걸어가기엔 애매한 거리라 택시를 타자는 지후의 말에 돈이 아깝다며 버티던 유원이 마침 들어오는 버스에 냉큼 올랐다.

워낙 이른 시각이라 텅텅 비었을 줄 알았던 버스에는 의외로 사람들이 꽤 있었다. 아무리 두리번거려도 앉을 자리가 없다는 것에 실망한 유원이 중간 부분으로 가서 손잡이를 잡았다. 그 옆으로 다가가 선 지후가 나지막이 투덜거렸다.

"필요할 땐 좀 타지 그러냐."

"정말 필요할 때를 위해 아껴 두는 거야."

"너보고 돈 내라고 안 해, 인마."

"너 어제도 많이 썼잖아. 여기서 더 미안하게 만들라고?"

그건 안 되지, 라며 유원이 눈꼬리를 내렸다. 세상에 공짜는 없다는 말을 철석같이 믿는 유원이었다. 다 좋다만 지후는 제게까지 그 논리를 적용시키는 유원이 은근 맘에 들지 않았다.

선을 그어 놓는 것 같아서. 여기까지라고, 그러니 더는 말라고. 꼭 그렇게.

남들에게 신세 지는 걸 죽기보다 싫어하는 유원을 안다. 한낱 자격지심 따위가 아니라 현실을 직시할 줄 안다는 뜻이었다. 분수에 맞게, 지나치거나 모자라지 않게. 제게 주어진 딱 그만큼만 누리려는 본능이 유원에게는 있었다.

지후가 한숨을 뱉었다. 뭐든 해 주고 싶은데 그럴 수도 없게 한다. 대놓고 챙기면 거부감 느낄까 봐 지후로서도 유원 몰래 챙기고 살피는 게 생활이 됐다.

그러면서도 아직 말하지 못한 것들이 한가득이었다. 이를테면, 학과 공부와 알바를 무리하게 병행하는 유원을 위해 총장인 아버지를 설득해 장학금 면제 혜택을 특별히 차석에까지 확대시켰다거나, 인턴 시험을 유원과 맞게 성적을 조금 낮춰 치렀다거나.

만약 알게 되면 펄쩍 뛰며 화낼 일이라는 생각을 하며 지후는 유원을 봤다. 언제쯤 말해 줄 수 있을까, 너에게. 말을 할 수나 있을까. 과연.

비밀을 갖고 있다는 건 무척 괴로운 일이다. 더구나 본인의 선택이라면 누굴 탓할 수도 없다. 어쩌겠느냐며 혼자 고개를 젓는데 정류장에 멈춰 선 버스에 몇몇 사람들이 올라탔다.

그중 웬 젊은 남자 하나가 다가와 유원의 뒤에 바짝 붙어 섰다.

지후가 인상을 썼다. 다른 데 여유 공간도 많은데 하필 이곳이라.

수작이 뻔히 읽혔다. 아니나 다를까 앞쪽의 유원을 힐끔거리며 실실 웃는 게 아닌가. 어디 한번 손이라도 대 볼까 하는 식으로 훑는 끈적한 눈빛까지.

저 새끼가 죽을라고.

매섭게 남자를 노려보던 지후가 자연스럽게 그 사이를 비집고 들어갔다. 갑자기 끼어든 지후 때문에 남자는 자연스레 밀려났고, 곧 아쉬운 얼굴로 툴툴거리며 돌아섰다. 뒤에서 자신을 거의 안듯이 서 있는 지후를 놀란 유원이 돌아보았다.

"왜?"

"짜증나서."

"뭐?"

"별거 아냐. 앞에 봐."

별거 아닌 게 아닌 험악한 표정으로 지후가 허공을 향해 눈을 부라렸다. 뭐라 더 물으려던 유원이 지후의 기세에 눌려 얌전히 앞을 봤다.

지후가 유원의 얼굴 양옆으로 팔을 뻗어 손잡이를 잡았다. 워낙 훤칠하니 큰 키라 자그마한 유원은 지후의 가슴팍 안에 쏙 안겨 있는 꼴이 됐다.

주변 다른 사람들과 부딪힐 염려는 없어 좋다만 굳이 왜 이렇게 가야 하는지 잘 이해되지 않았다. 해서 유원은, 다시금 조심스레 지후를 올려다봤다.

……가까운데. 너무. 지금.

잔뜩 굳은 표정으로 뚫어져라 앞만 보는 지후를 밑에서 올려다 보는 유원은 어쩐지 묘한 기분이 되었다.

지후가 너무도 가까웠다. 마치 어제 불현듯 키스가 이루어졌을 때와 비슷한 거리랄까. 깎아지르듯 유려한 지후의 턱 선을 보며 유원이 조용히 침을 삼켰다.

정수리에 와 닿는 가슴팍이 무척이나 탄탄했다. 은근하게 풍겨 오는 체취는 머스크향이었다. 승하와 비슷한, 조금은 다른 듯도 한. 다소 옅으면서도 달달한, 무겁지 않은 느낌을 주는 편안한 지후의 체향에 유원이 느릿하게 눈을 감았다 떴다. 가슴이 두근거렸다.

거의 안긴 거나 마찬가지인 상태라도 몸은 최대한 닿지 않도록 노력하고 있는 듯했다. 손잡이를 잡고 있는 지후의 손등에 불거진 핏줄을 세던 유원은 문득 나른함을 느꼈다.

기댈까, 말까. 기대도, 되나. 싫어하면 어쩌지.

물어보려는 찰나에 버스가 커다랗게 우회전을 했다. 반동으로 휘청이는 유원의 몸을 지후가 얼른 감싸 안듯 받쳐 주었다. 자연 스럽게 한껏 안겨 버린 유원이 지후의 가슴팍에 깊숙이 머리를 댔다.

순간 멈칫하긴 했으나 지후는 유원을 밀어내거나 뿌리치지 않았다. 그 자세 그대로 유원이 자그맣게 중얼거렸다.

"기댈게. 잠시만."

"……그러든지."

"불편해? 혹시 불편하면……."

"하나도 안 불편해. 가만있어."

떼는 시늉이라도 하려던 유원의 머리를 지후가 턱으로 지그시 눌렀다. 옴짝달싹도 할 수가 없어진 유원이 몸에 힘을 뺐다.

강렬한 온기에 파묻힌 느낌은 너무나도 포근했다. 뿐만 아니라 머리를 온전히 받쳐 주는 든든함을 인식하자 괜히 설레기도 했다.

손잡이를 잡지 않아도 될 만큼 떡 버티고 있어 주는 지후가 고마워 유원은 입가를 말아 올렸다. 묘한 기분. 그보다 더 묘한 감정. 심장 한켠이 간질거렸다. 말랑한 느낌도 들었다.

대체 이걸 뭐라고 정의 내려야 할지 고민스러웠지만 굳이 당장은 아니어도 될 것 같았다. 자그마한 유원의 숨소리에 귀 기울이는 지후의 눈동자가 물결치듯 잔잔히 일렁였다.

"휴게실에서 기다린다."

"응, 금방 나갈게."

조금 일찍 도착한 김에 병동을 먼저 돌아보기로 했다. 희주와 은환은 역시나 아직 출근 전이었고, 드레싱 처치라도 해 두는 편이 서로서로 편할 것 같았다.

나중에 같이 해도 되긴 하지만 조금이라도 빨리 해 주는 걸 환자들도 좋아할 거라는 생각으로 유원은 지후와 헤어져 여자탈의실로 들어갔다. 가운을 걸치고 캐비닛 문을 잠그는데 하품이 나왔다. 유원이 손등으로 눈두덩을 비벼 댔다.

일과 시작도 전에 몰려오는 피곤이라. 일주일 내내 또 얼마나 뛰어다녀야 할지 눈앞이 다 캄캄해졌다.

어라……?

"저기, 인턴 선생님. 이거요."

"뭡니까."

"간식거린데요, 제가 직접 만들었어요. 심심할 때 드세요."

탈의실을 나와 휴게실 쪽으로 다가서던 유원이 얼마 못 가 걸음을 멈췄다. 도란도란 들려오는 말소리에 고개를 갸웃하던 유원이 조심조심 안을 살폈다.

지후는 예상외로 혼자가 아니었다. 가운 주머니에 두 손을 꽂고서 우두커니 선 그 앞에는 같은 병동 간호사 하나가 수줍게 얼굴을 붉히고 있었다. 오다가다 마주친 적이 있는, 아담한 키에 큰 눈이 인상적인 제법 예쁘장하게 생긴 간호사였다. 혼자 있는 지후를 알아채고 용기 내어 찾아온 듯했다.

고백 타임이려나. 딱 봐도 알겠는 분위기에 고개를 끄덕인 유원은 이내 둘의 대화에 귀를 기울였다. 사실 대화랄 순 없었다, 너무도 일방적이라서.

"샌드위치랑 주먹밥이랑 디저트로는 쿠키를 좀 구웠는데요. 뭘 좋아하시는지 몰라서 이것저것 넣었어요. 드셔 보세요."

"……."

"혹시 입에 안 맞으시거나 가리는 거 있으세요? 말씀해 주시면 제가 다음에 만들 때……."

"왜요."

"아……. 그게요. 그러니까."

근무한 지 이제 3년 된, 나이는 지후보다도 한 살이 더 많은

145

그녀가 아랫입술을 질끈 베어 물며 할 말을 골랐다. 이런 경험이 전무해 무슨 말을 어떻게 꺼내야 할지 엄두가 나지 않았다. 게다가 빤히 쳐다보는 눈빛이 어찌나 매서운지 입안이 자꾸 바싹바싹 말랐다.

그래도 좋으니까. 많이 좋아하니까. 꼭두새벽부터 일어나 도시락을 싼 정성을 상기하며 마음을 다잡은 간호사가 이내 입을 열었다.

"좋아해요. 제가 인턴 선생님을. 아주 많이요."

"그래서요."

"네?"

"그래서 뭐 어쩌자고요."

"아, 혹시 여자 친구 있으세요? 없으시면 저랑……."

"싫은데요."

지켜보던 유원이 헉, 하고 숨을 들이켰다. 그 어떤 변화도 없는 딱딱한 무표정으로 단칼에 잘라 거절하는 지후는 쌀쌀맞기 그지없었다.

제가 다 민망할 정도라서 유원은 걱정스러운 맘으로 얼른 간호사를 살폈다. 놀라다 못해 당장이라도 울 듯한 표정이 된 그녀가 보였다.

배려라고는 약에 쓸래도 없는 매정한 서지후의 실체를 거듭 눈앞에서 확인하는 순간이었다. 간신히 맘을 추스른 간호사가 애써 미소 지었다.

"이유를 여쭤 봐도 될까요……?"

"싫으니까요."

"저기, 선생님."

"그만하고 가 주시죠, 불편하고 귀찮은데."

"저는……."

"두 번 말 안 합니다. 다시는 이러지 마세요. 짜증나니까."

딱딱 끊어 내뱉는 말투 가득 힘이 실렸다. 노려보는 눈매가 더 없이 싸늘했다. 나는 댁한테 관심이 없습니다. 그러니 한 번만 더 이러면 재미없을 줄 아세요. 직접적인 거절이 너무도 분명하게 전해짐에 맘이 다 아팠다. 간호사가 힘없이 고개를 떨궜다.

보통이 아닌 줄은 알았지만 이렇게까지 철저하게 밀어낼 거라곤 생각 못 했었다. 나름 자신 있는 외모를 무기로 큰맘 먹고 고백해 보자 했던 건데. 다른 과 레지던트들에게 수차례 받았던 대시를 거절해 온 도도한 그녀로서는 믿어지지 않을 만큼 상당한 충격이었다.

아쉬운 맘에 머뭇거리는 간호사에게 안 가냐고 다그친 지후가 미간을 찌푸렸다. 단 한 마디도 받아 줄 용의가 없어 보이는 냉랭한 그 모습에 간호사가 마지못해 돌아섰다. 어느덧 그렁그렁 차오른 눈물을 감추려 도망치듯 그녀가 휴게실을 빠져나갔다.

분위기 참 대박이네. 저 싸가지 진짜. 에휴.

멀어지는 간호사를 한참 바라보던 유원이 지후에게로 고개를 돌렸다. 혹시나 했더니 역시나였다.

그리고 보면 썩 놀랄 일도 아니었다. 상대가 누구든 서지후는 결코 받아 주는 법이 없었다. 대체 저 머릿속에 뭐가 들었나 싶어 유원은 착잡해졌다.

저거 혹시, 진짜 남자 좋아하나……?

만일의 사태를 대비해 둘 필요는 있다고 생각하던 유원은 다음 순간 지후와 눈이 마주쳐 멈칫했다. 몹시도 딱딱한 표정이 된 지후가 입술을 달싹였다.

"넌 거기서 뭐하는데."

"방해될까 봐."

"놀고 있다. 얼른 안 와?"

기다려 줘도 난리야. 다짜고짜 버럭 성을 내는 지후가 고까워 유원이 입술을 샐쭉이며 다가갔다.

입 그만 안 집어넣느냐고 타박이던 지후가 구석에 자리한 자판기에 동전을 넣었다. 허리 숙여 음료를 꺼낸 그가 직접 마개를 따서 내밀었다.

"마셔."

눈앞에 내밀어진 음료와 지후를 번갈아 보던 유원이 이내 받아 들어 한 모금 마셨다. 목 안으로 청량한 기운이 빠르게 퍼져 내려갔다. 두 눈을 지그시 감고 맛을 음미하던 유원이 옆쪽 벽에 기대며 눈을 떴다.

그때까지 유원을 바라보고 있던 지후가 서둘러 시선을 거두고는 자판기에 다시 동전을 넣었다. 마개를 딴 음료를 입으로 가져가는 지후를 물끄러미 보던 유원이 넌지시 물었다.

"서지후."

"왜."

"뭐 물어봐도 돼?"

"무슨 말 같잖은 소릴 하려고. 뭔데."

"혹시 있어? 좋아하는 사람."

뭐……?

순간 지후의 안색이 눈에 띄게 어두워졌다. 그 변화가 하도 급박해 유원은 아주 헛다리를 짚은 건 아닐 수도 있다는 희망이 생겼다.

정말일까. 정말 누굴 좋아하고 있는 걸까, 이 녀석이? 커다랗게 부풀어진 호기심이 유원을 재촉했다. 유원이 눈을 반짝였다.

"있구나? 말해 봐. 비밀 지킬게. 있지?"

"……뭐라는 거야."

"아까 그 간호사 거절한 게 이해 안 돼서 말야. 꽤 예쁘던데."

"예쁘기는. 꺼지라 그래."

"너 그럼 예전처럼 또 성에 안 차서 거절한 거야?"

"아, 몰라. 묻지 마. 그러게 너는 왜 늦게 와 갖고, 에이."

진짜 어지간히도 싫었는지 아까를 떠올리며 구겨진 얼굴로 지후가 눈을 부라렸다. 왜 늦게 와서 저로 하여금 그딴 고백을 받게 했느냐 이거였다.

성질은. 없으면 말고, 하고 시큰둥하게 덧붙인 유원이 남은 음료를 한입에 털어 넣었다. 빈 캔을 들고 쓰레기통으로 가려던 유원의 손목을 지후가 부여잡았다.

"말고? 그게 다냐……?"

더 늦기 전에 병동을 돌아봐야 했다. 모쪼록 수술 스케줄이 여유로웠으면 좋겠다고 중얼거리던 말이 입안으로 쏙 들어가 버렸다.

차갑게 식은 눈빛. 그보다 더 서늘하게 내리깔린 중저음의 목소리를 듣는 순간 온몸 가득 소름이 돋았다. 지후가 입술을 뒤틀었다.

"대답 안 해?"

"뭐가."

"없으면 말고가 끝이냐고, 너한테는."

"뭐?"

"있어도 괜찮냐 묻는 거야. 내가 누굴 좋아해도."

"……."

"그러냐? 그래, 너는? 어……?"

할 말을 잃은 유원이 입을 다물었다. 다그치는 지후를 보며 지금 뭔가, 살짝 중심점을 벗어난 질문인 것 같다는 생각이 들었다.

상관이 있을 리가 없잖아. 네가 누굴 좋아하든 말든 그건 네 자유지, 내가 왜. 내가 뭐라고 그런 걸 일일이 괜찮다 안 괜찮다 따지겠냐고. 안 그래?

마땅히 답할 말을 찾지 못해 침묵으로 있는 유원을 보며 지후가 인상을 찌푸렸다. 그러더니 다 마시지도 않은 음료 캔을 쓰레기통에 힘껏 집어 던졌다. 온몸으로 성질이 났음을 피력하는 지후라 유원은 계속 더 멍해졌다.

왜 저러는 걸까. 가만가만 허공을 헤집던 유원이 지후의 표정을 살피다 멈칫했다.

죽어라 노려보는 눈빛이 어딘가 쓸쓸해 보였다. 까만 눈동자가 소용돌이치듯 마구 일렁이는 것도 같았다. 기분 탓일까. 지후의 표정이 슬펐다. 미치도록, 참 많이.

뭐가 대체, 너……?

이내 허탈하게 웃은 지후가 됐다, 하고는 먼저 돌아서서 휴게실을 빠져나갔다. 멀어지는 지후의 뒷모습을 유원이 서둘러 눈으로 좇았다.

먹먹하게 아득해진 귓가로 흐릿한 이명이 들리는 것 같은 착각. 어지러이 널려진 기억의 파편들. 감정들. 유원이 다문 입안을 잘근잘근 씹었다.

뭔가,

기분이 굉장히 이상하다.

06

자각과 혼동의 경계선

월요일이라고 해도 예외는 없는지 회진 직후부터 콜이 쏟아졌다. 수술팀 배정을 받은 희주는 은환과 함께 일찌감치 수술방으로 향했고, 유원과 지후는 병동에 남아 환자들 드레싱 처치와 동의서 받기, 각종 추가 채혈 샘플 만들기 등에 여념이 없었다.

인간이란 무릇 눈앞에 닥친 일을 최우선으로 여기는 신기한 재주가 있는 모양이다. 정신없이 움직이다 보니 감정은 사치처럼 느껴졌다. 혼란도 고민도, 저절로 가슴속 깊이 수그러들었다. 의지가 수반된 노력의 산물이긴 했지만 그래도 바쁜 건 바쁜 거였다.

사적인 대화를 나눌 새도 없이 밀어닥치는 콜들에 여기저기 분주히 뛰어다니던 유원이 급히 해당 환자의 영상판독 자료를 찾아오라는 지시를 받고 엘리베이터로 향했다. 꼭대기 층에서 멈춰 내려올 생각을 않는 엘리베이터를 보다 못해 계단으로 갔다.

"환자 목록인데요, 위치 좀 알려 주세요."

"잠시만요."

고작 세 층 위라 별것 아니려니 생각하고 뛰어 올라간 유원이 숨을 헐떡이며 자료실 안으로 들어섰다. 빠르게 사진들을 찾아내어 다시금 진료실을 향해 달렸다. 누락된 자료가 몇 개 발견되었고, 이번에는 예전 보관실에서 찾아야 했다.

병원 일을 하며 가장 많이 단련되는 것이 아마 체력일 것이다. 원치 않아도 수준급의 달리기 선수로 만들어 주는 시스템에 경의를 표하며 유원은 부리나케 계단을 뛰어 내려갔다. 지하 복도 끝 후미진 곳에 위치한 보관실 안으로 들어가 불을 켰다.

"으, 먼지."

빛바랜 누런 조명 아래 허공에서 뿌옇게 올라오는 먼지들이 보였다. 일과 때는 차라리 낫지만 야간에, 것도 늦은 시간에 자료를 찾아오라고 할 때면 엄두가 안 나는 곳이 바로 여기 구 보관실이었다. 넓기도 엄청 넓고 을씨년스러운 분위기를 지닌.

어마어마한 양의 자료들이 보관된 책장 사이사이를 지나 해당 구역으로 가 목록을 훑었다. 환자 명부와 대조해 가며 검색한 끝에 찾은 위치는 하필 책장의 맨 꼭대기 바로 밑이었다.

사다리를 타기도 애매한 높이라 유원이 까치발을 하고 낑낑댔다. 닿을 듯 닿지 않는 손끝이 안타까웠다. 이내 기를 쓰고 잡은 자료철을 어떻게든 놓치지 않으려 애쓰며 끌어당겼다.

이놈의 키는 왜 자라다 만 거야. 아, 이럴 때 지후 녀석이 있음 좋을 텐데. 그럼 아마……

'말고? 그게 다냐……?'

멈칫. 낑낑거리던 유원이 순간 동작을 멈췄다. 키 큰 지후였으면 단번에 집어 내려 줬을 거라고 생각하던 유원의 표정이 몰라보게 딱딱해졌다.

귓가에 되뇌어진 지후의 목소리가 매우 쓸쓸했다. 처연하게 바라보던 눈빛 또한 그랬다는 걸 기억해 내자 기분이 또 묘하게 이상해지고 만다.

자꾸 왜 이러는 걸까. 뭘 신경 쓰는 걸까, 나는.

마저 손을 놀려 간신히 자료를 꺼냈다. 심란한 맘이 좀처럼 진정되지 않았다. 모은 자료들을 들고 다음 칸으로 이동했다.

'없으면 말고가 끝이냐고, 너한테는.'

'뭐?'

'있어도 괜찮냐 묻는 거야. 내가 누굴 좋아해도.'

……어쩌라고. 뭘.

검지로 책장의 목록들을 훑는 유원이 설핏 미간을 구겼다. 생각하면 할수록 머리가 더 복잡하게 얽혀드는 것 같았다.

좋은 것도 아니고 싫은 것도 아닌 모호하게 일그러진 감정으로 가슴이 답답했다. 정의를 내리려야 내릴 수도 없었다. 왜 그딴 걸 물어 갖고, 사람 기분만 이상하게. 애꿎은 원망이 지후에게로 향해졌다. 유원이 입술을 내밀고 툴툴거렸다.

어쩌면 익숙해진 탓일 수도 있겠다. 여자들의 고백을 한사코 거절해 온 지후라서 그 반대의 경우는 아예 생각해 보지도 않았다. 때문에 지후가 누군가를 좋아한다는 것은 상상으로도 쉽지 않은 일이었다. 아니, 그런 감정을 갖는다는 것조차 의문이었다.

보통의 남자들과는 다르다고 생각했으니까. 모르긴 몰라도 여자를 보는 시각부터가 판이했다. 과연 욕구란 게 있기는 할까 싶을 정도로 여자에 대한 아주 기본적인 감정조차 내비치는 법이 없었던 지후인데. 그런 녀석이 누굴 좋아한다면, 서지후의 여자라면.

그건, 어째 좀……

"너무 없잖아. 현실성이."

유원이 자그맣게 중얼거렸다. 밑도 끝도 없이 던지는 가설치고 설득력이 없어도 너무 없었다. 만약이라는 가정도 어느 정도 기반이 잡혀 있어야 가능한 것이니까.

그래서 와 닿지 않는 것뿐이라고 유원은 잠정 결론을 내렸다. 근데 그 와 닿지 않는 상상이라도 하는 내내 뭔가 거슬리는 기분인 것도 같아 착잡했다.

이걸 뭐라고 해야 하지? 서운함? 아쉬움? 그 엇비슷한 감정이라는 것을 아직 유원은 받아들일 수 없었다.

"……"

내린 시선이 저절로 목덜미 쪽으로 향했다. 솔직히 신경이 안 쓰인다면 거짓말이다. 잊으라던 지후의 말에도 불구하고 유원은 은연중 어제의 기억을 되뇌고 있는 자신을 발견했다.

그나마 지후가 평소와 다르지 않게 굴어 주는 덕분에 티를 안 냈던 것뿐 왜 이렇게 혼자 순간순간 맘이 떨려 오는지 알다가도 모를 일이었다. 안 되는 줄 알면서 기억 속 그 순간을 몇 번이고 되짚고 있었다. 그때의 감촉을, 느낌을, 공기의 흐름까지. 잊지 않으려는 사람처럼. 계속.

별거 아닌데. 그저 술김에, 그냥저냥 분위기에 취해 잠깐 벌어졌던 해프닝일 텐데.

근데 왜 자꾸만 나는. ……망할.

애써 생각을 지우려 서두르던 유원이 챙겨 들었던 자료들을 놓쳐 떨어뜨렸다. 얼른 쪼그리고 앉아 바닥에 널브러진 사진들을 한데 그러모으다 모서리에 손가락을 베고 말았다.

환장하겠네. 꾹 눌러 대충 지혈한 손을 급히 놀리는 유원의 입술 사이를 비집고 한숨이 흘러나왔다. 쏟아진 퍼즐 조각들처럼 맘이 한껏 더 어질러졌다.

"왜 이렇게 안 와……?"

심전도 검사를 마치고 병동으로 돌아온 지후가 인상을 찌푸렸다. 자료를 찾으러 갔다던 유원이 좀처럼 돌아오지 않고 있었다.

핸드폰으로 들려오는 통화 불가능이라는 안내 멘트에 조금 더 기다려 볼까 하다가 결국 이곳저곳 돌아다니며 유원의 모습을 찾았다. 혹시나 싶어 자료실로 올라갔다가 구 보관실에 있을 거라는 말을 들었다. 지후가 엘리베이터에 올라 지하층 버튼을 꾹 눌렀다.

잠시도 눈에 보이지 않으면 안 되는 지경이 되었다. 콜 때문에 정신없이 뛰어다니는 와중에도 지후의 신경은 온통 유원에게만 곤두선 상태였다.

매 순간 어디서 뭘 하고 있는지 정도는 알아야 그나마 마음이 놓였다. 내내 곁에 둘 수 없다면 최소한 그렇게라도 해야 했다. 행선지를 파악하고 있어야 견디겠는, 뭐 그런.

이 정도면 중증이다. 점점 더 심해지는 갈증에 지후 본인조차 난감했다. 더 커질 수 없을 것 같던 마음이 끝도 없이 커져 가는 이유란 무엇일까. 그야.

'싫으냐……?'

'아니…….'

'근데 왜…….'

'미안…….'

'뭐……?'

'미안해……. 서지후…….'

지후가 얼굴을 쓸어내렸다. 고작 키스 한 번 했다고 권리 행세라도 하려는 건가 싶었다. 웃기지도 않는다. 도와준다는 핑계로 비겁하게 탐해 놓고 무슨.

그래 놓고 쓰잘데기 없는 질문까지 해 버렸던 스스로가 한심했다. 누굴 좋아하긴 말건 상관없느냐는 소리에 유원이 얼마나 황당했을까. 어차피 대신이었으면서. 전혀 조금도 잊지 못하고 있는 주제에 누구보고 신경 쓰지 말고 잊으라 다그쳤는지 알다가도 모를 일이었다.

밀어내던 유원을 떠올리며 허탈한 웃음을 짓던 지후가 고개를 떨궜다. 엘리베이터가 중간에 멈춰 섰고, 고개를 들어 올리던 지후의 표정이 한순간 굳어 딱딱해졌다.

본능적인 적대감. 치솟는 분노, 그리고 시기. 차마 감출 수 없는 대단한 경계심이 눈빛 가득 실렸다.

젠장. 옆쪽으로 올라타는 승하와 은규를 보며 지후가 보일 듯 말 듯 미간을 구겼다. 은규가 알은체를 했다.

"여, 인턴. 수고가 많다. 식사는?"

"아직입니다."

"우리도 먹으러 가는 길인데. 빠뜨리지 말고 챙겨라, 몸 축난다."

곧 점심시간이었다. 수술방 배정이 아니라면 오후 일과를 하기 전에 잊지 말고 챙겨야 하는 게 바로 식사였다. 병원에서 밥심이 가장 필요한 존재라면 다른 누구도 아닌 인턴이니까.

잠시도 쉬지 못하고 이리저리 들고 뛰는 게 일인 인턴의 고달픈 생활에 안쓰러운 표정으로 은규가 지후의 어깨를 두어 번 도닥였다. 인사치레의 말이긴 해도 어쨌든 선배라는 이유로 날을 세워 받아칠 수는 없었다. 지후가 대답 대신 고개만 아주 약간 숙여 보였다.

"너 샘플 장난 아니게 잘 뽑더라. 수술 어시도 완벽하다고 교수님들 칭찬이 자자해."

"감사합니다."

"현태 형도 네 얘기밖에 안 하던데? 봉합 대박이었다고. 이대로면 특A턴인데, 바로 말뚝 콜?"

은규가 눈을 가늘게 뜨며 지후를 치켜세웠다. 인턴들은 1년간 근무실적을 토대로 레지던트 선발에 필요한 점수가 매겨지는데 지금 상태로라면 지후에게 합격은 식은 죽 먹기나 다름없었다.

이미 들어올 때부터 A턴은 따 놓은 당상이라 여겨진 지후였기에 특별할 것 없는 얘기였다. 신입치고 벌써부터 치프와 교수에게까지 인정받는 인턴은 거의 드물었다.

계속되는 은규의 칭찬을 지후는 그저 시선을 내리깔고 묵묵히 들었다. 승하가 지후를 힐끔 보았다. 자만할 법도 하건만 그런 기색이 없다. 도도한 시선 처리와 무뚝뚝한 표정에는 오만 비슷한 감정도 찾아볼 수가 없었다.

그저 원래가 저런 성격이라는 것 같았다. 남들이 뭐라 하건 휘둘리지 않는, 제 볼일 이외에는 관심이나 흥미를 안 두는.

뭐, 솔직히 건방지긴 하다. 후배 주제에 먼저 인사하는 법도 없고 살갑게 굴지도 않고. 명색이 병원장 아들인 제게 잘 보이려는 노력조차 아예 안 한 달까.

그 녀석 참 무미건조하네, 라고 생각한 승하가 조용히 고개를 주억거렸다. 왜 다들 서지후, 서지후 하는지 이해가 갔다. 노멀한 것 같으면서도 제법 유니크한 매력이 지후에게는 있었다. 막연하게나마 저와는 확실히 다르다는 생각이 들었다.

그래서 거슬리는 건가. 괜스런 생각을 확장시켜 가던 승하가 관심을 접고 핸드폰을 꺼내어 만지작거렸다. 잠시 흐르는 침묵을 깨고 은규가 지후에게 물었다.

"근데 네 단짝은 왜 안 보여? 문유원 어디 갔어?"

오늘따라 엘리베이터가 더디게 내려가는 것 같아 못마땅해하던 참에 받게 된 질문에 지후가 멈칫, 숨을 죽였다. 언급된 유원의 이름에 지후가 반사적으로 승하를 살폈다.

아니나 다를까 급 흥미를 되찾은 승하가 은규에 이어 지후를 쳐다봤다. 뱉어진 유원의 이름에 주의를 기울이게 된 승하를 지후는 의식하지 않으려 애를 썼다. 은규가 장난스럽게 입꼬리를 말아 올렸다.

"은환이가 그러는데 니들 맨날 붙어 다닌다며? 오늘은 왜 따로야?"

"……찾으러 가는 중입니다."

"역시. 동기사랑 나라사랑 실천하는 거냐? 아니면 니들 혹시 사귀냐? 문유원이 네 이거야?"

새끼손가락을 까딱이는 은규의 행동에 지후가 미간을 찌푸렸다. 감정 없이 내뱉은, 그냥 던진 우스갯소리라는 걸 알면서도 지후는 자신도 모르게 성이 났다.

그렇지 않은 현실이 안타까워선지, 아님 이런 식으로 너무도 쉽게 내뱉는 은규가 맘에 들지 않아선지는 잘 모르겠지만. 아마도 둘 다일 거란 생각을 하며 말을 아끼는 사이 엘리베이터가 1층에 도착했다.

열림 버튼을 누른 지후가 은규를 쳐다봤다. 은규는 조금 더 말을 보탰다. 세월 좋아졌다며, 우리 땐 인턴 하느라 잠도 제대로 못 잤는데 요즘은 연애할 시간도 있느냐며 되는대로 지껄이는 말들에 지후는 묵묵부답으로 일관했다. 그러는 내내 시선은 조금 아래쪽을 향해 떨궈져 있었다.

거 더럽게 시끄럽네. 은환이 자식 형만 아니었다면 확 그냥.

당장이라도 들이받고 싶은 걸 꾹 참고 지후는 은규의 설교를 들었다. 마지못해 승하가 은규를 데리고 내렸고, 지후는 기다렸다는 듯 손을 거둬 문을 닫아 버렸다.

스르륵 닫히는 엘리베이터 문 사이로 승하와 지후의 시선이 마주쳤다. 사뭇 노려보는 것도 같은 매서운 지후의 눈빛에 승하가 흐응, 하는 콧소리를 냈다. 감정이라곤 내비치지 않는 녀석이 저런 표정이라. 승하의 눈동자가 못내 반짝였다.

"손은 왜 그래?"

"CT 집다가 모서리에."

"따라와."

진료실에 자료들을 갖다 주고 돌아서는 유원을 지후가 막아섰다. 살이 붙으라고 꾹 누르고 있는 것을 놓치지 않고 본 모양이었다.

구내식당이 아닌 의국 쪽으로 성큼성큼 걸어가는 지후의 모습에 유원이 입을 삐죽 내밀고서 투덜거렸다.

"나 배고픈데."

"참아."

"별거 아니야, 그냥 쪼끔……."

주절거리는 유원을 향해 거기서 한 마디만 더 해 보라는 듯 지후가 눈을 부라렸다. 사나운 그 기세에 억눌린 유원이 입을 다물었다.

의국 문을 연 지후가 빨리 안 들어오고 뭐하느냐며 유원을 닦달했다. 마지못해 따라 들어간 유원이 순순히 의자에 앉았다.

다들 식사하러 간 모양인지 마침 의국 안은 텅 비어 있었다. 서둘러 구급상자를 가지고 온 지후가 유원의 옆에 앉아 소독약과 솜을 챙겨 들었다. 살짝 벤 정도라서, 게다가 계속 꾹 누르고 있어 벌써 붙은 상처는 다행히도 깊지 않았다.

또 허둥댔느냐, 조심 좀 하지, 장갑은 안 끼고 뭐했느냐 실컷 잔소리를 퍼부은 지후가 조심스레 유원의 상처를 소독했다. 입으로는 거칠고 험한 타박뿐인 녀석이 손길만은 세심하고 또한 정성스러웠다.

연고까지 꼼꼼히 바른 지후가 조심조심 밴드를 붙여 주었다. 적당히 느슨하고 적당히 타이트하게 잘도 붙여진 제 검지의 밴드를 유원이 다른 손으로 만지작거렸다. 빨리 낫도록 건드리지 말라고 경고한 지후가 상자를 가져다 두고 다시 앉았다.

"너 손은 왜 이렇게 차냐."

"글쎄."

"이리 줘 봐."

쯧, 하고 짧게 혀를 찬 지후가 유원의 두 손을 가져다 감싸 잡았다. 제 손이 차가운 줄 몰랐던 유원은 상대적으로 뜨거운 지후의 손을 잡고서야 비로소 심각하단 걸 알았다.

왜 이러지. 혈액순환이 잘 안 되나. 유원의 생각을 읽기라도 한 것처럼 지후가 이내 천천히 유원의 손을 주물렀다.

조심조심 아프지 않을 정도의 강도로 주물러 주던 지후가 고개를 숙여 들이밀었다. 그러고는 살살 입김을 불어 따끈하게 데워 주었다. 그 동작이 하도 태평하고 자연스러워 유원은 만류할 생각조차 못하고 가만있었다. 유원이 지후를 바라보며 느릿하게 눈을 감았다 떴다.

대놓고 면박을 줄지언정 뒤끝이라곤 없는 성격. 그래서 성질을 낸 직후라도 금세 아무렇지 않게 대하게끔 하는 게 바로 지후였다. 까칠하긴 해도 솔직히 악한 건 아니었다. 툭툭 뱉는 말들에 가시가 있긴 하나 앙심(怏心)이 있어 뵈진 않는다.

저 삭막한 표정만 어떻게 하면 그나마 나을 텐데. 싸늘하게 노려보고 심드렁한 무표정으로 입술만 달싹이는 지후가 유원은 내심 안타까웠다.

활짝 웃는 법을 알기는 하는 걸까. 지후의 환한 얼굴을 상상하던 유원이 저도 모르게 어깨를 부르르 떨었다. 그건 그것대로 공포 그 자체였다.

안 어울려도 그렇게 안 어울릴 수가 없었다. 차라리 늘 웃는 승하가 화내는 모습을 상상하는 편이 낫겠다는 생각이 들었다. 참, 그러고 보니 오늘 승하 선배를 한 번도 못 봤구나.

그걸 이제야 깨닫다니, 나도 참 무디기도 하지.

그럼 종일 무슨 생각을 했다는 거야. 나는.

"……."

"……."

얼마간 더 유원의 손을 주물러 주던 지후가 문득 시선을 들어 올렸다. 차츰 혈색을 되찾는 제 손을 말없이 내려다보는 유원이 보였다.

멍하니 생각에 잠긴 유원의 눈동자가 사뭇 아련했다. 모르긴 해도 승하를 떠올리는 걸 거라는 짐작이 되었다. 지후가 몰래 한숨을 삼켰다.

배고프다는 유원을 의국으로 데려온 이유라면 단연 승하 때문이었다. 둘이 마주칠까 봐. 승하를 바라보는 유원을 보게 될까 그게 싫어서. 단 한 순간이라도 둘의 마주침을 줄이고 싶은 마음에, 유원의 손가락 치료를 핑계로 지후는 식당이 아닌 이곳 의국으로 와 버렸다.

얼마나 더 떼어 놓을 수 있을까. 초조하고 불안한 이런 말도 안 되는 심정으로 얼마나 더 혼자 바라볼 수 있을까. 너를.

잡은 유원의 손이 온기를 되찾아 갈수록 지후는 쓸쓸해졌다. 다 데워지고 나면 훌쩍 떠날 것 같다. 그건 싫은데. 죽기보다도 더.

지후가 유원의 손을 꼬옥 감싸 쥐었다. 제 손안에 온전히 감춰지는 곱고 자그마한 그 손이 간절했다. 터져 나오려는 말을 참듯 아랫입술을 질끈 깨무는 순간 유원과 눈이 마주쳤다.

허공에서 부딪힌 둘의 눈빛이 여느 때와는 조금 다른 빛깔로 일렁였다.

그때,

"똑똑."

문소리도 듣지 못하고 넋을 놓았나 보다. 언제 열렸었는지 모를 의국 문에 기대어 선 승하가 입으로 작게 노크 소리를 내었다.

놀란 유원이 황급히 지후에게서 손을 거두고 자리에서 일어났다. 덩달아 몸을 일으킨 지후가 딱딱하게 굳은 얼굴로 승하를 봤다. 시간을 끌려던 노력이 허사가 되어 버렸다는 생각에 맘이 편칠 않았다. 그런 지후와는 반대로 미소 띤 얼굴의 승하가 입을 열었다.

"내가 방해한 건가?"

"아닙니다."

"뭐하고 있었어?"

"제가 손을 좀 다쳐서요."

"그래? 어쩌다가. 많이 다쳤어? 얼마나?"

걱정스러운 표정으로 연거푸 물어 대는 승하의 질문에 유원이 입을 다물었다. 곧장 다가와 손을 부여잡고 살피는 승하 때문이었다.

난감해하는 유원의 시선이 이내 옆쪽의 지후에게로 향해졌다. 평소와 같이 서늘한, 아니 조금은 더 굳은 걸로도 보이는 무뚝뚝한 표정으로 낮은 허공만 응시하는 지후가 보였다.

불분명한 감정들이 심장을 짓눌렀다. 한없이 어두운 지후의 표정이 괜스레 신경 쓰였다. 괜찮다고 답한 유원이 잡힌 손을 슬그머니 빼냈다.

"조심해. 앞으로 다칠 일 많은데."

"명심하겠습니다."

"문자에 답 안 한 거 혼내지도 못하게 하네."

"……이만 가 보겠습니다."

"둘이 많이 친한가 봐?"

짧은 순간 승하의 눈이 유원과 지후를 번갈아 살폈다. 유원보다 지후 쪽에 더 오래 머무르는 동안 일종의 촉이 발동했다.

난감한 질문을 피하려 부랴부랴 꾸벅 허리를 숙이던 유원이 시선을 들어 올려 승하를 주시했다. 한층 더 딱딱해지는 지후의 안색에 승하의 입가에는 다시금 여유로운 미소가 실렸다.

"좋아 보여서. 난 은규 말고 친한 동기가 없거든."

"……네에."

"칭찬이야. 계속 그렇게 잘 지내라고, 동기로서. 알았지?"

"네. 그럼."

"이따 전체 회식 잡혔다던데 빠지지 마."

특히 유원이 너, 라고 덧붙인 승하가 피하려는 유원의 코끝을 가볍게 쥐고 흔들었다. 썩 달갑지 않은 그 모습에 지후가 미간을 구겼다.

머쓱해하는 유원의 머리까지 살살 헝큰 승하가 가 봐, 하고 고개를 끄덕였다. 미련 없이 승하에게서 시선을 거둔 지후가 빠른 걸음으로 의국을 나섰다. 예를 갖춰 꾸벅 허리를 숙인 유원이 얼른 그 뒤를 따랐다.

멀어지는 둘의 뒷모습을 바라보며 승하가 고개를 비스듬히 기울였다. 대충 먹고 일어선 보람이 있다. 왠지 의국으로 빨리 돌아오고 싶더라니. 제약이 많을 때 승부욕은 솟구치는 법이요, 흥미는 배로 자라게 되어 있다는 게 승하의 지론이었다.

한쪽 입가를 말아 올린 승하가 피식 바람 빠진 웃음소리를 냈다. 눈가에 맺힌 미소가 나른했다. 유원을 바라보던, 그리고 자신을 노려보던 지후의 눈빛을 떠올리자 심장이 못내 간질거렸다. 그래도 뭐, 그래 봤자니까. 승하가 어깨를 들썩였다.

"손목을 확 꺾어 놨어야 하는 건데."

"예?"

씹듯이 흘러나온 지후의 혼잣말에 데스크의 간호사 두 명이 흠칫 몸을 떨었다. 곱상하니 잘생긴 외모로 뱉은 것이라곤 믿기지 않는 말이었다.

잘못 들은 걸까. 그렇겠지, 아마도. 겁에 질린 그녀들을 알아챈 지후가 무뚝뚝하게 되물었다.

"아닙니다. 뭐라고 하셨습니까?"

"아, 수, 수고 많으셨다고요!"

"고, 고생하셨어요! 내일 뵐게요!"

황급히 인사를 건넨 간호사들이 지후에게서 받은 차트를 정리하는 척 부산을 떨었다. 별 대꾸 않고 돌아서는 지후를 훔쳐보며 그녀들이 수군댔다.

원래도 무뚝뚝한데 오늘따라 한층 더 험악한 분위기를 조성하는 지후였다. 근데 그마저도 멋있다며 그녀들의 눈이 지후에게서 떨어질 줄을 몰랐다. 하얀 가운을 걸친 자체로 태가 나는 남자였다. 훤칠한 키에 각진 어깨와 긴 다리는 근사한 뒤태를 만드는 것에 한몫했다.

비율 어쩌고 운운해 가며 위아래로 훑는 시선들이 꽤 노골적이었으나 지금의 지후에게 그런 게 들어올 리 없었다. 성큼성큼 복도를 걷는 지후가 주머니에 거칠게 두 손을 꽂았다.

빠르게 식사를 마치고 병동으로 올라가 오후 일과를 시작했다. 밀린 검사들을 시행하고 자료를 찾아 이리저리 뛰어다니다 보니 어느덧 퇴근 시간이 가까웠다. 꽤 정신없이 몸을 놀렸건만 생각만은 아까 그대로 멈춰져 더 이상 나아가지 못했다.

순간순간 울컥하는 감정을 누르고 화를 삭이는 것도 이젠 슬슬 지겨웠다. 유원의 코를 쥐고 흔들던 승하만 떠올리면 주먹이 힘껏 말렸다. 유원의 머리를 헝클며 눈웃음치던 승하가 짜증나 이가 바득바득 갈렸다. 그렇지만.

무엇보다도 화가 났던 건 지후 본인에게였다. 그 자리에서 아무 말도 할 수 없었던 현실이, 그 꼴을 가만 두고 봐야 했음이 못 견디게 괴로웠다. 꼭 훼방꾼이 된 것 같았다. 승하를 좋아한다는 유원과 유원에게 치근대는 승하, 그 둘을 지켜보자니.

못마땅한 표정으로 무거운 한숨을 푹푹 내쉬던 지후가 유원이 있을 병실을 향해 바삐 걸음을 옮겼다. 마지막 환자의 추가 드레싱을 마친 유원이 때마침 병실 밖으로 나왔다.

남이야 속앓이를 하든 말든 또 혼자 생글생글 웃고 있는 유원이 지후는 원망스러웠다. 아마도 환자에게 친절히 웃어 주느라 그런 것이겠으나 괜스레 열이 뻗쳐 먼저 휙 돌아섰다.

엘리베이터로 향하는 지후에게 데스크에 잠깐 들렀다 오겠다며 유원이 서둘러 달려갔다. 그런 유원의 뒷모습을 금세 또 찾고 마는 지후가 아릿한 속을 애써 삭였다.

"좋겠다."

"뭐가?"

"류승하랑 술 먹어서."

버튼을 누르고 기다리던 지후가 유원을 힐끔 돌아보았다. 사람이 참, 어쩜 이리 치졸해지는지 모르겠다. 그래도 싫은 건 싫은 거라고. 그렇잖아.

최대한 비아냥이 섞이지 않은 것처럼 담백하게 내뱉은 지후의 말에 유원이 눈썹을 한번 들었다 놓았다. 전체회식이라 다 같이 먹는 건데 좋을 게 뭐겠어, 하는 표정이었다.

그럼 단둘이서 먹고 싶다는 거냐고 따져 물으려던 지후가 별수 없이 시선을 거뒀다. 먹든 말든 유원의 자유니까. 못마땅한 맘이 불러온 심술을 지후는 힘겹게 걱정으로 승화시켰다.

"적당히 해라."

"뭘 또."

"알아서 조절하라고, 막 마시지 말고."

"안 그래. 걱정도 팔자다."

"손 줘 봐."

투덜대는 유원의 손을 가져간 지후가 살살 밴드 끝을 풀었다. 조금씩 아물어 가는 상처를 확인한 지후가 만족스러운 표정으로 고개를 끄덕였다.

그러고는 다시금 밴드를 여며 붙이고서 잘 아물라는 뜻으로 살살 쓸었다. 제 손을 잡고 관찰 중인 지후를 향해 유원이 눈을 가늘게 뜨며 물었다.

"너 솔직히 불어. 병 있지?"

"뭐?"

"의심병. 확인병. 그런 거 있지, 그치?"

지후가 허, 하고 헛웃음을 웃었다. 그래, 있기야 있지. 문유원밖에 안 보이는 병. 갈수록 심해지는 이 병은 대체 어디서 고쳐야 하냐.

답지 않은 생각을 하며 유원을 보던 지후가 그만 손을 놓아주려 할 때였다. 땡, 소리와 함께 옆쪽 대형 엘리베이터의 문이 열렸고 안에서 급히 이동침대가 밀려 나왔다.

우르르 내리는 이웃 병동 신경외과 의료진들의 출현에 놀란 것도 잠시, 지후가 유원의 손을 제게로 확 잡아당겼다.

……!

반쯤 등을 돌리고 서 있던 탓에 하마터면 침대에 부딪힐 뻔한 유원이 그대로 끌려가 지후의 품속에 와락 안겨 버렸다. 그와 동시에 유원은 두 눈을 질끈 감아 내렸다.

한순간 귓가가 아득해졌다. 아주 어렴풋이 의료진들이 이동침대 및 기구들을 끌고 빠르게 사라지는 것을 감지할 뿐이었다.

이내 유원이 천천히 눈을 떴다. 지후의 가슴팍이 바로 눈앞에 있었다. 두근두근 심장 소리가 너무도 가까웠다. 누구의 것인지도 헷갈렸다.

나? 아니면, 이 녀석?

그런 게 전혀 상관없겠다는 생각은 바로 다음 순간 들었다. 은근하게 풍겨 오는 달달한 지후의 체취에 유원이 서서히 고개를 들어 올렸다.

유원을 내려다보는 지후의 표정이 이루 말할 수 없을 만큼 딱딱하게 굳어 있었다. 지후의 두 손은 유원의 허리를 단단히 부여잡은 상태였다.

1초, 2초, 3초……. 시간이 속절없이 흘렀다. 침묵이 길어질수록 숨 쉬는 것조차 쉽지 않았다. 하물며 눈꺼풀 깜빡이는 것도 잊은 채 유원을 바라보던 지후가 나지막이 읊조렸다.

"너."

"어……?"

"빨갛다. 얼굴."

"……!"

놀란 유원이 황급히 지후에게서 몸을 떼어 냈다. 거울을 보지 않아 확인이 어려웠으나 은근슬쩍 열기가 올라오는 것 같긴 했다.

이상하다. 실로 이상한 반응을 하는 자신이 의아해 유원은 도망치듯 엘리베이터에 올랐다. 하지만 간과한 사실이 하나 있었다. 지후 역시 따라 탄다는 거. 고로, 도망쳐 봤자라는 거.

망할.

부랴부랴 닫힘 버튼을 눌러 대는 유원을 차마 쳐다보지 못하는 지후가 아랫입술을 혀로 훑었다. 품 안에 와락 안겨 들던 유원의 감촉이 지극히도 생생했다.

미치겠네. 터질 듯 뛰어 대는 심장이 버거워 지후는 어떻게든 침착하려 애를 썼다. 겉으로 보기에 아무 변화 없는 피부색이 그 나마 다행이라면 다행이었다.

지후와 극명하게 대비되는 새빨간 얼굴의 유원이 고개를 푹 숙였다. 그러게 왜 아침부터 이상한 소릴 해 갖고, 너는. 괜스레 지후를 원망하는 유원이 볼에 바람을 가득 넣고 미간을 찌푸렸다. 쿵쾅쿵쾅. 심장이 미친 듯이 요동치고 있었다.

07

그저 흘러가는 대로

"당직인 놈들은 알아서 음료수 들고. 자, 건배!"

"건배!"

"고생들 하셨습니다!"

저녁식사를 빙자한 정형외과 팀의 전체 회식 장소는 병원 근처 고깃집이었다. 품질 좋은 특A등급 한우만을 취급하는 이곳을 한 치의 망설임도 없이 회식 장소로 정한 것에는 거물에 해당하는 든든한 물주가 자리하고 있기 때문이었다.

부담 갖지 말고 드시라는 승하의 말에 치프 현태가 흡족하게 웃어젖힌 것을 시작으로 값비싼 부위들이 속속 등장했다. 건배가 몇 차례 이루어졌고, 각 테이블마다 불판 위에 올려진 고기들이 지글지글 맛있는 소리를 내며 익어 갔다. 현태가 젓가락을 들었다.

"원래 소고기는 김만 쐬면 먹는 거야."

"넌 돼지고기도 불에 닿기만 하면 먹잖아."

"근데 치프쌤, 채식주의자라고 안 그랬어요?"

"넌 그걸 믿냐? 설사 그렇더래도 오늘은 포기다. 이 때깔 좀
봐라~"

좌르르 윤기가 흐르는 고기를 한 점 집어 든 현태가 입에 넣고
우물거리며 맛을 음미했다. 온갖 미사여구들을 다 동원해 맛을 표
현하는 현태를 보며 여기저기서 소리 죽여 킥킥거렸다.

평소엔 집안 배경만 믿고 경거망동하는 밉상 후배라고 승하를
씹어 대던 현태가 지금 이 순간만큼은 세상 그 어떤 누구보다도
사랑스러운 존재를 대하듯 승하를 바라보고 있었다. 과연 돈이 좋
긴 좋구나. 후배들이 현태를 보면서 고개를 절레절레 저었다.

"안 먹고 뭐해?"

"어? 어."

핸드폰을 만지작거리던 유원이 지후의 말에 화들짝 놀라며 젓
가락을 집어 들었다. 불판 쪽으로 손을 뻗던 유원의 눈이 살짝 옆
으로 돌아갔다.

연차별로 테이블을 나눠 앉은 덕에 승하는 유원이 앉은 곳 건
너 건너 테이블에 자리하고 있었다. 맛있게 많이 먹으라는 문자를
보내 온 승하가 유원을 향해 한쪽 눈을 찡긋해보였다. 굳은 표정
으로 유원이 꾸벅 고개를 숙여 답하고는 얼른 젓가락질을 시작했
다.

지후가 승하를 힐끔 쳐다보았다. 은규를 비롯해 모여 앉은 2년

차들 속에서 승하는 단연 빛이 났다. 바로 앞에 앉아 있는 동기 여자들은 물론 3, 4년 차 선배 여자들까지 잘생긴 승하에게서 눈을 떼지 못하고 있었다. 그들과 하나하나 눈을 맞춰 살갑게 웃어 주던 승하가 문득 저를 보는 지후를 발견했다.

승하가 술잔을 들어 올리며 허공에서 건배를 권했다. 그러나 지후는 받아 줄 마음도, 그럴 생각도 없었다. 모른 척 시선을 거둔 지후가 심드렁한 얼굴로 물을 마셨다.

픽, 하고 한쪽 입꼬리를 말아 올린 승하가 앞쪽의 동기 여자들과 잔을 부딪치고는 한 번에 털어 넣었다. 잔을 내려놓는 승하의 눈이 짧은 순간 유원에게 머물렀다.

"야, 박은환. 우리 테이블 고기는 너 혼자 다 먹냐?"

"다시 들어가 밤새야 하는 서러운 처지끼리 이러지 말지."

"그니까 그 밤은 너님 혼자 새시냐고요. 이거 아직 피 흐르거든?"

"모르나 본데 난 사람 피 아니면 안 무섭거든."

"치사한 놈!"

잘 익은 고기 한 점을 두고 은환과 옥신각신하던 희주가 졌다는 듯 젓가락을 떼었다. 그러자 기다렸다는 듯 은환이 날름 입에 넣었다.

은환의 왼손에는 잘 세팅한 상추쌈이 대기 중이었다. 그래 놓고 금세 또 다른 고기를 뒤적거리는 은환의 행태에 희주가 불만스럽게 노려봤다.

병원 일이란 것이 체력적으로 힘들다 보니 먹는 거라도 잘 챙겨야 버틸 수가 있었다. 더구나 제일 바쁘고 정신없이 돌아다니는 인턴의 신분으로는 가급적 뭐 하나라도 더 입에 욱여넣는 것만이 살길이었다.

익은 고기를 찾아 헤매는 희주를 보던 유원이 제 앞 접시에 놓이는 고기를 보고 멈칫했다. 먹어, 하고 나지막이 내뱉은 지후가 집게로 다른 고기들을 뒤적거렸다.

유원이 망설이다 그 고기를 희주의 앞 접시에 놓아주었다. 살짝 표정이 굳은 지후가 이내 모른 척 다시 고기들을 익혔다. 희주가 유원과 지후를 번갈아 보더니 지후를 향해 웃으며 말했다.

"고마워, 서지후. 잘 먹을게."

"……."

"역시 동기 나름이라니까. 이 식충이 같은 것도 동기라고 내가, 으휴."

복장이 터진다는 희주의 말에도 은환은 아랑곳 않고 고기를 흡입했다. 얼마나 빨리 먹어 대는지 계속 굽고 있음에도 불구하고 번번이 텅 비는 불판이 신기할 지경이었다. 음식물이 대체 저 마른 몸 어디로 다 들어가는 건지 어이가 없고 기가 찼다.

이제야 겨우 한 점 입에 넣은 희주가 입에서 살살 녹는다며 엄지를 치켜 올렸다. 그렇게 맛있느냐 묻는 유원의 앞 접시에 지후가 다시금 고기를 놓아주었다.

이번에도 줬단 봐. 매섭게 쳐다보는 지후의 눈빛을 읽은 유원이 얌전히 고기를 입에 넣었다.

"와……."

"맛있지? 그치?"

"무슨, 이런, 와……."

믿기지 않는 얼굴로 유원이 멍하니 넋을 놓았다. 제 말이 맞지 않느냐는 희주가 그런 유원을 보고 귀엽다며 깔깔 웃었다.

두어 번 더 씹는데 육즙이 마구 흘러나와 입을 벌릴 수조차 없었다. 대박. 비싼 것에는 이유가 있다는 걸 확실히 깨닫는 순간이었다. 뭐라고 설명해야 좋을지 모를, 태어나 처음 먹어 보는 맛에 놀란 유원은 어안이 벙벙해졌다.

지후가 또 하나를 유원의 앞 접시에 놓아주었다. 은환에 비할 바는 아닌 속도로 유원 역시 열심히 고기를 먹었다. 한번 먹고 나니 젓가락질이 쉬이 멈추질 않았다.

그러면서도 유원은 간간이 희주와 은환에게로 제 고기를 토스했다. 아무래도 다시 들어가 밤새 당직을 서야 할 동기들이 걱정되었다. 지후가 못 말린다는 듯 한숨을 내쉬었다.

"얜 또 왜 전화질이야. 여보세요?"

희주가 울리는 핸드폰을 들고 자리에서 일어났다. 막강한 경쟁자가 없어진 상황에 홀로 독주하는 은환을 상대로 한참 고기를 집어 먹던 유원이 문득 별로 입에 대지 않고 있는 지후를 알아채곤 도톰한 한 점을 집어 들었다.

따끈한 김이 피어오르는 그것을 유원이 호호 불어 댔다. 동그랗게 모아진 붉은 입술에 잠깐 시선을 줬던 지후가 그 고기를 제게 내미는 유원을 보고 의아한 표정을 지었다. 유원이 천진난만하게 웃었다.

"완전 맛있어. 먹어 봐."

"⋯⋯됐어."

"너 여태 굽느라 못 먹었잖아."

"됐다니까. 치워."

"얼른. 아."

맛이 정말 끝내준다며 유원이 눈꼬리를 내렸다. 말갛게 고운 그 눈웃음에 지후가 한층 더 딱딱한 표정을 하고 유원을 봤다.

저런 표정에 약해지는 자신을 필시 모를 것이다. 맘이고 뭐고 한 번에 다 녹아 무너져 내리게 만드는 유원의 맑은 두 눈 앞에서 지후는 늘 스스로를 억누르려 안간힘을 써 왔다.

알면서도 이럴 리는 없는 녀석이니까. 그렇지만. 지후가 부러 미간을 찌푸렸다.

"팔 아파, 빨리. 응?"

재촉하던 유원이 문득 떠오르는 기억에 미소를 지웠다. 엊그제 호텔에서도 양장피를 먹여 준다는 걸 기어코 거절하던 지후가 생각났다. 누가 먹여 주는 걸 싫어하는 건가. 받아먹을 맘이 전혀 없는 듯한 지후를 보는데 그다음 기억이 연이어 떠올랐다.

이제는 아주 척하면 착이었다. 지후와 똑바로 눈을 맞추면 그날 그 밤의 기억이 너무도 생생하게 현실이 되어 유원을 덮쳐 왔다.

어둡고 조용한 방, 너무도 가깝던 거리, 은근하게 맡아지던 알코올의 향과 잔뜩 흐트러진 숨결, 나른하게 바라보던 지후의 눈빛, 다정한 손길, 또⋯⋯.

생각을 접으려는 시도가 필요했다. 미동 않는 지후에게 그만 됐다며 유원이 손을 거두려는 찰나, 그보다 먼저 지후가 다가와 입을 벌렸다.

분명 고기를 먹는 것임에도 유원은 지후의 얼굴이 가까워지는 그 순간 자신도 모르게 숨을 멈췄다. 지후의 입술이 또렷이 눈으로 들어와 박혔다. 닿을 것만 같았다. 당장이라도.

되게 부드럽고 말랑하고 따뜻하던데.

입술하고 혀하고, 막 미치겠던데.

……내가 지금 뭐라는 거야.

"먹었어."

"응?"

"손 내리라고."

"아……."

마지못해 받아먹은 퉁한 얼굴로 지후가 유원의 손을 내려 주었다. 부랴부랴 지후에게서 시선을 거둔 유원이 별안간 집게를 집어 들고 고기를 굽기 시작했다.

달라고 하는 지후의 말을 못 들은 척 유원은 이리저리 고기를 뒤집고 위치를 옮기며 부산을 떨었다. 하도 서두른 탓에 그만 몇 점 떨어뜨리기까지 하는 유원을 보다 못한 지후가 강제로 집게를 빼앗아 들었다. 민망해진 유원이 애꿎은 물을 벌컥벌컥 들이켰다.

왜 이러는 걸까. 내가 진짜 미쳤나.

아무래도 심장이 고장 난 것 같았다. 제멋대로 뛰어 대는 탓에 유원은 좀처럼 눈 둘 곳을 모르고 헤맸다. 정신 좀 차리자고 무수히 되뇌어도 몸이 말을 듣지 않았다. 화르륵 달아오르는 얼굴이 느껴져 유원은 연거푸 차가운 물을 마시고 또 마셨다.

의식이란 게 이렇게까지 사람을 혼란스럽게 하는 거였는지 미처 몰랐다. 별것 아니라고 생각하면 버틸 만한데 그 반대로 의식이 되는 순간 온몸 구석구석의 세포들까지 들고일어나 반응을 했다. 마치 기다렸다는 것처럼 아주 예민하게 구는 녀석들이었다.

열을 식히려 유원이 물이든 술이든 닥치는 대로 마셔 댔다. 그러다 안 되겠는지 끝내 자리에서 일어나는 유원을 지후가 붙잡았다. 지후에게 잡힌 손목이 단번에 또 머릿속으로 인식되었다.

뜨겁다. 너무 뜨거워서 따가울 정도랄까. 솟구쳐 오르는 열이 감당이 안 될 지경이었다. 되도록 지후를 쳐다보지 않으려 유원은 기를 썼다. 지후가 딱딱하게 물었다.

"어디 가."

"화장실."

"같이 가 줘?"

방금 전까지 술과 물을 끊임없이 들이켜던 유원이 거슬려 지후는 따라 일어날 태세를 갖췄다. 유원이 급히 손사래를 쳤다.

"됐어, 혼자 갈 수 있어."

"같이 가."

"내가 무슨 애냐. 다녀올게."

지후의 손을 떼어 낸 유원이 허둥지둥 길을 나섰다. 못 미더운 눈으로 바라보던 지후가 소리 없이 한숨을 내쉬었다.

그러게. 애도 아닌데 왜 이렇게 신경이 쓰이냐.

도통 눈을 뗄 수 없게 하는 유원을 곱씹으며 시선을 거두다 승하와 눈이 마주쳤다. 언제부터 보고 있었던 걸까. 굳이 많은 말이 아니어도 전해지는 의중은 썩 달갑지 않았다.

지후가 보일 듯 말 듯 미간을 구겼다. 머지않아 승하가 먼저 시선을 거뒀고, 이내 아무렇지 않은 척 테이블 사람들과의 대화에 합류했다.

호탕하게 웃고 떠드는 승하를 지후는 조금 더 쳐다보았다. 막막한 불안함이 자꾸만 심장을 압박했다. 젠장. 들릴 듯 말 듯 쓴소리를 읊조린 지후가 술을 한입에 털어 넣었다.

"유원이 너, 취했어?"

"아니."

"얼굴 완전 빨간데? 장난 아니야."

화장실 근처에서 만난 희주가 유원의 뒤를 쫓아 안으로 들어왔다. 거울 속 제 모습을 확인한 유원이 후욱 한숨을 뱉었다.

그냥 광고를 하지 그러냐. 나 지금 달아올랐어요, 하고 대놓고 말해 주는 발그레한 두 볼이 부끄러워 유원은 얼른 찬물을 틀어 세수를 했다.

휴지를 몇 장 뜯어 대기하고 있던 희주가 세수를 마친 유원에게 내밀었다. 유원이 고맙다며 작게 웃었다.

"고등학교 때부터 동창인 친군데 이번에 소개팅한다고 연락 왔네."

"그래?"

"짝 맞춰 같이 나가자는 거 싫다고 했어. 이참에 서지후한테 확 고백해 버릴까?"

뭐……?

거울을 보며 물기를 닦던 유원이 멈칫했다. 시선만 옮겨 희주를 바라보는 유원의 입술이 살짝 벌어졌다. 희주가 수줍게 웃으며 뒷머리를 긁었다.

"서지후, 진짜 볼수록 괜찮은 거 같아. 진중하고, 멋있고."

"……."

"늦기 전에 눈 딱 감고 고백할까 봐. 오늘 확 해 버릴까?"

"안 돼!"

"응?"

아뿔싸. 생각한 것 그대로 말해 버린 유원이 놀라 눈을 크게 떴다. 희주가 무슨 뜻이냐는 얼굴로 덩달아 눈을 크게 떴다.

이미 뱉어 버린 말을 주워 담을 방법은 없으나 좋게 포장하는 것은 가능했다. 재빨리 머리를 굴린 유원이 자연스럽게 말을 이었다.

"오늘은. 오늘은 안 된다고."

"왜?"

"실은 아침에 고백받았거든, 지후."

"진짜? 누구한테?"

"미안, 그건 그 사람 프라이버시라. 여튼 단칼에 잘라 냈어. 기분 별로일 거야."

"그래……?"

학교 때부터 하도 많았던 탓에 고백받는 걸 썩 달가워하지 않는다는 말까지 덧붙이자 희주가 울상이 됐다. 벌써 누군가를 퇴짜 놓은 상황이라면 그다음 타자 역시 성공 가능성이 현저히 낮아지는 것은 사실이었다. 게다가 기분도 별로라고 하니 뭐.

더 기다려야 하나, 라고 중얼거린 희주가 시무룩하게 유원을 봤다. 뭔가 위로가 필요한 것 같아 유원은 애써 작게 웃어 주었다. 은연중 입가가 미세한 경련을 일으켰다. 왜 이러지. 웃는 게 좀처럼 쉽지 않은 스스로를 느끼며 유원은 물기를 마저 닦았다.

사실 희주의 고백을 만류한 본질적인 이유는 따로 있었다. 그냥, 거슬렸다. 하지 않길 바랐다. 희주가 지후에게 맘을 털어놓는 장면을 떠올린 순간 심장이 그리 시켰다.

안 된다고. 못 하게 하라고. 결과가 어찌 되든 그딴 건 상관없으니 말리라고. 어서.

왜일까. 지후를 좋아한다는 희주가 별안간 못마땅했던 이유란 대체 뭘까. 설마하니 이게 질투는 아니겠지. 말도 안 돼. 그럴 리는.

복잡스러운 머리를 부여잡고 씨름하던 유원이 다시금 물을 틀어 세수를 했다. 이놈의 열이 당최 식을 생각을 않고 있었다. 자꾸만 심장이 널을 뛰었다. 가만있지 못하고 파닥파닥.

금방 다 씻어 놓고 또 물을 적시고 마는 유원을 희주가 가만히 지켜보았다. 문득 괜한 궁금증이 일었다. 물을 잠그고 손을 터는 유원에게 넌지시 물었다.

"넌 지후 어떻게 생각해?"

물기를 머금은 말간 얼굴로 유원이 희주를 봤다. 아직 채 닦지 못한 물방울들이 턱 끝에 매달려 위태롭게 흔들리고 있었다.

희주가 휴지를 내밀었고, 유원은 한 박자 쉬고 나서 받아 들었다. 얼굴이 더 급하건만 손부터 닦아 내는 유원에게 희주가 재차 물었다.

"솔직히 말해 봐. 그렇게 괜찮은 녀석을 옆에 두고 아무 느낌이 없어?"

"느낌……이라니?"

"멋있지 않냐고, 네 눈엔. 이를테면, 친구 아닌 남자로 보인다거나."

"남자는 무슨! 그런 적 단 한 번도 없었거든!"

유원이 대뜸 말을 받아쳤다. 속도가 급해 어쩐지 과민반응으로도 보였다. 곧장 추가질문을 하려던 희주가 그저 입을 다물고 유원을 봤다.

와 닿는 희주의 시선이 제법 예리했다. 까딱 잘못했다간 책잡힐 수 있을 까다로운 눈길이었다. 당황하지 않으려 애쓰며 유원이 손에 쥔 휴지를 만지작거렸다.

이상하다. 근데 왜 자꾸만 긴장이 되는 걸까. 단순히 지후를 이런 식으로 생각해 본 적이 없어서인지 유원은 헷갈렸다. 예상하지 못한 질문을 받아서라고 하기엔 뭔가가 많이 부족했다.

게다가 왜 순간 안타까운 마음이 들었는지 유원은 혼란스러웠다. 제가 뱉은 말에 제가 괴로워하는 꼴이었다. 지후를 남자로 본 적이 정말 없었는지 유원 역시 궁금해졌지만, 당장 더 깊이 파고

들기엔 역부족이었다. 부러 의식하지 않으며 유원이 똑바로 희주를 주시했다.

"그냥 친구야. 그 이상도 이하도 아닌."

"남자로 보이진 않는다는 거야?"

"보일 리가 없잖아. 나한테 서지후가."

"그래?"

"그리고 그 녀석한테도 나 여자 아니야. 절대로."

"왜 그렇게 확신하는데?"

"왜냐면……."

불쌍하니까. 불쌍해서 잘해 주는 거니까. 가족이고 뭐고 아무도 없는 내가 가엾고 안돼서 곁에 두는 걸 테니까. 그것뿐이니까.

원래의 대답 대신 유원은 안 어울리잖아, 라고 해 버렸다. 이것도 썩 틀린 답은 아니었다. 기가 막히게 예쁜 그 많은 여자들을 마다하고 자신을 택한다는 것은 어째 말이 되질 않았다. 덜렁대고 실수투성이에 평범하게 생긴 스스로를 유원은 잘 알고 있었다.

자학에 비슷한 말을 하면서도 방긋방긋 웃고 마는 유원을 희주가 물끄러미 바라보았다. 너무도 확신에 찬 말을 하니 뭐라 더 되묻기가 곤란했다. 별생각 없이 던진 질문이긴 한데 찜찜함은 가시질 않았다. 그렇게나 괜찮은 녀석이 정말 남자로 보이지 않는 걸까, 싶은 게.

그래도 아니라니까. 그럼 아닌 거겠지. 그래, 뭐.

이만 나가자는 유원을 붙든 희주가 휴지 두어 장을 더 뽑아 주었다. 손만 닦고 얼굴은 또 그새 까맣게 잊은 유원이었다. 머쓱하게 웃은 유원이 꼼꼼하게 물기를 닦고 화장실을 나섰다. 뒤를 따르는 희주가 가볍게 어깨를 한 번 들었다 놓았다.

"졸지 말고 늦지 말고! 내일 보자들!"
"들어가십시오!"
저녁시간이 끝남과 동시에 전체 회식도 얼추 마무리되었다. 떼거리로 옮겨 다니는 건 그만하자는 치프 현태의 말에 따라 2차를 갈 사람들과 집으로 돌아갈 사람들이 삼삼오오 나뉘어졌다. 당직 근무 인원들은 모두 병원으로 돌아간 후였다.

3, 4년 차들이 먼저 자리를 떠났고 2년 차가 최고참이 되었다. 더 있고 싶어 하는 1년 차 후배들을 다독여 보낸 승하가 담배를 입에 물었다. 이제 어디로 갈 건지 묻는 여자 동기들의 말에 승하는 대답 대신 작게 웃으며 고개를 돌렸다.

그의 시선 끝에 멀찍이 선 유원이 들어왔다. 적잖이 굳은 듯한 얼굴의 지후와 함께 서 있는 유원을 승하가 지그시 바라보았다.

고즈넉하게 와 닿는 승하의 시선을 알아차리지 못한 유원이 지후를 살폈다.

"왜 그래?"
"내가 뭘."
"화난 거 같은데."
아닌가, 하고 유원이 고개를 좌우로 갸웃거렸다. 하긴, 이런 험상궂은 표정을 하루 이틀 봤어야 말이지. 지후의 미간은 펴질 날 없이 늘 일그러져 있기 일쑤였음을 상기한 유원이 곧 대수롭지 않은 듯 앞을 봤다.

주머니에 손을 꽂고 종종거리는 유원을 지후가 힐끔 봤다. 서운하고 아쉬운 마음이 한가득이지만 알아주길 바라는 건 무리였다. 말해 봤자 입만 아프다며 지후가 생각을 털어 냈다.

그렇대도 썩어 들어가는 표정만큼은 어찌할 도리가 없었다. 쯧, 하고 짧게 혀를 찬 지후가 시선을 떨궈 제 발끝을 내려다봤다. 못내 성질이 났다.

'넌 지후 어떻게 생각해?'

빌어먹을. 하필 왜 그 타이밍에 유원을 찾으러 갔던 걸까. 극심한 자책감으로 괴로워하던 지후가 느릿하게 시선을 들어 올렸다.

허공을 향해 입김을 내뱉는 유원이 지후의 눈동자 가득 들어찼다. 동그랗게 모은 입술로 하얀 연기 같은 입김을 만들어 내는 장난을 치며 혼자 좋아라 하는 유원을 보는데 심장이 욱신거렸다.

아프다. 아픈데도 그만둘 수가 없다. 좋아서. 너무, 좋아서. 갈수록 더 좋아지는 것 같은 기분이었다.

남자로 본 적이 단 한 번도 없단다. 그냥 친구일 뿐, 그 이상도 이하도 아니라는 말을 너무도 명확하게 내뱉던 유원이 떠올랐다. 알고 있는 사실을 막상 귀로 들으니 속상해 미칠 노릇이었다. 그런 말을 대놓고 잘도 하는 유원에게 막 화가 나는 것도 같았다.

모르는구나. 나한테 너, 여자라는 거.

언제부턴지 확실히 기억도 안 날 만큼 그렇게나 오래되었다는 거. ……제길.

하지 못한 말들이 차곡차곡 쌓여 간다. 준비 완료 상태로 내내 출발선에 서 있지만 신호가 떨어지질 않아 망설이게만 된다.

그까짓 거 다 무시하고 그냥 달려 버릴까. 조바심이 지나쳐 위험한 생각까지 하게 만든다. 무리다. 성급해서 좋을 건 없다. 사람 맘이란 게 억지로 강요한다고 다 받아들여지는 건 아니니까.

게다가 지금은…….

"문유원."

"네?"

"나랑 한잔 더, 괜찮지?"

어느새 다가온 승하가 유원에게 특유의 미소와 함께 말을 꺼냈다. 지후에겐 앞서 피곤할 테니 조심히 들어가라고 인사를 건넨 그였다.

유원과 단둘이 있고 싶다는 뜻을 알아들은 지후가 발끈해 승하를 노려보았다. 지후의 날선 눈빛에도 마냥 웃기만 하는 승하에게 유원이 난처한 표정을 지었다.

"늦었는데요."

"아직 8신데 뭐. 12시 전에 보내 줄게."

"죄송한데 저는……."

"선배로서 명령이야. 빼기 없어."

"그…… 다른 선배님들은요?"

"저기."

승하가 가리키는 차도에서 은규가 동기 여자들을 택시에 태워 보내는 광경이 펼쳐졌다. 우선 다른 곳으로 가 있으라고 했지만 가지 않을 작정이라며 승하가 싱긋 웃었다. 가볍게 한잔하자, 할 얘기 있어서 그래. 유원이 저도 모르게 지후를 돌아보았다.

거절이 뻔한 상황에 앞뒤 안 재고 달려들 만큼 지후는 무모하지 않았다. 다른 사랑을 말하는 유원에게 제 마음을 구걸할 생각은 추호도 없었다. 그렇게 기다렸다는 듯 단번에 털어놓을 만큼 마음이, 감정이, 또한 사랑이 결코 가볍지 않아서다.

현실을 다시금 일깨워 주는 승하는 한없이 여유로웠다. 막아서고 싶은데 그럴 수 없음에 지후가 애써 표정을 풀고는 유원을 잡아끌었다.

잠깐 얘기 좀 하겠다며 유원을 구석으로 데려가는 지후를 보며 승하는 담배 하나를 새로 꺼내 물었다. 멀어지는 유원을 좇는 승하의 눈동자가 묘하게 반짝거렸다.

"갈 거야? 가고 싶어?"

단도직입적으로 묻는 지후의 말에 유원이 대답을 아꼈다. 그동안 승하의 술 먹자는 제안을 이런저런 핑계로 피해 온 유원이었으나 오늘만은 딱히 방법이 없었다.

어쨌거나 직속 선배였고, 너무 늦게까지 잡아 두지 않겠다는 말도 들어 버린 마당에 더는 빼기가 곤란했다. 대꾸 않는 유원을 보며 지후가 살며시 입술을 뒤틀었다.

"가고 싶겠지. 류승한데."

"그런 거 아니야."

"아니기는, 좋으면서. 속일 사람을 속여라."

"서지후."

"왜, 인마."

"……가지 말까?"

그걸 왜 나한테 물어. 순간적으로 치닫는 말을 애써 삼켜 낸 지후가 미간을 구겼다. 가고 싶어 죽겠는 얼굴이면서 묻기는 잘도 묻는구나, 싶었다.

유원도 제가 한 질문이 영 부자연스럽다는 걸 느꼈는지 머쓱해하며 콧잔등을 긁었다. 가만히 지켜보던 지후가 흘러내린 유원의 한쪽 머리를 귀 뒤로 넘겨 주었다.

찬 공기에 식어 있던 귓불에 지후의 손가락이 스치듯 닿았다. 그게 꽤 따뜻해 유원은 조심스레 고개를 들어 지후를 올려다봤다.

볼 때마다 느끼는 거지만 키가 참 크다. 뒷목이 뻐근할 정도였으나 계속 더 눈을 맞추고 싶어 버티는 유원에게 지후가 읊조리듯 말했다.

"조금만 마시고 일찍 들어가. 알았어?"

"응."

"무슨 일 있음 바로 전화하고. 생각 없이 굴지 좀 말고."

"그럴게."

"그리고 그거, 절대 하지 마."

싫은 기색이 역력한 얼굴을 하고서도 오빠 노릇하듯 가르침을 전하던 지후가 문득 한숨을 푹 내쉬었다. 어깨까지 들썩여 내뱉는 무거운 숨결이 유원의 볼을 살랑살랑 간지럽혔다.

언제 술을 이렇게 마셨을까. 지후의 숨에서 은은한 알코올 향이 느껴졌다. 달콤하니 알싸한 향이 마냥 감미로웠다. 불현듯 또 호텔에서의 기억이 유원을 덮쳤다.

그윽하게 내려다보던 근사한 눈매가 손에 잡힐 듯 가까웠다. 부드럽고 말랑한, 촉촉하고 달콤한 입술이 바로 앞에 있었다. 금방이라도 다가와 부딪힐 것만 같아 가슴이 두근두근 뛰었다. 기억과 현실을 혼동하는 유원에게 지후가 곧 말을 이었다.

"키스 말이야. 하지 말라고."

"어……?"

"너 아직 서툴러. 한참 멀었어. 그러니까."

괜한 망신당하고 싶지 않으면 알아서 피하라며 지후가 신신당부를 했다. 아주 형편없다는 말까지 하는 지후는 제법 필사적이었다.

분명 실망할 거라고, 조금이라도 좋은 인상을 남기려면 제 말을 들어야 한다며 지후는 한사코 유원을 설득했다. 혹 술을 마시다 그럴 분위기가 감지되면 아픈 척이라도 하라면서.

그게 왠지 지후답지 않아 유원은 또 묘한 기분이 되었다. 유원이 지후를 보며 천천히 눈을 감았다 떴다.

훈계를 듣는 것은 으레 있어 왔던 일인데도 뭔가 달랐다. 괜히 화내고 성질을 내는 것도 별다를 게 없건만 이번만은 좀 특별하게 생각되었다. 자신을 걱정해 주는 지후가 유원은 어쩐지 기분 좋았다. 다그치는 말들에도 가슴이 두근두근했다.

손도 잡으면 안 된다고 덧붙이던 지후가 갑자기 성질이라도 났는지 말을 끊고 거칠게 얼굴을 쓸어내렸다. 잡고 싶으면 잡든가. 아, 몰라. 지후가 앙탈처럼 말을 씹어뱉었다.

그 모습이 꽤나 귀여워 유원은 터져 나오려는 웃음을 참고 지후를 봤다. 진짜 왜 이럴까. 내가. 손바닥 안이 간지러워 주먹을 꼭 쥐었다.

이상도 하지. 별거 아닌데. 아닐 텐데.

너 그냥, 평소처럼 날 대하는 것뿐인데도. 왜 나는.

지후야.

"들어갈 때 전화할게."

"꼭 해라. 까먹고 안 하면 혼나."

"응. 조심히 가."

점점 더 모호해지는 감정들로 헤매던 유원이 뒤틀리는 맘을 조용히 삭였다. 그러고는 천천히 승하를 향해 돌아서서 걸었다.

그 모습을 쓸쓸한 얼굴로 바라보는 지후는 미처 알지 못했다. 유원이 지금, 어떤 생각으로 승하를 만나러 가는 것인지. 대체 어떤 감정들로 유원이 혼란스러워하고 있는지 알아차리지 못한 지후의 마음이 터질 듯한 안타까움으로 타들어 갔다.

털끝 하나 건드리기만 해 봐. 확 죽여 버릴 거니까. 알아들어?

우두커니 선 채로 승하를 노려보는 지후의 눈매에 살기가 가득 실렸다. 유원과 승하가 보이지 않을 때까지 미동도 않고 선 지후가 아랫입술을 질끈 베어 물었다.

아프다. 아리다. 죽음 같은 통증을 참아 내던 끝에 지후가 허공을 향해 후욱, 한숨을 뱉었다. 떨궈진 고개 너머 눈동자가 아련하게 일렁였다. 이미 사라지고 없는 유원을 뒤로한 채 지후가 걸음을 시작했다.

이것으로 마지막이었으면 좋겠다. 네 뒷모습만 바라보는 거.

더는 숨길 수 없을 정도로 자라 버린 감정을 느끼며 지후가 쓰게 웃었다. 딴 놈이 좋다는 여자를 그럼에도 마냥 속에 담고 있는 자신이 우스웠다. 그렇게나 아주 조금도 뺄 수 없도록 깊어진 마음이라는 것 같았다.

나를 봐. 조금만 돌아봐, 바보야.

언제까지 참을 수 있을까. 머지않아 멈춰 선 지후가 슬그머니 뒤를 돌아보았다. 보이지 않는 유원이 늘 그렇듯 눈에 선했다.

보고 싶어. 벌써 네가.

좀처럼 속도가 나지 않는 발걸음을 힘겹게 이으며 지후는 몇 번이고 유원을 찾아 불렀다. 차마 소리 내지 못하는 입술 끝이 가늘게 떨렸다.

08

조금씩 서서히 스며들듯이

"되게 어렵네."

"네?"

"문유원하고 술 한잔 하기가 이렇게 힘들어서야."

단골 가라오케로 유원을 데려온 승하가 재킷을 벗으며 작게 투정했다. 말로는 힘들다 어떻다 탓을 하면서도 입가에 걸린 미소는 마냥 기분 좋아 보였다.

머쓱하게 웃는 유원에게 승하가 앉으라는 뜻으로 제 옆자리를 툭툭 쳤다. 망설이던 유원이 승하와 멀리 떨어진 자리에 몸을 낮췄다. 철저하다 싶을 만큼 지나치게 거리를 두는 유원의 태도에 승하가 서운함을 숨기지 않고 툴툴댔다.

"거긴 너무 멀잖아."

"적당한데요."

"문유원."

"네."

"아무 짓도 안 할게. 이리 와."

"……."

믿어도 좋다며 승하가 입꼬리를 말아 올렸다. 나른한 눈빛과 다정하게 흘러나온 목소리에 유원은 승하를 물끄러미 바라보았다.

어서. 거리감 느껴지는 거 싫어. 그게 실질적인 거리감이든 심적 거리감이든, 어쨌거나 다 싫다며 승하는 한사코 유원에게 손짓을 했다. 그냥 놔뒀다간 이걸로 술 마시는 내내 실랑이를 벌일 것 같았다. 유원이 마지못해 승하의 옆으로 다가가 앉았다.

이윽고 과일과 함께 고급 양주가 세팅되었다. 아무 짓도 안 하겠다는 말을 지키려는 듯 승하는 매우 정직하게 술만 마셨다. 술잔을 채우고 비우고, 이따금씩 유원에게 과일을 먹으라고 집어 주는 것 외에 불필요한 행동은 일절 하지 않았다.

다시금 유원의 잔과 제 잔을 나란히 채운 승하가 건배를 청했다. 부딪힌 잔을 입안에 털어 넣고 미간을 구기던 유원이 제게로 향해진 승하의 시선에 멈칫했다. 아직 잔을 손에 든 채 지그시 바라보는 승하의 눈동자가 너무도 강렬했다.

왜일까. 순간적으로 유원은 지후를 떠올렸다. 뚫어져라 바라보는 날카로운 지후의 눈빛이 승하의 것 위로 아른아른 겹쳐 보이는 착각에 유원이 서둘러 시선을 피했다.

집에는 잘 들어갔을까. 분명 안 자고 전화 기다릴 텐데. 또 잔소리 실컷 해 대겠지. 생각 없이 군 거 아니냐고 확인부터 하려나. 여태 뭐했냐고 일일이 따져 묻고, 제 맘에 안 든다면서 막 혼내고, 툴툴대고, 또…….

"뭐 묻었다."

저도 모르게 정신을 놓고 있던 유원이 느껴지는 인기척에 고개를 들었다. 머리카락에 붙은 먼지를 떼어 내 준 승하가 유원의 머리를 다정하게 쓸어 넘겼다. 사라락, 흩날리는 모양새가 무척이나 고왔다.

승하가 거듭 유원의 머리를 어루만졌다. 끈적이지 않는 담백한 손길이었다. 해서 유원은, 뿌리치거나 만류하길 잊고 얌전히 있었다. 쓸어 넘기던 승하의 손끝이 귓불을 스치듯 건드리는 순간 유원은 또다시 지후를 떠올렸다.

승하와의 술자리를 앞두고 걱정스레 묻던 지후가, 흘러내린 머리카락을 넘겨 주던 지후의 손길이, 그 따스한 기척이 당장인 듯 몹시도 생생했다. 유원의 눈동자가 작게 흔들렸다.

이상하네. 왜 이러지.

유원은 하루 종일 지후와 관련된 생각만 해대는 제 자신이 낯설었다. 하려고 작정한 것도 아니건만 저절로 떠올라 되뇌어지고 만다. 사고 자체가 뜻대로 되지 않는 느낌이랄까.

설마하니 상상도 못 했었다. 승하와 있으면서, 승하의 얼굴을 보고 승하의 손길을 받는 상황에 감히 딴생각을 할 수 있을 거라고는 짐작도 못 했었는데. 근데 왜 자꾸만.

지후에 관한 상념을 애써 떨친 유원이 비어 있는 승하와 제 잔에 얼른 술을 가득 채웠다. 그러고는 가볍게 부딪혀 단번에 털어 넣었다.

어느덧 반 이상 비워진 양주병 안의 갈색 물결이 흐릿한 조명 아래 넘실대듯 출렁였다. 승하가 새로 잔을 채우며 유원을 지그시 봤다.

"볼 때마다 느끼는 건데, 입술색 되게 예쁘네."

사과를 집어 입으로 가져가던 유원이 때마침 흘러나온 승하의 말에 동작을 멈췄다. 굳이 확인하지 않아도 올곧게 쳐다보는 승하를 느낄 수 있었다.

흐음, 하고 나른한 콧소리를 내는 승하가 한층 더 뚫어져라 유원을 바라보았다. 집요하다 못해 따가운 그 시선을 모른 척 유원이 얼른 사과를 입에 넣었다. 최대한 조심해서 씹어 넘기는 유원의 그 모든 순간들을 승하는 놓치지 않고 보았다.

마냥 떨릴 거라 예상했던 자리는 의외로 불편했다. 마치 가시방석에라도 앉은 것처럼 좌불안석인 유원이 그새 마른입을 물로 축였다. 명색이 술자리에 와서 물이나 마시느냐는 장난스런 타박을 한 승하가 유원의 잔에 가득 술을 따랐다.

유원이 받은 잔을 만지작거렸다. 행동 하나하나를 관찰당하는 느낌이었다. 승하와 함께일 때면 늘 있어 왔던 일임을 상기하고서도 유원은 좀처럼 적응이 되지 않아 곤혹스러웠다.

즐겁지가 않다. 아마도 다소 늦게 이루어진 자리라서가 아닌가, 하는 생각이 들었다. 그렇게 만든 건 유원이었다. 번번이 승하의 전화를 피하고 부름을 막고.

이유가 단지 그것뿐일까. 시기가 늦었다는 것은 마음이 변했다는 것의 다른 말이었다.

변했다⋯⋯라.

애초부터 깊지 않았던가 보다. 그래서 쉽게 뒤집어질 수 있었던 건지도. 쉽다는 말이 무색할 만큼 충격이 큰 탓도 물론 있겠지만.

괜스런 씁쓸함에 유원이 아랫입술을 잘근잘근 깨물었다. 시선을 내리깐 채 입술만 깨물어 대는 유원을 가만 지켜보던 승하가 잔을 들어 올렸다.

건배를 청하는 승하를 알아차린 유원이 이윽고 제 잔을 가져가 부딪쳤다. 알싸한 기운이 빠르게 목을 타고 흘렀다.

"나한테 뭐 궁금한 거 없어?"

입안에 감도는 은근한 쓴맛을 즐기던 승하가 느슨한 눈빛으로 유원을 응시했다. 한쪽 팔을 테이블에 괸 그는 꽤나 매혹적으로 유원을 바라보고 있었다.

비스듬히 옆으로 기울어진 고개가 한없이 여유로웠다. 대놓고 유혹하는 자태의 승하를 보며 유원이 묵묵부답으로 말을 아꼈다. 혹시나 했더니 역시나란 듯 승하의 입가가 부드럽게 휘었다.

단둘이 있기가 무섭게 이것저것 물어 대는 보통의 여자들과는 사뭇 달랐다. 잘 보이려는 노력조차 않는 초연함이 생경했다. 나쁘지 않다는 생각을 하며 뒤로 한껏 기대어 앉은 승하가 이내 느릿하게 다리를 꼬았다.

"서운하네. 난 문유원한테 궁금한 거 많은데."

"……그렇습니까."

"너무 많아서 머리가 다 아플 지경이야. 내내 떠올라, 너만. 너하나만."

"선배님."

"같이 있자. 오늘."

툭 던져진 승하의 말에 유원의 한쪽 눈이 찡긋 구겨졌다. 보일 듯 말 듯 미세한 변화였으나 딱딱하게 굳은 표정만큼은 확실히 노골적이었다.

유원이 드러내는 불쾌감을 읽은 승하가 곧바로 눈꼬리를 내렸다. 개구지게 휘어지는 그의 눈웃음에 유원이 멈췄던 숨을 몰아쉬었다. 승하가 웃으며 말을 이었다.

"농담이야, 농담. 뭘 그렇게 놀라, 사람 무안하게."

"……"

"뭐, 솔직히 아주 농담은 아니지만. 그래도 기분 나빴다면 미안해."

담백한 사과를 건넨 승하가 술이나 마시자며 조금 남은 양주를 제 잔에 탈탈 털었다. 벨을 눌러 추가로 주문하는 그를 유원이 말 없이 바라보았다.

쉽다. 참, 쉬운 사람이다. 표현도, 사과도, 아무렇지 않은 듯이 웃는 것까지 전부 다.

새로 들어온 양주를 받으며 유원이 소리 없이 한숨을 뱉었다. 보여지는 그대로가 전부인 사람이 과연 몇이나 될까. 누구나 상처를 안고 있지만 이기는 방법은 모두가 제각각일 거다.

승하를 보며 유원은 막연히 생각했었다. 외롭구나. 저 사람, 외로워서 저러는구나. 그래서 저리 계속 웃고 떠드는구나. 비슷하다고 느꼈다. 힘들수록, 슬플수록 부러 더 웃는 자신과 승하가 어쩌면 꽤 많이 닮아 있다고 여겼는데. 그랬는데.

간단한 거다. 승하의 상처를 이해하고 공감한다고는 해도, 그 해결 방식까지 떠안을 만큼 그를 좋아하지는 않았다는 거.

정리된 생각을 불쑥 입 밖으로 내고 싶어졌다. 그렇게 해야 좀 더 확실해질 것 같았다. 잠깐의 침묵을 더 견딘 후에 유원이 나지막이 목소리를 냈다.

"선배님은."

"응?"

"어떤, 사람입니까……?"

매우 포괄적인 질문을 던졌다. 쉽게 대답하기 곤란한, 하지만 물어보고 싶었던 질문을 꾸밈없이 던진 유원이 승하를 바라봤다.

승하의 눈동자가 희미하게 흔들렸다. 주의를 기울이지 않으면 알아차리지 못할 정도였다. 곧 승하가 태연한 얼굴로 미소를 머금었다.

"미안, 못 알아들었어. 다시 말해 줄래?"

"병원 내에 선배님에 관한 소문들이 많습니다."

"아아, 그 얘기였어? 어떤 게 진짠지 궁금하다는 거지?"

"아뇨. 어떤 게 진짜여도 상관없습니다."

"뭐……?"

풀어지려던 승하의 표정이 금세 딱딱해졌다. 술을 따르려던 동작마저 멈춘 채로 승하가 유원을 봤다. 유원이 차분하게 다음 말을 꺼냈다.

"뭐가 진짜고 뭐가 가짠지, 제가 궁금한 건 그런 게 아닙니다."

"그럼?"

"그냥 선배님이 어떤 사람인지가 알고 싶습니다."

"글쎄. 네가 볼 땐 어떤데."

"외로운 사람이요. 아주 많이."

승하의 눈매가 설핏 가늘어졌다. 정곡을 찔렸다는 표현 내지는 탐탁지 않아 하는 기색이었다. 처음 보는 굳은 얼굴. 어쩐지 웃으려는 노력조차 쉽지 않은 듯했다.

유원이 멈춰 있는 승하의 손에서 조심스럽게 병을 낚아챘다. 그러고는 승하와 제 잔에 나란히 술을 따라 채웠다. 유원의 일거수일투족을 살피며 승하가 느릿하게 눈을 깜빡였다.

"외로워서 웃고, 외로우니까 친절하고, 상대가 누구든 늘 다정하게 굴고."

"……내가?"

"잘못 봤다면 죄송하지만 한 가지 확인하고 싶은 게 있어서요."

"뭘."

"지금은 외롭지 않으십니까?"

마음 없이 누군가를 찾고, 품에 안고, 즐길 대로 즐기고. 감정 없이 아무나 받아들이는 지금은, 확실히 덜 외로우신 게 맞는 겁니까?

느린 속도로 덤덤히 덧붙여진 말들에 승하가 그만 입을 다물었다. 가슴 한구석에 약하게 생채기가 난 것 같았다. 그게 적나라한 유원의 말 때문인지, 똑바로 쳐다보는 유원의 맑은 눈빛 때문인지는 알 수 없었다.

승하가 얼른 시선을 거뒀다. 이번엔 건배 없이 잔을 비워 낸 승하가 연거푸 두 잔을 더 마셨다. 평정심을 되찾는 것은 그리 어렵지 않았다. 승하가 고개 돌려 유원을 봤다.

별다른 표정 없이 얌전히 앉아 있는 유원을 바라보는데 뭔가 기분이 묘했다. 언짢은가 싶었으나 그건 또 아닌 것 같았다. 볼수록 희한한 기분이 들게 하는 녀석이다. 티 없이 맑은 눈이 심경을 건드리는, 그래서 망쳐 버리고도 싶게 하는.

승하가 눈을 더욱 가늘게 떴다. 헛짚었을 리 없다. 자신을 향한 유원의 관심은 분명 착각이 아니었다. 괜한 말들로 빙 둘러 간다고 해도 속으로는 자신을 원할 게 뻔했다.

오기가 생겼고 더불어 욕심이 자라났다. 평소의 패턴과 아주 조금 다를 뿐인 거라고 머지않아 생각을 정리한 승하가 느른하게 입가를 말아 올렸다. 특유의 야릇한 미소가 실렸다.

"외롭지. 외로워 죽겠지. 그래서 발악하는 중이고."

"선배님."

"맞아. 네 말이 다 맞는데, 그럼 이쯤에서 나도 질문 하나."

"네?"

"좋아하는 사람, 있어?"

'그거, 절대 하지 마. 키스 말이야. 너 아직 서툴러. 한참 멀었어.'

순간 유원의 눈동자가 심하게 흔들렸다. 그 극심한 감정의 변화를 승하는 놓치지 않았다. 당연히 저를 떠올릴 거라 자신한 승하가 손을 뻗었다.

서두르지 말자고 재차 마음을 다잡은 승하가 천천히 유원의 머리를 어루만졌다. 부드러운 머릿결의 촉감에 몸이 절로 나른해졌다. 승하가 작게 웃었다.

"난 있는데. 자꾸 생각나는, 계속 눈이 가는 한 사람."

"……"

"굳이 말하자면 좋아하고 싶은 사람이랄까. 앞으로. 내가."

승하가 살며시 유원의 볼을 감싸 쥐었다. 자연스러운 동작에는 그 어떤 위화감도 없었다. 차마 막을 생각도, 의지도 갖지 못할 정도였다.

엄지로 살살 유원의 볼을 건드리던 승하가 곧 아주 천천히 얼굴을 가까이했다. 느릿한 속도를 즐기는 승하와 달리 유원은 그저 멍한 표정을 짓고 있을 뿐이었다.

모르겠다. 왜 또 순간적으로 지후를 떠올렸을까. 퉁명스럽게 말하며 성을 내던, 들을 리 없는 말이라고 치부한 듯 잔뜩 속상한 얼굴을 하고서도 끝까지 당부를 잊지 않던 지후를 보며 유원은 이상하게 기분이 좋았다. 두근두근 심장도 뛰었다. 간지러웠다, 맘이.

마냥 넋을 놓던 유원이 이내 매우 가깝게 다가온 승하를 알아차리고 멈칫했다. 당장이라도 닿을 것처럼 승하의 입술이 너무도 가까웠다. 현실을 인식하기 무섭게 그 위로 빠르게 겹쳐지는 지후의 얼굴에 유원은 또 한 번 가슴이 내려앉고 말았다.

지후의 눈빛이, 지후의 숨결이, 지후의 모든 것들이 죽을 만큼 간절해졌다. 다른 누구도 아닌 지후가. 지금 제 앞에 있는 승하가 아니라.

내가, 정말 어떻게 됐나 봐.

자꾸만, 왜 자꾸……만. 너를. 나는.

지후야.

"……."

"……."

반쯤 감긴 나른한 눈빛으로 지후 녀석이 다시금 저를 봐 줬으면 하는 마음까지 들어 버린 유원이 고개를 돌린 건 바로 다음 순간이었다.

본능이었다. 가만있기가 왠지 썩 내키지 않았다. 본질적인 이유까지 파악하긴 어려웠지만 그냥 그래야 할 것 같아서였다. 지후가, 아니라서.

막 유원의 입술 위로 제 입술을 포개려던 승하가 가까스로 피해 버린 유원 때문에 허공에서 머뭇거렸다. 무겁디무거운 침묵이 조용한 룸 안 가득 퍼져 나갔다.

숨소리마저 얼어붙은 것 같은 냉랭한 기운이 끊임없이 주변을 맴돌았다. 시선마저 저를 피해 다른 곳으로 도망친 유원을 향해 승하가 조심스레 물었다.

"왜……?"

"싫으니까요."

"뭐?"

"진심이 없는 사람은. 아무래도."

"……."

죄송합니다, 하고 사과까지 덧붙이는 유원의 목소리 끝이 가늘게 떨렸다. 크게 내지르는 분명한 어조보다 오히려 더 확실한 거절로 들리는 듯한 기분이었다.

이렇게 허탈한 심정을 느껴 본 적도 꽤 오랜만인 것 같은데.

굳은 듯 그대로 있던 승하가 곧, 마지못해 유원에게서 떨어져 나왔다. 그러고는 난감해하는 유원을 보며 허, 하고 웃어 버렸다. 미소와 상반되게 승하의 눈가가 어두워졌다.

억지로 하려면야 할 수도 있었다. 그랬다가 따귀를 맞든, 아님 못 이긴 척 그다음으로 넘어가든 그것까진 예측이 어려웠다. 단지 그것뿐일까. 자신을 거부한 유원의 두 눈을 마주하는데 신기하게도 화가 나지 않았다. 오히려 당연하다고도 생각됐다.

쓴웃음을 짓던 승하가 체념한 듯 잔을 들어 건배를 청했다. 갑작스런 민망함을 이겨 내는 게 쉽지만은 않은지 표정이 자꾸만 굳어지고 있었다.

망설이던 유원이 건배를 받았고, 이제까지와는 비교도 안 될만큼 술이 쓰게 느껴졌다. 인상을 찌푸리며 잔을 내려놓은 유원이 느릿느릿 몸을 일으켰다. 아직 술이 남았다며, 몰래 도망가기 없다고 으름장을 놓는 승하에게 화장실을 다녀오겠다 하고는 룸을 나섰다.

가방까지 챙겨 나가는 유원의 뒷모습을 보는 승하의 마음이 못
내 씁쓸해졌다. 뭐, 가 버려도 그만이고. 승하가 홀로 술잔을 기
울였다. 조용하고 넓은 룸 안에서 그는 여전히 혼자였다.

"후우……."

앉아 있을 땐 몰랐던 취기가 좁은 복도를 걷는 동안 빠르게 올
랐다. 찬물로 세수한 것만으로는 술기운이 좀처럼 가시질 않았다.

바람이라도 쐬어야겠음에 화장실을 나온 유원이 옆쪽의 비상구
로 걸음을 옮겼다. 천천히 계단을 오르는데 주머니에서 진동이 울
렸다. 핸드폰 액정에 떠오르는 지후라는 글자를 보자마자 가슴이
먹먹해졌다.

뭘까. 이 기분은. 이 묘한 떨림은.

유원이 가볍게 심호흡을 하고나서 통화 버튼을 눌렀다.

"어."

— 어디야. 아직도 밖이냐?

귓가에 감겨드는 지후의 목소리가 사나웠다. 불만이 가득 실린
매서운 그 목소리를 듣는데 희한하게도 웃음이 나왔다.

차가운 밤바람이 볼을 훑고 지났다. 어깨를 움츠린 유원이 가
라오케 뒷문 옆 벽에 기대어 섰다. 대로변 쪽이 아닌 골목 쪽으로
난 작은 길이라선지 지나다니는 이는 거의 없었다. 어둡고 조용한
주변을 살핀 유원이 웃음을 참으며 되물었다.

"왜."

— 왜는, 언제 들어갈 건데.

"글쎄, 왜."

— 이게 진짜, 너 취했어? 얼마나 마신 거야? 많이 마셨어?

다짜고짜 지후가 버럭 성을 냈다. 정신 안 차리느냐 타박하는 지후의 못마땅한 목소리가 수화기 너머로 쩌렁쩌렁 울렸다.

귀가 아팠으나 떼어 내긴 싫었다. 씩씩대는 숨소리마저 계속 듣고 싶은 맘에 유원은 인내심을 가지고 지후가 가라앉길 기다렸다. 한숨을 푹푹 내쉬며 화를 삭이려 애쓰는 기척을 묵묵히 듣고 있었다. 손바닥 안이 저릿저릿한 착각에 유원이 아랫입술을 깨물었다.

— 적당히 마시랬지. 말 안 들을래, 진짜?

"……."

— 뭐 이렇게 사람 속을, 짜증나게 정말, 아오…….

"서지후."

— 왜.

"나 좀 이상해."

— 뭐?

막 보고 싶어. 네가.

눈앞에서 사라지질 않아. 하루 종일 네 모습이.

화내는 목소리가 왜 이렇게 반가운 거냐. 성질내는 네가, 왜 그리운 거야. 어……?

너, 대체,

나한테 무슨 짓을 한 거냐고…….

미처 끝까지 잇지 못한 이야기를 속으로만 읊조리며 유원은 눈을 감았다. 왜 말을 하다 마느냐고 지후는 역시나 또 버럭 성질을 부렸다.

몰라. 모르겠어. 아무것도 모르겠어, 나. 고개를 절레절레 젓다가 그만 웃음이 터져 버렸다. 황망한 그 웃음소리에 지후는 뭐가 좋다고 웃는 거냐며 작게 툴툴거렸다.

승하를 만나러 와 놓고 내내 지후를 떠올렸다. 승하와 있는 모든 순간들에 지후를 생각했다. 이해할 수 없는 일이었다. 아니, 이해한다는 자체가 의미 없게 여겨졌다. 그냥 마음이 지후를 부른다. 자꾸 찾아 대는 거였다. 언제부턴가. 계속.

마냥 웃기만 하던 유원이 살며시 눈을 떴다. 바싹 마른 입술을 혀로 핥는 순간 지후가 간절해졌다. 확실한 것 같으면서 그렇지 못한 감정들이 일시에 심장을 파고들었다.

술을 너무 마셨나. 취기든 뭐든 혼동하는 걸 수도 있겠다는 생각이 들 무렵 지후가 당장 어딘지 말하라며 엄하게 채근했다.

탁탁탁탁, 수화기 너머로 정신없이 달리는 듯한 발소리가 들렸다. 다리에 힘이 풀린 유원이 벽에 기대어 그대로 주저앉았다.

"하아, 하아……."

유흥가에 도착한 택시에서 뛰듯이 내린 지후가 급히 골목길로 접어들었다. 유원이 말한 가라오케 이름을 눈으로 찾으며 두리번거리던 그가 머지않아 제자리에 멈춰 섰다. 거칠게 터져 나오는 숨소리가 어두운 허공 가득 희뿌옇게 피어올랐다.

지후의 시선이 한곳에 고정되었다. 저만치 앞쪽 바닥에 무릎을 꼭 껴안은 채로 쪼그리고 앉아 있는 유원의 모습이 보였다.

　언제부터 저러고 있었던 걸까. 추울 텐데. 쌀쌀한 밤바람이 스쳐 지나자 괜히 또 울컥 짜증이 솟구쳤다. 더 지체할 수 없어 얼른 유원에게로 다가갔다.

　"문유원."

　"……."

　"야. 인마."

　부러 딱딱하게 말을 뱉었다. 미간까지 구기고서 신경질적으로 부르던 지후가 대꾸 않고 바닥만 보는 유원 때문에 한숨을 내쉬었다.

　설마하니 취해 잠든 건 아닐 테고. 지후가 한 걸음 더 유원에게로 가깝게 다가섰다. 그제야 유원이 고개를 들어 지후를 올려다봤다.

　"……."

　"……."

　오는 내내 맘이 편치 않았다. 혹 무슨 일이 있는 건 아닌가 싶어 초조한 심정으로 미친 듯이 서둘러 이곳으로 왔다.

　다행히도 별일 없는 듯한 유원을 보며 지후는 조용히 숨을 골랐다. 길게 흩어지는 뿌연 입김을 유원이 눈으로 좇았다. 쯧, 하고 혀를 찬 지후가 어깨를 들었다 놓으며 표정을 풀었다. 훅 불어온 바람이 유원의 앞머리를 살짝 흩뜨려 놓았다.

　지후가 손을 뻗었다. 그러고는 시야를 가리는 유원의 앞머리를 살살 정리해 주었다. 원래 있던 자리로 돌려놓아 주는 손길은 그저 조심스러웠다. 따뜻하고, 또한 섬세했다.

너무 이럼 곤란한데.

멋대로 가지를 뻗어 나가는 감정이 버거워 유원은 눈을 감았다. 유난스러울 만큼 모든 것들이 새롭게만 느껴졌다. 의식하지 말자고 스스로를 다잡고 나서 눈을 떴다. 어느덧 확연히 누그러진 표정으로 지후가 나지막이 읊조렸다.

"일어나. 가게."

"……."

"추워. 일어나라고, 얼른. 잡아."

앞으로 내밀어진 지후의 손에 유원이 시선을 주었다. 가늘고 긴 그 손가락을 보는데 또 가슴 한켠이 먹먹해졌다. 이상하다. 정말 왜 이러는 걸까.

목 안쪽이 따끔거렸다. 온몸 전체가 미세하게 떨리는 것만 같았다. 미동 않고 가만있는 유원을 보다 못한 지후가 두 손으로 유원의 어깨를 부여잡고는 조심조심 일으켜 세웠다. 순순히 일어선 유원이 지후를 올려다보며 느릿하게 눈을 감았다 떴다.

"왜."

"……."

"뭐. 왜."

"……."

왜 그렇게 빤히 보느냐는 지후의 물음에도 유원은 좀처럼 말을 할 수 없었다. 마치 목소리를 잃어버린 사람처럼 목이 꽉 막혀 아무 말도 나오지 않았다.

입술을 벌릴 수도, 움직일 수도 없어 하염없이 눈만 깜빡이고 있는 유원을 보며 지후가 미간을 구겼다. 대체 얼마나 마셨길래 이러나 싶었다. 지후가 주변을 한번 둘러보곤 다시 유원과 눈을 맞췄다. 물기 어린 까만 눈동자가 어둠 속에서 별처럼 반짝였다.

너 그렇게만 보면 나 미치겠는 거 모르지.

그래. 모르니까 그렇게 보는 거겠지만, 너 그런 표정 지으면 나는. ⋯⋯후우.

들릴 듯 말 듯 죽겠네, 하고 중얼거린 지후가 애써 태연한 척 목소리를 꺼냈다. 유원의 눈이 차츰 더디게 깜빡여졌다. 두통이 밀려왔다. 욱신거리는 가슴 저림도 함께.

"못 걷겠어? 어지러워?"

"⋯⋯."

"내 말 안 들려? 문유원. 인마."

"지후야."

"어."

"서지후."

"말해. 왜."

"지후야아⋯⋯. 서지후우⋯⋯."

"어어, 야! 인마!"

입안이 간지러웠다. 입술이고 혀고 마구 간지러운 착각은 지나치게 달콤했고, 결국 유원의 머리마저 온통 지끈거리게 만들었다.

그게 왠지 싫지 않아 유원은 계속 지후를 불렀다. 이름만 불렀을 뿐인데도 심장이 콩닥콩닥 미친 듯이 두근거렸다. 이게 뭘까. 스스로에게 묻지만 실은 알 것도 같았다. 내리자고 마음만 먹었던 정의가 저절로 내려지는 기분에 유원은 어쩐지 숨이 막혔다.

웅얼웅얼 끝도 없이 지후의 이름을 불러 대던 유원이 풀썩 몸에서 힘을 뺐다. 놀란 지후가 늦지 않게 유원을 받아 안음과 동시에 유원의 두 눈이 지그시 내리감겼다. 포근한 지후의 체취에 유원이 입가를 말아 올렸다.

제 가슴팍에 포옥 안겨 버린 유원을 받아 들고 지후가 그대로 호흡을 멈췄다. 사람 피를 말리려고 작정을 했구나. 원망스럽긴 무지 원망스러운데 화를 낼 수가 없다.

좋아서. 그저 좋으니까. 좋아 죽겠으니까 이 녀석이. ……에효.

난감해 어쩔 줄 몰라 하던 지후가 조심조심 유원의 등을 어루만졌다. 추울까 싶어 이내 코트 안으로 유원을 들이고 감싸듯 덮어 주었다. 쌀쌀한 공기가 온전히 제게만 닿길 원했다.

자면 안 된다고, 그만 일어나라고 유원을 다그치면서도 지후는 좀처럼 움직일 수가 없었다. 이대로 시간이 멈춰 줬으면 하는 바람이 매우 간절히 차올랐다.

09

두 번째 키스, 그리고

눈을 떴다는 아주 사소한 사실조차 인식 못 할 만큼 멍해 있던 유원이 도로 눈을 감았다. 내쉬어진 숨소리가 귓가로 흘러 들어왔다.

쌔근쌔근. 규칙적으로 반복되는 미약한 숨소리에 귀를 기울이다 다시 눈을 떴다. 딱 봐도 제 방이 아닌 듯한 풍경에 유원은 직감적으로 이곳이 지후와 왔던 그 호텔 룸이란 걸 깨달았다.

어둠에 눈이 익었고, 이내 조금이나마 움직여 보고 싶어졌다. 반듯하게 누운 몸을 별생각 없이 왼쪽으로 돌리던 유원이 그대로 동작을 멈췄다. 한순간 귓가가 아득하니 빠르게 멀어져 갔다.

목 안이 시큰거리고 손끝마저 떨렸다. 슬픈 것 같으면서도 뭔가 미묘한 감정들이 가슴을 짓눌렀다. 아프면서 아프지 않았다. 신기하게도.

설명할 수가 없다. 왜 또 이런 기분이 드는 걸까.

왜 내 눈은 널 담고 있는 거야.

지후야. 나,

왜 너밖에 안 보이지, 계속……? 어……?

"……."

조금 떨어진 옆자리에 누워 있는 이가 지후라는 것을 알아차린 순간, 유원은 저도 모르게 숨을 죽였다. 왠지 모르지만 그래야 할 것 같았다.

하얀 베개에 얼굴을 반쯤 파묻은 채 한 팔을 베개 밑에 깔고 엎드린 자세로 자고 있는 지후를 보자 몽롱하던 정신이 단번에 맑아졌다.

눈을 감는 것조차 꺼려졌다. 사라질까 봐. 시큰거림을 참으며 보던 유원이 빠르게 눈을 깜빡였다. 지후가 그대로 있음에 안심이 되었다.

보고 싶었다. 이 얼굴이. 너무도 그리웠다. 다른 누구도 아닌 바로 이 녀석이. 내내 떠올리던 지후가 바로 눈앞에 있다는 사실이 감격스러워 유원은 한참이나 더 지후를 바라봤다.

아무것도 없는 것 같았다. 마치 우주와도 같은 아득한 공간 안에 지후와 저 단둘만이 존재하는 기분이 들었다. 우주에는 공기가 없다는데. 그래서 그런가 보다. 지금 이렇게 숨 쉬기가 힘이 드는 것은. 자꾸만 맘이 벅차올라 그저 힘겨운 것은.

유원이 곧 천천히 한 손을 들어 올렸다. 이불 속에서 빼낸 그것을 조심조심 지후에게로 뻗었다. 들릴 듯 말 듯 바스락 소리가 날

때마다 혹 깨우게 될까 겁이 났다.

몹시도 더디게 전진과 기다림을 반복한 끝에 손가락이 지후의 턱 선 바로 근처에 도착했다. 흡사 수전증에라도 걸린 사람마냥 바들바들 떨리는 손가락을 진정시키려는데 쉽지가 않았다.

우스울 만큼 떨어 대는 손가락을 끝내 지후의 얼굴에 대보진 못하고 베갯잇만 살짝 눌러 내리는 걸로 만족해야 했다. 아까보다 지후의 얼굴이 더 잘 보인다는 것만으로도 제법 위안이 되었다.

왜 그랬을까. 왜 그토록 네가 보고 싶었던 걸까. 대체 왜 그렇게나.

곤히 잠든 지후를 보며 유원은 생각에 잠겼다. 술기운이라고 치부하기엔 감정이 너무도 확실했다. 인정해야 했다. 그럴 수밖에 없다는 생각이 재차 강하게 들었다.

그렇다면 언제부터? 모르긴 해도 기폭제가 된 건 아마도 그날의 키스였을 테다. 부드럽게 머금어 꽤나 끈적하게 빨아 대던 지후. 전혀 싫지 않았던, 오히려 좋았던 자신. 불현듯 약하게 어깨가 떨렸다. 잠깐 생각했을 뿐인데도 몸은 정직하게 반응하고 있었다.

유원의 시선이 굳게 다물린 지후의 입술로 고정되었다. 고운 선을 가진, 적당히 도톰하고 붉은 잘생긴 그 입술을 보는데 가슴이 두근거렸다. 소리 죽여 마른침을 삼킨 유원이 슬쩍 손가락을 지후의 입술 쪽으로 들이밀었다. 쌕쌕거리는 지후의 숨결이 오롯이 손가락에 닿아 부서져 내렸다.

하고 싶은 것 같다. 또 하자고 하면, 해 줄까. 승하와는 내키지 않던 입맞춤이 지후라면 얼마든지 괜찮을 것 같은 이 기분을 뭐라 불러야 할지.

떠오르는 무수히 많은 단어들 속에서 헤매던 유원이 시선을 들어 올렸다. 지후가 눈을 뜬 건 바로 그때였다.

"왜."

"……."

"왜 깼어. 물 줘……?"

"……."

"싫음 마."

갓 잠에서 깬 지후의 목소리는 나른하면서도 은근 야릇했다. 이렇게까지 듣기 좋은 음성이었나, 생각하며 유원은 그저 묵묵히 있었다.

갑자기 마주친 시선에 놀라기도 했고, 한껏 누그러진 지후의 말투가 어쩐지 평소와는 너무도 다르게 다정한 것 같아 유원은 대답하는 것도 잊고 있었다. 심드렁한 표정으로 입술만 움직여 물어본 지후는 대답 듣는 것을 포기하고 지그시 눈을 감았다.

더 듣고 싶은데. 더 말해 주면 좋겠는데, 아무거라도. 안 돼?

괜한 욕심이 생겼지만 혹 잠을 깨웠다고 타박받으면 어쩌나 싶었다. 노파심에 유원은 잠자코 있었다. 내리감긴 속눈썹이 이렇게 길었구나. 참 반듯한 이마와 또렷한 콧날과 이것저것 훑으며 관찰하고 있는데 무척 느리게 지후가 눈을 떴다.

덜커덕. 제 가슴 속에서 뭔가가 움직이는 소리를 유원은 분명하게 들었다. 마주친 시선을 피할 수가 없었다. 지후가 다시 입술을 달싹였다.

"자."

"……."

"자라고. 눈 감고. 어서."

"……."

"잠 안 와? 재워 줘……?"

부드럽지만 살짝 엄하게, 그래도 다그치는 건 아닌 편안한 어조로 내뱉던 지후가 희미하게 한숨을 내쉬었다. 그게 결코 귀찮다는 식은 아닌 것 같아 그저 다행이라고 여기고 있던 유원은 너무도 빤히 쳐다보는 지후의 눈길에 긴장이 되었다.

그렇게 보지 마. 나 기분이 이상하단 말이야.

지후의 눈빛이 한없이 그윽하고 자상하게만 느껴져 유원은 자꾸만 가슴 한켠이 욱신거렸다. 졌다. 지후와의 눈싸움을 당해 낼 재간은 애초부터 없었던 모양이다. 더 마주한다는 게 무리라 유원은 지후의 베개를 짚었던 손을 거뒀다.

느릿하게 멀어지는 유원의 손을 늦지 않게 잡아챈 지후가 얼른 유원을 향해 돌아누웠다. 그러고는 유원을 제 쪽으로 끌어당겨 품에 살며시 안았다. 자연스럽게 지후의 품 안에 안겨버린 유원이 반사적으로 두 눈을 감아 내렸다.

토닥토닥. 얌전히 안긴 채 숨죽이는 유원의 등을 지후가 약하게 토닥거렸다. 동시에 다른 손으로는 유원의 뒷머리를 가만가만 매만졌다. 예쁜 아이 상 주듯 마냥 감미롭게 쓰다듬는 따스한 손길에 유원이 곧, 천천히 눈을 떴다.

"……."

"……."

잠시 그러고 있자니 온몸 구석구석 모든 감각들이 일제히 살아 나 촉을 세웠다. 단 하나도 허투루 느껴지는 것이 없었다. 새롭고, 낯설고, 또 싫지 않게 어색했다.

그 날도 이와 비슷한 기분을 느꼈었다. 조심스러우면서도 격렬하고 진한 키스를 처음으로 서로 나눈 그날도 지후는 이런 식으로 유원을 안아 주었었다. 문득 코끝이 시큰거리고 목 안쪽이 따끔하게 아렸다. 넘실대는 감정들로 유원은 차츰 몽롱한 기분이 되었다.

되게 좋은 거 알아? 네가 이렇게 안아 주면…… 뭐랄까.

안 깨고 이대로 계속 자고만 싶어져. 오래도록. 참 이상도 하지.

지후의 탄탄한 가슴팍과, 따뜻한 체온과, 달달한 듯 연한 머스크 향과, 너무도 편안하게 안아 주는 지후의 모든 것들을 느끼며 유원은 움츠리고 있던 허리를 살그머니 폈다.

그 바람에 위로 올라간 유원의 입술이 벌어진 니트 너머 지후의 도드라진 쇄골에 닿았고, 놀라 작게 움찔하다 더 위쪽의 목덜미마저 건드리고 말았다.

멈칫. 토닥거려 주던 지후의 손길이 한순간에 뚝 끊어졌다. 유원은 어쩌지 못하고 연신 숨만 들이쉬고 내쉬었다.

두근두근. 어디선가 불규칙한 심장박동 소리가 들려왔다. 지후가 나직이 목소리를 내었다.

"불편하냐."

"아니."

"근데 왜 못 자."

"잘게. 잘 자."

"문유원."

"……."

"대답해. 얀마."

"응."

"자기 싫으면 안 자도 돼. 괜찮으니까."

잠기운이 섞였던 아까보다 확연히 멀쩡해진 목소리로 지후가 말했다. 이에 유원이 억지로 감으려던 눈을 도로 떴다.

졸리지 않은 건 아니었으나 이대로 자 버린다는 게 아쉬웠던 건 사실이었다. 안 잔다는 걸 알면 혹 품에서 놓지 않을까 유원은 짧은 순간 걱정을 했다. 다행히도 지후는 유원을 놓지 않은 채로 안고 있는 팔에 되레 조금 더 은근하게 힘을 실었다.

이러고서 뭘 하면 좋을까. 잠든 지후의 얼굴이나 실컷 구경할 랬더니 그것도 글렀고. 문득 어정쩡하게 가슴에 붙여 뒀던 팔이 저린 것도 같아서 유원은 슬금슬금 위로 들어 올렸다.

그리고 나서도 딱히 놔둘 데가 없었다. 이불 속에서 잠시 꼼지 락거리며 헤매던 유원은 마지못해 지후의 등 뒤로 팔을 둘렀다. 같이 안은 자세가 된 게 민망했지만 선택권은 없었다.

뒤척이는 유원을 기다려 주던 지후가 살며시 더 유원 쪽으로 다 가왔다. 덕분에 유원은 한껏 더 바짝 밀착해서 안긴 꼴이 되었다.

꿀꺽. 저도 모르게 마른침을 삼킨 유원이 난감함에 이리저리 고개를 돌렸다. 지후가 가슴을 들썩여 깊은 한숨을 내쉬었다.

"입술."

"응?"

"닿는다고, 자꾸. 목에."

"……미안."

머리는 안 아프냐, 목마르면 얘기해라, 띄엄띄엄 말을 잇던 지후가 작게 헛기침을 했다. 고개를 젓거나 약간만 다른 모션을 취해도 유원의 입술은 어김없이 지후의 목덜미에 닿아 버렸다.

차라리 볼을 갖다 대려 하다가, 아니면 그냥 목이 더 나은가 싶어 고개를 들어 보기도 하던 유원은 영 자세가 나와 주질 않음에 혼자 애를 태우며 낑낑거렸다.

뭐하는 거야. 제발 가만히 좀 있어라. 간지러워도 참겠다는 지후의 말을 듣고서야 유원은 할 수 없이 아까처럼 얌전히 지후의 목덜미에 얼굴을 묻었다.

아무래도 긴장을 너무 한 모양이었다. 바싹 말라 버린 입술을 적시려 유원은 혀로 핥다가 그만 멈칫했다.

할짝. 본의 아니게 지후의 목덜미를 핥아 버린 유원이 사색이 되어 어쩔 줄을 몰랐다.

……젠장할.

뻣뻣이 굳어 버린 지후가 낮게 쓴소리를 읊조리며 가늘게 목을 떨었다. 돌아 버리겠네. 민망해서 안절부절못하는 유원에게 지후가 툴툴대듯 입을 열었다.

"야."

"어?"

"자극하지 마라."

"일부러 그런 거 아니거든."

"제대로 할 거 아니면 하지 말라고."

뭐라는 건지. 지후가 내뱉었다고 하기엔 어쩐지 믿기지 않는 말이었다. 저절로 상상이 피어올랐고, 자연스레 유원의 두 볼이 붉어졌다.

어색함을 피하려 둘렀던 팔을 푼 유원이 지후의 가슴팍을 슬쩍 밀었다. 어떻게든 돌아누우려고 하는데 꽉 갇혀 안긴 자세라 마음대로 되지가 않았다. 아무래도 지후가 팔에 힘을 너무 실어서인 듯했다. 이리저리 몸을 들썩이던 유원이 작게 칭얼댔다.

"놔줘."

"왜."

"돌아누울래."

"글쎄, 왜."

"불편해."

"아깐 안 불편하다며. 왜 이랬다저랬다야."

"내가 뭘."

"가만있어. 혼나, 진짜."

"야, 서지후."

"손 빨리 원위치하라고. 이쪽 봐. 안 봐?"

호흡은 가빠지고 손에는 갈수록 땀이 차고, 총체적 난국에 빠져 버린 유원을 아랑곳 않는 지후가 더럭 겁을 줬다.

제가 더 불편할 것 같은데도 되레 가만있으라고 성질만 부려 대는 지후가 야속해 유원은, 억지로 돌아누우려 거뒀던 손을 결국 다시 지후의 등 뒤로 두르고 얌전히 안겼다.

아예 옴짝달싹도 못하게 할 심산인지 지후가 다리 하나를 척 올려 유원의 허벅지와 골반을 지그시 눌렀다. 꼼짝없이 갇히고 만 유원이 미간을 찌푸렸다.

이 치사한 인간. 그래, 내가 또 졌다. 됐냐?

기왕 안기는 거 편하기나 하자며 유원은 꼼지락거리던 걸 관두 고 지후에게 부러 더 와락 안겨 들었다. 있는 대로 가슴팍을 파고 들자 지후의 몸이 은연중 뻣뻣하게 굳는 게 느껴졌다. 어떠냐 싶 은 심정으로 유원이 고개를 들었다.

그러자마자 깨달았다.

지금이 꽤, 위험한 순간이라는 것을.

"……."

"……."

지후와 눈이 마주친 순간 유원은 머릿속이 새하얗게 비워지는 경험을 했다. 어쩌자고 이런 짓을 해 버렸을까. 극심한 후회 속에 유원이 할 말을 잃고 입을 다물었다.

까맣고 맑은, 어찌 보면 심오할 만큼 깊은 지후의 눈동자가 흔 들리듯 작게 일렁였다. 그 모양새가 꽤나 근사해 유원은 하염없이 지후를 봤다.

이러다 눈이 멀어 버리면 어쩐다. 괜한 두려움마저 떨쳐 버리고 유원은 지후의 눈동자 속 제 모습을 찾았다. 지후가 느릿하게 눈을 감았다 떴다.

그 너머에 뭔가가 있었다. 전에는 보이지 않았던, 보려는 시도조차 하지 못했던 어떤 일말의 감정들이 지후의 두 눈 가득 차올라 넘실거렸다. 매우, 절실하게도.

기분 탓일까. 착각하는 것일 수도 있다. 애써 아닐 거라 치부하는 내내 자꾸만 유원은 가슴 한구석이 욱신거리는 것을 느꼈다. 길어지는 침묵만큼 마음도 내심 저렸다.

그냥. 네가 좋아. 너랑 이러는 것들이 다 좋은 것 같아. 너는, 어때……?

몽글몽글 피어오르는 감정들이 뚜렷한 형체를 지닌 채 어지러이 떠돌았다. 유원은 문득 입 밖으로 소리 내어 표현하고 싶어졌다. 이것에 대해. 제 마음에 관하여.

뒷일까지 생각할 수 없는 건 비단 조급해서만은 아니었다. 지후의 눈빛이 너무도 깊고 그윽해서라고 책임을 전가한 유원이 속삭이듯 말을 꺼냈다. 제 목소리가 제 것이 아닌 것 같은 희한한 기분이 들었다. 천천히, 느린 속도로 입을 열었다.

"서지후."

"왜."

"있잖아."

"어."

"나, 말이야."

거기까지 말했을 때, 불현듯 유원의 머릿속을 스치고 지나가는 장면이 있었다. 아니, 정확히 말하자면 장면들이라고 해야 맞았다.

그 속에서 지후는 하나같이 썩어 들어가는 얼굴을 하고 있었다. 경멸 어린 듯한 표정까지 지으며 여자들의 고백에 한사코 싫은 티를 내던 지후를 떠올리자 차마 다음 말을 꺼낼 수가 없었다. 싸늘한 눈빛과 비딱한 말투에 흠칫 어깨가 다 떨렸다.

유원은 짧은 순간 필사적으로 머리를 굴렸다. 돌아올 지후의 반응이란 뻔한 거였다. 질색을 하며 당장 뿌리칠 것만 같아 덜컥 겁이 났다.

지후가 제게 잘해 준 이유, 선심 쓰듯 도와준 동기에 대해 곰곰이 생각을 곱씹었다. 비겁하지만 이게 최선이었다. 그렇다고 믿고 싶었다.

솔직히 아직은 잘 모르겠으니까. 딱 한 번만 더 하고 나면 보다 확실해지지 않을까. 묵묵히 귀를 기울이는 지후에게 유원이 말을 이었다.

"그렇게 형편없어? 전혀 아니야?"

조심스레 묻는 말의 속뜻을 지후는 어렵지 않게 알아차렸다. 단순한 질문이 전혀 단순하지 않게 받아들여졌고 동시에 심장이 두근, 하고 내려앉았다.

꿀꺽. 지후의 목울대가 움직이는 모습에 유원은 제가 더 긴장이 되어 숨을 골랐다. 하고 싶어. 너랑. 당장이라도 흘러넘칠 것 같은 마음을 누르며 입술을 달싹였다.

"한참 멀었다며. 너무 서툴러서 못 봐줄 정도라고, 네가."

"어. 글렀어, 너."

"그럼 우리, 한 번만 더 해 보면 안 될까……?"

의도한 건 아니었으나 순간 목소리 톤이 확연히 낮아졌다. 숨결이 가득 실린 나른한 음성이 되어 버린 유원을 보는 지후의 마음이 미친 듯이 요동을 쳤다.

이 녀석이 정말 날 말려 죽이려고 작정을 했구나. 아무래도 그렇게밖에 생각되지 않아 지후는 미간을 구기고 유원을 노려보았다. 좋은데 미치겠는 심정. 아니, 좋아서 미쳐 버리겠는 마음이 딱 이런 거구나 싶었다. 가슴이 온통 간질거려 지후는 계속 인상만 썼다.

선뜻 대답이 돌아오지 않음에 유원은 애가 탔다. 싫다는 건가. 도와준 건 한 번으로 족하지 않느냐 소리를 할까 봐 잔뜩 긴장이 되었다. 만약 그렇다면 또 어떤 핑계를 대야 할지 머리를 굴리는데 얼굴에 그림자가 드리워졌다.

어느덧 지후의 얼굴이 바로 앞에 다가와 있었다. 볼에 와 닿는 숨결조차 감미로웠다. 가까이에서 마주하는 까만 눈동자가 반짝반짝 너무도 예쁜 빛을 냈다. 묵묵히 숨을 죽였다.

사라질까 봐. 환영처럼 흔적도 없이 어딘가로 가 버릴까 두려워 유원은 얌전히 지후와 눈을 맞췄다. 지후가 조심스레 유원의 머리를 쓸어 넘겼다.

"바보야. 한 번으로 될 것 같아……?"

어림도 없다며 지후가 으름장을 놓았다. 그게 왜 꼭 몇 번이고 계속 하고 싶다는 소리로 들렸는지 유원으로서는 도통 모를 일이었다.

그럼? 하고 물으려다 만 유원이 벌렸던 입술을 굳게 다물었다. 귀엽게 옹알대는 그것에 시선을 빼앗긴 지후가 다시금 유원과 그 윽하게 눈을 맞췄다.

시간이 멈춘 것만 같은 아득한 착각에 빠져들었다. 이렇게 눈만 마주하고 있어도 좋았다, 그저. 지후는 가빠지려는 숨을 가까스로 참고 또 참아 내었다. 그의 눈빛에 차츰 탁한 기운이 서렸다.

살살 머리를 어루만지던 지후의 손이 살며시 내려와 유원의 볼을 감싸 쥐었다. 안 그래도 달아올랐을 얼굴이 뜨거운 지후의 손 안에 잡히자 불에 덴 것처럼 심하게 화끈거렸다.

매번 느끼는 거지만 손길이 참 따스한 녀석이다. 평소의 냉랭한 눈빛이 생각 안 날 만큼. 이 손으로 만져지면 기분이 어떨까. 여기저기 남김없이 다, 만져진다면 과연.

유원의 가슴이 낮게 들썩거렸다. 맞닿은 채로 들썩거리니 지후로서는 죽을 맛이었다. 봉곳한 가슴 끝이 자꾸만 자신을 건드린다. 만지고 싶다. 손을 대 보고 싶어 견딜 수가 없다.

그보다는 일단, 빨갛고 도톰한 저 입술 먼저 어떻게 해야겠다. 당장이라도 머금지 않으면 진짜 돌아 버릴 것 같으니까.

이번에는 적당히 할 수 있을까. 의구심에 대한 답을 내리기도 전에 지후가 유원의 입술에 제 입술을 갖다 포개었다.

"읍……."

머금어 삼켜진 유원의 입술 사이로 지후가 곧장 혀를 넣었다. 매끈하게 잘빠진 혀가 단번에 들어가 유원의 입안 점막을 두드리듯 건드렸다.

뜨거웠다. 그리고 달콤했다. 말랑말랑 너무도 감미로운 촉촉함에 유원은 질끈 감아 내린 두 눈을 연거푸 찡긋거렸다. 어깨까지 작게 파르르 떨렸다.

지후가 한층 더 깊숙이 파고들어 가 유원의 혀를 둘러 잡았다. 사탕이라도 빠는 것처럼 세차게 휘어감아 쭉쭉 빨아 당겼다. 좀 강하다 싶게 빨자 유원이 윽, 하고 힘겨운 신음을 내뱉었다.

지후가 유원의 뒷머리를 감싸 쥐고 빠르게 혀를 놀렸다. 타액으로 흥건하게 적셔지는 입술들이 잠시도 떨어질 줄을 몰랐다. 유원이 입을 살짝 더 크게 벌렸다. 지후가 고개를 한껏 옆으로 비틀었다.

"흐읍……."

키스는 처음부터 다소 급했다. 한번 넣으니 제어가 되지 않는 건지 지후는 점점 더 격렬하게 혀를 놀렸다. 유원의 입술을 진하게 머금고서 혀를 핥아 빨았다.

입술과 혀를 이용해 쉴 새 없이 쭉쭉 잘도 빨아 대는 지후를 유원은 얌전히 따랐다. 숨이 점점 가빠졌고, 맞닿은 가슴도 계속해서 들썩거렸다. 호흡이 곤란해질 때까지 밀어붙이는 지후의 손끝에 슬슬 힘이 들어갔다.

제게로 더 바짝 유원의 머리를 끌어당기며 지후는 정신없이 유원의 입술과 혀를 핥고 빨았다. 이성은 찾아볼 수 없게 된 지 오래였다. 달았다. 유원은 역시 지극히도 달고 감미로워 지후를 끝도 없이 폭주하게 만들었다.

좀처럼 채워지지 않는 깊은 갈증을 잠재우기 위해 지후는 다른 방법을 찾아야 했다. 이성적인 사고가 불가능해진 머릿속으로 어찌할까 망설이던 지후가 잠깐 입술을 떼었다. 유원이 조심스레 눈을 떴다.

하아, 하아……. 거친 숨을 몰아쉬는 유원의 눈에 반쯤 내리감긴 나른한 눈빛의 지후가 들어왔다. 어쩐지 퇴폐적으로도 보이는 섹시한 그 모습에 유원이 할 말을 잃고 말았다.

아니 그보다는, 한쪽 가슴을 덥석 움켜쥔 지후의 손 때문일지도 몰랐다. 두근두근. 심장이 주체할 수 없이 뛰어 댔다.

그리고,

"아……."

조금씩 손을 움직이며 지후가 유원의 볼에 쪽쪽 입을 맞췄다. 주무른다고 하기엔 너무나도 조심스러운 손길이었다.

살짝 잡았다 조금 놓았다가 다시금 쥐어 만지는 지후를 유원이 힘겹게 바라보았다. 지후가 살포시 미간을 찌푸렸다.

"아파……?"

"아니……."

"옷 속으로…… 넣어도 돼……?"

"하……."

허락을 구하는 줄 알았으나 그건 아니었는지 지후는 벌써 유원의 니트를 끌어 올리고 있었다. 허리 부근에 손끝이 닿았고, 낯선 그 기척에 유원은 저도 모르게 조금 센 신음을 내질렀다. 미치겠네. 더는 못 참겠는지 지후가 서둘러 손을 위로 가져갔다.

브래지어 밑을 살그머니 파고들었다. 이내 한없이 뜨거운 지후의 손이 그보다 더 뜨거운 유원의 젖가슴을 꽉 움켜쥐었다.

유원의 두 눈이 크게 뜨였고, 지후의 미간은 더욱 심하게 일그러졌다. 흔들리는 눈을 내리감은 지후가 그대로 유원에게 입을 맞췄다.

"흠⋯⋯. 음⋯⋯."

다시금 격렬하게 입을 맞추며 지후는 유원의 가슴을 만지작거렸다. 말캉하고 부드러운 감촉에 손바닥이 닳아 없어질 것만 같았다.

그래도 좋았다. 그러거나 말거나 전혀 개의치 않고 지후는 유원의 가슴을 주물렀다. 아픈지 자꾸만 낑낑대는 유원의 입술과 혀를 진득하게 빨아 당기는 것도 잊지 않았다. 거의 집어삼키듯 유원의 입술을 포개고 혀를 핥았다. 위아래 입술을 이로 약하게 깨물기도 했다.

입술과 가슴 쪽으로 동시에 행해지는 공격에 유원은 그야말로 속수무책이었다. 키스만으로도 정신을 차릴 수가 없을 지경인데 가슴까지 만져지니 미칠 것 같았다. 눈앞이 아찔하고 정신이 혼미했다. 그럼에도 왠지 싫지 않아 지후의 손을 뿌리치지 않았다.

오히려 더 만져 줬으면, 하고 바라게 되었다. 이런 생각을 한다는 자체가 신기해 신음 섞인 헛웃음을 웃기도 했다. 그래 봤자 지후의 입안으로 모조리 삼켜져 버렸지만.

두서없이 주물럭거리던 지후가 나머지 한 손마저 유원의 옷 안으로 집어넣었다. 양쪽을 다 만지려나 싶던 것도 잠시, 지후의 입술이 어느 순간 멀어졌다. 배와 어깨로 오소소 한기가 돈다고 느낀 건 그다음이었다.

얌전히 두 손을 들어 올린 유원에게서 니트와 속옷을 벗긴 지후가 그녀를 반듯하게 눕혔다. 가녀린 목덜미에서 어깨로 떨어지는 선이 기막히게 아름다웠다.

소담한 젖가슴과 감히 건드리기도 조심스러울 만큼 귀엽고 앙증맞은 선홍빛 유두에 감탄한 나머지 숨이 다 막혔다. 지후가 마른침을 삼켰다.

"하아……."

올라타듯 가깝게 다가간 지후가 유원의 목덜미를 빨았다. 그러면서 한 손은 아까처럼 유원의 가슴을 감싸 쥐고서 주물러 만져 댔다.

뜨겁게 젖은 입술이 유원의 뽀얀 살결을 거침없이 물고 빨았다. 손길도 점점 더 과감해졌다. 커다랗게 돌려 만지작거리던 손이 아래에서 위로 쓸어 올려 한곳으로 모으듯 움켜잡았다.

지후가 어느덧 단단해진 유원의 가슴 끝을 검지로 살살 굴렸다. 유원이 아랫입술을 떨었다. 참으로 기이한 느낌이었다. 이걸 뭐라고 설명하면 좋을까. 마땅한 단어라곤 하나도 떠오르지 않았다. 그저 온몸이 들썩거릴 만큼 간지럽고 짜릿하고 묘했다.

쇄골 근처를 핥으며 지분거리던 지후의 입술이 이내 가슴골로 내려갔다. 하도 많이 빨려 익숙해질 만도 하건만, 뜨거운 입술이 닿는 족족 살결이 아찔하게 타올랐다.

어찌할 줄 모르고 몸을 움찔움찔 떨어 대던 유원이 갑자기 숨을 멈췄다. 단단하게 부푼 가슴 끝이 지후의 입안에 오롯이 갇혀 버린 때문이었다.

가물거리는 눈을 뜬 유원이 오갈 곳 없어진 손으로 시트를 꽉 그러쥐었다. 할짝, 할짝……. 지후가 조심스레 혀를 놀렸다.

"아……. 흐응……. 읏……."

스스로 듣기에도 민망한 신음이 흘러나왔지만 유원은 멈출 수가 없었다. 살살 굴려 빨아 대는 지후의 혀가 너무 간지럽고 너무 뜨겁고, 너무도 부드럽고 촉촉했다.

이럴 줄은 몰랐다. 이렇게까지 이상야릇한 기분은 정말이지 난생처음이었다. 어떻게 해야 좋을지 모를 난감한 순간들이 계속되었다. 유원이 눈을 꼭 감아 내렸다.

지후는 빈틈없이 유원을 공략했다. 단단해진 가슴 끝을 혀로 핥다 바로 옆 살결을 빨아 당기고, 다시 입술만으로 촉, 촉, 소리 나게 뽀뽀하며 유원을 달랬다. 한없이 조심스러운, 그러면서도 간간이 격하게 혀를 움직여 유원을 자극했다.

잠시도 내버려 두질 않았다. 그것은 비단 혀와 입술의 움직임만이 아니었다. 지후의 손은 그보다 더 야하게 유원을 만져 댔다. 빨고 있는 가슴 말고 나머지를 질펀하게 주무르다 팔을 쓸어 올렸다. 어깨를 단단히 움켜쥐는 힘은 틀림없는 남자였다. 굉장히 강인하고 단단한.

등 밑으로 집어넣어 어루만지는가 싶던 지후가 유원의 허리 라인을 더듬었다. 부드러운 손길에 감당 안 될 정도로 몸이 달아올랐다.

평평한 아랫배를 매만지는 손을 따라 입술도 내려갔다. 타액이 묻어 번들거리는 가슴 끝이 서늘했다. 살결이 약하게 떨렸다. 그

떨림을 감지한 듯 지후의 손길이 한층 더 끈적해졌다.

지이익. 지퍼 내리는 소리가 들렸다. 유원이 두 손으로 얼굴을 가렸다.

"왜……?"

"……."

반쯤 벗겨져 내려가던 바지가 그대로 멈춰진 채 더 이상의 진전을 보이지 않았다. 기다리던 유원이 부끄러움을 무릅쓰고 눈을 떴다.

손을 내리자 그 너머에 굳은 얼굴을 한 지후가 보였다. 미간이 살짝 좁혀진, 뭔가 상당히 못마땅한 표정을 지후는 하고 있었다. 유원이 가까스로 목소리를 내어 물어봤으나 대답은 좀처럼 들려오지 않았다.

들썩거리는 가슴을 하고서 유원은 물끄러미 지후를 올려다봤다. 지후는, 뭔가를 말할 듯 끝내 말하지 않았다. 시선은 여전히 유원의 몸에 단단히 고정된 상태였다.

어두워 잘 살펴지지는 않으나 눈동자가 이리저리 흔들리는 것 같았다. 그게 왜 그렇게 안타까워 보였는지 유원은 자신도 모르게 입술을 떨었다. 목 안쪽이 따끔하게 아렸다.

머지않아 지후가 유원의 바지를 주섬주섬 도로 끌어 올려 입혔다. 천천히, 조심스럽게, 마지못해 입히는 사람처럼 꽤 억지스러운 손길이었다.

가쁘게 차올랐던 숨이 어느덧 평온해졌다. 룸 안에 무거운 적막이 잔뜩 내려앉았다. 잠시 마음을 추스르는 듯 고요하던 지후가 이내 유원과 눈을 맞췄다. 유원이 귀를 기울였다.

"머리 안 아파?"

"어?"

"목은. 물 가져다줄까?"

내용이 상냥한 것에 비해 딱딱한 말투의 지후를 유원이 의아하게 쳐다보았다. 평소와 다를 것이 없음에도 불구하고 느낌이 왠지 이질스러웠다.

마치 일부러 그러는 것 같았다. 억지로 정을 떼려는 사람처럼 구는 지후가 오늘따라 유독 거슬렸다. 일어나려는 지후의 손목을 유원이 붙잡았다. 지후의 눈썹이 미세하게 꿈틀거렸다.

"어디 가?"

"물 가지러."

"됐어. 목 안 말라."

"자, 그럼. 이불 덮어 줄게."

"왜…… 더 안 하는데……?"

기어들어 가는 목소리로 유원이 물었다. 갑자기 중간에 이러는 이유가 뭐냐는 질문을 알아듣고도 지후는 섣불리 대답하지 못했다.

자라고. 그만. 조심스레 손목을 빼낸 지후가 유원의 옆쪽으로 몸을 비꼈다. 말려 내려간 이불을 끌어다 덮어 주려는 지후의 손목을 유원은 또다시 잡아 버렸다. 지후가 미간을 찌푸렸다.

"놔."

"싫어."

"놓으라고 했지."

"싫다니까."

"야, 문유원."

"뭐."

"너 진짜! 말 안 들을래? 빨리 놔!"

지후가 살짝 언성을 높였다. 이글이글 매섭게 노려보는 눈빛이 어둠 속에서도 확연히 느껴졌다. 충분히 주눅 든 유원은, 그래도 어떻게든 지후에게 맞서려 애를 썼다.

언제는 중간에 끊은 제게 싫으냐며 안타까운 표정이더니 지금은 정반대의 상황을 연출하고 있는 지후가 유원으로서는 도통 이해되지 않았다.

싫은 걸까. 키스 이상은 싫어서 이러나.

괜스런 자괴감이 들어 결국 우울해졌다. 풀 죽은 표정이 되는 유원의 위로 순간, 지후가 다가와 가깝게 몸을 낮췄다. 놀란 유원이 숨을 훅 들이켰다.

지후……야……?

바짝 몸을 밀착한 채로 지후는 유원을 내려다보았다. 너무도 가까이에서 바라보는 지후의 까만 눈동자가 그윽하니 깊었다.

솔직히 그보다는, 맞닿은 아래가 무척이나 단단하고 묵직해 당황스러웠다. 뭐지. 싫다는 건 아닌가. 막연히 그런 생각을 하며 유원은 지후와 눈을 맞췄다. 지후가 살며시 입술을 달싹였다.

"죽겠어. 하고 싶어서, 너랑. 진짜 미칠 거 같아."

나른하고 나긋한, 어찌 보면 속삭이는 것도 같은 감미로운 목소리가 흘러나왔다. 귀가 멀어 버릴 것만 같은 달콤한 중저음이었다.

말의 뜻을 파악하기가 쉽지 않은 건 이미 지후의 근사한 눈빛에 홀려 버린 때문이리라. 결 고운 속눈썹이 느릿하게 움직이는 장면은 가히 장관이었다. 멍하니 넋을 놓은 유원의 머리를 지후가 부드럽게 쓸어 넘겼다. 그러고는 한층 더 낮게 조곤조곤 속삭였다.

"넣고 싶어. 너한테 내 거 확 넣어 버리고만 싶은데."

"근데……?"

"안 되겠어. 그건 아닌 거 같아. 아무래도."

"어……?"

"이런 식으로는 안 돼. 내가 싫어. 안 해. 안 할래."

지후가 고개를 저었다. 단호한 거절의 뜻보다도 애처로운 눈빛이 더 마음에 걸렸다.

이런 식이 싫다니, 그게 무슨 뜻인데……?

되묻고 싶어 하는 유원의 이마에 지후가 가만히 입술을 갖다 대었다. 그 끝이 미세하게 떨리고 있다는 사실에 유원은 더더욱 황망해졌다. 은연중 심장이 욱신욱신 저렸다. 지후의 말, 눈빛, 표정, 그 어느 것도 쉽지가 않았다. 한숨이 나왔다.

오래도록 입술을 대고만 있던 지후가 곧 유원에게서 떨어져 나갔다. 문을 향해 걸어가는 뒷모습이 마냥 서글펐다. 잘 자라는 한마디를 남기고서 지후는 룸을 나가 버렸다. 역시나 문을 굳게 잠가 주는 그였다.

홀로 남은 어두운 룸 안에서 유원은 한참이나 잠을 이루지 못했다. 말없이 천장을 바라보는데 이상하게 맘이 계속 아팠다.

더 하고 싶은데. 더 해도 될 것 같은데. 지후 너라면. 미처 전

하지 못한 말들만 입안에서 맴돌았다. 유원이 끝내 두 눈을 감아
내렸다.

"하……."

도망치듯 서브 룸으로 들어간 지후가 걸어 잠근 문에 기대어
주르륵 주저앉았다. 젖혀진 고개 너머 눈빛이 공허하게 텅 비어
있었다.

깜빡깜빡. 불조차 켜지 않은 허공을 헤집다가 지그시 내리감았
다. 그러기 무섭게 다시 떠서 허공을 봤다. 아른거리는 유원의 얼
굴을 하염없이 좇았다. 고운 눈매를, 귀여운 코를, 탐스러운 입술
을 바라보는데 울컥 목이 메었다.

욕심내지 말걸. 이럴 줄 알았으면 손도 대지 않는 건데. 뒤늦은
후회가 해일처럼 밀려들었다. 가슴이 온통 콱 막힌 것처럼 아려
오기 시작했다.

지후가 바닥을 짚었던 오른손을 들어 제 눈앞으로 가져갔다.
가늘고 긴 손가락 끝이 뭔가를 움켜잡듯 살짝 동그랗게 말렸다.

이 손으로 유원을 만졌다. 보드라운 살결 여기저기를 더듬고
만지며 주물러댔다. 믿기지 않아 하는 지후의 표정이 쓸쓸했다.

'아…….'

'아파……?'

'아니…….'

'옷 속으로…… 넣어도 돼……?'

'하⋯⋯.'

매끈하고 부드러웠다. 만지자마자 딱 붙어 떨어지질 않았다. 너무 많이 만졌나 싶을 정도로 두근거리게 간지러웠다.

파르르 떨리는 손끝을 말아 쥔 지후가 이내 힘없이 고개를 떨궜다. 하려면야 할 수도 있었다. 반항 않고 가만있어 준 유원이었고, 그렇게나 맘이 동해 버린 지후였으니까. 하지만.

그 순간 불현듯 머릿속을 스치고 지나가는 생각은 모든 걸 중단시킬 만큼 절대적인 것이었다. 유원이 지금 느끼고 있는 게 누굴지 확신이 서지 않았다.

만약 승하를 떠올리는 것이라면? 승하와 하는 거라고 혹여나 착각하는 거면 어쩌나 싶었다. 승하 대신으로 생각해도 좋다던 맘이 더는 남아 있지 않음을 인정해야 했다.

그런 상태로 유원을 갖는 게 과연 무슨 의미가 있을까. 힘으로 안아 버리는 건 쉽다. 허나, 혼자만 좋은 건 필요 없었다. 아무리 원한다고 해도 아닌 건 아닌 거였다.

싫으니까. 그렇게 아무렇게나 해 버릴 수 있는 것이 결단코 아니니까. 내내 바라 마지않던 유원과의 관계는 그런 식이면 안 되었다.

그래서 밀어낸 거다. 승하를 맘에 품고 있을 유원을 안는다는 게 지후는 솔직히 내키지 않았다. 배부른 소리 같지만 그게 전부는 아니니까.

그까짓 몸보다야 유원의 마음이,

백배 천배 더 중요하니까. 그러니까. 나는.

"⋯⋯."

문득 있는 대로 솟아오른 제 것을 발견한 지후가 입을 다물었다. 미처 사라지지 않은 탁함이 눈빛 가득 서려 음란한 빛을 내뿜었다.

지난번 키스 때도 그러더니 오늘 역시 제대로 발기가 돼 버렸다. 꿈에서만 괴롭히던 유원이 실제로도 자신을 괴롭히게 된 것이 애통했다. 마음이고 몸이고 유원과 관련된 것이면 뭐든 중요하다는 걸 새삼 깨달았다.

지후가 소리 없이 헛웃음을 지으며 고개를 절레절레 저었다. 그나마 바지가 막고 있어 아주 흉하지는 않다지만 계속 두기엔 답답한 게 사실이었다.

찬물로 샤워라도 해서 가라앉혀야겠다는 생각에 몸을 일으켰다. 욕실로 들어가 옷을 벗는 지후의 입에서 한숨이 흘러나왔다.

"후우⋯⋯."

쏟아지는 물줄기 아래에서 지후는 다시금 유원을 떠올렸다. 언제부터였더라. 잘 기억도 나지 않을 만큼 제법 오래됐음은 분명했다. 아무도 모르게 지후는 유원을 상상했었다.

꿈이라는 공간 안에서 항상 유원을 덮치고 미친 듯이 유원을 탐했다. 좋아하게 된 이후로 늘 그랬던 것 같다. 겉으로는 내색 않으면서도 지후는 때때로 유원을 구실로 수음(手淫)을 하기도 했다. 비벼 문지르는 모든 순간들에 오직 유원만이 필요했다.

느껴지는 죄책감은 엄청났다. 해서는 안 될 짓을 한 것만 같아 괜히 시선을 피하고 부러 쌀쌀맞게 유원을 대했다. 그래도 어쩔 수 없었다. 유원 외에는 어느 누구에게도 흥분이 되질 않으니.

남들이 알면 기절을 할 거다. 여자라곤 도통 관심 없는 무뚝뚝한 서지후가, 유원의 꿈을 꾸고 유원을 떠올리며 야한 짓을 한다는 것에 거품을 물 사람들은 꽤 되었다.

성욕이란 저와는 먼 다른 나라 이야기라고 생각했던 지후였다. 그런 그를 바꿔 놓은 것이 바로 유원이다. 본인은 꿈에도 생각지 못할 일이지만 책임이 아주 없진 않았다.

그러게 누가 그렇게 예쁘랬냐고. 그렇잖아, 아냐?

괜스런 볼멘소리를 툴툴거리며 허공을 헤집는 그의 까만 눈동자가 흔들리듯 일렁였다. 차마 닿을 것 같지 않던 유원을 실컷 만졌다는 게 아무리 생각해도 신기했다.

지금도 이런데 너랑 진짜 해 버리면 난 죽을지도 몰라. 좋아서. 진짜 미치도록 좋아서.

좀처럼 가라앉지 않는 제 것이 거슬려 지후는 끝내 눈을 감았다. 입가에 걸린 미소가 쓸쓸했다.

좋아도 싫은 척, 웃는 대신 성질내는 것 따위 이제 더는 못 할 것 같다. 같잖은 친구 노릇도 물론.

억지로 뺏어 오는 건 내 성에 차지 않아 묻는 건데 말이지.

문유원. 인마.

너,

나한테 언제 올래, 응……?

10

확실하지만 쉽지 않은

"뭐야, 이 분위기는?"

의국을 들어서며 던진 희주의 한마디에 넋을 놓고 앉아 있던 유원이 흠칫 어깨를 떨었다. 애써 모른 척 덤덤하게 앉아 있던 건너편의 지후 역시 보일 듯 말 듯 미간을 구겼다 폈다.

뒤따라 입이 찢어져라 하품을 하며 은환이 들어왔고, 이어서 의국 문이 굳게 닫혔다. 정적. 적막. 숨 막히게 고요한 분위기가 어쩐지 요상했다. 유원의 옆에 앉은 희주가 팔을 툭 치며 속삭이듯 물었다.

"왜 이렇게 조용해? 무슨 일 있었어?"

"일은 무슨."

"서지후는 또 왜 저래? 대박 저기압이네. 싸웠어?"

"……아니거든."

"그러니까. 애도 아니고, 그치?"

언젠가 유원이 했던 말을 고스란히 갖다 쓰며 희주가 한쪽 눈을 찡긋거렸다. 이내 희주의 시선이 지후에게로 옮겨지는 것을 보고도 유원은 차마 따라서 눈을 돌릴 수가 없었다.

어색했다. 전에 없던 불편함에 눈 둘 곳조차 모르겠는 심정은 가히 답답하고 막막했다. 미치겠네. 언제까지 이러려나. 무거운 한숨을 내뱉는 유원의 어깨가 힘없이 들썩거렸다.

소리 없이 며칠이 흘렀다. 호텔에서의 그 일이 있은 후부터 유원은 가슴이 두근거려 좀처럼 지후를 바로 보기가 힘이 들었다. 어떤 얼굴로 대해야 할지조차 헷갈렸다. 둘만 있을 땐 특히 더했다. 그나마 병동 일이 바빠 정신없이 돌아다녀야 하는 것이 다행이었다.

지후 역시 사정은 별반 다르지 않은 듯했다. 오히려 유원보다 더 신경이 쓰이는 듯 눈도 맞추지 못하고 괜히 다른 곳만 보며 딴청을 피웠다. 차트를 정리하면서도, 회진을 돌고 수술방에 들어가면서도 지후는 찰나라도 결코 제대로 된 시선을 주는 일이 없었다.

그래서 깨달았다. 별일이 아닌 게 아니라는 것을. 키스만 했을 때와는 판이하게 달라진 상황을. 지후와 제가 그날, 뭔가 굉장한 일을 저지르고 만 것임을 유원은 아주 확실하게 인지해 버렸다.

그 뒤로 계속 이러고 있는 거였다. 대화를 나누는 것은 고사하고 유원은 지후와 눈이라도 마주칠까 전전긍긍하며 안절부절못했다. 티를 내긴 싫은데 저절로 나는 기분이었다.

화끈거리는 얼굴이 신경 쓰여 유원이 손으로 가만히 두 볼을 감싸 쥐었다. 혹시 어디 아프냐고 묻는 희주에게 괜찮다며 애써 웃어 주었다. 입꼬리가 떨리는 줄도 모르고 웃던 유원이 슬쩍 지후를 쳐다보았다. 의도치 않게 눈이 마주쳤다.

'죽겠어. 하고 싶어서. 너랑. 진짜 미칠 거 같아.'

……왜 이러냐, 진짜. 진정 좀 해라, 제발. 후우.

가슴이 콩닥콩닥 난리도 아니었다. 귓가에 되뇌어진 지후의 목소리가 너무도 감미로웠다. 호흡마저 가빠지는 착각에 유원이 황급히 시선을 거뒀다.

동시에 지후도 딴 곳으로 눈을 돌렸다. 그 잠깐 봤다고 손바닥은 물론 발바닥까지 다 저릿저릿했다. 차라리 안 보는 게 낫겠다고 굳게 마음먹은 지후가 있는 대로 미간을 찌푸리며 한숨을 푹푹 내쉬었다. 애꿎은 책만 뒤적거리는 지후의 옆자리에 있던 은환이 가방에서 과제 노트를 꺼내 들었다.

데면데면하는 유원과 지후의 모습이 어색해 희주는 잠시 더 둘을 번갈아 살폈다. 분명 뭐가 있는 것 같긴 한데. 기를 쓰고 파볼까 고심하고 있자니 의국 문이 열렸다.

일시에 자리에서 일어나는 넷의 눈에 성큼성큼 들어서는 레지던트 은규가 보였다. 바짝 긴장한 셋과는 달리 은환은 '저 인간이 왜?'라는 표정으로 은규를 봤다. 그런 은환의 의구심 어린 시선은 싹 무시한 채로 은규가 나직이 입을 열었다.

"오늘 수술방 오전 스케줄은 1, 2년 차들이 들어갈 거니까 그렇게 알아."

"왜요?"

"시끄러, 박은환. 선배가 말씀하시는데 왜는 무슨 왜야. 얻어터지려고."

은규가 사납게 눈을 부라렸다. 그래 봤자 하나도 안 무섭다는 듯 은환은 입술만 삐죽일 뿐이었다.

형제가 참, 생긴 것도 그렇고 유치한 모습마저 어쩜 저리 판박인지. 분명 집에서도 저렇게 아웅다웅할 거란 예상이 들어 웃음이 절로 났다.

희주와 시선을 교환하며 웃던 유원이 다시금 지후를 살폈다. 그 어떤 표정도 짓지 않은 무뚝뚝한 얼굴로 은규만 주시하는 지후가 왠지 서운했다. 울컥 치미는 서운함을 억누르며 입술을 앙다물었다.

"니들은 지금부터 별관 대강당으로 가서 학회 행사 준비를 돕는다."

"왜요?"

"너 이 자식, 죽을래? 하늘 같은 선배님한테 개기는 거냐?"

"그니까 제 말은, 인턴이 그런 것도 하냐 이겁니다."

"그래. 하라면 뭐든 해야 하는 게 바로 니들 인턴의 본분이다. 알았나?"

빠져 가지고, 하고 중얼거린 은규가 가운 주머니에 두 손을 꽂고서 배를 내밀었다. 한껏 거드름을 피우는 그 모습에 가장 배알이 꼴리는 건 당연히 동생인 은환이었다.

할 수만 있다면 2년의 시간 차를 확 뒤집고 싶다며 은환이 불만스레 툴툴거렸다. 앞으로 비딱하게 내밀어져 뭐라 뭐라 웅얼거리는 은환의 입술을 어느새 다가온 은규가 손으로 낚아채 쭉 잡아당겼다. 우우우! 은환의 처절한 비명이 은규의 손에 의해 사라졌다.

"어이, 문유원이."

"네?"

"넌 잠깐 남아. 면담 요청 있어."

조금 더 은환과 티격태격하던 은규가 그만 놓아주고 옷매무새를 가다듬었다. 자리를 정리하고 의국을 나가려던 지후가 그 말에 저도 모르게 우뚝 멈춰 섰다.

갑자기 무슨 면담이냐고 물을 것도 없었다. 달칵 소리와 함께 열린 의국 문으로 들어온 승하가 싱긋 웃으며 한 손을 들어 올렸다. 그게 유원을 향한 인사란 정도는 안다. 근데.

찜찜하던 기분이 한층 더 바닥으로 가라앉는 것을 느끼며 지후는 설핏 미간을 일그러뜨렸다. 지후의 냉랭한 시선에도 아랑곳 않는 승하가 유원을 바라보며 입을 열었다.

"나한테 할 말 있을 것 같아서."

"아, 그게……."

"더도 덜도 말고 딱 5분만 얘기하자. 나머진 가 봐. 수고."

아무래도 얼마 전 술 마시다 말도 없이 사라진 걸로 한소리 하려는 것 같아 유원은 난감해졌다. 본의 아니게 승하 역시 피해 다

녔음을 그제야 깨달았다. 지후만 생각하느라 잠깐도 여유가 없었던 스스로가 새삼 실감되었다. 그렇게나 내내 지후만 신경 썼다는 것도.

곤란한 상황에 처하자 고개가 저절로 지후를 향해 돌아갔다. 도움 요청이라기보단 그냥, 이제는 정말 본능적으로 지후를 찾게 된 유원이 어찌해야 하나 고민에 빠졌다.

지후야. 나 어떡하지? 뭐라고 해야 해?

들리지 않는 말로 질문을 던져 보지만 지후는 묵묵부답이었다. 그러더니 이내 그대로 의국을 나가 버렸다. 유원이 황망한 표정이 되어 할 말을 잃었다.

꾸벅 인사한 은환과 희주가 지후의 뒤를 따라 나갔고, 곧이어 은규마저 자리를 떠났다. 승하와 유원, 단둘만 남은 의국에 고요함이 맴돌았다.

그만 앉으라며 턱 끝으로 의자를 가리킨 승하는 아까 지후가 앉았던 자리에 털썩 몸을 낮췄다. 굳게 닫힌 의국 문을 한번 쳐다본 유원이 곧 느릿하게 자리에 앉았다.

진짜 쳐다도 안 보네. 끝까지. 서운하고 서러운 갖가지 감정들로 가슴이 다 아렸다. 승하가 이내 말을 꺼냈다.

"문유원."

"네?"

"그날은 잘 들어갔어?"

아까와는 확연히 달라진 다정한 목소리로 묻는 승하를 유원이 물끄러미 바라보았다. 하도 엄한 말투로 남으라 그래서 혼나는 줄로만 알았는데 그게 아니었나 보다.

뭘 그렇게 긴장하느냐며 승하가 슬쩍 입꼬리를 말아 올렸다. 너그러운 그 미소에도 유원은 좀처럼 마음이 편해지질 못했다. 머릿속으로는 계속 지후가 떠올랐고, 빨리 대화를 마치고 뒤따라가야겠다는 생각만 들었다.

막상 앞에 있으면 눈도 잘 못 마주치겠더니 그나마도 같이 없으니 불안함이 하늘을 찔렀다. 조급해진 유원이 꾸벅 고개를 숙이며 사과했다.

"죄송합니다. 잘못했습니다."

"응?"

"술 좀 깨려고 바람 쐬다가 그만 집에 가 버렸습니다. 정말 죄송합니다."

"······."

깍듯한 자세를 갖추고서 진심으로 사죄하는 유원을 보며 승하가 천천히 눈을 감았다 떴다. 굳이 야단을 치려던 건 아니었다. 그저 밤길에 잘 들어갔는지 궁금했을 뿐인데.

왠지 기분이 묘했다. 유원과 제 사이의 경계선이 보다 확실해진 느낌이랄까. 엉성하게 쳐져 있던 그것이 더욱 견고해진 것 같아 못내 언짢아졌다. 승하가 말을 이었다.

"됐어. 뭐라 하려던 거 아니야."

"아닙니다. 말씀을 드리고 갔어야 했는데 제 불찰입니다."

"너랑 할 얘기 이거 아니니까 사과 그만해."

"그럼······?"

"네가 그랬지. 진심이 없는 사람은 아무래도 싫다고."

불쑥 튀어나온 말에 유원이 입을 다물었다. 동시에 조금 크게 뜨인 눈동자가 맑은 기운을 담은 채 일렁였다.

그 모양새가 너무나도 고와 승하는 순간 저도 모르게 감탄을 했다. 이 녀석이 이렇게까지 예뻤던가. 동글동글 선한 눈매와 도톰하니 탐스러운 입술에 시선이 갔다. 귀여운 건 알고 있었지만 어째 그간 보아 왔던 것과는 조금 달라진 것도 같았다.

좋게 보자고 생각하니 좋게 보이는 걸 수도 있다는 생각을 하며 승하가 입술을 달싹였다.

"미안. 솔직히 없었어, 진심이란 거. 이제까진 어느 누구에게도. 물론 너한테도."

"선배님."

"그깟 거 귀찮다고 생각했던 게 사실이야. 뭐, 굳이 없어도 괜찮을 줄 알았고. 근데."

승하가 잠시 말을 끊었다. 전에 없게 진지해진 표정이 그제야 유원의 눈에 들어왔다. 달랐다. 뭔가가 참 많이 다른 승하라는 생각을 유원은 잠시 했다.

어깨를 들썩거려 한숨을 내뱉은 승하가 제 머리를 쓸어 넘겼다. 사라락거리며 흩날리는 까만 머릿결이 허공에서 눈부시게 흩날렸다.

이런 기분, 이런 느낌, 이런 상황. 모르긴 해도 그때와 비슷했다. 승하가 제게 키스하려던 순간이 떠올라 유원은 은연중 긴장이 되었다.

그러면서도 여전히 눈앞에는 지후가 아른거렸다. 습관이라도 된 걸까, 승하와 있으면서 지후를 생각하는 게? 잠시도 떠나지 않는 지후의 환영이 죽을 만큼 그리워졌다. 조용히 숨을 죽이는 유원을 향해 승하가 고개를 비스듬히 기울였다.

그리고,

"그거면 돼? 진심만 있으면, 되겠어?"

'넣고 싶어. 너한테 내 거 확 넣어 버리고만 싶은데.'

······하아.

유원이 문득 호흡을 멈췄다. 곱씹어진 지후의 낯 뜨거운 말에 가슴이 두근, 내려앉았다. 몰랐다. 그런 말도 할 줄 아는 녀석인지. 돌부처 서지후가 그렇게 야한 녀석인지 유원은 미처 몰랐다.

열에 들뜬 얼굴로, 그윽하게 깊은 눈동자로 바라보며 그런 말을 했다. 넣고 싶다고. 확 넣어 버리고만 싶다고. 이마에 닿던 지후의 입술 기척이 당장인 것처럼 생생했다.

아랫입술을 질끈 베어 문 유원이 곧 조심스럽게 승하와 눈을 맞췄다. 방금 들은 말이 뭐였는지 헷갈렸다. 진심만 있으면 되겠냐고 묻는 의중이 뭘지 생각했다. 분명, 다가오겠다는 말이란 걸 깨달았다.

근데 그러고도 별 감흥이 없었다. 인상 깊지 않다는 건 아니지만, 그럴 수는 없는 거지만 뭐랄까. 마음의 동요가 전혀 생기질 않았다. 그것 참, 신기한 일이었다.

오직 지후만 신경 쓰였다. 지금 이 순간조차도 유원은 지후만 떠오르고 지후만 생각났다. 보고 싶었다. 지후가 그새 못 견디게 그리웠다.

정리. 이미 했다고 생각했던 그것을 다시금 명확히 짚고 넘어가야 한다는 걸 깨달았다. 승하가 말하는 진심이 일반적인 진심이 맞는지도 의문이었다. 설혹 맞다고 해도 크게 달라질 건 없었다. 단호한 제 마음을 확인한 유원이 조그맣게 입을 열었다.

"선배님."

"어."

"좋아했었습니다. 실은 제가."

과거형으로 흘러나오는 말에 승하의 얼굴이 살짝 굳었다. 똑바로 쳐다보는 유원의 눈동자는 한 치의 흔들림도 없이 깔끔했다.

그건 필시 후배로서 선배를 바라보는 눈빛이었다. 같은 병원에서 같은 일을 하는, 딱 그 정도로만 대하는 정직한 눈빛을 유원은 하고 있었다.

틀렸다는 건가. 이미 늦었다고 말하는 유원이 왜 그렇게 안타까운지 모를 일이었다. 잠자코 귀를 기울이는 승하를 향해 유원이 재차 목소리를 내었다.

"근데 아주 많이 좋아하지는 않았던 것 같습니다. 죄송합니다."

"어?"

"그냥 남들이 좋다고 하니까 좋아 보였던 건지도 모르겠습니다. 가볍게 휩쓸리듯이요. 이젠 제자리를 찾았습니다."

"그게, 무슨 뜻이야?"

"가슴이 뛰질 않습니다. 더는 선배님한테."

지후의 말과 지후의 목소리와 지후의 눈빛을 떠올리는 것만으로도 가슴은 터질 것처럼 벅차올랐다. 이미 지후를 바라보게 됐다. 벌써 유원은, 지후를 향해 서 버린 스스로를 자각하고 있었다. 언제 이렇게 됐는지는 모르겠으나 다시 돌이킬 수 없을 거라는 것만큼은 확실했다.

작지만 힘 있는 어조로 내뱉는 유원을 보며 승하가 희미한 한숨을 내쉬었다. 조금의 침묵을 끝으로 유원이 천천히 일어나 이만 가 보겠다며 꾸벅 고개를 숙였다.

승하는 불현듯 생각했다. 불과 얼마 전에 맘이 돌아섰다면 가능성이 적다는 거지, 아예 없다는 건 아니지 않나 싶었다.

하여 손을 뻗어 지나치려는 유원의 손목을 잡아챘다. 굳은 얼굴로 돌아보는 유원을 향해 승하가 다급하게 말을 꺼냈다.

"그때 내가 했던 말들, 기억해?"

"놔주십시오."

"자꾸 생각나는, 계속 눈이 가는 한 사람이 있다고 했지."

"선배님."

"그거 너야. 앞으로 내가 좋아하고 싶은 사람."

빠르게 직구를 날렸다. 어차피 이렇게 된 마당에 더는 빙 둘러가기도 뭐했다. 이렇게 해도 안 되면 안 되는 거라는 심정으로 승하는 마지막 모험을 감행했다.

이런 건 처음이었다. 오는 여자 안 막고, 가는 여자 안 잡는 류승하 인생에 최초의 시도인 셈이었다. 그렇게 생각하니 더욱 간절해졌다. 객긴지 뭔지, 어떻게든 잡아야겠다는 마음도 들었다.

손목을 잡은 손에 힘을 싣는 승하를 유원은 덤덤히 바라보았다. 이제야 깨달았다고, 네가 진심을 원한다면 진심을 주겠다고, 그러니 다시 저를 바라보고 가슴 뛰어 달라는 말을 승하는 하고 있었다.

기쁠 줄 알았다. 이런 말을 듣게 되면 조금은 행복할 줄 알았는데. 어째서.

꼭 타이밍의 문제만은 아닌 것 같다는 생각을 하며 유원은 잡힌 손목을 조심스레 빼냈다. 침묵 속에서 승하의 손이 힘없이 떨어져 나갔고, 유원은 붙잡히느라 흐트러진 가운의 소매를 매만졌다. 지후가 정돈해 주면 참 좋겠다는 생각이 은연중 들었다. 다시금 꾸벅 인사한 유원이 그대로 돌아서서 의국을 빠져나갔다.

"하, 이것 참."

홀로 남은 승하가 씁쓸한 미소를 지으며 고개를 떨구었다. 분명 다 된 게임이라 생각했는데. 인정하기가 쉽지만은 않았다. 이렇게 맥없이 물러나야만 하는 건지도 헷갈렸다.

어디서부터 잘못된 걸까. 처음 맛보는 실패란 그야말로 묘하게 씁쓸했다. 기분이 착잡하게 가라앉았고, 괜히 울컥하는 마음도 생겼다.

유원이 거절한 이유. 상념에 잠기던 승하가 설마, 하고 낮게 중얼거렸다. 예민한 제 촉이 거슬렸다. 무거운 한숨이 거듭 터져 나왔다.

"하필 이럴 때, 가뜩이나 시간도 없어 죽겠는데."

대강당에 도착해서도 은환은 한참이나 구시렁거렸다. 아무리 병원의 잡일까지 도맡아 하는 인턴이라지만 학회 준비까지 시키는 건 너무하는 처사였다.

이런 건 병원 홍보부에서 알아서 해야 하는 거 아니냐고 불만을 늘어놓는 은환의 시선이 과제 노트에서 떨어질 줄을 몰랐다.

인턴이 무슨, 지들 종인 줄 아나. 당직 서느라 잠도 부족하건만. 어디 막 부려 먹기만 해 보라며 씩씩대던 은환이 노트를 접었다. 무표정한 얼굴로 생각에 잠겨 있는 지후가 보였다.

"그렇게 신경 쓰이냐?"

강당 입구 쪽 벽에 기대어 서 있던 지후가 은환의 말에 고개를 돌렸다. 무슨 뜻이냐는 눈으로 쳐다보는 지후에게 은환이 어깨를 으쓱했다.

희주는 잠깐 병동 일로 호출을 받고 자리를 비운 참이었다. 대수롭지 않은 표정으로 은환이 가운 주머니에 두 손을 꽂고서 몸을 일으켰다.

"그럴 거면 그냥 기다리지, 왜 안 하던 짓을 해?"

"뭘."

"뭐긴, 문유원 말이야. 혼자 놔두고 와서 불안한 거잖아, 지금."

그러게 왜 먼저 와 버렸냐고, 그냥 평소대로 의국 밖에서 기다렸다 같이 오지 그랬느냐며 은환은 태연하게 눈을 깜빡였다.

정곡을 찔린 지후가 뭐라 답하지 못하고 입을 다물었다. 하여간 너도 참, 답 없다. 뜻 모를 말들을 중얼거린 은환이 지후의 옆쪽 벽에 등을 기댔다.

내친김에 물어볼까. 홍보부 사람들이 오는지 살피려 문을 한번 쳐다본 은환이 나직이 말을 꺼냈다.

"혹시 첫사랑?"

"뭐……?"

"그래서 이렇게 뜸을 들이는 거야? 어려워서? 아님 소중해서?"

안경에 뭐가 묻은 것 같아 벗은 은환이 가운 앞섶으로 쓱쓱 닦으며 지후를 봤다. 초점이 불분명해 찌푸린 인상이 왠지 타박을 하는 것처럼 보였다.

그걸로 다 알아들었다. 주어가 뭔지, 목적어가 뭔지. 말의 속뜻을 다 알아들은 지후가 표정 없는 얼굴로 묵묵히 눈만 감았다 떴다. 도로 안경을 쓴 은환이 미간을 펴며 말을 이었다.

"역시. 서툴다기보다는 조심하고 싶은 거지, 너?"

"……."

"다 좋다만 경험자로서 조언하는데, 너무 오래 끌면 선수 뺏긴다."

귀신이 따로 없구나. 벌써 뺏겼거든, 하는 말이 목구멍에 걸려 따끔하게 아렸다. 굳으려는 표정을 어쩌지 못하고 있는 지후를 향해 은환이 혀를 끌끌 찼다.

"안 그러게 생겨 가지고 왜 이렇게 숙맥처럼 구냐, 너."

"시끄러워."

"그렇잖아. 내가 네 얼굴 정도만 됐어도 날마다 여자 바꿔 가며 놀 텐데. 뭐하는 짓이야, 아깝게시리."

"적당히 하라고, 글쎄."

"언제부턴데. 설마, 대학교 때부터야? 그래?"

그렇게나 오래됐느냐고 묻는 은환의 말투는 담백하기 그지없었다. 단순한 호기심을 채우려는 의도, 그 이상도 이하도 아닌 것 같았다.

때문에 지후는 딱히 경계할 필요성을 느끼지 못했다. 아니 사실은, 유원과 관련된 화제라 이미 마음이 한껏 풀어헤쳐져 버린 탓이었다.

무슨 말 같잖은 소릴 하느냐고 버럭 성을 낼 수도 있었지만 그러지 않았다. 전부 다 꿰뚫어 보고 있는 은환이 신기했다. 들켰다는 수치심보다는 알아준다는 것에 따른 위안이 더 크게 느껴졌다. 감추려는 노력이 부질없다 판단한 지후가 진지하게 되물었다.

"어떻게 알았냐."

"그러니까. 넌 어쩜 그렇게 티를 안 내냐, 무섭게."

"박은환."

"실은, 의심은 여러 번 했는데 확신한 건 그때. 왜, 우리 회식할 때 말이야."

화장실을 나오다 그 앞에서 서성이던 지후를 은환이 본 모양이었다. 부르려고 하던 찰나, 안쪽에서 유원이 희주와 나누는 대화를 같이 들어 버렸다고 했다. 남자로 안 본다는 유원의 말에 있는 대로 썩은 표정을 짓던 지후를 은환은 똑똑히 기억하고 있었다.

그러고 나서 자리로 돌아와 한참 씩씩대던 지후가, 심통이 나는데도 섣불리 낼 수 없다는 듯 답답해하며 한숨만 푹푹 내쉬던 지후가 눈앞에 아른거렸다. 그래 놓고 유원의 앞에선 부러 더 아무렇지 않은 척 무뚝뚝하게 굴던. 은환이 웃음을 참으며 지후의 어깨를 다독였다.

"힘내."

"치워라."

"안 그러게 생겨 가지고 네가 고생이 많다."

"치우라고. 맞기 싫으면."

"얀마, 어디서 뺨 맞고 어디서 화풀이냐? 너 자꾸 그러면 확 불어 버린다."

"뭘? 뭘 부는데?"

지후를 상대로 되도 않는 협박을 하던 은환이 별안간 들려온 희주의 목소리에 입을 다물었다. 복도에서 만나기라도 한 건지 희주의 옆에는 유원도 함께였다.

은환이 얼른 고개 돌려 지후를 살폈다. 아니나 다를까, 살짝 누그러졌던 지후의 표정이 몰라보게 딱딱하게 굳어 있었다. 말 한마디 걸기조차 꺼려질 정도로 어둡고 사나웠다.

감정을 숨긴다는 핑계로 되레 더 냉정하고 까칠하게 굴려는 이 녀석을 어쩌면 좋을까. 지후와 은환을 번갈아 보던 희주가 재차 물었다.

"뭔데? 뭘 분다는 거냐고, 어?"

"그런 게 있다. 몰라도 돼."

"야, 같이 좀 알자. 동기 좋다는 게 뭐냐. 어? 어?"

"아우, 시끄러. 피곤하지도 않아? 아침부터 왜 이렇게 에너지가 넘쳐?"

"나까지 조용하면 이 분위기 어쩔 건데. 얘네 봐, 꼭 싸운 것처럼."

마주칠 때마다 눈도 못 마주치고 서로 딴청인 유원과 지후를 가리키며 희주가 툴툴거렸다. 그러더니 다시금 유원에게 정말 지후와 싸운 거 아니냐며 옆구리를 콕콕 찔렀다. 저한테만 살짝 말해 보라면서.

뭐라 설명하기 난감한 유원이 강당을 둘러본다는 핑계로 슬금슬금 앞으로 나아갔다. 지후가 덩달아 움직였고, 그 뒤를 따르려던 희주는 은환의 손에 잡혀 돌려세워졌다. 은환이 퉁명스레 말했다.

"그냥 있어."

"왜?"

"너도 참, 눈치 되게 없구나."

"뭔 소리야. 내가 뭘."

"할 얘기 있어."

"뭔데."

"좋아해."

"어?"

"나랑 사귀자. 어때?"

"어……?"

256

다짜고짜 튀어나온 은환의 고백에 희주의 눈이 휘둥그레졌다. 얘가 지금 뭐래. 놀라다 못해 기겁한 희주와는 달리 은환의 표정은 태연자약했다. 멍한 얼굴로 희주가 연신 눈을 깜빡였다. 아무리 생각해도 이해되지 않는, 너무도 갑작스러운 상황이었다. 어느덧 멀어진 유원과 지후는 안중에도 없었다.

꿈이야, 뭐야. 도통 믿기지 않아 머리마저 텅 비어 버렸다. 환청을 들은 건지 헷갈려 하기도 잠시, 은환이 곧 대수롭지 않게 입을 열었다.

"이봐. 눈치 없는 거 맞네, 맞아."

"뭐?"

"눈치가 있다면 장난인 줄 벌써 알아차렸을 텐데."

"……뭐라고?"

"하긴, 너보다 훨씬 더 심하게 눈치 없는 사람도 있더라. 쯧쯧."

은환이 고개를 절레절레 저으며 아까 앉았던 자리로 돌아갔다. 그제야 상황 파악이 된 희주가 벌겋게 달아오른 얼굴을 하고서 너는 무슨 그딴 장난을 치느냐며 은환에게 달려들어 마구 주먹을 날렸다. 잽싸게 빼어 든 과제노트로 이리저리 잘도 막는 은환이 얄미워 희주는 당장이라도 폭발할 기세였다. 동기가 아니라 원수라니까! 아오! 분한 희주가 발을 동동 굴렀다.

"제 54회 학술 포럼……."

인턴 수료식 때를 제외하곤 처음 와 보는 대강당 맨 앞으로 나아간 유원이 위를 올려다보았다. 오늘 있을 외과별 학술회의에 관한 플래카드가 슬라이드 바 상단에 걸쳐져 있었다.

글자를 하나하나 소리 내어 읽고 있자니 인기척이 느껴졌다. 무심코 돌아보던 유원이 근처 자리에 앉는 지후와 눈이 마주치고는 멈칫거렸다.

숨이 막힐 정도로 뛰어 대는 가슴이 야속했다. 보고 싶던 얼굴을 보면서도 유원은, 지후가 지후가 아닌 것만 같았다. 낯익은 눈코 입이 더없이 낯설고 생경했다. 꼭 처음 보는 사람처럼 거리감마저 느껴졌다.

이제껏 지후와 이렇게까지 어색했던 적은 없었던 것 같은데. 괜히 속이 상해 유원은 먼저 시선을 거둬 버렸다. 그러고는 이런저런 허공을 짚으며 손가락으로 강당 바닥을 슥슥 긁었다. 모르겠다. 무슨 말을 하고 어떤 얼굴을 해야 하는지 그저 혼란스럽기만 했다. 확실한 것 같으면서 헷갈렸다.

승하를 거절하고 지후에게 온 게 잘한 일일까. 이 마음을 받아 줄까. 말해 버리면 뭐라고 하려나. 반응이 예측되지 않으니 엄두조차 나질 않았다. 좋은데. 좋은 것 같은데. 아주 많이.

문득 노파심이 들었다. 가벼운 녀석이라 치부할 것도 같았다. 언제는 다른 사람이 좋다고 하더니 이제는 저인 거냐고 까칠하게 묻는 지후가 상상되자 오금이 다 저렸다.

경멸하는 서지후라니, 그런 건 죽었다 깨나도 만나고 싶지 않은 현실이었다. 털어놓기도 뭐하고 감춰지진 않고. 어떡하면 좋을지 한숨만 푹푹 내쉬는 유원을 지후가 말없이 바라보았다. 그때,

"남자분들, 여기 좀 도와주실래요?"

강당 입구 쪽에 낯선 여자 둘이 모습을 드러냈다. 곤색의 깔끔한 정장 유니폼을 차려입은 그녀들은 병원 홍보팀 직원들이었다. 경력보단 얼굴 위주로 뽑는다고 하더니 과연 수려한 미모를 지닌 그녀들을 감상하느라 유원이 멍하니 넋을 놓았다.

희주가 얼른 유원의 곁으로 달려왔고, 은환은 지후와 함께 슬렁슬렁 입구 쪽으로 향했다. 그러고는 곧, 단상과 의자들을 나르기 시작했다. 희주가 못내 서운한 티를 내며 입술을 삐죽였다.

"뭐야. 우린 왜 안 불러?"

"그러게. 그냥 가서 도와주자."

인턴 일을 하면서 깨달은 가장 큰 한 가지는 언제, 어디서든 남녀 구분이 없다는 것이었다. 이는 대학 시절부터 익히 겪어 알고 있는 사실이었다. 커데버(Cadaver, 해부용 시체)를 만질 때도, 무거운 장비들을 옮길 때도 여자라고 봐주는 법은 결코 없었다.

나름 생각해서 그런 것이겠거니 짐작한 유원이 희주와 함께 서둘러 달려가 홍보팀 직원들이 들고 있던 짐을 옮겨 들었다. 수백 장에 달하는 팸플릿들을 낑낑거리며 겨우 끌고 오던 여직원 하나가 유원에게 고맙다는 의미로 꾸벅 고개인사를 건넸다.

이러다 팔뚝만 굵어지는 거 아닌가도 싶었지만 어차피 병원에 있는 이상 제 몸은 제 것이 아니었다. 아주 거뜬하게는 아니더라도 여직원에 비해 수월하게 든 유원이 어금니를 악물고 강당 앞으로 나아갔다.

단상과 의자들을 나르던 지후가 유원을 힐끔거렸다. 저러다 또 넘어질라. 제법 아무지게 잘 들고 나르는 유원을 보면서도 지후는 좀처럼 걱정을 덜지 못했다. 눈이 유원을 향해 고정된 채로 떨어질 줄을 몰랐다.

그러다 닳으시겠어요. 근처에서 은환이 속삭이듯 작은 목소리로 지후를 놀렸다. 무사히 팸플릿을 바닥에 내려놓고 웃는 유원을 확인하고 나서야 지후가 안도의 한숨을 내쉬었다.

"어머, 역시 의리의 정형외과답네. 인턴 선생님들을 다 보내 주고. 멋져라."

뒤늦게 여자 하나가 더 나타났다. 또각거리는 하이힐 소리가 꽤 요란하다 싶더니, 목소리는 그보다 더 요란한 하이 톤이었다.

딱 봐도 눈에 띄는 화려한 외모를 지닌 그녀에게 나머지 여직원들이 공손하게 두 손을 맞잡고 인사를 건넸다. 똑같은 유니폼 차림이었으나 갖춰 입은 모양새가 판이하게 달랐다.

몸에 달라붙게끔 사이즈를 파격적으로 줄인 여자는 육감적인 몸매를 그대로 드러내고 있었다. 게다가 블라우스 단추를 너무 풀어헤친 탓에 풍만한 가슴골이 훤하게 내비쳤다. 보지 않으려 해도 볼 수밖에 없는 노골적인 몸매와 과감한 차림새였다.

무감한 얼굴의 지후와 달리 은환이 눈썹을 한번 들었다 놓으며 낮게 휘파람을 불었다. 유원의 옆에 있는 희주는 대놓고 불쾌한 표정으로 그녀를 노려보듯 보았다.

대체 입은 거야, 벗은 거야. 희주의 중얼거림에 유원이 볼바람을 가득 불어 넣었다. 자신감이 넘치는 모습을 두고 가타부타하긴 좀 그랬다. 희주가 미간을 찌푸렸다.

"꼬락서니하고는. 소문대로 장난 아니네. 아예 작정을 하고 다니는구만."

"누군데?"

"너 몰라? 우리 병원 홍보팀 팀장, 강혜미. 나이는 우리보다 두 살 위. 생긴 건 뭐, 보시다시피."

알아주는 남자 킬러로 소문난 여자라며 희주가 진저리를 쳤다. 들리지 않게 목소리를 낮추긴 했으나 들어도 상관없다는 심정으로 희주는 연신 혜미를 흘겨보았다.

전적이 화려하단다. 의료진들은 물론 병원 관계자들까지, 염문을 어찌나 뿌리고 다니시는지 행실이 좋지 않기로 소문이 파다하게 퍼져 있다는 말에 유원이 고개를 끄덕였다.

일명 여자 류승하지. 희주의 덧붙임에 유원이 혜미를 가만 살폈다. 그러고 보니 제법 닮았다. 눈길을 사로잡는 매력적인 외모도, 방긋방긋 잘 웃는 살가운 눈웃음도 꼭 짠 것처럼 승하를 닮아 있었다. 두 살 위라면 승하와 동갑이기도 했다.

유원은 다시 한 번 깨달았다. 승하가 자신과는 아무 관련이 없음을. 그를 겨냥한 비유가 부정적인 의미라는 걸 알고도 울컥한다거나 감싸 주고픈 맘은 전혀 들지 않았다. 이제는 이런 사소한 것에서까지 아주 깨끗이 승하가 떨어져 나갔다.

그렇다면 그 자리엔 누가 들어왔을까. 당연한 것처럼 유원의 시선이 저만치 앞 지후에게로 돌아갔다. 단상의 위치를 다시 지정해 주는 혜미의 지시에 지후는 은환과 함께 그것을 옮기고 있었다.

근데 어째 지후를 바라보는 혜미의 눈길이 심상치 않았다. 기분 탓인가. 괜한 맘을 추스르고 있으려는데 다음 순간, 도와준답시고 혜미가 지후의 옆에 달라붙어 손을 뻗었다. 지켜보던 유원의 눈이 크게 뜨였다.

"아니, 저게 미쳤나. 어디다가 뭘 비비는 거야?!"

자칫 큰소리를 지를 뻔한 희주가 이를 악물고서 작게 성을 냈다. 유원도 똑똑히 보았다. 단상 끄트머리를 잡는 척하며 혜미가 지후의 팔에 제 가슴을 갖다 대고 비비는 작태를.

지후의 미간이 좁혀지는 게 보였다. 그렇다고는 해도 당장은 무거운 단상을 들고 있어 쉽사리 팔을 떼기가 어려운 상황이었다. 무사히 다 옮긴 후에야 지후가 서둘러 닿아 있던 팔을 떼어 냈다. 유원이 터지려는 한숨을 꾹 참았다.

혜미가 실수였다는 듯 지후를 바라보며 눈웃음을 쳤다. 그 간지러운 눈웃음에 유원은 한층 더 기분이 나빠졌다. 닿을 대로 닿아 버린 그녀의 풍만한 가슴에 자신도 모르게 시선이 갔다. 제가 이 정돈데 지후는 어련할까 싶었다.

옷 너머든 뭐든 그 자체로 싫었다. 지후가 확실하게 느꼈을 거라 짐작하자 유원은 울컥 화가 치밀었다. 불쾌하고 못마땅했다. 막 서운하고 짜증까지 났다.

게다가 더 속이 상하는 건 지후의 반응이었다. 보통 때 같으면 뭐라 한소리라도 했을 텐데 오늘따라 너무도 얌전했다. 그게 꽤 거슬렸다.

사납게 눈이라도 부라려 줘야 할 서지후가, 경멸하듯 혀라도 차 줬어야 할 녀석이 질색하며 싫은 얼굴을 하기는커녕 주먹을 입에 말아 쥐고 헛기침을 하는 것이 아닌가.

난감해하는 기색은 수줍어하는 그것과 별반 다르지 않았다. 유원은 황망해졌다.

설마, 너,

좋았다는 거야……? 그래……?

하…….

표정 관리가 되지 않았다. 왠지 모르게 억울하다는 생각도 들었다. 지후 역시 예쁜 여자를 좋아하는 보통 남자였구나 싶은 것이.

안 그래도 확인했었다. 욕구나 욕정은 전혀 없을 줄 알았던 서지후가 신체 건강한 남자라는 사실을 이미 검증했던 터라 지금의 저런 반응도 아주 말이 안 되는 건 아니었다.

근데 왜 이렇게 화가 나고 짜증스러운지. 왜 자꾸 울컥 목이 메는 건지. 대체.

유원이 떨리는 손끝을 꼬옥 말아 쥐었다. 동요가 일고 있었다. 아주 극심한, 도저히 가라앉을 것 같지 않은 엄청난 기세로 맘이 욱신욱신 아렸다.

도저히 더는 두고 볼 수가 없겠음에 돌아섰다. 어디 가느냐는 희주에게 화장실을 간다고 둘러댄 유원이 서둘러 강당 뒷문을 향해 뛰듯이 걸어갔다.

싫으니까. 싫어 죽겠으니까.

네가 다른 여자 바라본다고 생각만 해도, 나는,

진짜 미쳐 버릴 정도로 화가 나니까. 그렇게 조금만 닿아도. 너무너무.

"왜 그래?"

강당을 빠져나와 복도 끝에 위치한 화장실 근처에 다다랐을 때였다. 언제 따라 나왔는지 지후가 거칠게 유원의 손목을 낚아채 멈춰 세웠다. 혹 무슨 일이 있느냐는 질문을 알아듣고서도 유원은 섣불리 대답할 수 없었다.

곧 별거 아니라며 애써 웃는 얼굴로 손목을 풀려는데 지후가 손에서 힘을 빼지 않았다. 옴짝달싹 못하도록 꽉 잡힌 제 손목을 보던 유원의 시선이 차츰 지후의 팔을 향해 올라갔다.

울컥, 또 화가 치밀어 아랫입술을 물었다. 지후가 고개를 비스듬히 기울였다.

"어디 가는데."

"남이야 어딜 가든 말든."

"야, 문유원."

"왜. 뭐."

"제대로 말 안 해?"

"화장실 간다. 됐냐?"

"아⋯⋯."

그럼 그렇다고 진작 말을 하든가. 멋쩍어진 지후가 그제야 손을 풀어 주었다. 그러고도 지후는 뭔가 찜찜한 듯 유원의 얼굴을 조금 더 들여다보았다.

기억하기로 그날 이후 처음 제대로 눈을 맞추는 것 같았다. 그게 어찌나 억울하고 분한지 유원은 자꾸만 미간이 일그러졌다. 심통이 있는 대로 나서 견딜 수가 없었다.

그래 놓고 다른 여자 가슴이나 만지고. 엄밀히 말하자면 만진 건 아니었지만, 그게 그거 아니냐는 생각으로 유원은 지후를 노려보았다.

끝이 내려간 세모꼴 눈을 하고서 잔뜩 화난 사람처럼 씩씩대는 유원의 모습에 지후가 당황해 할 말을 잃었다.

이 녀석이 왜 이러는 걸까. 나 원.

괜한 언쟁이 벌어지는 건 달갑지 않았다. 차단하듯 한 발 물러선 지후가 기다릴 테니 다녀오라며 복도 한쪽 벽에 기대어 섰다.

잘해 주는 것 같으면서 그 이상으로 냉랭한 지후가 야속했다. 됐으니 먼저 가라는 말이 목 끝까지 차올랐다. 유원이 나지막이 물었다.

"너 왜 그래?"

"뭘."

"왜, 나 쳐다도 안 봐……?"

아까 좋았냐고 물어보고 싶은 걸 꾹 참고 다른 질문을 꺼냈다. 그날 호텔에서 나올 때도, 병원에 있을 때나 집으로 돌아갈 때도, 오늘 역시 출근 후 지금까지 눈길 한번 안 준 걸 기억하느냐고 대놓고 물었다.

미처 예상하지 못한 질문이었는지 지후는 곧바로 대답하지 못했다. 괜한 걸 물었구나 싶어 유원은 그 즉시 후회를 했다.

바보. 왜 안 보긴, 보기 싫으니까 안 봤겠지. 뻔한 거잖아.

사실 눈이 마주치지 않은 것에는 유원의 탓도 있었다. 그 밤의 기억이 부끄럽고 민망해 부러 더 피했던 건 유원이었다. 그걸 알면서도 힐난하듯 물어 버렸다. 아까 혜미의 가슴에 닿은 게 지후의 잘못이 아님에도 탓하고 싶어서였다.

진짜 싫은데, 싫어 죽겠는데 말은 못 하겠고. 왠지 쪼잔한 사람이 된 것만 같아 유원은 아니다, 하고는 서둘러 화장실을 향해 돌아섰다.

안으로 들어가자마자 문을 잠그고 주저앉았다.

'있어도 괜찮냐 묻는 거야. 내가 누굴 좋아해도.'

전에 들었던 지후의 질문이 다시금 귓가에 되뇌어졌다. 유원의 미간이 한껏 구겨졌다.

그걸 말이라고 해? 그걸 지금 질문이라고 하는 거야, 너?

"아니. 안 괜찮아. 절대로. 싫어."

들릴 듯 말 듯 중얼거린 유원이 한숨을 푹 내쉬며 고개를 떨궜다. 상상만으로도 끔찍했다. 지후가 다른 누군가를 바라본다는 것이 정말 죽을 만큼 싫었다.

그럼 이제 어쩌면 좋은 거야. 고백이 쉽지만은 않은 막막한 현실에 내몰린 유원이 두 눈을 감아 내렸다. 질끈 맞물린 눈앞이 제 마음만큼이나 까맣게 흐렸다.

11

아주 특별한 마음

두어 시간가량 펼쳐진 학회 참관까지 마치고 나서야 인턴들은 자유의 몸이 될 수 있었다. 하지만 기다렸다는 듯 울려 대는 콜에 각기 수술방과 병동으로 나뉘어 바삐 움직여야 했다. 지후와 은환은 수술방으로 향했고, 유원과 희주는 병동 일을 보게 되었다.

환자들 드레싱을 마치고 나온 유원이 더 늦기 전에 밥부터 먹고 오자는 희주의 말에 엘리베이터로 향했다. 아직도 분이 안 풀리는지 희주는 다시 혜미 얘기를 꺼냈다.

"아까 봤지? 계속 서지후 따라다니면서 눈웃음 살살 치는 거?"

"……."

"완전 여우라니까. 그 표정하며 말투하며, 짜증 확 나더라. 아, 혈압."

"……."

"그렇게 대놓고 질질 흘리는 여잔 살다 살다 처음 봐. 어떻게 그래? 가슴만 크면 단가? 낯짝이 두꺼워도 아주."

"희주야."

"응?"

"과제 얼마나 했어? 많이 남았어?"

더 듣고 있기가 곤란해진 유원이 급히 말을 돌렸다. 안 그래도 죽겠는 속이 언급된 혜미의 이름에 열 받아 부글부글 끓어올랐다.

얼떨결에 꺼낸 과제 얘기에 희주가 풀 죽어 어깨를 축 늘어뜨렸다. 아직도 한참 남았다는 말에 유원이 못내 미안한 얼굴을 했다. 점심 대충 먹고 도서실이라도 가자며 유원이 희주의 어깨를 다독거렸다. 뭐, 말은 이렇게 하지만 사실 유원도 갈 길이 멀었다.

데드라인이 코앞으로 다가왔건만 채워 넣어야 할 내용이 제법 많았다. 하필 오늘이 또 당직이라 시간은 턱없이 부족했다. 자료 찾는 것만도 오래 걸리는데 거르고 보충하고, 이거야 원 생각만 해도 머리가 다 아팠다. 도움 요청이라도 해야 하나.

은환의 간절한 구조 신호를 본 척도 않던 지후가 떠올랐다. 매정하긴 해도 그게 원칙이었다. 다들 똑같이 바쁜 와중에 누구라도 남의 일을 대신해 줄 수는 없는 거니까.

그저 없는 시간을 쪼개어 서두르는 수밖에는 달리 방법이 없었다. 늘 그랬지만 오늘 역시 맛이고 뭐고 거의 흡입 수준으로 먹어야겠다는 각오로 유원이 빠르게 식판을 집어 들었다. 빈 테이블에 자리를 잡고 앉자마자 희주의 눈이 새치름하게 가늘어졌다.

"저 여우 또 저러고 있네. 진짜 미쳤나."

"응?"

"밥이라도 좀 얌전히 먹을 것이지, 하여간에."

볼수록 구제불능이라며 희주가 쯧쯧 혀를 찼다. 희주의 시선을 따라가자 마침 구내식당으로 들어서는 혜미의 모습이 보였다. 생글생글 웃는 얼굴로 옆에 있는 남자에게 팔짱까지 끼고서 매달리는 모습이 멀리서 보기에도 극성맞았다.

저건 또 누구람.

의아해하는 유원에게 아마도 업무과 남직원일 거라는 말을 해 준 희주가 질색하며 고개를 저었다. 유원이 조금 더 혜미를 지켜보았다.

아무래도 습관인가 보다. 아까 지후에게 했던 것과 마찬가지로 남자의 팔뚝에 제 가슴을 비벼 대는 혜미는 거리낌이라곤 전혀 없었다. 남자의 볼이 붉어진 걸로 보아 일부러 그러는 것도 같았다.

저렇게 가슴을 막 문질러 주면 남자들은 좋아하는 걸까. 문득 궁금해졌다. 아닌 게 아니라 지나치는 남자들마다 혜미에게서 눈을 떼지 못했다. 정확히는 그녀의 가슴이었다. 훤히 들여다보이게끔 풀어헤친 블라우스 앞섶 너머 풍만한 가슴골은 다시 봐도 참 볼만했다.

유원이 슬쩍 제 가슴을 내려다봤다. 큰 편은 아니지만 나름 괜찮다고 생각했는데 웬걸, 혜미에 비하자니 꼬꼬마가 따로 없었다. 만지면 커진다는 얘길 어디서 주워들은 적이 있는데.

명색이 의사면서 의학적 검증이 되지 않은 방법에 솔깃하는 제 모습이 우스웠다. 불현듯 그날 밤, 뜨겁게 만지던 지후의 손길이 떠올랐다. 옷 속으로 넣어도 되냐고 묻던 나른한 목소리가 되뇌어지자 어깨가 흠칫 떨렸다.

또 만져 주면 좋겠는데. 그때보다 더 끈적하게. 많이.

생각하니 얼굴이 다 화끈거렸다. 늦바람이 제대로 들어 버린 건 아닌지. 유원이 당황함을 감추며 서둘러 수저를 집었다.

"어머, 우리 인턴 선생님들. 식사하시는구나."

허겁지겁 밥을 먹기 시작하는데 불쑥 혜미가 다가와 인사를 건넸다. 그것도 모자라 유원의 옆에 앉는 그녀는 웬일로 혼자였다.

아까 같이 있던 남직원은 다른 테이블에서 식사를 하는 모양이었다. 갑작스런 혜미의 합석에 희주가 대놓고 뚱한 표정을 지었다.

"허락도 없이 앉으십니까?"

"어머, 허락받아야 돼요? 비어 있는데."

"비어 있다고 그렇게 막 앉으시면……."

"괜찮습니다. 같이 드시죠."

날을 세우는 희주를 대신해 유원이 중재에 나섰다. 어차피 빨리 먹고 일어날 거라 상관없었다. 유원이 희주에게 눈짓으로 하지 말라 신호를 보냈다.

못마땅한 얼굴로 혜미를 째려보던 희주가 모른 척 밥을 먹기 시작했다. 입안에 이미 한가득 있음에도 더 크게 욱여넣는 희주를 향해 혜미가 놀란 듯 두 눈을 크게 떴다. 그렇게 빨리 먹으면 살찌는데. 밉상 같은 소리만 골라 하는 혜미였다.

"참, 근데 우리 서지후 선생님은 왜 안 보여요?"

살이 찌건 말건 인턴의 숙명은 자고로 스피드라고 중얼거린 희주와 유원이 마지막 한 수저를 싹싹 그러모으고 있을 때였다.

원래의 목적이었다는 듯 지후의 행방을 묻는 혜미가 눈을 반짝였다. 말문이 막힌 유원 대신 희주가 혜미에게 따져 물었다.

"서지후 선생은 왜 찾으십니까?"

"궁금해서요."

"그니까 그쪽이 왜 궁금하시냐고요."

"글쎄요. 지대한 관심이 있다고나 할까."

멋있잖아요, 하고 덧붙인 혜미가 한쪽 눈을 찡긋거려 윙크를 했다. 이게 어디서 끼를 부리느냐며 희주는 당장이라도 혜미의 머리채를 잡아챌 기세였다.

무시가 답이라는 생각으로 유원은 마지막 한 수저를 입으로 가져갔다. 대충 다 먹었으면 일어나자며 희주를 쳐다보던 유원이 혜미의 다음 말에 순간 표정을 굳혔다.

"적극적으로 꼬셔 보려고 하는데 어떻게들 생각하세요?"

혜미가 두 팔을 테이블 위로 교차해 얹어 놓았다. 때문에 그녀의 가슴골이 한층 더 도드라져 보였다. 당장이라도 넘쳐흐를 것만 같은 우윳빛의 뽀얀 살결에 절로 눈이 갔다.

근처를 지나던 남직원들과 옆쪽 다른 테이블에서 식사하던 이들까지 너도나도 혜미의 가슴을 힐끔거렸다. 누군가는 흥분을 못이겨 마른침을 꿀꺽꿀꺽 삼키기도 했다.

그들의 음탕한 시선에도 아랑곳 않고, 오히려 즐기는 것처럼 혜미는 가슴을 더욱 앞으로 내밀며 농염한 표정을 지었다. 갈수록 가관인 상황에서 이번에도 희주가 유원 대신 총대를 메고 사납게 입을 열었다.

"천하의 서지후가 꼬신다고 넘어갈까 모르겠네요. 어려울걸요."

"알아요. 돌부처로 소문난 거. 여자에는 관심도 없다더라고요."

"근데도 꼬신다 어쩐다 하는 겁니까?"

"그런 남자가 더 재밌잖아요."

"뭐요?"

"안 넘어올 것 같이 생겨서 넘어오면 얼마나 보람 있는데요. 막 스릴도 넘치고."

"아니 그걸 말이라고, 이보세요!"

"어머머!"

끝내 분을 이기지 못한 희주가 주먹으로 테이블을 쾅 내려쳤다. 그 바람에 물컵이 넘어졌고, 혜미는 꽤나 소란스럽게 몸을 피했다. 피한다고 피했으나 이미 엎질러진 물이 유니폼 치마를 흥건하게 적셨다.

한숨을 내쉰 혜미가 주머니에서 꺼낸 손수건으로 서둘러 치마를 닦았다. 아래를 내려다보는 그녀의 얼굴을 이내 흘러 내려온 까만 머릿결이 가려 버렸다. 그 아래로 흥분한 듯 연신 오르내리는 풍만한 가슴골이 보였다. 낯설지 않은 장면이었다.

유원은 문득, 달갑지 않은 기억 하나를 떠올리고 말았다. 왜 몰랐을까. 어디서 들어 봄직한 목소리라는 생각은 잠깐 했었다. 아니, 그러면서도 약간 긴가민가했다. 거친 숨소리 말고 제대로 들은 음성은 솔직히 없었으니까.

준비실은 다소 어두웠고, 연신 몸을 흔들며 움직이던 탓에 얼굴은 미처 확인하지 못했었다. 무엇보다도 승하를 보느라 온 신경이 팔려 있던 때문이었다.

여자 류승하로 알려져 있다던 희주의 말이 그제야 실감되었다. 이런 사람이 지후에게 눈독을 들이고 있다니. 갑자기 속이 울렁거렸다. 유원이 그만 몸을 일으켰다.

"죄송한데 먼저 가 보겠습니다."

"어머, 나 아직 다 안 먹었는데요."

"혼자 실컷 많이 드시죠. 가자, 유원아."

"도와줄 거죠? 그쪽 선배들은 이미 포섭했는데."

아까 학회 준비를 한답시고 인턴들을 빼낸 것도 은규에게 부탁한 일이라며 혜미가 웃었다. 아무래도 동기고 하니 잘 좀 부탁한다는 혜미에게 도와주고 말고가 어딨느냐 희주는 버럭 성을 냈고, 유원은 못 들은 척 식판을 들고 걸음을 옮겼다.

저런 흑심이 있는 줄도 모르고 일을 도왔다고 생각하니 착잡했다. 기분이 아주 그냥 말도 못하게 더러웠다. 있는 대로 구겨져 바닥으로 처박히는 것 같았다.

화라도 낼 걸 그랬나. 한바탕 욕이라도 해 줬으면 좋았을걸. 뒤늦은 후회가 들었지만 그보다는 내가 뭐라고, 하는 생각이 더 컸다. 유원이 홀로 쓴웃음을 삼켰다.

"괜찮겠어?"

"응, 화장실만 들렀다 금방 갈게."

"정 뭐하면 약이라도 챙겨 먹고 와. 알았지?"

결국 체한 것 같다는 유원의 말에 희주는 분통을 터뜨렸다. 저 여우 같은 게 사람 잡는다며, 그렇게 왜 남의 테이블에 허락도 없이 앉느냐면서 혜미를 마구 씹어 댔다.

괜찮다고 달랜 희주를 먼저 별관 도서실로 보낸 유원이 가슴을 두드리며 화장실로 향했다. 먹은 걸 고스란히 게워 낸 유원이 찬물로 얼굴을 문질러 씻었다. 그러고는 세면대 거울 속 창백한 제 얼굴을 물끄러미 바라보았다.

승하와 그런 일을 벌였던 여자라는 것에서 오는 충격은 크지 않았다. 끼리끼리 논다는 말도 있으니까. 이제는 누구와 무얼 하든 상관없는 승하였고, 따라서 신경 쓸 필요도 전혀 없었다.

하지만 혜미가 지후를 노린다면 이야기는 달라진다. 저런 여자면 안 되었다. 지후에게 저렇게 천하고 난잡한 여자는 결코 어울리지 않았다. 지후가 아무리 좋다고 하더라도 절대 그냥 놔둘 수는 없는 노릇이었다.

갑자기 걱정스러워졌다. 만약 지후가 저런 타입이 좋다고 한다면? 저렇게 노골적으로 들이대는 여자한테 사리분별 못 하고 껌뻑 넘어가 버린다면……?

상상만으로도 끔찍해 속이 다 아렸다. 다급한 표정이 된 유원이 도서실로 가려던 발길을 돌려 서둘러 비상계단을 뛰어 올라갔다. 아직 수술방에 있을 지후가 너무나도 보고 싶었다. 당장 봐야겠음에 유원이 더욱 속도를 냈다.

"내가 뒷정리할 테니까 오후 회진 돌기 전에 가서 과제나 해."

"이 자식. 땡큐다, 인마."

하해와 같은 지후의 배려에 은환이 얼씨구나 하고 수술방을 뛰쳐나갔다. 이제 막 끝난 수술은 비교적 간단한 것이어서 굳이 둘씩이나 필요가 없었다.

따로 장비를 빼내어 옮겨야 할 것도 없고 해서 지후는 그냥 혼자 뒷정리를 맡기로 했다. 솔직히 말하자면 몸을 좀 혹사시키고 싶은 본심에서였다. 그래야 생각이 정리될 것 같았다.

이렇게까지 해야 하나. 은연중 자괴감이 들었지만 애써 스스로를 다잡았다. 그러면서도 지후는, 시간을 살피려 꺼냈던 핸드폰 화면에 반사적으로 유원의 이름을 띄우고 말았다.

……목소리 듣고 싶은데. 잠깐이라도. 어쩐다.

"미치겠네……."

지후가 핸드폰을 억지로 가운 주머니에 쑤셔 넣었다. 도로 꺼내고 싶은 걸 꾹 참고는 이내 수술대 위를 치우기 시작했다.

유원의 목소리를 듣고 싶지만 그랬다간 얼굴까지 보고 싶어질 게 뻔했다. 조금만 더 참아 보자며 지후가 부지런히 손을 놀렸다. 메스를 모으고 시트를 말아 접어 넣는 손길이 야무졌다. 소독이 필요한 장비들을 챙겨 따로 한곳에 모았다.

도저히 머릿속에서 유원이 사라지질 않았다. 그날 그 밤의 자극이 어찌나 대단했던지 매 순간 지후는 마음을 다잡고 또 다잡아야만 했다. 부러 더 유원을 쳐다보지 않았고 의식하지 않으려 애썼다. 저도 모르게 손이 나갈까 봐. 더듬고 만져 댈까 봐. 참는 것도 곤혹스러웠다.

유원 역시 며칠 내내 좀처럼 지후와 눈을 맞추지 못했다. 불편해하는 것 같아 지후는 애가 탔다. 혹시 그때 일을 후회하는 거면 어쩌나 싶었다.

젠장. 미간을 구긴 지후가 손을 뻗어 수술대 램프를 껐다. 보조 램프까지 다 끄고 선들을 정리하는데 유원의 목소리가 귓가에 되뇌어졌다.

'너 왜 그래?'

'뭘를.'

'왜, 나 쳐다도 안 봐……?'

"왜 안 쳐다보냐고? 보면 뭐, 안고 싶기밖에 더해……?"

들릴 듯 말 듯 새어 나온 자신의 말이 너무도 적나라했다. 동시에 두근, 가슴이 내려앉아 지후는 잠시 움직임을 멈추고 한쪽 벽에 기대어 섰다.

텅 빈 수술방을 바라보는데 눈앞으로 유원의 얼굴이 아른거렸다. 허공에 떠돌아다니는 유원의 환영에도 심장은 쉬지 않고 반응을 했다. 보고 싶다. 안고 싶다. 생각이 거듭될수록 맘만 타들어 갔다.

무거운 한숨을 내뱉은 지후가 고개를 떨구었다. 아까 학회 준

비로 대강당에 갔을 때 지후는 다시 한 번 깨달았다. 유원이 아니면 안 된다는 것을. 그걸 알려 준 건 다름 아닌 혜미였다.

그녀의 풍만한 가슴이 닿았던 팔뚝을 지후가 더러운 걸 털어내듯 툭툭 쳐냈다. 확실히 여자라고 다 좋은 건 아니었다. 지후에겐 오직 유원뿐이었다. 그 순간 유원이 떠올라서 죽을 뻔했다. 유원의 말랑말랑한 가슴을 만지던 그 밤의 감촉이 진짜 너무나도 그리웠다.

당장이라도 달려가 유원의 가슴을 물고 빨고 싶다고 생각했었다. 너무 짐승 같다고 하려나. 고개를 절레절레 젓는데 인기척이 느껴졌다. 돌아보는 지후의 표정이 딱딱하게 굳었다.

"뒷정리 중?"

열린 문으로 성큼성큼 들어서는 이는 승하였다. 반갑지 않은, 오히려 불쾌한 손님을 맞이한 지후의 얼굴은 지나치다 싶게 솔직했다.

미간을 구기면서 죽어라 노려보는 지후의 태도에 승하가 쓴웃음을 지었다. 인사까진 바라지도 않는다지만 이건 뭐. 승하가 가깝게 다가섰다.

"왜 혼자 해?"

"혼자 하면 안 됩니까."

"아니, 그런 뜻이 아니고."

하나를 던지면 열을 받아치고야 마는 지후의 냉랭함에 승하가 눈썹을 한 번 들었다 놓았다. 친해지기 여간 어려운 타입이 아니란 말이지.

이렇게 매사 적대적으로 구는 사람과는 부딪히지 않는 게 상책이었다. 회유든 강경이든 일절 통하지 않을 지후를 벌써 알아챘다. 헛수고하는 건 적성에 안 맞아 싫어하지만 외면하기엔 지금 승하의 기분이 꽤나 별로였다.

누구라도 건드리지 않으면 못 배길 것 같달까. 태연함을 잃지 않으며 승하가 말을 이었다.

"나 김 교수님하고 옆옆방에서 수술했는데."

"관심 없습니다."

"그래? PTO(Proximal Tibial Osteotomy, 근위 경골 절골술)였는데. 봐두면 좋았을걸?"

잘하면 골반 뼈 이식하는 것까지 볼 수 있었을 텐데, 하며 승하가 사뭇 안타까운 표정을 지었다. 학회에 다녀오랄 땐 언제고, 이제 와 수술방 배정 스케줄을 탓하는 승하가 우스웠다.

됐다, 차라리 책으로 보고 말지. 비딱하게 튀어나오려는 말을 간신히 삭이며 뒷정리를 마저 했다. 마지막으로 한 바퀴 둘러보고 그만 나가려는 지후를 승하가 말로써 붙잡았다.

"너 문유원 좋아하지?"

우뚝. 지후의 걸음이 단박에 멈춰졌다. 대꾸를 해야 하나 잠시 고민했지만 질문이 아닌 확신에 찬 단정이라는 것을 뒤늦게 깨달았다.

심호흡 후 지후가 천천히 승하를 향해 돌아섰다. 대체 무슨 얘기 하고 싶은 거냐는 얼굴로 묵묵히 바라보는 지후를 향해 승하가 한쪽 입가를 쓱 말아 올렸다.

"맞구나? 역시 그런 거였단 말이지? 이야, 내 촉도 참 대단하네."

"……."

"근데 왜 가만있어? 그렇게 곁에서 지켜보기만 하는 거, 속 안 아파? 안 힘들어?"

"딱히 하실 말씀 없으시면 그만 가 보겠습니다."

"내가 뭐라도 도와줄까?"

승하가 가운 주머니에 두 손을 꽂으며 벽에 등을 기댔다. 비딱한 그 자세에 돌아서려던 지후가 다시금 멈칫하며 시선을 주었다. 여유롭고 태평한, 그러면서도 참 많이 고깝고 건방지다는 생각이 들었다.

선배라고 해서 모든 오만이 다 허용되는 것은 아니었다. 달려들어 바닥에 눕히고서 흠씬 두들겨 패 줬으면 좋겠다고 생각하며 지후는 느릿하게 눈을 감았다 떴다. 승하가 나지막이 목소리를 내었다.

"고백하기 어려워서 그래? 왜, 용기가 안 나? 저런."

"하시고 싶은 말씀이 뭡니까."

"답답해서 그러지. 괜히 나만 자꾸 군침이 흐르잖아, 문유원한테."

"……무슨 뜻입니까."

"자빠뜨려 볼까 했거든. 확 한번."

순간, 지후의 눈빛이 날카롭게 번뜩였다. 미간이 심하게 일그러진다 싶더니 곧바로 지후는 승하에게로 달려가 거칠게 멱살을 움켜쥐었다.

살기와 비슷한 섬뜩한 기운을 가득 싣고 일렁이는 눈동자로 지후가 승하를 노려보았다. 바로 앞에서 가까이 마주하기엔 상당히 위험한 눈빛이었다.

승하의 멱살을 쥔 지후의 두 손이 부들부들 떨렸다. 치밀어 오르는 화를 주체하지 못하는 듯했다. 씩씩거리는 지후의 거친 숨소리가 험상궂게 고막을 때렸다.

그럼에도 승하는 예상했다는 듯 아주 태연하게 눈을 깜빡였다. 그게 지후에게는 왠지 제 화를 돋우려는 것처럼 느껴졌다. 숨 막히는 분위기 속에서 지후가 입술을 잔뜩 뒤틀었다.

"말조심하십시오."

"내가 무슨 실수라도 했어?"

"조심, 하라고, 했습니다."

"무섭다. 이러다 한 대 치겠는데?"

"류승하."

"뭐?"

"적당히 까불어. 진짜 죽여 버리는 수가 있으니까."

최소한의 예의마저 집어던진 지후가 악다문 잇새로 딱딱하게 말을 씹어뱉었다. 이글이글 타오르는 눈동자가 더없이 매섭고 서늘했다. 화가 아주 많이 났다는 소리였다. 원체 이성적인 녀석이라 그나마 말로 우선 제압하는 거였다.

벌써 주먹이 날아오고도 남았을 상황이란 걸 승하는 어렵지 않게 인식했다. 잠시 입을 다물자 지후가 두 손에 한층 더 힘을 실어 멱살을 움켜쥐었다. 승하의 가운 깃이 다 말려 올라갈 정도로 세게 쥐고서 지후는 힘겹게 울분을 삭였다.

때리는 건 간단했다. 뒷일 따위 감당이 되든 안 되든 일단 실컷 쥐어 패 버리면 그만이었다. 그런데.

……제기랄.

다른 누구도 아닌 승하라는 사실에 선뜻 주먹이 나가지 않았다. 병원장 아들이니, 담당 교수의 조카니 그딴 것들 다 집어치우고서라도 상대는 승하였다. 유원이 좋아한다는. 빌어먹을.

근데 어떻게 때린단 말인가. 이놈을 좋아한다는데. 이딴 놈 때문에 울고불고하는 유원을 잘 알면서 감히 그 얼굴을 어떻게 때리겠느냐 이거다. 차라리 혼자 속앓이를 하고 말지.

가까스로 화를 참은 지후가 머지않아 승하의 멱살을 놓아주었다. 그러고는 흐트러진 가운 깃을 거칠게 툭툭 가다듬었다.

흡사 때리듯이 쳐대는 지후의 투박한 손길에 승하가 어이없다는 듯 헛웃음을 흘렸다. 뭐라 한마디 하려는 승하를 지후가 날카로운 눈빛으로 막았다.

"경고하는데, 주제넘은 짓 하지 말아 주십시오."

똑바로 눈을 맞춘 채 단호하게 말하는 지후를 보며 승하가 고개를 비스듬히 기울였다. 중의적인 표현이었다. 의미가 꽤 여러 개로 해석될 수 있는.

유원을 건드리지 말라는 건지, 아님 끼어들지 말라는 건지, 그것도 아니면 지후의 마음을 유원에게 말하지 말라는 건지 승하는 살짝 헷갈렸다.

되묻고 싶었지만 그러지 않은 이유는 아마도 그것들이 전부 포함된 말일 거라는 짐작 때문이었다. 이놈의 촉, 하고 소리 죽여 중얼거린 승하가 살며시 입술을 달싹였다.

"그럼, 이대로 계속 있겠다는 거야?"

"상관없잖습니까."

"아까 말했는데, 상관있다고. 자꾸 그렇게 미적거리면 내가 침 흘린다고."

"내가 왜, 안 때리고 참는지 아십니까?"

그 잘난 면상 흠씬 두들겨 패 주고 싶은 걸 굳이 참는 이유가 뭐겠냐고 지후가 물었다. 승하가 대답 대신 눈썹을 들어 올렸다. 여유로운 태도가 지극히 가벼웠다. 꼭 평소 하고 다니는 꼴처럼.

이렇게까지 길게 말을 섞을 건 아니었는데, 하고 지후는 생각했다. 시간 낭비에 기운 낭비. 류승하란 딱 그런 존재란 걸 새삼 느꼈다.

이걸 유원이 깨닫는다면 진짜 얼마나 좋을까. 현실과 동떨어진 이상을 꿈꾸며 지후가 진지하게 말을 이었다.

"결론만 말하면 난 선배가 싫습니다. 얼굴 보기도 싫고 말하기는 더더욱 싫습니다."

"그런데?"

"그보다 더 싫은 건 납니다. 머뭇거리다 타이밍을 놓친, 지금도 여전히 망설이고 있는, 아무래도 더는 못 참을 것 같은 내가 아주 싫어 죽겠습니다."

"그래서?"

"문유원이 싫어하고 불편해하는 건 절대 안 합니다. 나는."

지후의 목소리가 약간 커졌다. 그만큼 진심이 담겨졌기 때문이란 것 같았다. 더는 숨길 수가 없겠는 지후의 마음이 힘 있는 목소리 가득 빼곡하게 실렸다.

"내 마음이 얼마나 간절하든, 내가 힘들어 죽든 간에 그 녀석이 부담스러워한다면 계속 말하지 않을 겁니다."

"진심이야?"

"환경이 바뀌는 걸 싫어하니까요. 조금만 불편해도 얼굴에 다 티가 나는 녀석이니까. 내가 갖는 것보다 그 녀석이 행복한 게 나한테는 더 우선이니까."

"서지후."

"좋아한다는 말조차 쉽게 못 하겠습니다. 마음이 그 정도가 아니라서."

"뭐?"

"차마 입 밖으로 낼 만큼이 아니라는 말씀입니다. 내 사랑은 그렇습니다."

세상에 현존하는 말로 표현될 수 있을 만큼이 아니라는 말을 끝으로 지후는 입을 다물었다. 그건 사실이었다. 인식하던 그 순간부터 무섭게 자라나 버린 마음은 지금, 가늠할 수 없을 정도로 크기를 키워 버렸다.

그래서 때론 스스로조차 감당이 되질 않았다. 너무 급박하게 자라난 마음이 혹여나 허상은 아닐까 지후는 오래도록 두고 지켜봐야 했다. 우려는 기우였고, 느끼는 것 이상으로 마음은 오로지 유원으로 가득 차 버렸다. 더는 자라날 수 없을 거라 여기면서도 계속 더 커다랗게 자라고 있었다.

승하는 문득 회의가 들었다. 저렇게 누굴 좋아해 본 적이 있었나, 싶었다. 감히 흠잡을 수 없겠는 지후의 진심이 왠지 모르게 야속했다. 승하로 하여금 작금의 현실을 정면으로 마주하게 하는 힘이 있었다. 그래서 더 기분이 언짢고 심기가 뒤틀렸다. 그렇긴 하지만.

어쩐지 조금은 부럽다는 생각을 하며 승하가 그렇구나, 하고 짧은 한 마디를 보탰다. 이만 가보겠다며 지후가 돌아섰고, 이번에는 승하가 잡지 않았다. 허탈하고 허무한, 알 수 없는 공허감이 승하의 심장을 마구 짓눌렀다.

입 밖으로 낼 정도가 아니라면 과연 얼마나 좋아한다는 건지. 도통 이해 안 되는 심정. 그러면서도 왠지 이해해 보고 싶은 기이한 기분.

아무도 없는 텅 빈 수술방 안에서 승하는 얼마간을 더 그렇게 멍하니 서 있었다. 지후의 눈빛과 그가 했던 말들을 몇 번이고 되뇌면서.

"하아……."

수술장을 도망치듯 빠져나온 유원이 복도 끝 코너 뒤로 급히 몸을 숨겼다. 그러고는 이내 그대로 제자리에 주저앉았다. 다리에 힘이 풀려 더는 서 있을 수가 없었다.

유원이 눈을 깜빡였다. 고였는지도 몰랐던 눈물이 두 볼을 타고 흘러내렸다. 뜨겁게 젖어 드는 얼굴을 느끼며 유원은 소리 죽여 눈물을 흘렸다. 쿵쾅쿵쾅 요동치는 가슴이 진정될 기미를 보이지 않고 있었다.

방금 무슨 소릴 들었는지 혼란스러웠다. 꿈인가. 꿈이라서 이러나. 그 어떤 감각도 느껴지지 않는 넋이 나간 상태로 울고 있는데 가운 속에서 진동이 울렸다. 오래도록 울려 대는 핸드폰을 조심조심 집어 들던 유원이 액정에 떠오른 지후의 이름을 보고 숨을 멈췄다.

울컥 슬픔이 복받쳐 올랐다. 동시에 주르륵 눈물이 흘러내렸다. 쉬지도 않고 계속 흘러내리는 눈물에 심지어 목까지 메어 왔다. 꿈이 아닌 현실이라고 자각하자 이루 말할 수 없을 만큼 심장이 욱신욱신 아렸다.

거짓말이지. 그렇지.

야, 서지후. 나한테 왜 이런 몹쓸 장난을 치는 건데.

정말……. 너…….

차마 통화 버튼을 누르지도 못하고 쩔쩔매던 유원이 겨우 손가락을 움직여 핸드폰을 귀로 가져갔다. 성이 난 듯한 지후의 목소리가 수화기 너머로 들려왔다.

— 왜 이렇게 늦게 받아? 어디야.

"……."

— 병동이야? 병동에 있어?

유원이 한 손으로 입을 틀어막았다. 아무런 말도 할 수가 없었다. 소리 내어 흐느껴 울고만 싶었다. 왠진 모르겠지만 자꾸만 눈물이 쏟아졌고, 그러면서도 지후의 목소리를 놓칠까 조바심이 났다.

대답을 않고 가만있자 지후가 거듭 어디냐고 물었다. 지후의 얼굴이 그리워 유원은 그 자체로 서러워졌다.

보고 싶은데. 보고 싶어 죽겠는데 봐도 될지 모르겠어.

안간힘을 써서 울음을 삼켰다. 지후가 유원을 불렀다.

— 문유원.

"……."

— 인마. 문유원.

"……어."

— 어디냐고, 지금. 여기 없는데.

그새 올라가 찾아본 모양인지 지후의 숨이 조금 거칠어진 게 느껴졌다. 그렇게나 뛰면서 찾아 댔을까. 그렇게나 서둘렀을까.

왜? 내가 보고 싶어서……?

유원이 아랫입술을 질끈 깨물었다. 몰랐던 것들을 알고 나자 이런 자잘한 것에까지 의미부여가 돼 버린다. 울컥 치미는 흐느낌을 다시금 삭였다. 지후가 작게 성을 냈다.

— 왜 말을 안 해. 어딨어.

"지후야."

— 어.

"서지후."

— 말해. 듣고 있어.

"나."

— 어.

"너 좋아하는 거 같아."

— 어……?

지후의 목소리가 눈에 띄게 작아지다 아예 사라져 버렸다. 걸음마저 멈춘 건지 수화기 너머 주변이 일순간 조용해졌다. 귓가에 내려앉는 침묵이 싸했다.

꿀꺽. 유원이 저도 모르게 마른침을 삼켰다. 손이 바들바들 떨려 오는 건 무엇 때문일까. 아마도 방금 뱉어 버린 말 때문일 테다.

너무 작았나 싶어 다시 입을 열려는데 지후가 먼저 선수 치듯 어디냐고 물었다. 수술장 복도 구석이라는 유원의 대답을 끝으로 전화가 끊어졌다.

"하아, 하아……."

얼마나 있었을까. 생각하기로 그닥 오래지 않아 발소리가 가까워졌다. 있는 힘껏 뛰어오는 그 소리에 고개를 돌린 유원이 곧 제 앞에 멈춰 서서 숨을 고르는 지후를 가만 올려다보았다.

무척이나 서두른 모양으로 지후의 앞머리가 잔뜩 흐트러져 있었다. 엘리베이터조차 타지 못하고 급히 계단을 뛰어 내려왔을 거란 짐작이 어렵지 않게 들었다.

연신 터져 나오는 거친 숨소리. 놀람과 당황으로 뒤섞인 지후의 얼굴이 몹시도 창백하게 질려 있었다. 유원이 지후를 올려다본 채로 나지막이 목소리를 냈다.

"왔네."

"너, 하아……."

"고마워. 와 줘서."

"문유원 너, 하아, 하아……."

"나 좀 일으켜 주라."

몸에 힘이 하나도 없어 유원은 조심스레 손을 뻗었다. 잡아 달
라는 손과 유원의 얼굴을 잠시 번갈아 보던 지후가 아주 천천히
유원의 손을 힘주어 잡았다.

두근. 잡히자마자 확실하게 반응하는 심장이 이제는 대견할 지
경이었다. 눈물이 나올 정도로 따뜻한 지후의 손을 잡고 유원이
조심조심 몸을 일으켰다. 지후가 유원의 얼굴을 들여다보았다.

"울었어?"

"응."

"왜."

"좋아서."

"뭐?"

"네가 좋아서. 눈물이 났어."

울었다는 말에 날카로워지던 지후의 눈매가 몰라보게 누그러졌
다. 더불어 좁혀지는 미간에서 의아해하는 지후의 마음이 내비쳐
졌다. 갑자기 그게 무슨 소리냐고 되묻는 것 같았다. 믿기지 않는
것 이상으로 아주 많이 놀란 듯 보였다.

유원이 두 손을 뻗어 살그머니 지후의 등 뒤로 둘렀다. 가볍게
안기다시피 하는 유원의 행동에 지후가 꿀꺽 침을 삼켰다. 커다랗
게 움직이는 목울대마저 근사했다. 유원이 다시금 입을 열었다.

"싫어?"

"……."

"싫어서 그래? 내가 좋아한다니까?"

"문유원."

"응."

"너…… 그거…… 방금 그 말……."

진심이냐고 묻는다. 이리저리 흔들리는 까만 눈동자가, 점점 더 작아지고 마는 목소리가, 파르르 약한 떨림을 내는 입술이 모두 다 진심인 거냐고 묻고 있었다.

두 눈 가득 눈물이 그렁그렁 차오른 유원이 이내 고개를 끄덕였다. 한 번, 두 번, 고갯짓이 계속될수록 지후의 표정에는 모호한 기쁨이 번졌다.

이런 순간조차도 웃음을 참는 지후가 유원은 그저 좋았다. 입가를 살짝 말아 올리는 유원을 지후가 그대로 품에 와락 끌어안았다.

하아…….

다른 건 아무것도 생각할 수 없었다. 놀리는 거라도 상관없달까. 됐다. 그냥 다 된 거다. 유원의 입에서 나온 말에 지후는 단단하게 세웠던 벽을 모조리 허물어 버렸다.

이제껏 가슴 졸이며 전전긍긍했던 날들이 하나도 기억나지 않았다. 얼마나 힘들었든 아팠든, 그딴 거 다 잊어버리고 만 지후가 유원의 뒷머리를 부드럽게 어루만졌다.

제 손 안에 잡히는 자그마한 유원의 머리가 어찌나 예쁘고 귀여운지 가슴이 미친 듯이 뛰어 댔다. 벅차오르는 맘으로 애써 떨림을 참으며 지후가 나지막이 물었다.

"다시……."

"응?"

"말해 줄 수 있어……?"

거짓말이었다고 하면 어쩌지. 그냥 한번 해 본 소리였다고 한다면. 노파심을 감추고 지후는 유원을 졸랐다. 이에 유원이 속삭이듯 좋아해, 하고 말했다.

지후가 두 눈을 감아 내렸다. 그러고는 한 번만 더, 하고 조심스레 청했다. 좋아해, 서지후. 유원의 나지막한 속삭임이 너무도 달콤했다. 끝내 지후가 하…… 하고 탄성을 내질렀다.

이런 날이 오지 않을 줄 알았다. 앞으로 얼마나 더 기다려야 하는지 스스로에게 무던히도 되물었었다. 서두르지 말자고 다짐할수록 안달이 났다. 유원을 갖고 싶어서, 유원뿐이라서, 다른 누구도 상상할 수 없을 만큼 제 맘 깊숙이 들어와 버린 유원을 지후는 간절히 바라고 또 바랐다.

감격에 겨워 머릿속마저 새하얗게 비워져 버린 것 같았다. 지후가 유원을 더 꼬옥 끌어안았다. 아주 조금도 제 몸과 떨어지지 않게끔 힘주어 꽉 감싸 안았다. 지후의 품 안에 쏙 파묻힌 유원의 입가가 보기 좋게 휘었다.

12

달콤, 또는 말랑하게

계속되는 콜과 함께 정신없이 오후가 지났다. 또다시 수술방으로 불려 들어간 지후와는 별개로 병동 일을 보던 유원 역시 밀려드는 응급 수술로 인해 다른 수술방 보조로 투입이 됐다.

교통사고로 고관절을 크게 다친 환자였다. 만만치 않은 수술이라선지 유원은 쉬이 긴장을 늦출 수가 없었다. 수술대 위에 누워 있는 피투성이 환자를 보자 다른 건 까맣게 잊어버릴 정도였다.

유원은 최대한 집중하려 애쓰며 부교수인 최 교수에게 기구를 건네고 석션(suction, 미세출혈을 빨아들이는 것)을 했다. 촌각을 다투는 수술에서 제일 우선시되는 것은 바로 고도의 집중력이었다. 램프의 각도를 정확하게 맞추는 것도 중요했다. 자칫 엉뚱한 방향을 비춰 시야를 가리면 큰일이었다.

다행히도 수술은 성공적으로 끝났고, 유원은 어시를 제법 잘했다며 최 교수로부터 칭찬까지 받았다. 까다롭기로 소문난 여자 교수라 혼나지 않으면 다행이라고 여겼던 것에 비하면 뿌듯한 결과였다.

유원이 꾸벅 고개 숙여 감사의 인사를 건넸다. 레지던트들과 빠져나가는 최 교수를 물끄러미 보던 유원이 부지런히 뒷정리를 하기 시작했다. 기구들을 모으고 시트를 접다가 문득 목 안쪽이 울컥 메어 왔다.

지후가 보고 싶었다. 잘했다는 말이 듣고 싶었다. 지후에게. 다른 누구도 아닌 지후의 눈빛과 목소리가 죽을 만큼 그리웠다. 오래도록 못 본 것처럼 간절하기까지 했다.

빛의 속도로 수술방 마무리를 한 유원이 서둘러 밖으로 나갔다. 지후가 있는 수술방이 어딘지 의국에 가서 확인부터 해야겠음에 곧장 뛰어 수술장 입구로 가려는데, 누군가 손목을 확 낚아챘다.

돌아본 유원의 눈이 크게 뜨였다. 지후가 고개를 비스듬히 기울였다.

"잘 끝냈어?"

"너……."

"이렇게 길게 어시 본 건 처음인데. 괜찮아?"

언제부터 기다리고 있었던 걸까. 말투로 봐서는 진작부터 유원이 있는 수술방 근처를 서성였다는 것 같았다.

유원이 가만히 눈을 감았다 떴다. 그토록 보고 싶던 지후를 막상 보니 아무런 말도 떠오르질 않았다. 그냥 이렇게 보기만 해도 좋았다. 너무 좋아서 숨이 다 막힐 지경이었다. 유원이 조심스레 입가를 말아 올렸다.

은근하게 미소 띤 얼굴로 말없이 보기만 하는 유원을 지후 역시 묵묵히 바라보았다. 고작 몇 시간 떨어져 있었다고 애가 다 달았다. 보고 싶었다. 이 녀석이 보고 싶어서 미쳐 버리는 줄만 알았다. 눈이고 마음이고 온통 떠올라 아른거려서 혼났다.

지후가 손목을 잡고 있던 손을 내려 유원의 손을 살그머니 움켜쥐었다. 자그마한 유원의 손이 지후의 손 안에 고스란히 포개어졌다. 이내 손가락 하나하나 겹쳐 깍지를 끼며 지후가 다른 손을 뻗었다. 그러고는 살짝 흐트러진 유원의 머릿결을 부드럽게 쓸어 넘겼다.

얌전히 지후의 손길을 받던 유원이 나지막이 목소리를 내었다.

"최 교수님한테 어시 잘했다고 칭찬받았어."

"그랬어?"

"나, 기특하지……?"

기특하지 않아도 기특하다고 말할 수밖에 없을 표정으로 유원이 물었다. 살짝 올라간 눈썹이 그저 귀여웠다. 벌어진 도톰한 붉은 입술이 못 견디게 예뻤다.

그깟 게 뭐든 백만 마디라도 해 줄 수 있는 심정이 된 지후가 가만 고개를 끄덕였다. 이에 유원이 흡족한 마음으로 한껏 더 입꼬리를 말아 올렸다.

너무 그렇게 웃으면 안 되는데.

두근대다 못해 심장 한구석이 뻐근하게 아려 지후는 숨을 골랐다. 보기만 해도 좋다는 맘이 한계를 지났고, 이 이상 더 보고 있다간 제가 무슨 짓을 할지 몰랐다. 병원이라는 것도 잊고 몰상식하게 굴까 겁이 난 지후가 급히 유원에게서 시선을 떼었다.

목마르지 않느냐며 휴게실로 이끄는 지후를 유원은 얌전히 따라 걸었다. 그러면서도 자꾸만 눈이 갔다.

꼭 잡힌 손에, 잘생긴 지후의 옆얼굴에. 한 번씩. 아니, 꽤 여러 번씩. 계속.

"자."

유원을 휴게실 의자에 데려다 앉힌 지후가 뽑아 온 음료수의 마개를 따 내밀었다. 고맙다며 받아 든 유원이 시원하게 한 모금 들이켰다. 좀처럼 갈증이 가시질 않아 두어 번 더 들이켜고서야 음료수를 내려놓았다.

지후가 유원의 입가에 묻은 액체를 엄지로 살살 닦아 주었다. 늘 이렇게 하나부터 열까지 챙겨 주던 지후였다.

그게 다 제가 모자라서 그런 줄로만 알았다. 덜렁대는 게 보기 싫어서, 실수하는 모습이 거슬려서, 완벽주의 서지후의 기준에 한참 부족한 친구라 귀찮은 걸 무릅쓰고 도와주는 거라 여겼는데.

그게 아니라니 다행이라며 유원은 소리 없이 미소 지었다. 여전히 두 눈은 지후에게 고정된 채였다. 너무 빤히 바라보는 유원이 부담스러워 지후는 다른 곳으로 시선을 돌렸다. 부러 미간까지 구기며.

들으라는 듯 헛기침도 하고 한숨도 쉬어 보지만 유원의 눈은 지후에게 딱 붙어 떨어질 줄을 몰랐다.

돌겠네. 곤란한 기색을 감추며 애꿎은 음료수만 벌컥벌컥 들이켜는 지후에게 유원이 불쑥 질문을 던졌다.

"진짜야?"

"뭐가."

"진짜 안고 싶을까 봐 나 안 보는 거야?"

"큽! 콜록!"

지후가 말아 쥔 주먹으로 급히 입을 가렸다. 사레에 걸려 연신 콜록대는 지후의 모습을 유원은 흥미롭게 바라보았다.

알고 보면 제법 당황을 잘 하는 성격이었다. 그래 놓고 티 내지 않으려 성질이나 부렸다고 생각하니 왠지 퍽 귀여운 것도 같았다. 어디서 듣기로 남자들은 귀엽다는 말 싫어한다던데. 들키면 혼날 거라 생각하며 유원이 몰래 웃음을 삼켰다. 지후의 귀가 새빨개졌다.

조금 더 지켜보던 유원이 몸을 일으켜 지후의 옆으로 다가갔다. 그러고는 지후의 귀를 두 손으로 살포시 감쌌다. 뭐하는 거냐는 듯 올려다보는 지후의 눈동자가 떨림으로 작게 일렁였다.

너 추울까 봐. 추위 때문에 빨개진 게 아니라는 걸 알면서도 유원은 엉뚱한 핑계를 만들어 냈다. 지후의 빨개진 귀가 너무 귀여워 아무도 안 봤으면 하는 마음이 들었다.

나만 볼 거니까. 너 이런 모습, 다른 사람들한테 보여 주기는 어쩐지 싫어서.

지후를 좋아하는 마음을 인식한 이후, 무서운 속도로 욕심이 늘어나고 있었다. 살짝 멀미가 났다. 지나치게 급했다. 늦추고 싶

295

은데 방법도 모르겠고.

혹시 질려 하면 어쩌지. 밀당인가 뭔가 그런 걸 해야 하는 건 아닐까도 싶다며 혼자만의 세계에서 헤매고 있는 유원의 손을 지후가 이내 끌어 내렸다. 조심스레 유원의 두 손을 감싸 쥔 지후가 낮은 목소리로 입을 열었다.

"자꾸 이러면."

"응?"

"확 뽀뽀해 버린다."

안 그래도 참고 있는데 자극하지 말라고 경고하는 지후의 눈빛이 은근 사나웠다. 으름장을 놓듯 위협적인 그 모습에 겁이 나기는커녕 되레 가슴만 두근두근 뛰었다.

지후가 내뱉은 거라고는 도저히 믿겨지지 않는 말이었다. 정말 해 버릴 것같이 진지한 표정이 묘하게 나른하고 또 섹시했다.

알았다고, 안 그러겠다고 말하는 유원의 손을 그러나 지후는 쉽게 놓아주지 않았다. 놓아줄 수가 없는 거였다. 너무 좋아서. 이렇게 가볍게 잡고만 있어도 마냥 좋아 지후는 조금 더 시간을 끌었다.

유원 역시 지후의 손을 벗어나고 싶은 생각은 추호도 없었다. 말로는 놓아 달라고 하는 유원이었으나 실실 웃는 얼굴에서 싫은 기색은 전혀 내비치지 않았다.

지후가 유원의 손을 더 꼬옥 쥐고 흔들더니 제게로 훅 끌어당 겼다. 얼떨결에 끌려간 유원이 지후의 무릎 위에 앉혀졌다. 유원 의 허리 뒤로 지후가 급히 손을 둘렀고, 덕분에 유원은 뒤로 넘어지지 않을 수 있었다.

허나, 자세가 좀 요상했다. 너무도 가까워진 유원의 얼굴에 지후가 그만 숨을 멈추고 유원을 바라보았다.

놀란 듯 적잖이 크게 떠진 두 눈이 미치도록 사랑스러웠다. 고운 선의 입술이 너무나도 탐났다. 도저히 안 건드리고는 못 배길 만큼.

딱 한 번만 하면 안 될까. 누가 보건 말건, 한 번만. 응……?

"으흠흠흠. 험험험."

잠시 정신을 놓았나 보다. 자신도 모르게 유원에게로 다가가던 지후가 들려오는 헛기침 소리에 움찔 놀라 고개를 돌렸다.

동시에 유원이 지후에게서 황급히 떨어져 나갔다. 몹시도 어색한 둘을 번갈아 살피며 은환이 슬렁슬렁 휴게실로 들어섰다.

"아, 요새 피곤한가. 자꾸 헛것이 보이네."

"수술 끝났냐?"

"어. 미안하지만 벌. 써. 끝났다. 조금 더 하면 좋았을 걸 벌. 써. 끝나 버렸네."

이것 참, 하며 은환이 개구지게 입가를 말아 올렸다. 안경 너머 예리한 은환의 눈이 지후를 향해 뭐라 뭐라 신호를 보냈다.

성공했느냐, 얘기가 잘된 거냐, 뭐 그런 식의 눈짓이라는 걸 읽고도 지후는 못 알아들은 척 평소처럼 무뚝뚝한 얼굴로 딴청을 피웠다.

하여간 입도 무거운 자식. 차라리 반응이 솔직한 유원을 살피는 게 빨랐다. 발갛게 달아오른 얼굴로 안절부절못하는 유원을 보자 은환의 마음이 흡족해졌다.

시간문제라고 생각했다. 아무리 둔한 유원이라고 해도, 갈수록 제 마음 주체 못 하는 지후를 끝까지 모를 수는 없을 거라 예상했다.

짐작은 틀리지 않았고, 보아하니 그 이상으로 얘기가 잘된 모양이다. 아닌 척하고는 있지만 지후의 눈매가 너무도 확연히 누그러져 있었다. 저게 지금 당장 서지후가 할 수 있는 최선의 표현이 아닐까.

딴청을 피우는 와중에도 연신 유원을 힐끔거리는 지후의 모습에 은환이 웃음을 삼켰다. 아주 잠시 잠깐도 눈을 못 뗀다.

이 느림보 커플을 위해 뭐라도 도와주고 싶다고 생각할 즈음 희주가 피곤에 찌든 얼굴로 휴게실에 나타났다. 심상치 않은 기류를 감지한 희주가 다짜고짜 입을 열었다.

"또 왜 이래, 분위기. 뭐야. 뭔 일이야? 뭔데?"

희주가 재빨리 유원의 곁으로 다가가 촉을 세웠다. 포커페이스인 지후는 그렇다 쳐도 유원은 손부채질까지 해 가며 진정하려 애쓰고 있었다.

필시 뭔가가 있음을 감지한 희주가 내막을 알아내려 혈안이 되었다. 노골적으로 지후를 살펴 대는 희주를 향해 은환이 고개를 절레절레 저었다.

눈치 없기로는 일등이라니까. 누가 데려갈지 심히 걱정된다며 은환이 가운 주머니에 두 손을 꽂고 희주를 불렀다.

"윤희주."

"왜."

"너 오늘 약속 있냐?"

"아니, 없는데."

"그럼 나랑 밤새도록 같이 있는 거 어때?"

이건 또 뭐. 생뚱맞은 은환의 말에 희주가 엥? 하는 표정을 지었다. 이미 오전에 한 차례 당했다는 것을 잊지 말자고 다짐하는 그녀의 표정이 비장했다.

그러거나 말거나. 은환은 사뭇 진지한 표정으로 희주를 바라보며 대답을 기다렸다. 장난이나 실언을 한 게 아니라는 듯 덤덤하게 있는 은환을 보자니 불현듯 두려움이 앞섰다.

다른 것보다도 밤새도록이라는 단어가 걸렸다. 밤새도록이라. 지금 이거, 데이트 신청하는 건가. 설마. 근데 밤새도록 뭘 하자는 거지? 대체 뭘 하자고, 둘이…….

생각이 길어질수록 희주의 상상은 절로 난잡해졌다. 빨개지는 얼굴을 주체하지 못하고 있는 희주에게 곧 은환이 슬금슬금 다가섰다. 차마 가까이 오지 말라는 말도 못할 정도로 얼어 버린 희주가 잔뜩 겁에 질린 얼굴로 은환을 올려다보았다. 희주의 바로 앞에 우뚝 멈춰 선 은환이 덤덤하게 입을 열었다.

"싫어?"

"어? 아니, 싫다기보다는……."

"좋구나? 그치?"

"야, 너는 무슨, 그런 얘기를 그렇게 막……."

희주가 빨개진 얼굴로 이리저리 눈치를 보았다. 어우야, 하며 은환의 어깨를 가볍게 때리기도 했다. 있는 대로 수줍어하는 희주의 모습에 은환이 한쪽 입가를 씨익 말아 올렸다.

"오케이. 그럼 같이 있는 거다? 콜?"

"아니아니, 그렇게 바로 결정하는 건 좀……."

"들었지? 오늘 당직 윤희주랑 내가 한다."

"뭐?"

"서지후, 문유원, 니들은 퇴근해. 내일 보자."

이 녀석이 이렇게 저돌적이었나, 생각하며 안절부절못하던 희주가 은환의 말에 놀라 눈을 크게 떴다. 갑자기 당직이라니. 난 어제 했는데?

지후와 유원 역시 무슨 말이냐며 의아한 얼굴로 은환을 쳐다보았다. 은환이 아직 얼어 있는 희주의 어깨에 한쪽 팔을 턱 걸치며 지후와 유원에게 말을 이었다.

"나가서 데이트 좀 하라고. 첫날부터 병원에만 있을 거야?"

"뭔 소리 하는 거야, 너. 데이트라니?"

"당직 데이트 하자고, 우리도. 왜, 싫어? 내가 싫은 거야?"

다그치는 은환을 보며 희주가 입을 다물었다. 당직이면 당직이고 데이트면 데이트지, 그걸 어떻게 같이 묶느냐는 말이 목 끝까지 치밀어 올랐다.

아니, 그것보다 방금 굉장한 말을 들은 것 같은데?

거기까지 알아챈 희주가 고개 돌려 유원과 지후를 살폈다. 싫지 않은 얼굴로 헛기침을 하는 지후와 여전히 손부채질 중인 유원을 보는데 맥이 탁 풀렸다.

최근 들어 부쩍 낯설던 분위기가 설마 이거였을까. 요 며칠 이상하게 거슬리던 복잡 미묘한 기류는 바로 이걸 말하는 거였나.

서지후와 문유원. 너희 둘이⋯⋯?

선뜻 받아들이기 힘든 희주가 허, 하고 작게 탄식했다. 물어볼 말들이 너무 많아 무슨 말부터 꺼내야 할지 난감할 지경이 됐다. 사색인 얼굴로 목소리조차 내지 못하고 웅얼거리는 희주를 데리고 은환이 돌아섰다. 눈치 정말 없어, 타박하면서.

이것 좀 놓으라는 희주와 가만있으라는 은환이 옥신각신 실랑이를 벌이며 코너 뒤로 사라졌다. 그 모습을 조금 더 지켜보던 유원이 지후를 돌아보다 흠칫 놀랐다.

계속 보고 있었다는 듯 지후의 눈동자에는 그 어떤 흔들림도 없었다. 오직 유원만 보인다는 것처럼 지그시 바라보는 눈빛이 올곧았다. 매우, 그윽했다.

두근두근. 심장이 또다시 간격을 좁혀 빨리 뛰기 시작했다. 천천히 몸을 일으킨 지후가 유원을 향해 손을 뻗었다. 기꺼이 지후의 손을 잡는 유원의 입가에 말간 미소가 드리워졌다.

"정말 괜찮을까."

"뭐가."

"미안해서. 이틀 연속 당직을 어떻게 해."

의국을 들렀다 나오는 유원의 표정이 시무룩했다. 희주와 은환에게 미안해 발길이 떨어지지 않았다. 가뜩이나 피곤할 텐데 연이어 당직을 세우려니 맘이 편치 못했다.

지후 역시 미안한 건 마찬가지였으나 귀하게 얻은 병원 밖 유원과의 시간을 반납할 생각은 결코 없었다. 늑장 부리는 유원의 느린 걸음에 맞춰 걸으며 지후가 유원을 힐끔 쳐다보았다. 어깨에 손을 올릴까 말까. 망설이던 지후가 몰래 헛기침을 했다.

말만이라도 고맙다고, 그냥 됐다고 하는 유원을 적극적으로 말린 건 은환이었다. 동기 좋다는 게 뭐냐며 너무도 흔쾌히 보내 주던 은환은 공짜 아니라는 말로 유원을 설득했다. 나중에 사정 생기면 저도 한 번 꼭 바꿔 달라면서.

때문에 희주는 혼자만 나쁜 사람이 될 수 없어 얼떨결에 울며 겨자 먹기로 당직을 서게 되었다. 은환의 손에 이끌려 억지로 구내식당으로 향하던 희주가 떠올라 유원은 침울해졌다. 더군다나 희주가 지후를 좋아한다 했던 터라 맘에 더 걸렸다. 죄스러운 나머지 한숨이 끊이지 않고 흘러나왔다.

"어머, 서지후 선생님! 어머어머!"

회전문을 지나 밖으로 나가자마자 요란한 하이 톤이 귓가를 때렸다. 누군지 벌써 알겠는 유원이 한없이 못마땅한 얼굴로 고개를 돌렸다.

양손 가득 뭔가를 주섬주섬 챙겨 든 혜미가 저만치 앞에서부터 하이힐 소리를 내며 달려왔다. 힐의 높이가 상당한데도 불구하고 넘어지지 않는 것이 용했다. 빠르게 다가온 혜미가 눈꼬리를 한껏 내리며 교태를 부렸다.

"어디 가세요? 오늘 당직 아니세요?"

"왜요."

"아, 이거 드시라고 사 왔거든요. 치킨 좋아하시죠?"

동료분들과 함께 드시라는 의미에서 넉넉히 사 왔다며 혜미가 부산스레 양손을 흔들었다. 풍겨 오는 고소한 치킨 냄새에 식욕이 동했다.

유원이 저도 모르게 꿀꺽 침을 삼키다 얼른 경계태세를 갖추고 혜미를 노려보았다. 언제 지후의 당직 스케줄까지 알아낸 건지 기가 막혔다.

볼수록 기분 나쁜 여자라니까. 거슬려 죽겠는 얼굴로 유원이 몰래 입술을 삐죽였다. 지후가 그런 유원을 슬쩍 살피고는 혜미를 향해 딱딱하게 입을 열었다.

"됐습니다."

"네? 왜요? 치킨 별로세요?"

"네."

"어머, 그래요?"

"정확히는 그쪽이 별롭니다, 죄송하지만."

하나도 죄송하지 않은 말투로 죄송하다 말하는 지후의 눈매가 더없이 싸늘했다. 튀어나온 매몰찬 거절에 혜미는 물론, 유원까지도 벙찐 얼굴이 되었다.

사람, 아니 여자에 대한 기본 매너가 없어도 너무 없는 서지후를 얕봤다. 남이야 상처를 입든 말든 눈 하나 깜짝 않는 냉혈한 서지후의 등장에 당황한 혜미가 가까스로 입가를 올려 미소 지었다. 주특기인 가슴을 한껏 내미는 것도 잊지 않은 그녀가 요사스럽게 웃으며 눈을 흘겼다.

"어머, 터프하기도 하셔라. 제가 맘에 안 드세요?"

"알면 그만 좀 흔드시죠. 짜증나는데."

"네?"

"그거, 억지로 봐야 하는 사람 생각은 안 하십니까?"

미간을 잔뜩 구긴 지후가 불쾌한 듯 턱 끝으로 혜미의 가슴을 가리켰다. 그때까지 쉬지 않고 가슴을 흔들며 애교 부리던 혜미가 지후의 지적에 움찔 동작을 멈췄다.

풉, 터져 나오려는 웃음을 가까스로 참은 유원이 중재하려는 듯 지후의 팔을 잡아끌었다. 유원의 손을 내린 지후가 제 손 안에 가두듯이 단단히 부여잡았다.

난 네 편이야. 네 편만 할 거야. 꼭 그렇게 말해 주는 것만 같았다. 올려다보는 유원의 시선에 응대해 짧게 웃어 준 지후가 급 냉랭한 표정을 짓고서 혜미에게 말을 던졌다.

"분명히 말해 두는데 저한테 관심 끊으십시오."

"네? 왜요?"

"죽을 때까지 한 사람만 볼 거니까요. 기다려도 소용없습니다."

"네……?"

"춥다. 가자."

지후가 유원의 손을 꼭 잡은 채로 성큼성큼 걷기 시작했다. 큰 보폭에 맞춰 바삐 걸으며 유원은 허겁지겁 뒤쪽을 돌아보았다. 굳은 듯 미동도 못 하고 서 있는 혜미가 보였다.

넋이 나간, 얼이 빠진 얼굴로 하염없이 눈만 깜빡이고 선 그녀가 어쩐지 애처로웠다. 자존심이 상해도 단단히 상한 눈치였다.

하긴, 남자라면 누구든 제 손에 넣고 쥐락펴락한다던 강혜미가 아닌가. 그녀에게 있어선 일생일대의 굉장한 굴욕이 아닐 수 없었다.

속이 시원하긴 한데 너무 대놓고 거절한 거 아닌가 싶어 지후를 올려다보던 유원이 두근거림에 입을 다물었다. 방금 들었던 말들이 되뇌어지자 얼굴이 화끈 달아올랐다.

죽을 때까지 한 사람만 보겠다니. 그런 소릴 참, 아무렇지 않게 잘도.

수줍은 기색을 감추며 유원이 못내 칭얼거렸다.

"좋아했으면서."

"뭐?"

"아까 아침에, 저 여자가 네 팔에다 가슴 막 비빌 때."

분명 좋아하지 않았느냐고 물은 유원이 새치름히 눈을 치켜떴다. 조금은 토라진 것도 같은 귀여운 그 표정에 지후는 하마터면 소리 내어 크게 웃을 뻔했다.

아마도 가식일 것이다. 남자들은 백이면 백, 가슴 큰 여자를 마다하지 않는다고 들었다. 괜히 또 제 가슴을 흘깃 내려다보게 된 유원이 한껏 더 입술을 샐쭉거렸다. 지후가 목소리를 가다듬어 내뱉었다.

"아닌데."

"거짓말."

"진짜 하나도 안 좋았어."

"웃기지 마. 내가 다 봤어, 좋아하는 거."

"그건 전적으로 너 때문이었는데."

응?

갑작스런 지후의 말에 유원이 고개를 돌렸다. 들어 올린 시선 끝에 지후의 빨갛게 변한 귀가 들어왔다. 이번엔 두 볼까지 살짝 붉어져 있었다.

또 당황했나 싶어 잠자코 기다리는 유원을 지후는 좀처럼 바로 보지 못했다. 대답을 않고 걷기만 하는 지후에게 무슨 뜻이냐고 재촉했다. 이윽고 지후가 힘겹게 입을 열었다.

"네가 떠올라서 그랬다고."

"어?"

"그날, 너무 좋았거든. 만질 때."

"아……."

"너 아니면 싫어. 너 아니면 아무 느낌도 안 나."

진지하게 덧붙인 지후가 부러 헛기침을 했다. 이미 유원은, 앞서 들어 버린 말들로 지후 못지않게 두 볼이 빨개진 상태였다.

괜히 물었다. 그냥 가만있을걸. 저절로 떠오른 지난 기억들이 고스란히 되살아나 유원을 괴롭혔다. 말만 들었을 뿐인데도 꼭 그날 밤처럼 지후에게 온통 만져지는 것만 같았다. 유원이 고개를 푹 숙였다.

남들이 보면 싸운 줄 알지도 모르겠다. 남자는 연신 다른 곳만 보는 한편, 그 옆의 여자는 고개조차 들지 못하고 있었다. 부끄러움을 잠재울 시간이 필요했고, 머지않아 진정된 유원이 조심스레 지후를 봤다.

지후가 용기 내어 유원과 눈을 맞췄다. 수만 가지의 말들이 입 안에서 맴돌았다. 그중 단연 먼저 떠오르는 말이란 그저 좋다, 라 는 것이었다.

지후가 잡고 있던 손을 풀었다. 그러고는 유원의 어깨 뒤로 살 며시 둘러 제 품 속으로 끌어당겼다. 거의 안기다시피 한 채 걷는 유원이 지후의 허리에 가만히 팔을 둘렀다.

차갑게 내려앉은 저녁 공기가, 스치듯 불어오는 저녁 바람이 싱그러웠다. 달콤한 설렘에 가슴이 콩닥거렸다. 이렇게나 좋은 날 에 이렇게나 좋은 너와 함께일 수 있다니. 지후가 유원을 보며 작 게 미소 지었다. 휘어진 입가에 부드러움이 서렸다.

"처음이네, 영화."

"그러게."

"뭐 볼까? 골라 보자."

모처럼 생긴 여유 시간이라 어딜 갈까 하다 일단 극장으로 향 했다. 배가 아주 많이 고픈 건 아니라서 영화 먼저 보고 밥을 먹 어도 괜찮을 것 같았다.

티켓 창구 앞에 나란히 선 지후와 유원이 도란도란 상의를 해 가며 눈으로 상영 목록을 훑었다. 지후와 단둘이서 따로 극장을 찾은 것은 이번이 처음이었다. 학교 때 학과 동기들과 다 같이 의 학 관련 영화를 본 적은 있었지만 데이트를 한답시고 이렇게 단 둘이서만 온 적은 단 한 번도 없었다.

그렇게 생각하니 이상하리만치 가슴이 떨렸다. 낯설고 생경한 기분으로 영화표를 들여다보던 유원이 팝콘을 사 오겠다며 스낵 코너로 달려가는 지후를 가만 바라보았다. 무뚝뚝한 얼굴로 주문하는 지후를 보는 유원의 입가가 살그머니 휘어졌다.

상영관 안으로 들어가 자리를 찾아 앉았다. 화면으로 나오는 광고를 보는데 유독 연인들이 많이 눈에 띄었다. 여기저기 둘러보는 곳마다 온통 남녀 커플 천지였다.

각자 무슨 얘기들을 그렇게 하는 건지 신이 나서 떠드는 그들을 보기만 해도 기분이 좋았다. 소리 없이 웃고 있던 유원이 문득 느껴지는 시선에 옆자리의 지후를 돌아봤다.

지후가 유원을 바라본 채 느릿하게 눈을 감았다 떴다. 그 모습이 꽤나 근사해 유원은 저도 모르게 입술을 조금 벌렸다. 어두운 조명 아래에서 보는 지후는 괜히 유원의 가슴을 또 두근거리게 만들었다.

터질 것처럼 마구 뛰어 대는 심장을 억누르며 눈을 맞추는 유원에게 지후가 손을 뻗었다. 부드럽게 머리를 쓸어 넘긴 지후가 흘러내린 옆머리를 유원의 귀 뒤로 넘겨 주었다. 조심스러운, 매우 다정한 손길이 그저 포근했다. 한껏 나른해진 기분으로 유원이 입을 열었다.

"근데."

"어?"

"대답은 왜 안 해?"

지후가 의아한 표정으로 눈썹을 슬쩍 들어 올렸다. 무슨 대답, 이라고 묻는다는 것을 알아챈 유원이 다시 입술을 달싹였다.

"아까 내 말에 대답 안 했잖아."

"무슨?"

"내가 너 좋아하면 싫은 거냐고 물었었는데."

"……"

"안 할 거야? 대답?"

굳이 따지자면 어떤 답을 바라고 던진 말은 아니었다. 어렵게 깨달은 마음을 알려 주고 싶어 내뱉은 고백에 불과했으니까.

하지만 유원은 듣고 싶었다. 지후로부터 보다 확실한 말이 듣고 싶은 거였다. 승하와 나누던 대화를 엿듣긴 했지만, 그래서 지후의 숨겨 왔던 마음을 이미 다 알아 버렸긴 해도 당사자에게 직접 듣는 바에 비할 건 아닐 테니까. 그러니까.

또다시 무섭게 자라난 제 욕심에 놀란 유원이 조용히 지후를 응시했다. 과연 말을 해 줄까 싶어 초조해졌다. 지후가 그랬다. 감히 입 밖으로 낼 정도가 아니라고. 그래서 이제껏 숨겼고, 결코 쉽게 말할 수 없을 만큼의 마음이라고.

더럭 긴장이 됐다. 지후가 속삭이는 좋아한다는 말이 유원은 어쩐지 상상조차 쉽지 않았다. 못 하겠다고 해도 할 수 없다 체념할 무렵 지후가 몸을 일으켰다. 손을 잡아끄는 지후를 따라 유원은 상영관 바깥 끝 쪽 구석으로 걸음을 옮겼다.

"왜, 읍……"

비상구 근처의 조명이 들어오지 않는, 아무도 없는 후미진 곳을 찾아낸 지후가 다짜고짜 유원을 끌어안고 입을 맞췄다. 단번에 부딪혀 오는 지후의 입술이 너무나도 뜨거워 유원은 그대로 두 눈을 감아 내렸다.

갑자기 이러면 안 되는데. 심장에 과부하라도 걸릴까 유원은 못내 불안했다. 아랑곳 않고 지후가 유원의 입술을 벌려 급하게 혀를 집어넣었다. 감긴 유원의 눈가가 연신 찡긋거렸다.

격렬하게 밀고 들어간 매끈한 혀가 유원의 입안을 이리저리 헤집었다. 촉촉하게 젖은 혀의 움직임은 소름이 끼칠 만큼 감미로웠다. 지후의 한 손이 유원의 뒷머리를 조심스레 부여잡았다. 제게로 더 바짝 밀착시키며 미친 듯이 혀를 놀렸다.

그야말로 정신없이 지후는 유원의 입술과 혀를 물고 빨았다. 세차게 빨아 당기다 더듬듯 어루만지기를 수도 없이 반복했다. 마치 끝을 모르는 사람처럼, 한계가 없는 사람처럼 점점 더 난폭한 키스를 이어 갔다.

숨이 차올랐고, 맞닿은 가슴이 심하게 들썩거렸다. 지후의 품 안에 가두듯이 안긴 유원이 오래도록 이어지는 키스에 힘겨운 신음 소리를 냈다. 강아지처럼 낑낑거리는 유원을 그럼에도 지후는 조금 더 품에 가두고 탐했다. 몰아치는 혀끝이 강렬하게 뒤엉켰다.

츄릅…… . 입안 가득 흥건하게 고인 타액을 남김없이 빨아 삼킨 지후가 몇 번 쪽쪽 부딪혀 부드럽게 마무리하고는 입술을 떼었다. 흐트러진 숨결을 내뱉으며 유원이 눈을 떴다.

"하루 종일 혼났네…… ."

"어……?"

"이러고 싶어서…… . 죽는 줄 알았어…… ."

"하아……."

"한 번만 더……."

"읍……."

미간을 구긴 지후가 다시금 유원의 입술에 제 입술을 갖다 댔다. 아직 가쁜 숨을 진정시키지 못한 유원은 또다시 질펀하게 시작되는 키스로 인해 조금 더 힘겨운 시간을 보내야 했다.

말캉거리는 젖은 혀가 밀려 들어와 유원의 여린 점막을 집요하게 훑었다. 치열과 입천장, 양쪽 볼까지 구석구석 건드리고 찌르는 지후 때문에 유원은 정신이 하나도 없었다. 그만하라는 뜻으로 가슴팍을 가볍게 치자 지후는 유원의 손까지 가져가 옴짝달싹 못하게 하고서 키스를 해 댔다.

달콤하고 촉촉한, 뜨겁고도 강렬한 입맞춤에 전신이 나른해졌다. 쓰러지지 않을 수 있었던 건 순전히 지후 덕분이었다. 품 안에 가득 안고서 혀를 놀리는 지후는 몹시도 필사적이었다.

끊임없이 격렬하고 쉴 새 없이 거칠었다. 조금도 놓아주고 싶지 않다는 것처럼 느껴졌다. 입술이 닿은 순간부터 아주 잠시도 놓아줄 수 없다는 것만 같았다.

지후가 고개를 비틀었다. 한껏 더 깊숙하게 파고들어 오는 지후의 혀를 유원은 고스란히 받아 안았다. 입을 살짝 크게 벌려 주자 기다렸다는 듯 지후가 유원을 더 세게 꽉 끌어안았다.

은근하게 풍겨 오는 머스크 향과, 달달한 지후의 체향에 흠뻑 취해 버린 유원이 흠칫흠칫 어깨를 떨었다. 몽롱할 정도로 희미해진 정신이 당장이라도 잃어질 것처럼 힘겨웠다.

간지럽고 말랑거리는 감촉이 쉬지 않고 심장을 따끈하게 데웠다. 젖은 혀끝이 아찔하게 아렸다. 한참이나 유영하던 혀를 빼낸 지후가 나른한 목소리로 속삭였다.

"문유원……."

"어……."

"나 좀…… 볼래……?"

두 눈을 질끈 감은 채로 움찔거리던 유원이 살며시 눈꺼풀을 들어 올렸다. 근사하게 일렁이는 까만 눈동자를 바라보는 순간 숨이 막힐 것처럼 가슴이 아렸다.

여전히 입술은 서로 맞닿은 상태였다. 그 상태로 가깝게 눈을 맞추는 지후 때문에 유원은 자꾸만 몸이 떨렸다. 지후가 내뱉는 달달한 숨결이 고스란히 닿아 오자 심장이 터질 것처럼 아렸다. 아픈데, 그저 좋았다.

지후 역시 이러고 있는 게 좋은지 떼지 않은 입술을 좌우로 가만가만 비볐다. 말랑말랑하고 촉촉한 입술이 닿아 문질러지는 기척은 말로 표현할 수 없게 황홀했다. 지후의 눈빛이 너무도 그윽했다. 깊게 일렁이는 그 눈동자를 유원은 사뭇 아련하게 바라봤다.

잠시 그대로 있었다. 어떤 말도 필요 없었다. 이렇게 눈을 바라보기만 해도 지후의 마음과 감정, 생각, 기분, 그 모든 것들이 오롯이 전해져 오는 것만 같았다. 그게 참, 감격스럽고 벅찼다.

왜 진작 몰랐을까. 이렇게 깊은데. 이렇게 진심으로 간절한 너인데 어째서. 나는.

불현듯 드는 후회를 삭이며 유원은 얌전히 지후와 눈을 맞췄다. 조금 더 비벼 대던 입술을 옆으로 옮겨 간 지후가 유원의 볼 곳곳에 정성껏 입을 맞췄다. 쪽, 쪼옥……. 사랑해 주는 느낌이 물씬 묻어나는 너무도 감미로운 입맞춤을 지후는 해 주었다.

마지막으로 유원의 입술에 오래도록 머물렀다 떠난 지후가 이내 지그시 유원을 바라보았다. 지후의 한 손이 유원의 얼굴을 조심스레 감싸 쥐었다.

"나한테 네가……. 얼마만큼인지 알아……?"

그윽하게 눈을 맞춘 채로 지후가 유원에게 물었다. 나지막이 깔린 중저음이 조곤조곤 귓가에 스며들었다. 차마 대답할 수 없어 유원은 말을 아꼈다.

지후가 유원의 입술을 짧게 훔쳤다. 도톰하니 부드러운 유원의 입술이 너무 좋아 자꾸만 닿고 싶어 안달이 났다.

한 번으로 끝날 줄 알았던 가벼운 뽀뽀가 몇 번이나 더 이어졌다. 지후가 얌전히 있어 주는 유원의 입술을 엄지로 살살 문지르며 나직이 말을 이었다.

"모를 거야. 나도 모르겠으니까. 내가 널 얼마나 좋아하는지 나도 잘 모르겠어."

"지후야……."

"너무 많이 좋아해서, 좋아한다 말할 수도 없어. 감히. 그깟 말로 표현될 정도가 아니라서. 내 마음이."

"너……."

"이거면, 대답이 됐어……?"

혹 성에 차지 않았다면 미안하다며 지후가 작게 웃었다. 누그러진 깊은 눈매에, 아주 조금 휘어진 고운 입꼬리에 유원은 그만 입을 다물었다.

처음이었다. 지후의 웃는 모습을 본 건. 이렇게 웃을 줄 아는 녀석이었구나, 싶었다. 그런 그를 이제껏 웃지 못하게 만든 건 어쩌면 유원 자신인지도 몰랐다.

얼마나 혼자 애태웠을까. 가늠도 되지 않았다. 누군가를 혼자 몰래 바라본다는 게 결코 쉬울 수만은 없는 일이란 걸 유원은 잘 알고 있었다. 상대의 마음이 나와 같길 바란다는 게 얼마나 큰 욕심인지도. 그게 이루어졌을 때의 기쁨도.

다정하게 바라보며 웃어 주는 지후의 품으로 유원이 와락 안겨 들었다. 이내 둘의 입술이 자연스럽게 서로를 찾아 포개어졌다. 질펀하게 맞물린 혀가 차츰 끈적하게 뒤엉켜 들었다. 부드럽고, 또 감미로운 움직임이 연거푸 둘의 입안에서 이루어졌다.

멀리서 영화 상영 시작을 알리는 직원의 말이 들려왔지만 지후와 유원은 한참이나 더 떨어질 줄을 몰랐다. 숨이 가빠지는 것도 잊고 미친 듯이 혀를 놀렸다. 금방이라도 터질 것처럼 심장이 뛰어 댔다. 지후가 유원을 꼬옥 끌어안았다.

13

우리, 같이 있을까……?

　　결국 영화 초반부는 고스란히 날려 버렸다. 그나마 흥미 위주의 장면들이었는지 뒤의 이야기를 이해하는 것에 별 무리가 없었다는 것이 다행이었다고 할까.

　　상영관으로 들어가 자리를 찾아 앉은 지후와 유원은 처음부터 끝까지 손을 꼭 잡고서 영화를 봤다. 간간이 서로 눈을 맞추고 소리 없이 웃기도 했다. 그게 너무 잦아질 때쯤 유원은 애써 지후를 쳐다보지 않으려 노력했다. 이래서야 영화를 보러 온 건지 지후를 보러 온 건지 헷갈릴 지경이었다.

　　영화 관람에 방해가 되고 싶진 않아 꾹 참던 유원이 몰래 지후를 돌아보았다. 어느덧 첩보스릴러 영화에 푹 빠져든 지후는 꽤 심각한 표정을 하고 있었다.

　　번쩍이는 화면에 비친 지후의 옆얼굴이 푸르스름하게 빛났다.

오뚝한 콧날과 살짝 일그러진 눈매가 어찌나 근사하던지 유원은 저도 모르게 넋을 놓고 지후를 감상했다. 굳게 다물린 입술마저 멋있어 눈을 뗄 수 없었다. 유원이 흐뭇하게 미소 지었다.

"그걸로 되겠어?"

"응, 너는?"

"나도. 음료는 뭐, 맥주 할까?"

극장을 빠져나와 거리를 걷다 멕시코 풍의 퓨전 레스토랑을 발견하고 안으로 들어갔다. 빈자리를 찾기가 어려울 만큼 제법 인기가 있는 곳인 듯했다. 추천메뉴라고 표시되어 있는 치킨과 퀘사디아 요리를 시키고 맥주도 하나씩 주문했다. 크림이 가득 올라간 시원한 맥주가 먼저 서빙되었다.

유려한 곡선의 예쁜 잔을 부딪친 지후와 유원이 각자 크게 한 모금 머금었다. 부드러우면서도 쌉싸름한 맥주가 목을 타고 알싸하게 흘렀다.

"줘 봐."

"응?"

"손. 이리 내."

저녁시간이 지났음에도 불구하고 레스토랑 안은 붐볐다. 젊은 사람들뿐 아니라 가족 단위의 손님들도 여럿 눈에 띄어 구경하던 유원이 지후의 말에 손을 내밀었다.

물수건을 집어 든 지후가 조심조심 유원의 손을 닦아 주었다. 됐어, 내가 할게, 라는 말이 입안에서 맴돌았다. 친절한 지후가 그저 설레었다. 유원이 물끄러미 지후를 바라보았다.

꿈에도 몰랐다. 언제부터였을지 짐작도 되질 않았다. 지후의 말과 행동들이 하나하나 되새겨졌지만 유원은 대체 언제부터 지후가 자신을 다른 눈으로 봤을지 상상조차 쉽지 않아 얌전히 손을 맡겼다. 손가락이며 손바닥이며 지후의 손이 닿는 곳마다 온통 간질간질했다.

유원의 두 손 모두를 깔끔히 닦아 준 지후가 제 손까지 마저 닦고서 고개를 들었다. 눈이 마주치자 지후는 설핏 입가를 말아 올렸다. 희미하게 어린 그 미소에도 유원의 가슴은 영락없이 두근거렸다.

좋다. 너무 좋아. 갈수록 더 좋아지는 것만 같아. 지후, 네가.

살짝 붉어진 두 볼이 민망해 유원이 시선을 피했다. 주변 사람들을 구경하다 흘러나오는 음악에 고개를 주억거리고 있자니 머지않아 음식이 나왔다. 지후가 유원의 손에 포크를 들려 주었다.

"솔직히 나는 너, 남자 좋아하는 줄 알았어."

기대 이상으로 맛이 괜찮은 치킨 요리를 입에 넣고 우적거리던 유원이 슬그머니 말을 꺼냈다. 실례되는 말인지라 눈치가 보였지만 예전처럼 버럭 화를 내진 않을 거란 막연한 믿음이 있었다.

아니나 다를까, 적잖이 굳은 표정으로 멈칫거린 지후가 그러냐? 하고 심드렁한 반응을 보였다. 이젠 성질내는 것도 참아 주는 건가. 왠지 모르게 뿌듯해진 마음으로 유원이 작게 웃었다.

"그렇게 고백을 많이 받아 놓고도 눈 하나 깜짝 않길래."

"혹시나 했어?"

"응. 그리고 네가 전에 그랬잖아. 여자한테 관심 없다고."

"여자한테는 없지."

"응?"

"문유원한테는 많아, 관심."

짐짓 단호한 말투로 내뱉은 지후가 지그시 유원을 바라봤다. 깊이를 알 수 없게 그윽한 까만 눈동자 안에 오직 유원만이 가득 들어찼다.

여전히 그렇다는, 꽤 오래전부터 그래 왔다는 지후의 맘이 진지한 눈빛에서 오롯이 흘러나왔다. 수줍어진 유원이 뭐야, 하고 작게 칭얼댔다. 덩달아 민망해진 지후가 낮게 헛기침을 했다.

곧이어 나온 퀘사디아 요리를 지후가 적당히 잘라 유원의 앞에 놔주었다. 역시나 맛이 괜찮아 유원은 지후에게도 먹어 보라며 포크로 집어 내밀었다.

머뭇거리는 것 같던 지후가 이내 순순히 입을 벌려 받아먹었다. 괜찮네, 하고 고개를 끄덕이던 지후가 포크를 내려놓고 유원에게로 손을 뻗었다. 유원의 입가에 묻은 부스러기를 살살 털어 내어 준 지후가 흘러내린 머리까지 쓸어 넘겨 주었다.

바라보는 눈빛에도, 어루만지는 손길에도 채 감추지 못한 애정이 묻어났다. 낯설면서도 설레는 묘한 기분에 유원은 그저 웃었다. 말갛게 휘어진 눈꼬리가 더없이 사랑스러웠다.

지후가 꿀꺽, 하고 마른침을 삼켰다. 꿈이면 어쩌지. 내일이 되면 모두 다 없었던 일로 될까 싶어 못내 두려워졌다. 좋은 것 이상으로 불안한 극한의 떨림에 지후가 조용히 숨을 골랐다.

"미안, 잠깐만. 여보세요?"

— 유원아, 이모야. 잘 지내니?

울리는 진동에 핸드폰을 꺼내 든 유원이 얼른 지후에게 양해를 구했다. 의아하게 보는 지후를 향해 유원이 입을 뻥긋거렸다. '이모'라는 두 글자에 지후가 편하게 통화하라는 듯 시선을 거둬 주었다.

포크를 내려놓은 유원이 급히 목을 축였다. 간만에 듣는 목소리가 어지간히도 친근하고 반가웠다. 유원의 입꼬리가 저절로 말려 올라갔다.

"네, 이모. 별일 없으시죠?"

— 너 잘 지내나 걱정되는 것 말고는 별일 없지.

"이모도 참. 민영이도 잘 있고요?"

— 걔야 뭐, 공부 안 하고 놀러 다니는 건 여전해. 누가 저걸 내년에 고3으로 보겠니. 대책 없다.

아주 속이 터져 문드러진다며 분통을 터뜨리는 이모의 말에 유원이 소리 죽여 웃었다. 하도 어릴 적부터 봐선지 친동생이나 마찬가지인 민영이 금세 눈에 아른거렸다.

조만간 주말에 한번 찾아뵙겠다 말한 유원은 날이 아직 춥다며 감기 조심하시라 당부를 건넸다. 너나 잘 하라며, 어디 아픈 곳은 없느냐고 묻는 이모에게 걱정 마시라 전하던 유원이 문득 저를 보고 있는 지후를 발견하고 눈을 맞췄다. 지후가 한 손을 뻗어 내밀었다.

— 일하느라 바쁜 거 아는데 가끔 전화 좀 줘. 목소리라도 들게.

319

"그럴게요. 죄송해요."

— 죄송하다는 말 듣자고 한 소리 아니고. 든 자리는 몰라도 난 자리는 티가 나는 법이야, 알지?

내밀어진 지후의 손에 유원이 제 손을 가져다 살포시 얹었다. 조심스레 잡아 준 지후가 가만히 눈을 감았다 떴다. 느릿하게 움직이는 결 고운 속눈썹이 마냥 보기 좋았다.

포근한 손의 온기를 만끽하며 유원은 네, 하고 대답했다. 수화기 너머에서 이모가 작게 한숨을 내쉬었다. 길어지는 통화에 유원이 미안하다고 입을 뻥긋거렸다. 지후가 됐다며 고개를 젓고서 맥주를 한 모금 들이켰다. 그러고는 유원의 손을 조금 더 힘껏 잡아 주었다.

— 유원아.

"네, 이모."

— 혹시 혼자 힘들면.

"네."

— 이모 집으로 언제든 다시 와. 괜찮으니까, 응……?

뜸을 들이듯 느려지던 이모의 목소리가 눈에 띄게 작아졌다. 감이 멀어졌고, 이내 코를 훌쩍이는 듯한 소리가 들려왔다. 유원이 입을 다물었다.

여러 차례 사업에 타격을 입은 이모부를 도우려 젊어서부터 안해 본 일이 없는 그녀였다. 언니의 딸이긴 해도 군식구나 다름없는 유원까지 거둬 먹이느라 힘들었던 나머지 가끔은 신세 한탄을 하기도 했었다.

하늘도 무심하시다고, 무슨 팔자가 이리도 박복한지 모르겠다고 읊조리는 이모의 말을 들을 때마다 유원은 어쩔 수 없이 죄스럽고 죄송했었다. 자연히 눈치가 보였고, 이모의 만류에도 불구하고 유원은 그 집을 나와야 했다. 조금이라도 폐를 덜 끼쳐야겠다는 생각뿐이었다.

그래서 더 이를 악물고 공부했다. 꼭 잘돼서 보답하겠노라 매 순간 마음을 먹었었다. 인턴으로서 첫 월급을 타게 되면 고스란히 다 갖다 드리겠다는 다짐은 여전히 유효했다. 엇나가지 않고 꿋꿋이 버텨 낼 수 있었던 것도 이모의 덕임을 유원은 잊지 않고 있었다.

싫든 좋든 오래도록 끼고 살았던 식구를 내보내니 아무래도 눈에 밟히는 모양이었다. 표현에 서툰 이모가 울먹이는 기색에 유원은 괜스레 눈물이 차올랐다. 따뜻함. 고마움. 무수히 많은 감정들이 가슴속에 차올라 넘실거렸다.

지켜보던 지후가 설핏 미간을 구겼고, 유원은 얼른 손등으로 양쪽 눈두덩을 눌렀다. 조만간 뵙겠다는 말을 끝으로 통화를 마친 유원이 조심스레 지후와 눈을 맞췄다.

혹 울지는 않을까 노심초사하며 바라보는 지후를 향해 유원이 방긋 미소를 머금었다. 물기 어린 촉촉한 눈동자가 조명 아래 은은하게 빛났다.

"서지후."

"왜."

"고마워."

"뭐가."

다. 그냥 다. 조용히 통화가 끝나길 기다려 준 것도, 따뜻하게 손잡아 준 것도, 지금 그렇게 다정하게 바라봐 주는 것도 다. 다 고마워.

뒷말이 나오지 않아 유원은 그저 고개를 저었다. 아무것도 아니라는 뜻을 알아들은 지후는 되묻는 걸 삼가고 유원을 봤다. 굳이 더 듣지 않아도 괜찮을 것 같은 마음이었다. 별것 아닌 제 궁금증을 해소하자고 유원을 불편하게 만들긴 싫었다.

유원이 먼저 맥주잔을 들어 건배를 청했다. 아직 반 이상이나 남은 음식이 식어 간다는 걸 지후는 그제야 깨달았다. 직원을 불러 데워 달라고 하려는 지후를 유원이 말렸다. 너무 뜨거우면 오히려 먹기 힘들다는 유원이 바쁜 직원들을 신경 쓰고 있다는 걸 지후는 모르지 않았다.

희미하게 웃은 지후가 유원의 머리를 살살 어루만졌다. 예뻐. 착해. 꼭 그렇게 말해 주는 것만 같아 유원은 자꾸만 코끝이 시큰거렸다.

지후가 치킨 한 조각을 집어 유원에게로 내밀었다. 얌전히 받아먹는 유원의 머리를 살살 또 쓰다듬었다. 만져도 만져도 만지고 싶고, 봐도 봐도 보고 싶은 이 심정을 어쩌면 좋을까. 소리 없이 웃는 유원을 보며 지후가 몰래 한숨을 내쉬었다.

"실은 아까."

"응?"

"다 들었어. 승하 선배랑 얘기하는 거."

레스토랑을 빠져나와 잠시 걸었다. 밤공기가 쌀쌀했지만 왠지 걷고 싶었다. 손을 꼭 잡아서인지 그닥 춥지도 않아 유원은 택시라도 타자는 지후의 말을 못 들은 척 계속 걸었다.

지후가 유원을 돌아보았다. 설마, 하는 지후의 표정에 유원이 가만히 고개를 끄덕였다.

수술방에 혼자 남은 지후를 지켜보다 갑자기 나타난 승하를 피해 근처로 몸을 숨겼던 유원이었다. 그러다 들려온 둘의 대화를, 더군다나 본인과 관련된 이야기를 당사자인 유원이 놓칠 리 만무했다.

하긴, 안고 싶을까 봐 안 쳐다본다는 중얼거림도 들킨 마당에 뭐. 난감해하는 지후를 보며 유원이 작게 웃었다.

"몰랐어. 진짜 상상도 못 했어."

"……바보가."

"응. 바보같이 몰랐네. 난 그냥, 내가 불쌍해서 잘해 주는 줄 알았거든."

"뭐? 말이 되냐."

"혼자인 내가 안돼 보여서. 아무도 없으니까, 나한테."

다른 사람들한테는 늘 까칠하게 굴면서 가끔씩 져 주고 했던 게 동정인 줄 알았다며 유원은 웃었다. 부모도 없이 친척 집에 얹혀사는 처지라, 학과 공부에 과외 아르바이트에 눈코 뜰 새 없이 바쁘게 사는 제가 가여워 그닥 날을 안 세우는 줄 알았다는 말들에 지후가 표정을 굳혔다.

웃긴다. 정말 웃기는 논리였다. 동정이고 연민이고 그딴 감정이었음 진작에 그만뒀을 거다. 어떻게 그런 생각을 했을까. 하여간에 이 녀석은.

구겨지는 미간을 어쩌지 못한 지후가 끝내 걸음을 멈추고 유원을 향해 몸을 돌렸다. 지후가 유원의 점퍼 앞섶을 조심조심 여며 주었다. 그러고는 밤바람에 붉어진 유원의 두 볼을 가만히 감싸 쥐었다. 차츰 온기를 되찾아 가는 유원을 바라보며 지후는 아무런 말도 할 수 없었다.

이렇게 바라보기만 해도 좋은데. 불쌍하긴 무슨. ……쯧.

지후가 한숨을 내쉬었다. 한없이 좋고 마냥 좋은 이 마음을 어디서부터 어떻게 설명해야 할지 모르겠다. 답답하니 자꾸 한숨만 나왔다. 그렇다고 이제 와 버럭 화를 낼 수도 없고.

지나가던 행인들이 길 한복판에 멈춰 선 둘을 연신 힐끔거렸다. 그러거나 말거나 지후와 유원은 오직 서로만 보이는 듯 마냥 눈을 맞췄다. 유원이 고개를 한쪽으로 기울였다.

"그러게 왜 그랬어."

"뭘."

"왜 그렇게 티를 안 냈느냐고. 나한테."

성질을 내고 싶으면서도 참는 지후를 알아챈 유원이 선수를 쳤다. 포커페이스도 정도가 있지, 왜 여태 모르게 했느냐고 타박하며 새치름히 눈을 흘겼다.

샐쭉이는 유원의 입술이 귀여워 지후는 또 한 번 시선을 빼앗기고 말았다. 그래. 내가 다 잘못했다. 못내 허탈하게 웃어 버리는 지후를 따라 유원이 입가를 말아 올렸다.

부담 주기 싫어서. 불편하게 만들기 싫어서. 안 그래도 여유 없는 상황에 제 마음까지 받아 달라 조르긴 싫어 참았다는 지후를 알면서도 유원은 괜히 지후를 탓해 보았다.

몰랐으니까. 그래서 승하를 좋아한다 어떻다 소리나 했으니까. 문득 미안해진 유원이 슬쩍 화제를 돌렸다.

"내가 왜 좋아?"

"글쎄."

"이유도 모르고 좋아한단 말이야?"

"정신 차려 보니 벌써 좋아하고 있던데."

"치이, 그게 뭐야."

"눈을 뗄 수가 없었거든. 너한테서."

"정말?"

"그래. 내내 네 생각뿐이었어. 널 만나는 날이든, 못 만나는 날이든."

언제부터였는지 그랬다며 지후가 작게 웃었다. 그냥 좋아졌다고, 인식한 건 꽤나 오래전이라는 말까지 덧붙이는 지후는 무척 진지했다.

물 흐르듯 자연스럽게 맘이 갔단다. 마치 좋아할 수밖에 없는 사람인 것처럼 유원을 냉큼 맘에 담아 버렸다는 지후였다.

단 한 순간도, 아주 잠시도 떠나지 않고 아른거리더라는 말까지 듣고 난 유원이 아랫입술을 깨물었다. 그렇게 많이 좋아해 주는 줄 미처 몰랐다. 다시금 지후에게 미안해진 유원이 울컥 메어

오는 목을 참으며 지후를 봤다. 지후가 불현듯 떠오른 질문을 꺼냈다.

"그래서는 아니지?"

"어?"

"내가 좋아한다고 해서, 나 좋다고 한 건 아닌 거지. 너."

적잖이 불안한 눈으로 지후가 유원을 응시했다. 구겨진 미간도 근사했으나 웃는 얼굴이 솔직히 더 좋았다. 막 계속 보고 싶다 욕심도 나는 것이.

유원이 손을 들어 올렸다. 키가 닿지 않아 머뭇거리는 유원을 알아챈 지후가 살짝 허리를 굽혀 주었다. 지후의 미간을 살살 쓸어 펴 준 유원이 나지막이 말했다.

"그럼 싫어?"

"싫다기보다는."

"싫구나?"

"……모르겠다."

"서지후."

"왜."

"네가 날 안 좋아했대도 상관없어."

"뭐?"

"내가 널 좋아하니까. 이미 좋아하게 됐으니까."

고백이 쉽지만은 않았다고. 어쩌면 지금보다 약간 더 시간은 걸렸을지 모르겠다고. 그래도 결국은 너에게 어떻게든 내 마음을 전했을 거라고.

유원이 까치발을 들어 지후의 입술에 짧게 쪽 입을 맞췄다. 워낙 순식간에 당한 일이라 지후는 표정 관리도 못 하고 멍해져 버렸다. 뭐가 어떻게 된 거냐고 묻기도 전에 유원이 두 번 더 지후의 입술을 쪽쪽 훔쳤다. 그러고는 그만 가자며 지후의 팔을 잡아끌었다.

벌써부터 이러면 큰일인데. 아주 쥐락펴락 저를 갖고 노는 유원이 그럼에도 지후는 결코 싫지 않았다. 오히려 더 갖고 놀아 줬으면 싶은 마음까지 들었다. 얼마든지 당해 줄 자신이 지후에게는 있었다. 물론, 상대가 유원이라는 전제하에.

팔짱을 끼고 한껏 매달려 오는 유원의 어깨에 지후가 크게 팔을 둘러 품으로 당겨 안았다. 가슴팍 안에 가두듯이 하고 걷는 내내 지후의 심장이 두근두근 요동을 쳤다.

더 많이 좋아할 거 같아. 아마도. 내가 너를.

바람이 현실이 되자 앞으로가 더욱 기대되기 시작했다. 제 마음속 유원이 얼마나 더 크게 자라날지 못내 궁금해졌다. 벅찬 가슴을 가라앉히며 지후가 살며시 미소 지었다.

"잠깐만."

걷다 보니 어느새 버스정류장이 나왔다. 유원의 집으로 가는 다음 차의 배차시간이 20분이나 남았다는 걸 본 지후는 그냥 택시를 타자며 유원을 이끌었다.

대로변에 내려서서 손을 들려는데 유원이 지후의 옷자락을 슬쩍 잡아당겼다. 주춤거리며 손을 거둔 지후가 유원을 돌아보았다. 유원이 머뭇대다 입을 열었다.

"그냥 갈 거야?"

"그럼?"

"집으로?"

"왜, 다른 데 가고 싶은 데 있어?"

"그게……."

뭐라고 말을 꺼내야 할지 모르겠어 유원은 잠시 뜸을 들였다. 서두르면 안 된다고 스스로를 다잡아 봤으나 차오르는 맘을 막기에는 역부족이었다.

거의 넘쳐흐를 지경으로 커져 버린 감정이 버거워 말을 고르던 유원이 입안 여린 살을 잘근잘근 씹었다. 아무 말도 않고 망설이는 유원을 바라보던 지후가 아프게 그러지 말라며 유원의 입술을 엄지로 살살 문질렀다.

유원이 지후의 손을 내려 꼬옥 움켜쥐었다. 마주한 두 눈이 각자의 떨림으로 작게 일렁였다. 별처럼 반짝반짝 아름다운 유원의 눈을 바라보며 지후는 소리 없이 감탄을 했다. 유원이 곧 나긋하게 지후를 불렀다.

"서지후."

"어."

"지후야."

"그래, 왜."

"좋아해. 많이."

불시에 터져 나온 유원의 고백에 지후의 가슴이 두근, 내려앉았다. 저도 모르게 숨을 멈춘 지후가 멍한 표정으로 유원을 보았다.

어쩌려고 이러나 싶다. 진짜 어쩌라고 이렇게 폭탄을 펑펑 던
져 대는 건지. 정말.

떨리는 맘으로 겨우 버티는 지후를 아는지 모르는지 유원은 다
시금 입술을 달싹였다. 그 전에 지후의 앞으로 바싹 다가서는 것
도 잊지 않았다. 지후가 마른침을 꿀꺽 삼켰다.

"더 좋아하고 싶어. 너를."

"문유원."

"그래도 돼? 더 많이 좋아해도, 돼?"

"……적당히 해, 인마. 나 이러다 심장 터져서 죽어."

"우리."

"……?"

"그날 밤에 하던 거……. 마저 할래……?"

순간 삐익, 하고 머릿속 사고 회로가 통째로 나가 버렸다. 유원
이 우리, 라는 말을 내뱉었을 때부터 이미 아득해진 귓가는 그 어
떤 소음도 잡아내지 못했다. 오직 유원의 말만 들리고 유원의 얼
굴만 보이는 괴현상이 벌어지고 말았다.

실언일까. 아님 진심일까. 그딴 게 중요하지 않은 건 벌써 터진
듯 감각조차 없는 심장 때문이었다. 아무래도 저를 말려 죽이려고
작정을 했나 보다. 과감하기 짝이 없는 유원의 발언에 지후는 당
장에라도 쓰러질 것처럼 눈앞이 아찔해졌다.

장난으로 책임질 수 없는 말을 던질 만큼 사악하지 않은 유원
을 안다. 허나, 한편으로는 걱정이 되는 것도 사실이었다. 빈말이
라고 할까 봐. 괜히 그래 본 거라면서 무르자고 할까 봐.

맘이 급해진 지후가 손을 뻗어 유원의 허리 뒤로 둘렀다. 한층 가깝게 마주하게 된 유원이 꿈결처럼 아득했다. 느릿느릿 깜빡이는 유원의 두 눈이 그저 고왔다.

어쩌냐. 이렇게나 좋아서. 이렇게나 네가 좋아져서 정말 어쩌지, 나는.

간신히 숨을 고른 지후가 유원을 향해 조심스레 말을 뱉었다.

"진심이야?"

"응."

"진짜 마저, 하자는 거야?"

"싫어?"

"문유원."

"응?"

"이번엔 중간에 못 멈출 거야. 그래도 괜찮겠어……?"

어느덧 탁하게 흐려진 눈으로 바라보며 지후가 나직이 물었다. 낮게 내리깔린 음성이 어찌나 야릇한지 유원은 저도 모르게 어깨를 움츠렸다.

그때처럼 도중에 그만두는 일 없어. 어쩌면 밤새 괴롭힐지도 몰라. 덧붙여지는 말들이 하나같이 야했다. 그런데도 저절로 고개가 끄덕여졌다.

얼마든지 괜찮다는 유원의 대답에 지후는 하, 하고 작게 탄식했다. 너무 많이 참아 습관이 되어 버렸다. 때문에 원하면서도 유원을 집으로 들여보내려 했었다. 같이 있고 싶지만, 내내 곁에 두고 싶지만 성급하게 욕심내지 말자고 스스로를 억지로 다잡았던 거였다. 근데.

더 많이 좋아하고 싶다는 유원의 말에 지후는 참지 못하고 택시를 잡아탔다. 행선지로 우민의 호텔을 말하면서도 애써 옆자리의 유원을 쳐다보지 않았다. 그러면서도 잡은 손을 놓지 못하는 지후를 유원이 힐끔 돌아보았다. 손바닥 안에 은연중 땀이 차오르고 있었다.

"잠깐, 읍……!"

룸으로 들어서자마자 지후는 유원을 끌어안고 입을 맞췄다. 여유가 없어도 너무 없었다. 이제껏 참았던 게 용하다 싶을 만큼 지후는 매우 격렬하게 달려들었다.

빈틈없이 입술을 포개고 무작정 혀를 밀어 넣는 지후를 받아들이며 유원은 뒷걸음질 쳤다. 문을 닫는 것도 잊어버린 지후라서 유원은 손을 뻗어 힘겹게 문부터 닫았다.

철컥. 자동으로 문이 걸렸다. 더듬더듬 신발을 벗고 안으로 들어갔다. 금세 숨이 가빠졌다.

"읍……. 으읍……."

지후가 깨물 듯이 유원의 혀를 빨아 당겼다. 이리저리 비트는 고개에 따라 치아들이 부딪히기도 했다. 거의 집어삼킬 것처럼 빨고 핥아 대는 지후에게 유원이 아프다는 듯 작게 앙탈을 부렸다.

되레 탄력을 받은 지후가 유원을 근처 벽에 밀어붙였다. 몸을 바짝 밀착시킨 채로 지후는 정신없이 입을 맞췄다. 벽과 지후 사이에 오롯이 갇혀 피할 수도 없는 유원의 가슴이 커다랗게 들썩거렸다.

지후의 손이 빠르게 올라가 유원의 가슴을 찾아 주물렀다. 다른 손은 유원의 얼굴을 꼼짝 못하도록 단단히 붙들고 있는 상태였다.

옷 위로 만지는 손길이 꽤나 거칠어 유원이 거듭 앓는 소리를 냈다. 그럼에도 좀처럼 손에 힘이 덜어지질 않았다. 거의 울 것처럼 아파하는 유원에게서 지후가 입술을 살짝 떼어 냈다.

"미안……."

"하아……."

"주체가 안 돼……. 너무 좋아서……."

"하……."

"미치겠다……."

간신히 말을 뱉은 지후가 다시금 유원의 입술을 진하게 머금었다. 질펀하게 삼키고 끈적하게 빨아 대는 지후가 그저 감미로웠다. 젖은 입술들 사이에서 쪽쪽 하는 야릇한 소리가 들려왔다.

정신이 혼미해질 만큼 과한 자극이 이어졌고, 유원은 살짝 몸에서 힘을 뺐다. 늘어지는 유원을 알아챈 지후가 한껏 더 벽에 밀어붙이고서 입을 맞춰 댔다.

휘감아 쪽쪽 핥아 빠는 지후에게 유원은 온전히 저를 맡겼다. 뭐가 어떻게 되든 상관없었다. 이대로 쓰러져도 좋을 정도로 달콤한 키스에 온몸이 녹아내렸다. 아랫배가 알싸하게 아리는 착각마저 들었다.

유원이 살그머니 두 손을 들어 올려 지후의 목에 둘렀다. 제게로 안겨 오는 유원을 지후가 와락 끌어안은 채로 거침없이 혀를 놀렸다. 빨았다가 놓았다가 돌려 감아 핥고 더듬는 현란한 혀놀림에 유원이 계속 낑낑거렸다.

진짜 미치겠다. 어느덧 뻑뻑하게 뭉친 아랫배가 가히 한계에 다다르고 있음을 감지한 지후는 마지못해 유원의 혀를 놓았다. 그러고는 보드라운 유원의 볼과 목덜미를 핥기 시작했다.

아, 하아⋯⋯. 벌어진 유원의 입술에서 야릇한 신음이 흘러나왔다. 유원의 가슴을 주무르던 지후의 손이 재빨리 유원의 니트 안으로 들어갔다.

브래지어마저 젖히고 침범한 손길은 몹시도 뜨겁고 강렬했다. 마구 주물러 만져 대는 지후의 손을 살짝 밀어낸 유원이 힘겹게 눈을 떴다.

"잠깐⋯⋯."

"왜⋯⋯."

"씻고 올래⋯⋯."

"됐어⋯⋯. 싫어⋯⋯."

밀어도 밀려나지 않는 지후의 손이 더욱 강하게 유원의 젖가슴을 움켜쥐었다. 아프면서도 좋아 유원은 더 밀어내지 못하고 아랫입술을 깨물었다.

목덜미에 퍼부어지는 키스가 더없이 난폭했다. 혀와 입술로 소리 내어 빨아 대는 지후는 너무도 저돌적이었다. 오자고 안 했으면 큰일 났을 사람처럼 구는 지후가 싫지 않았지만, 종일 병원에서 이리저리 뛰어다닌 터라 샤워부터 하고 싶은 맘이 굴뚝같았다.

게다가 처음인데. 어쨌거나 불쾌한 기억을 주기는 싫었다. 지후가 아니라고 해도 유원이 내키지 않았다. 갈수록 더 세게 가슴을 주무르며 목덜미를 빨아 대는 지후를 유원이 가까스로 떼어 내었다.

하아, 하아……. 아직 조명조차 켜지 않은 어두운 호텔 룸 안에 둘의 거친 숨소리가 끊임없이 울려 퍼졌다.

유원의 허리를 부여잡은 지후가 유원의 이마에 제 이마를 갖다 대었다. 유원이 어둠을 뚫고 지후와 눈을 맞췄다.

"금방 나올게……."

"괜찮다니까……."

"내가 안 괜찮아……. 잠시만, 응……?"

"하아……."

반짝반짝 참으로 예쁘게도 빛나는 눈을 하고서 유원이 졸랐다. 이런 표정과 이런 눈빛에 약한 저를 어찌 알고 이러나 싶었다.

더는 강요할 수가 없겠는 지후가 끙, 하고 스스로를 억눌렀다. 당장이라도 유원의 안으로 들어가고만 싶었다. 뜨겁고 좁은 그 안은 얼마나 촉촉할까. 얼마나 미쳐 버리게 될까. 나는.

안 씻어도 되는데. 그딴 거 진짜 하나도 상관없는데.

망설이는 지후의 볼에 유원이 가만히 입을 맞췄다. 보들보들 따뜻한 입맞춤에 항복한 지후가 마지못해 고개를 끄덕여 주었다. 고맙다며 미소 지은 유원이 얼른 욕실로 향했다.

"후우……."

욕실 문 너머로 어렴풋이 들려오는 물소리를 듣던 지후가 리모

컨으로 조명을 켰다. 제일 낮은 밝기로 해 놓고 문 쪽을 보자 아무렇게나 널브러진 유원과 제 가방이 보였다.

그 옆에 엉망으로 벗겨진 신발마저 확인한 지후가 작게 웃었다. 급하긴 진짜 급했구나, 내가. 천천히 다가간 지후가 신발들을 가지런히 해 놓고는 가방을 가져다 안쪽에 두었다.

문득 뻣뻣한 감촉에 시선을 내린 지후가 바지 안에서 곤두선 제 것을 확인하고 다시금 한숨을 내쉬었다. 채 가시지 않은 흥분으로 인해 심장은 계속 콩닥콩닥 뛰어 대고 있었다.

곧 있을 일을 떠올리며 거칠게 얼굴을 쓸어내렸다. 침착하자고 아무리 되뇌어도 이성은 쉬이 찾아지질 않았다. 손끝까지 떨고 있는 스스로가 믿기지 않았다.

내가 이래. 이렇게까지 널 좋아하고 있어, 문유원. 보여……?

간신히 평정을 되찾은 지후가 핸드폰을 꺼내 들었다. 유원과의 처음을 아무렇게나 해 버릴 순 없다는 생각이 그제야 들었다.

사촌 형 우민의 번호를 액정에 띄운 지후가 느릿느릿 창가로 다가갔다. 황홀하게 예쁜 야경 위로 더없이 사랑스러운 유원의 얼굴이 아른거렸다.

"이게 다 뭐야……?"

"기다려. 나도 금방 나올게."

머지않아 욕실에서 나온 유원은 테이블 가득 차려져 있는 디저트들에 눈이 휘둥그레졌다. 형형색색의 케이크를 비롯 각종 치즈가 즐비한 데다 고급 와인까지 갖춰진 광경에 입이 다물어지질 않았다.

심심하면 앉아서 먹고 있으라고 말한 지후가 유원의 볼을 가볍게 꼬집고는 이내 욕실로 들어갔다. 소리 소문도 없이 언제 이런 걸 다 준비했을까. 워낙 달달한 걸 좋아하는 유원인지라 먹기도 전에 기분이 업 되었다.

눈으로만 봐도 즐거운 간식들을 훑던 유원이 재빨리 머리를 말리고 와 앉았다. 맛이라도 볼까 하다 유원은 지후를 기다리기로 했다. 뭐든 지후와 같이하고픈 마음이 들었다. 앞으로 얼마나 많은 걸 함께하게 될지 생각만 해도 가슴이 두근거렸다.

조용한 룸을 둘러보다 왠지 어색해 TV를 켰다. 그날도 이렇게 지후를 기다렸는데. 술 한잔하자는 말에 유원은 지후를 따라 이곳으로 왔다. 아무것도 모르는 채로. 그저.

불현듯 승하를 대신해 주겠다던 지후의 말이 떠올랐다. 그때의 넌 대체 어떤 심정이었을까. 새삼 또 미안해진 유원이 쓰게 웃으며 고개를 떨궜다.

"자. 건배."

빠르게 샤워를 마친 지후와 소파에 나란히 앉아 와인 잔을 들었다. 은은하게 풍겨 오는 향이 달다 했더니 입안에 머금어지는 맛은 더욱 진하고 달콤한 스위트와인이었다.

먹기에 좋아 벌컥벌컥 들이켜는 유원에게 지후가 천천히 마시라고 당부했다. 이래 봬도 도수가 꽤 높다고 했지만 유원은 금세 잔을 비우고 새로 가득 받아 입으로 가져갔다.

맛있다며 혀로 입술을 핥는 유원의 모습에 지후가 작게 미소 지었다. 뭘 해도 좋으니 큰일이다. 유원이 뭘 해도 지후의 눈에는 그저 예쁘게만 보였다. 약도 없구나, 생각하며 지후가 와인을 한 모금 크게 머금었다.

꿀꺽, 하고 넘어가는 지후의 목울대를 가만 바라보던 유원이 흥미롭다는 표정으로 손을 뻗었다. 유원의 검지가 지후의 목을 살살 쓰다듬었다.

"너 여기 예뻐."

"남자한테 예쁜 게 뭐냐."

"그래도. 예뻐, 무지. 꼭 깎아 놓은 것같이."

선이 얼마나 고운 줄 아느냐며 유원이 눈꼬리를 내렸다. 말로는 불쾌하다면서도 지후는 유원이 잘 만질 수 있도록 고개를 한껏 들어 주었다.

턱에서 목덜미로 이어지는 선이 강직하면서도 유려했다. 제게는 없는 것이라 더 특별해 보이는 건진 모르겠으나 유원은 지후의 목울대가 신기하고 예뻤다. 간지러워. 참다못해 침을 꿀꺽 삼키는 지후의 목울대를 조금 더 만지던 유원이 시선을 들어 올렸다.

동시에 같이 올라간 유원의 검지가 지후의 턱 선을 가만히 훑었다. 귀에 닿는 부분까지 매만진 유원이 다시 내려와 지후의 입술 근처를 지분거렸다. 아랫입술의 윤곽을 따라 조심조심 움직이던 유원의 손이 윗입술 가장자리 모두에 스치듯 닿으며 움직였다.

지후가 미간을 찌푸렸다. 적잖이 거칠어진 지후의 눈빛에 유원이 만지는 속도를 살짝 늦췄다. 마주하는 지후의 눈동자가 잔잔하게 일렁였다.

서지후. 지후야. 맘속으로 지후를 부르며 유원은 가만히 눈을 맞췄다. 지후가 입술을 달싹였다.

"고문이 따로 없다."

"어?"

"네가 나 만지니까. 미칠 거 같아."

따끈하게 흘러나온 지후의 숨결이 검지를 간지럽혔다. 그게 너무 좋아 유원은 차마 손을 떼지 못하고 계속 더 지후를 괴롭히고 말았다. 힘들지만 싫지 않아 지후는 조금을 더 얌전히 그대로 있어 주었다.

아예 와인 잔까지 내려놓은 유원이 지후의 곁으로 바싹 다가앉았다. 유원의 두 손이 지후의 얼굴을 감싸 쥐었다. 자세히 보려는 것처럼 유원은 한동안 지후의 얼굴을 가만 들여다봤다.

매끈한 눈매와 오똑한 콧날과 도톰하니 붉은 입술을 눈으로 찬찬히 훑고 있는데 지후가 와인 잔을 내려놓았다. 그러고는 유원을 끌어다 제 무릎 위에 마주 보고 앉혔다. 유원이 눈을 크게 떴다.

갑작스럽기도 하고 위험하기도 하고. 뭔가 심상치 않은 자세라는 생각이 들어 벗어나려는 유원을 막아선 지후가 유원의 파자마 상의 속으로 슬쩍 손을 넣었다.

허리 부근에 닿는 뜨거운 기척에 유원이 흠칫 어깨를 곤두세웠다. 뭐하는 거야……? 당황해 눈으로만 묻는 유원의 질문을 알아들은 지후가 친절히 답을 했다.

"죽겠어서."

"어……?"

"나도 만지려고. 공평하게."

"하아……."

"괜찮지……?"

차마 괜찮지 않다는 말을 할 수 없도록 지후는 제법 엄한 표정을 하고 있었다. 그윽한 눈빛에 압도당한 유원이 대답 대신 아랫입술을 지그시 물었다.

그걸 허락으로 받아들인 듯 지후가 유원의 등과 허리를 조심스레 어루만졌다. 간지럽히는 것처럼 아주 조심스러운 손길이었다. 천천히, 구석구석 어루만지며 지후가 미간을 구겼다.

가늘고 긴 지후의 손가락이 보드라운 제 살결에 스치듯 닿을 때마다 유원이 움찔움찔 몸을 떨었다. 반응을 즐기던 지후가 과감하게 유원의 바지 속으로 손을 내려 넣었다.

"하……."

두 손으로 유원의 엉덩이를 받쳐 든 지후가 가볍게 쥐고 주물렀다. 얼떨결에 양손으로 지후의 어깨를 짚어 버린 유원이 짧은 탄성을 내질렀다.

미끄러질 것처럼 부드럽고 탄력 있는 말랑한 속살이 손바닥 가득 만져졌다. 흡사 찹쌀떡처럼 앙증맞은 유원의 엉덩이를 주무르는 지후의 미간이 차츰 더 간격을 좁혀 갔다.

살금살금 내려간 한 손이 바지 속 유원의 허벅지 바깥을 끈적하게 어루만졌다. 사이즈가 넉넉한 파자마라선지 지후의 손은 거침없었다. 아니면 이미, 시동이 단단히 걸렸다는 뜻도 같았다.

그럴수록 죽겠는 건 유원이었다. 질펀하게 주무르는 지후 때문에 어찌할 바를 몰랐다. 꼬집듯 쥐었다가 놓고 훑듯이 쓰다듬었다. 귀한 악기를 연주하듯 손가락이 스르륵 움직였다.

그게 꽤 간지럽다 느낄 즈음, 스리슬쩍 넘어가 허벅지 안쪽을 더듬고 건드리던 지후가 조심스럽게 손을 쭉 폈다. 가장 긴 중지 끝에 뭔가가 닿았다. 유원이 숨을 헉 들이켰다.

뜨겁고 은밀한 곳을 아슬아슬 가리고 있는 속옷의 끄트머리를 살살 건드렸다. 들어갈까 말까 짐짓 애태우는 지후를 보며 유원이 인상을 찌푸렸다.

인내심의 한계와 맞닥뜨린 지후가 곧, 손가락을 조금 더 길게 뻗었다. 유원이 어깨를 비틀었다.

"간지⋯⋯러워⋯⋯."

"싫어⋯⋯?"

"⋯⋯."

수풀 진 곳을 더듬듯 살살 약하게 건드리는 지후가 나직이 물었다. 싫으냐는 그 말에 유원은 저도 모르게 입을 꾹 다물어 버렸다.

싫은 건 아니라서. 애가 탈 뿐 싫은 건 결코 아니니까. 가타부타 말이 없는 유원이지만 달뜬 표정만은 확연히 알아차릴 수 있었다.

야릇한 표정이 된 지후가 살며시 손의 방향을 바꿔 손바닥으로 유원의 아래를 죽 쓸어 올렸다. 유원이 두 눈을 질끈 감고 신음을 참았다. 그저 겉만 만져지는 것뿐인데도 심장이 터질 듯 요동을 쳤다.

그건 지후도 마찬가지였다. 가볍게 한번 훑어 만졌을 뿐인데 뭉근하게 아리는 제 것이 느껴졌다. 호흡이 살짝 가빠졌다.

지후가 손을 빼냈다. 그러고는 유원을 끌어당기며 귓가에 속삭였다. 그만 침대로 갈까……? 제게 매달려 순순히 고개를 끄덕이는 자그마한 유원의 허리를 감싸 안은 채로 지후가 거뜬히 몸을 일으켰다.

밤은, 이제부터 시작이었다.

14

더할 나위 없는 밤

"음……."

침대 위의 서지후는 민첩하고 또한 영악했다. 정확히는 그의 혀와 손이었다. 이렇게까지 재빠른 녀석이었던가, 유원은 새삼 감탄을 했다.

눕자마자 퍼부어지는 키스가 사뭇 격렬했다. 혼을 쏙 빼놓는 현란한 혀놀림에 정신을 차리지 못하는 사이 앞섶의 단추를 거의 잡아 뜯다시피 하며 지후는 유원의 윗옷을 벗겨 내었다. 어깨와 팔 곳곳에 스치듯 닿는 손길이 아찔했다. 유원이 눈을 떴다.

"흐음……."

오직 감에 의해 벗겨 낸 사람처럼 지후는 두 눈을 감고 있었다. 잔뜩 좁혀진 미간이 야해 유원은 저도 모르게 약한 신음 소리를 냈다.

슬그머니 올라온 지후의 한 손이 유원의 젖가슴을 덥석 움켜쥐었다. 그러고는 한층 더 집요하게 유원의 입안을 구석구석 헤집기 시작했다.

이리저리 돌아다니며 찌르고 건드리는 매끈한 혀가 곧 커다랗게 원을 그렸다. 둥글게 휘어감은 유원의 혀를 지후가 거침없이 쭉쭉 빨았다. 세차게 빨리는 혀와 타액으로 젖어 눅눅해진 입술에서 달달한 와인 향이 났다. 그게 너무 좋고 맛있어 유원은 거칠게 핥고 빨아 대는 지후의 혀놀림을 얌전히 따랐다.

키스가 질펀해질수록 지후의 손길 또한 끈적해졌다. 아예 두 손으로 다 유원의 가슴을 주무르며 만졌다. 지후의 입술 너머로도 간간이 희미한 신음 소리가 터져 나왔다.

이렇게 만지기만 해도 좋다는 것처럼, 도저히 자제가 안 된다는 것처럼 지후는 한참이나 더 유원의 가슴을 손에 쥐고 놓지 못했다. 얼얼할 정도로 만져진 유원의 가슴 끝이 처음과 달리 단단하게 부풀어 올랐다.

살짝 입술을 떼어 낸 지후가 손을 내려 유원의 하의를 단번에 벗겨 내었다. 유원이 한 손으로 주춤주춤 제 가슴을 가렸다.

"불……."

"어……?"

"끄면 안 돼……?"

제일 낮은 밝기로 해 놨음에도 유원은 왠지 부끄러웠다. 지후의 표정이 생생히 다 보이는 정도라면 제 몸 또한 그럴 거라는 짐작이 들었다.

벌써 알몸이 된 스스로가 민망해 유원이 두 다리를 비비적거렸다. 가린다고 가렸으나 손에 꾹 눌린 가슴은 우윳빛의 뽀얀 살결을 더욱 도드라져 보이게 하고 있었다.

그게 얼마나 자극적인지 유원은 알까. 지후가 미간을 구긴 채로 입을 열었다.

"창피해……?"

"응…….."

"너 보고 싶은데. 안 끄면 안 될까."

"그치만……."

"너는 나, 보고 싶지 않아……?"

투둑, 툭. 천천히 단추를 풀며 읊조리는 지후의 말에 유원이 아랫입술을 베어 물었다.

보고 싶었다. 지후가. 지후의 얼굴과, 지후의 몸과, 지후의 모든 것들이 실은 유원 역시 매우 간절했다. 마음이 커진 것 이상으로 차오르는 것은 물론 욕심이었고, 그걸 넘치도록 충당해 주겠다고 지후는 말하고 있었다. 유원이 혀를 내밀어 긴장한 입술을 핥았다.

정 싫으면 말하라곤 했으나 불을 꺼 줄 생각은 애초부터 없는 얼굴로 지후는 느릿느릿 윗옷을 벗었다. 각진 넓은 어깨와 탄탄한 가슴팍, 그리고 매끈한 식스팩이 모습을 드러냈다. 말랐다고만 생각했는데 아니었나. 유원의 가슴이 두근, 뛰었다.

밤새도록 계속 이렇게 눈을 맞추자는 지후의 제안에 어느덧 설득당한 유원이 부끄러움을 참으며 고개를 끄덕였다. 하지만 다음 순간 유원은 제 결정을 후회할 수밖에 없었다.

아까부터 꼿꼿하게 서 있던 지후의 것이 바지와 속옷으로부터 자유로워지자 한층 더 크게 위용을 뽐냈다.

헉, 하고 숨을 들이켠 유원이 부랴부랴 시선을 들어 올렸다. 빨갛게 달아오른 유원의 두 볼이 사랑스러웠다. 지후가 마른침을 꿀꺽 삼켰다.

이내 가깝게 다가온 지후를 바라보며 유원이 난감한 듯 머뭇거렸다. 문유원. 잠깐 딴 곳을 보려던 유원이 나지막한 지후의 부름에 숨을 죽였다.

"······."

"······."

그윽하게 눈을 맞춘 지후가 유원의 머리를 부드럽게 쓸어 넘겼다. 볼과 목덜미를 스치듯 지나 내려간 손이 자연스럽게 유원의 한쪽 가슴 위로 안착했다.

포근하게, 따뜻하게, 어찌 보면 조심스럽게 덮듯이 감싸 주는 손길에 유원의 마음이 평온해졌다. 그렇다고 심장이 뛰지 않는 것은 아니었다. 귀에 들릴 것처럼 요란한 박동에 호흡마저 거칠어졌다.

들썩이는 가슴을 따라 지후가 조심조심 손을 움직였다. 가볍게 주무르며 지후는 잠시 더 유원을 바라보았다. 제 눈 속에, 제 마음속에 유원을 새겨 두려는 듯 한없이 깊은 눈빛으로 지후는 유원을 봤다.

소리 내어 내뱉지 않은 말들이 저절로 전해져 가슴에 스며들었다. 좋아. 예뻐. 원해. 갖고 싶어. 탁하게 흐려진 지후의 눈동자에 욕망이 깃들었다.

너라면. 그래. 지후 너라면.

얼마든지 괜찮다는 심정으로 유원은 마음의 준비를 했다. 역시나 눈빛만으로 전해 들은 지후가 이내 유원의 목덜미에 입을 맞췄다. 쪽, 쪼옥……. 느릿하게 움직이는 지후의 입술이 아주 서서히 아래로 내려갔다.

말랑한 귓불을 깨물듯 빨아 핥는 것도 잊지 않았다. 부드럽게, 때론 거칠게. 하나같이 뜨겁게. 간지럽고 오묘한, 감미로운 그 기척에 유원이 눈을 감고 어깨를 움츠렸다.

쇄골 여기저기를 지분거리던 지후가 유원의 가슴 곳곳에 입을 맞췄다. 보드라운 살결을 핥다가 이로 약하게 물었다. 혀까지 이용해 살짝 세게 빨아들이자 붉은 흔적이 피어올랐다. 지후가 유원의 가슴 끝을 집어삼켰다.

"아……. 흐……."

살살 혀를 굴려 물고 빠는 지후 때문에 유원의 숨이 더욱 가빠졌다. 중심을 잃고 흔들리는 신음이 힘겨웠다. 유원이 저도 모르게 지후의 머리를 부여잡았다.

밀어내자는 마음과는 달리 손은 그저 지후를 붙잡고만 있었다. 부드럽게 핥아 거침없이 빨아 대는 지후의 머리카락 사이로 손가락을 넣어 헤집었다. 이리저리 고개를 비틀어 가며 격하게 가슴 끝을 농락하는 지후가 버거웠다. 유원이 이를 악물었다.

촉촉하게 젖은 지후의 혀가 유원의 가슴 아래서부터 위까지 쭉 쓸어 올렸다. 몇 번 그렇게 훑고서 다시 가슴 끝을 가득 머금은 지후가 유원의 다른 쪽 가슴을 주무르던 손을 거두었다. 고운 허리 라인을 따라 내려간 손이 유원의 골반 부근을 어루만졌다.

혀가 녹아 없어질 것처럼 아렸다. 유원의 달콤한 살결에 정신마저 혼미해졌다. 굵직하게 커진 지후의 것은 진작부터 발악하듯 못내 아우성을 치고 있었다.

사정하고 싶은 걸 꾹 참고 지후는 혀를 놀렸다. 유원의 몸을 남김없이 맛보고 싶었다. 현실이 된 상상은 그저 상상으로 있을 때와는 비교도 안 될 만큼 대단한 자극이 되어 지후를 흥분시켰다. 무아지경의 상황이 이런 걸까 싶었다.

신중하게 유원의 배와 허리 곳곳에 입을 맞춘 지후가 살짝 위로 올라가 유원을 내려다봤다. 두 눈을 지그시 내리감고 한껏 느끼는 유원의 모습에 재차 사정욕이 일었다.

미안한데 아직 멀었어. 누구에게 하는 건지 모를 말을 되뇐 지후가 유원의 입술에 살며시 입을 맞췄다. 두어 번 더 맞추자 유원이 곧 눈을 떴다.

까맣고 영롱한 지후의 눈동자를 바라보며 유원이 밭은 숨을 내쉬었다. 닿을 듯 말 듯 부딪히는 입술 끝이 간지러웠다. 좌우로 비벼 문지르던 지후가 유원의 허벅지 안쪽을 더듬던 손을 더 안으로 가져갔다. 젖어 있는 입구에 지후의 손이 닿았다.

그리고,

"읏……!"

빨려들듯 아주 자연스럽게 지후의 손가락 하나가 유원의 안으로 들어갔다. 마디의 삼분의 일 정도랄까. 아주 살짝만 집어넣었음에도 유원은 예민하게 반응을 했다.

유원의 아래가 저절로 움찔거렸다. 생생한 그 기척이 무척이나 야릇했다. 지후가 천천히 제 손가락을 조금 더 집어넣었다. 깊어지는 중지의 진입에 따라 유원의 고개가 뒤로 한껏 젖혀졌다.

완전히 다 집어넣은 지후는 섣불리 움직이지 않았다. 이렇게 길을 내는 것만으로도 유원에게 무리가 갈까 싶어 걱정스러웠다. 그러면서도 직접 들어가 보고 싶어 조바심이 났다. 빨리 제 것을 넣고 미친 듯이 움직이고 싶었다. 유원은 물론, 아파하겠지만.

유원의 입술을 부드럽게 머금은 채로 지후가 손가락을 살짝 구부렸다. 까딱까딱. 유원의 안이 금세 꽉 조여들었다. 좀 더 세게 움직여 보다 빙글 돌리자 유원이 웃, 하는 소리를 냈다.

충분히 젖은 유원을 확인한 지후가 이내 손가락을 빼냈다. 그러고는 스탠드 쪽으로 손을 뻗어 아까 챙겨 두었던 콘돔을 집어 들었다.

무릎을 세운 채 지후가 콘돔 포장지를 입으로 찢었다. 섹시한 그 모습에 유원이 아랫입술을 가늘게 떨었다. 지후가 느른히 속삭였다.

"만져 줘……."

"어……?"

"내 거……. 네 손으로……."

끝이 갈라진 야릇한 목소리로 지후가 청을 했다. 신기하긴 했다. 어떻게 저렇게까지 커졌을까 싶어 유원은 지후의 것을 똑바로 보지도 못하고 있었다.

그럼에도 곁눈으로 보여지는 지경이라 난감하던 참에 손으로 만져 달라는 부탁까지 받다니. 망설이는 유원을 알아챈 지후가 한쪽 입가를 슬쩍 말아 올렸다. 역시 안 되겠냐고 하는 눈빛이, 그럼 할 수 없다고 하는 그 미소가 꽤 매혹적이었다. 마음이 동할 만큼.

포장지에서 꺼낸 콘돔의 앞뒤가 어딘지 진지하게 찾는 지후를 보며 유원은 작게 심호흡을 했다. 큰맘 먹고 시선을 내렸다. 무성하게 수풀 진 곳으로부터 뻗어 나온 거대한 지후의 것을 향해 용기 내어 손을 뻗었다.

살그머니 잡자 지후가 끙, 하고 신음을 뱉었다. 유원이 매우 조심스레 지후의 것을 만졌다. 마냥 딱딱할 줄 알았건만 제법 부드러운 것도 같았다. 꽉 쥐니 손바닥 안에 착 감겨들었다. 그 감촉이 싫지 않았다.

신기해서 쥐었다 놨다 반복하는 유원의 손을 지후가 겹쳐 잡았다. 위아래로 쓱쓱 움직이게 유도하자 유원은 곧잘 따라서 쓱쓱 손을 놀렸다.

뜨거운 지후의 것이 한껏 더 제 몸을 불리며 커다래졌다. 핏줄이 터질 것처럼 불거진 모양새가 압도적이었다. 지후가 겨우 목소리를 내었다.

"그만……."

"그만……?"

"이러다 할 거 같아서……."

아쉬운 얼굴로 유원의 손을 떼어 낸 지후가 얼른 콘돔을 가져다 제 것에 씌웠다. 꼭 맞는 옷처럼 반듯하게 끼운 지후가 이내 유원을 뒤로 눕히고서 몸을 낮췄다. 유원의 다리 사이에 자세를 잡고 지후는 유원의 아래에 제 것을 대고 가만가만 문질렀다.

한 번에 다 들어가 줄까 싶었다. 젖었다고는 해도 쉽지 않을 거란 예상이 되었다. 처음. 유원의 처음을 자신이 갖는다는 것이 지후는 어쩐지 믿기지 않았다.

벅찬 가슴을 억누르며 조금씩 진입을 시도했다. 유원의 아래가 차츰 입을 벌렸다. 서두르지 말자고 되뇌었으나 그게 맘처럼 쉽지는 않았다. 지금도 진짜 죽을 것 같으니까.

끄트머리만 들어간 상태에서 지후는 시선을 들어 올려 유원을 봤다. 불안함과 두려움과, 겁에 질린 채 파르르 떠는 어여쁜 유원의 모습에 아랫배가 한층 더 빡빡하게 아렸다.

미안, 하고 앞선 사과를 건넨 지후가 한순간 제 것을 유원의 안으로 확 밀어 넣었다. 차마 비명조차 지르지 못한 유원이 고개를 젖히며 두 눈을 질끈 감아 내렸다.

와……. 혼잣말처럼 탄성을 내지른 지후가 유원의 귓가에 대고 속삭이듯 물었다.

"아파……?"

"윽……."

"많이……?"

"아윽……. 읏……."

대답조차 쉽지 않아 유원은 눈을 감고 끙끙거렸다. 버거워하는 유원이 걱정됐지만 솔직히 지후는 제 코가 석 자인 상황이 됐다.

움직일 수가 없었다. 유원의 안이 너무도 좁고 뜨거워 살갗이 다 타 버리는 것만 같았다. 꽉 물고 놓아주지 않는 유원의 안이 연신 움찔거리며 떨렸다. 미세한 그 감촉마저 아찔해 지후는 급히 숨을 고르고서 유원의 입술을 덥석 머금었다.

유원의 안에 제 것을 넣은 채로 지후가 유원에게 입을 맞췄다. 굳게 다물린 입술 사이를 혀로 뚫고 들어가 헤집었다. 더듬더듬 건드리자 유원의 혀가 따라 나와 지후를 맞아 주었다. 부드럽게 얽히는 젖은 혀가 그저 달콤했다. 지후가 유원의 허리를 단단히 부여잡았다.

퍼부어지는 격렬한 키스에 함락당한 유원이 간신히 몸에서 힘을 뺐다. 그래도 여전히 아래는 긴장 상태였다. 허벅지 안쪽이 경련을 일으킬 정도로 파들거렸다. 이 상태에서 움직인다고 생각하니 눈앞이 다 캄캄해졌다.

그냥 이렇게 있으면 안 될까. 이렇게만 있어도 나 정말 너무 아프고 힘든데. 응? 지후야.

말 같지도 않은 생각을 곱씹으며 유원은 거칠게 뒤엉켜 오는 지후의 혀를 빨았다. 지후가 한 손을 올려 유원의 젖가슴을 움켜쥐었다.

문유원……. 포개어진 입술 너머로 지후가 나른하게 유원을 불렀다. 온통 끈적하게 주물러 만지는 지후를 느끼며 유원이 게슴츠레 눈을 떴다.

"아……!"

숨결이 닿을 법한 가까운 거리에서 눈을 맞추며 지후가 느릿하게 허리를 움직였다. 아주 조금 빠져나갔다가 안으로 훅 쳐올리는 그 움직임에 유원이 낮게 신음했다.

아팠다. 욱신거리고 아리는 대단한 통증이 척추를 타고 짜릿하게 흘렀다. 단 한 번으로도 벅찬 고통이 금세 또 유원을 덮쳤다. 한 번, 두 번, 밀어 쳐올리는 지후의 허리질이 계속될수록 유원은 신음조차 내지르지 못하는 지경이 됐다. 어금니를 악물었다.

그윽하게 눈을 맞춘 채로 지후는 계속 제 것을 유원에게 박아 넣었다. 좁고 빡빡한 유원의 안은 쉬이 넓어지지 않았다. 넣는 족족 아래가 조여 와 미칠 것만 같았다. 손으로 힘껏 쥐어 만지는 것처럼 내부의 압력이 상당했다. 너무, 진짜 너무 많이 좋았다.

이렇게까지 좋을 줄은 미처 몰랐는데. 표현할 마땅할 말조차 떠오르지 않아 지후는 끝내 생각을 놓아 버렸다. 두 눈에 오직 유원밖에 보이질 않았다.

인상 쓰듯 좁혀진 미간이 그저 귀여웠다. 흔들리는 눈동자가, 떨림을 참으려 옹알거리는 입술이, 어찌할 줄 모르고 내젓는 고갯짓이 마냥 예뻐 자꾸만 흥분이 되었다.

더 커질 수도 없을 만큼 딱딱하게 커진 제 것을 지후가 보다 힘껏 유원의 안으로 밀어 넣었다. 울상이 된 유원이 지후의 어깨를 그러쥐었다.

"아파……."

"아파……?"

"싫어……."

"싫어……?"

"훗……. 흐읍……. 읍……."

혹혹 쳐올리는 지후에게 칭얼거려 봤지만 먹혀들 리 없었다. 유원이 내뱉은 말을 고스란히 되묻는 지후는 제법 장난스러웠다.

그딴 거 모르면서. 장난이고 농담이고 도통 할 줄 모르는 무뚝뚝한 녀석이 변해도 이리 변할 수 있는 건지 유원은 황망해졌다. 별수 없이 앙탈을 멈추고 지후를 받아들였다.

살살 해 달라는 뜻으로 지후의 목을 끌어당겨 입을 맞추었다. 유원의 가녀린 신음이 지후의 입술 안으로 오롯이 삼켜졌다. 멀티플레이가 가능한 서지후를 아무래도 얕잡아 본 게 틀림없었다. 감미로운 키스를 하면서도 지후는 허리의 움직임을 멈추지 않았다.

골반을 튕겨 위로 혹 쳐올리는 동작이 점점 능숙해졌다. 들락거리는 강도 역시 점차 거세졌다. 덕분에 유원은 신음조차 내지르지 못하고 몸을 떨었다.

나가는 건 살짝인데 들어오는 건 매우 깊었다. 내부를 있는 대로 찔러 공략하는 지후가 지나치게 크고 묵직했다. 살갗이 찢어질 것 같아 겁이 났다. 아니, 어쩌면 벌써 찢어졌을지도 몰랐다. 이렇게나 아프고 아린데. 틈이라곤 없었다. 전혀. 조금도.

어떻게 이렇게까지 가득 들어찰 수 있을까. 몸이고 마음이고 온통 지후로만 빼곡히 채워져 넘쳐흘렀다. 주워 담을 수도 없었다. 그저 좋아서.

아픈데 좋고, 아픈 것 이상으로 더 좋아지는 것 같은 묘한 기분에 유원이 눈을 떴다. 약속이나 한 듯 지후의 눈꺼풀도 슬며시 열렸다.

그윽하니 깊은 눈과 마주하는 순간 심장이 요동치듯 뛰었다. 쪽, 쪼옥······. 뽀뽀로 마무리한 지후가 타액으로 젖어 번들거리는 입술을 달싹였다.

"문유원······."

"어······."

"유원아······."

"하······."

듣기 좋은 나지막한 중저음이 살랑살랑 귓가를 간지럽혔다. 성을 빼고 이름만 부르는 지후의 목소리는 현실이라고 믿기지 않을 만큼 몹시도 따뜻하고 다정했다.

모르겠다. 왜 순간 울컥 목이 메어 왔을까. 왜 이렇게 맘이 벅차게 아리는 건지. 대체.

허리질을 이으며 지후가 손을 올려 유원의 얼굴을 감싸 쥐었다. 둘의 몸이 하나가 된 듯 맞닿아 쉼 없이 들썩거렸다. 지후가 다시 목소리를 내었다.

"돌아 버리겠다······. 좋아서······."

"아······."

"너랑 하니까······. 진짜 죽을 거 같아······."

"그렇게······."

"어······?"

"좋아······? 나랑 하는 거······?"

조심스레 묻는 유원을 보며 지후는 순간 입을 다물었다. 그냥 던진 질문일지 모를 그것이 무던히도 야했다. 올려다보는 유원의 여린 눈동자가 한없이 매혹적이었다.

꿀꺽. 저도 모르게 마른침을 삼킨 지후가 고개를 끄덕였다. 미간마저 구겨진 섹시한 표정의 지후를 보며 유원은 다행이라는 듯 아주 살짝 입가를 말아 올렸다. 얼마나 아프든 참아 봐야겠다는 마음이 들었다.

이렇게나 좋아하니까. 좋아해 주니까. 지후가 나를. 참 많이.

"나도⋯⋯."

"하아⋯⋯."

"너랑 하니까⋯⋯. 너무 좋, 흡⋯⋯. 훗⋯⋯."

조곤조곤 흘러나오던 유원의 말은 끝까지 이어지지 못했다. 지후가 순간 제 것을 거칠게 확 박아 넣은 탓이었다.

유원이 두 눈을 질끈 감으며 고개를 젖혔다. 늦지 않게 쫓아간 지후가 유원의 입술을 덮쳤다. 이내 볼 여기저기 입을 맞추고 목덜미를 진득하게 빨며 골반을 튕겨 올렸다.

흐응, 웃, 하아앙⋯⋯. 앓듯이 끙끙거리며 흘러나오는 새된 신음 소리에 지후가 점점 더 밀어 박는 속도를 높였다. 한계가 가까웠다.

참을 수가 없었다. 말갛게 웃으며 좋다고 말하는 유원 때문에 애간장이 다 녹아내릴 지경이었으니까. 제 밑에 깔려 바르작대는 유원이 너무 사랑스러워 지후는 끝내 폭발하고 말았다.

아프게 하기 싫다는 초반의 다짐이 무색할 만큼 정신없이 박기 시작했다. 좁은 유원의 안에 힘주어 퍽퍽 밀어 넣으면서도 정신까지 잃지는 않으려 애썼다.

최대한 오래하고 싶었다. 조금이라도 더 많이, 더 길게 유원을 느끼고 싶어 안달이 났다. 노력으로 되는 게 아닌데도 꾸역꾸역 해 내고 있는 지후는 그야말로 초인적인 힘을 발휘하고 있었다.

'더 좋아하고 싶어. 너를. 그래도 돼? 더 많이 좋아해도, 돼?'

아까 들었던 유원의 말이 귓가에 되뇌어졌다. 그렇게 만들 거다. 꼭 그렇게 만들고야 말 테다.

저한테 끝도 없이 빠져드는 유원이 지후는 간절했다. 더 좋아하라고, 더 느끼고 더 마음껏 울어 보라고, 어디. 감출 수 없는 마음을 전하듯 미친 듯이 하체를 밀어 박았다. 아프도록 찌르고서 열렬히 마구 흔들었다.

거의 숨넘어가는 소리를 내며 끙끙 앓는 유원을 부여잡고 몹시도 격렬히 들락거렸다. 그만해 달라는 울부짖음에도 모른 척 지후는 점점 더 세차게 제 것을 쑤셔 넣었다.

감정과 마음이 한데 어우러져 이글이글 불꽃처럼 터져 올랐다. 눈앞이 새하얗게 비워졌다.

"쉬고……."

"응……?"

"또 할 거야. 조금 이따가."

마침내 극한의 절정을 맞이하고 유원의 위로 무너진 지후가 작게 읊조렸다. 혼미해진 정신으로 겨우 숨만 쉬고 있던 유원이 느릿느릿 눈을 떠 지후를 봤다.

혹 무거울까 싶어 유원을 안은 채 옆으로 누운 지후는 여전히 유원에게서 제 것을 빼지 않고 있었다. 금방 줄지도 않는지 유원의 안에 갇힌 채로 지후가 불끈거렸다. 뭐라 할 힘도 없어 유원은 대꾸를 삼가고 지그시 눈을 감았다.

지후가 유원의 입술을 훔쳤다. 입에 넣고 우물우물 지후가 유원의 입술을 빨아 맛봤다. 질펀하지 않은 간지러움에 몸이 나른해졌다. 기운이 하나도 없었다. 대체 뭐가 어떻게 된 건지 자못 어리둥절하기까지 했다.

얼마나 헐떡였던지 목이 다 따끔하게 아렸다. 아래는 물론 말할 것도 없음을 상기한 유원이 인상을 찌푸렸다. 이래서야 원, 제대로 일어설 수나 있을지 모르겠다.

괜한 원망감이 들어 유원은 눈을 떠 지후를 노려보았다. 아무리 반전이라고 해도 너무하지 않은가 이 말이다. 여자라곤 정말 눈곱만큼도 관심 없는 것처럼 굴더니. 돌부처는 무슨.

마냥 유원의 입술을 물고 빨던 지후가 심상치 않은 유원의 시선을 감지하고 입을 열었다.

"왜?"

"나빠."

"뭐?"

"변태. 짐승. 나빠, 너."

새치름히 눈을 흘기는 유원을 보며 지후가 허, 하고 짧게 웃었다. 화를 내는 것 같긴 한데 조금도 싫지가 않았다. 그저 귀엽고 예뻤다. 째려보는 것도, 입술 삐죽이는 것도 다.

모르나 본데 너한테만 변태고 짐승인 거야, 나는.

터지려는 웃음을 참아 낸 지후가 손을 올려 흐트러진 유원의 머리를 쓸어 넘겼다. 조심조심 만져 주는 손길이 포근하고 부드러웠다. 얌전히 그 손길을 받으면서도 유원은 지후를 노려보는 시선만은 거두지 않았다.

이렇게 예뻐서 어쩌면 좋으냐. 눈에 넣어도 안 아프다는 표현은 아마 이럴 때 쓰는 말이겠다. 정말 눈에라도 고이 접어 넣고 싶은 심정이 된 지후가 유원의 허리 뒤로 팔을 둘러 한껏 제게로 당겨 안고는 물었다.

"내가 왜?"

"몰라서 물어?"

"어. 말해 봐. 왜 나쁜데."

"아프다는데 계속했잖아. 제발 그만해 달라고 했는데도 계속, 나한테 막, 네가……."

"그래서. 싫었어……? 응……?"

그윽하게 눈을 맞추고 지후가 물었다. 잔잔하게 일렁이는 까만 눈동자가 근사했다. 곧게 솟은 콧날이, 잘생긴 눈썹이, 매끈하게 뻗은 눈매가 하나같이 매력을 뽐내며 유원을 다그쳤다.

거기에 대고서 차마 싫었다는 말은 나와 주질 않았다. 솔직히 아프기만 한 건 아니었으니까. 아프긴 진짜 무지하게 아프지만 지후와 몸을 섞고 있다는 것은 유원으로서도 못내 기쁜 일이었다. 한껏 깊숙이 밀고 들어오던 매 순간 지후의 마음까지 함께 느낄 수 있었으니.

설핏 웃은 지후가 가만가만 몸을 돌려 다시 유원의 위로 올라
갔다. 유원과의 결합을 깨지 않으려 애쓰며 지후는 유원을 내려다
봤다. 유원과 이어져 있음이 감격스러웠다. 아랫배가 뭉근해졌고,
채 줄지 않은 상태에서 금방 또 발기가 될 것 같았다.

안 그래도 변태에 짐승 소리까지 들은 직후건만 양보할 생각
따위 전혀 없어 빼는 제 것이 난감해 지후가 미간을 찌푸렸다. 눈
동자의 탁한 기운이 좀처럼 사라지질 않았다.

불끈불끈 커지는 것 같은 지후를 느낀 유원이 기겁을 하며 눈
을 크게 떴다.

설마, 너, 또……? 하, 말도 안 돼.

지후가 유원의 이마에 살며시 제 이마를 갖다 대었다. 강렬한
눈빛에 유원이 숨을 멈췄다.

"큰일이네. 아무래도 나, 제대로 발동 걸린 것 같은데."

어쩌지, 라고 중얼거리는 지후는 결코 곤란해하는 기색이 아니
었다. 오히려 반가워하는 것 같았다.

미쳤어. 유원이 아랫입술을 지그시 물었다. 이러고 여태 어떻
게 참았을까. 세상에.

기가 막혀 아무 말도 못 하는 유원의 볼에 지후가 부드럽게 입
을 맞췄다. 이미 지후의 것은 아까에 버금가게 커져 버린 상태였
다. 꽉 막듯 가득 들어찬 지후를 느끼며 유원이 끙, 소리를 냈다.
지후가 희미하게 웃었다.

잠시 그대로 있었다. 곧장 격렬하게 움직일 것 같던 지후는 조

금 더 유원을 배려했다. 솔직히 배려가 배려로 느껴지진 않았다. 이렇게 가만히 놔둬 주는 것 이상으로 또 금방 얼마나 거칠게 달려들지 두려워지기도 했다.

근데 희한한 것은, 유원 역시 은연중 또 하고 싶은 마음이 드는 거였다. 지후라면, 지후와 하는 거라면 몇 번이든 괜찮을 것 같다는 생각이 들었다. 얼마나 아프든 끙끙대면서도 다 참아 낼 자신마저 생기는 것이.

늦바람이 이렇게나 무서운 거였구나, 새삼 깨달았다. 그만큼 지후를 향한 맘이 커졌다는 뜻으로 알자고 유원은 스스로를 달래며 눈을 맞췄다. 지후의 입가가 보기 좋게 휘었다.

"문유원."

"응?"

"진짜 너무 좋다. 나는 네가."

넋이 나간 사람처럼 마냥 눈을 맞춰 바라보던 지후가 나직이 속삭였다. 한없이 덤덤하게, 혹은 태연한 어조로 흘러나온 그 말이 유원은 미치도록 가슴 떨리고 설레었다. 이것이야말로 무뚝뚝한 서지후가 표현할 수 있는 최선이 아닐까도 싶었다.

화끈거리는 얼굴로 지후를 보며 유원은 그새 마른 입술을 혀로 축였다. 그러고는 반쯤 감긴 나른한 눈을 하고서 지후를 향해 말했다. 나, 키스해 줘.

숨결이 가득 섞인 유원의 목소리가 꿈결처럼 황홀했다. 기다렸다는 듯 지후가 유원의 입술을 포개고 혀를 넣었다. 이내 지후가 천천히 허리를 움직였다.

"읍……."

제 안으로 깊숙이 파고들어 오는 지후를 느끼며 유원은 두 눈을 꼭 감아 내렸다. 가슴속에 충만한 기쁨이 차올라 넘실거렸다.

이런 거였구나. 몸을 섞는다는 것이. 사랑하는 상대에게 모든 것을 내어 주고 모든 것을 받은 기분이란 더없이 감격스러웠다. 지후라서 그럴 거다. 다른 누구도 아닌 지후가 제 상대라 유원은 맘이 이토록 아린 것도 같았다. 유원이 살며시 눈을 떠 지후를 바라보았다.

단순히 욕정을 해소한다는 느낌은 조금도 들지 않았다. 지후는 만지고 더듬고 물고 빠는 그 모든 순간들 내내 유원을 향해 외치고 있었다.

좋아한다고. 너뿐이라고. 너무 많이 좋아해서 말하기도 쉽지 않았다고. 널 향한 내 마음은 그 정도라고.

코끝이 시큰거렸다. 지난 기억들을 곱씹을수록 유원에게 지후는 하나같이 감동이었다. 날 그렇게까지 좋아해 준 거야……? 울컥 메어 오는 목을 참으며 키스를 하는데 지후가 눈을 떴다.

물기 어린 촉촉한 유원의 눈동자를 발견한 지후가 허리질 하는 속도를 살짝 늦췄다. 닿을 듯 말 듯 입술을 뗀 지후가 유원아……? 하고 불렀다.

그게 너무 좋아 유원은 끝내 울음을 터뜨렸다. 지후의 눈빛이, 지후의 목소리가, 지후의 모든 것들이 죽을 만큼 가슴 벅찼다. 유원이 두 손을 들어 올렸다.

"계속……해 줘……."

"어……?"

"하고 싶은 만큼…… 계속, 많이……. 알았지……?"

"하아…….'

"읏……. 흐읍……."

유원이 아파서 우는 줄 알았다. 그걸 알면서도 멈출 수는 없어 미안한 맘으로 바라보던 지후가 흘러나온 유원의 말에 끝내 미간을 구겼다.

미치겠다. 어쩜 이럴까, 이 녀석은. 아마 죽을 때까지 제 맘속 유원을 당해 낼 수 없을 것만 같다. 유원을 이기는 건 절대 불가능하다는 걸 지후는 거듭 또 깨닫고 만다.

원하는 만큼 실컷 해 달라는 말에 지후는 그만 무섭도록 흥분해 버렸다. 한 번 하고 난 직후라 적잖이 살살할 생각을 갖고 있었건만 다 틀려 버렸다. 우는 유원의 모습이 어찌나 유혹적인지 더 울리고 싶어지는 역효과마저 생겼다. 지후의 턱에 잔뜩 힘이 들어갔다.

작정한 듯 지후는 점점 더 격렬하게 허리를 움직였다. 숨이 따라서 거칠어졌고, 공기의 흐름마저 눅눅해졌다. 미끈거리는 콘돔은 도중에 벗겨 버리고 빠르게 새 것을 찾아 끼웠다.

퍽, 퍼억……. 젖은 속살들의 질펀한 마찰음이 끊임없이 들려왔다. 유원이 끙끙 앓는 소리도 쉴 새 없이 터져 나왔다.

또 다른 절정을 향해 달려가는 둘의 몸짓이 느슨하면서도 아름다웠다. 조용하고 은밀한, 두근두근 떨리는 벅찬 순간들이 지후와 유원 사이를 가로질러 흐르고 있었다.

오직 서로가 서로만 바라보며 맘을 나눴다. 파도치듯 일렁이는 감정과 상념들이 그 안 가득 새록새록 쌓여 갔다. 주체하기 힘들 정도로 몸이 달아올랐다. 지후가 유원을 힘껏 끌어안았다.

참으로, 더할 나위 없는 밤이 그렇게 지나가고 있었다.

아, 예뻐라.

옅은 주황빛의 은은한 스탠드 조명에 기대어 지후는 제 가슴팍에 안긴 채로 잠든 유원을 바라보았다. 눈을 깜빡이는 찰나의 순간조차 놓치기 싫어 하염없이 보고 또 봤다. 눈이 아예 붙은 것처럼 떨어지질 않았다.

봐도 봐도 좋았다. 계속 봐도 마치 처음 보는 사람처럼 매 순간이 새로웠다. 중증이다. 어떻게 이렇게까지 좋아질 수 있을까, 사람이. 보기만 해도 행복해지는 기분이란 참 묘했다.

의아하면서도 거슬리지 않아 지후는 아주 오래도록 유원을 눈에 담았다. 세상 모두가 잠든 것처럼 고요하게 푸른 새벽이었다. 출근을 위해선 슬슬 깨워야 한다고 생각하면서도 손 하나 까딱하지 못했다. 이대로 시간이 멈춰 줬으면, 하고 바랄 정도가 됐다.

외울 것처럼 유원의 얼굴을 들여다봤다. 오밀조밀 귀여운 눈코입과 이마, 볼 곳곳까지 집요하게 머무르는 시선에도 쌔근쌔근 숨소리를 내며 잘 자던 유원이 이윽고 천천히 눈을 떴다.

잠결이라 몽롱한 눈동자에 초점이 잘 잡히지 않아 도로 감았다가 한 박자 쉰 유원이 다시금 눈꺼풀을 들어 올렸다.

"……."

"……."

눈이 마주쳤다. 까맣게 반짝이는 두 쌍의 눈이 자연스레 서로를 향해 고정되었다. 그 어떤 흔들림도 없이 오직 서로만 보는 눈길들은 정직했다.

유원이 느릿하게 눈을 깜빡였다. 그것에 맞춰 지후도 그제야 얼른 눈을 감았다 떴다. 그윽하게 바라보는 지후의 눈빛이 따스하게 깊었다.

말랑말랑한 감정들이 불시에 심장을 뒤덮고 두근거렸다. 희미하게 휘어지는 유원의 입술에 지후가 한 손을 들어 올려 유원의 머리를 부드럽게 쓸어 넘겼다.

"안 잤어……?"

잔뜩 잠긴 목소리가 유원의 입술 사이로 흘러나왔다. 역시나 그저 듣기 좋다는 생각을 하며 지후는 가볍게 고개를 끄덕였다.

유원은 왜 안 잤느냐 타박하지 않았다. 솔직히 저 역시 잔 것 같지 않았다. 누가 봐도 유원은 잠깐 정신을 잃은 것에 불과했다. 그게 한 시간쯤 됐을지, 아님 그것조차 아닐지 도통 가늠되지 않았다. 밤새 괴롭히겠다는 말을 충실히 이행한 지후가 못내 야속했다.

정확히 몇 번을 했는지도 헷갈렸다. 연달아 두 번 격렬하게 달린 것도 모자라 잠이 들 만하면 유원은 달려드는 지후의 밑에 깔려 끙끙 앓으며 바르작대야만 했다.

작정을 한 것 같다는 생각이 든 건 일단 콘돔 한 상자를 다 쓰는 게 목표라는 말을 들었을 때였다. 모자라면 프런트에 청하면 된다는 지후를 억지로 말리던 기억이 생생했다.

못 살아. 이래서 일은 어떻게 하라고. 기막혀 나오는 헛웃음을 지으며 유원이 지후의 품으로 한껏 더 파고들었다. 그 조금 움직이는 것도 힘들어 한참을 낑낑댔다.

불현듯 목이 말랐다. 물을 마시러 가고 싶지만 일어나기조차 쉽지 않아 난감해하는 유원을 알아챈 지후가 서둘러 몸을 일으켰다. 유원이 손으로 눈두덩을 비벼 남은 잠을 털어 냈다.

"으, 허리……."

"있어 봐."

"응?"

누군가에게 두들겨 맞은 것처럼 온몸이 다 욱신욱신 저렸다. 척추마저 찌릿하게 울리는 통증이 심해 미적거리는 유원에게 일어나지 말고 있으라고 한 지후가 물을 한 모금 들이켰다. 그러고는 누워 있는 유원의 뒷머리를 부여잡고서 그대로 입을 맞추었다.

시원한 물이 지후에게서 유원에게로 고스란히 전해졌다. 꼴깍 꼴깍. 귀여운 소릴 내며 물을 받아 마신 유원의 입가를 지후가 엄지로 살살 닦아 주었다.

한 번 더? 유원이 고개를 끄덕였고, 지후는 흔쾌히 또 한 모금 들이켜 유원에게 전해 주었다. 차가운 기운이 얼추 사라져 간다 싶을 즈음 입 속에서 뭔가 다른 움직임이 감지됐다.

어느덧 한껏 들어와 이리저리 헤집는 지후의 혀에 유원이 두 눈을 꼭 감았다.

"음……."

적당히 하다 말 줄 알았던 키스가 생각보다 길어지고 있었다. 차츰 더 끈적하게 엉켜드는 혀놀림에 입안 가득 더운 숨이 들어 찼다.

여린 속살이 세차게 빨렸다. 더듬고 건드리는 기척은 마냥 야릇했다. 남은 잠마저 완전히 털어 내게 하는 질펀한 입맞춤이 오래도록 이어졌다. 지후가 옆에 누워 유원을 끌어안았다.

지치지도 않나 보다. 왠지 불공평하다는 생각이 들었다. 기운 없어 죽겠는 저와 판이하게 다른 지후가 유원은 의아스러웠다.

남자와 여자의 차이려나. 그렇다고는 해도 이건 좀.

유원은 난감해졌다. 금방이라도 달려들 것처럼 거칠게 혀를 섞는 지후는 꽤 저돌적이었다. 말랑하고 따끈하게 감겨 오는 혀의 감촉은 너무나 좋았지만 이대로 피치를 올려 또 한 번 하게 되면 정말 위험할 거라는 생각이 들었다.

벌거벗은 몸으로 부둥켜안은 채 진한 키스를 하자니 하체의 이물감이 보다 확연히 느껴졌다. 어느덧 딱딱하게 서 버린 지후의 것이 아랫배를 마구 찔러 왔다. 눈앞이 아찔해져 유원은 급히 지후를 밀어냈다.

"그만……."

"왜……."

"씻어야 하지 않아, 이제……?"

아차. 유원에게 빠진 나머지 시간이 가는 것도 모르고 있던 지후가 손을 뻗어 핸드폰을 살폈다. 아니나 다를까 마침 새벽 4시로 맞춰 둔 알람이 울렸다. 슬슬 씻고 준비해 병원으로 가야 할 시간이었다.

아쉬운 얼굴로 지후가 유원의 볼에 입을 맞췄다. 여기저기 돌아다니다 입술에도 짧게 여러 번 부딪히고 나서야 지후는 욕실로 향했다.

홀로 남아 안도의 한숨을 내쉬던 유원이 다시 돌아오는 지후를 보고 눈을 크게 떴다. 차마 말릴 새도 없이 지후가 유원을 번쩍 안아 들었다.

"뭐해?"

"같이 씻자."

"뭐?"

설마, 하는 표정을 지은 것도 잠시, 성큼성큼 욕실로 들어가는 지후 때문에 유원은 어쩔 줄을 몰랐다. 환하게 불이 켜진 내부가 그저 부담스러웠다.

싫다고 버둥거리는 유원을 강제로 데려간 지후가 미리 물을 받기 시작한 욕조 안으로 조심조심 내려놓았다. 서서히 차오르고 있는 따뜻한 물속에 잠기니 두 팔 말고는 가릴 것이 없었다. 안절부절못하는 유원을 알아챈 지후가 욕실의 조명을 다소 낮춰 주었다.

그래도 영 마음이 편치는 못한 터라 유원이 미간을 잔뜩 찌푸리고 지후를 노려보았다. 샐쭉이는 입술에 불만이 가득 묻어났다. 부러 못 본 척 지후는 욕조 안으로 함께 들어가 유원의 뒤에 자리를 잡았다.

갈수록 더 부끄러워지는 상황에 유원만 애가 탔다. 어쩜 이렇게 아무렇지 않아 하는지.

이 녀석, 진짜 선수 아닐까 몰라.

괜한 생각을 하며 뾰로퉁해 있는 유원의 허리 앞으로 지후가 두 팔을 둘러 끌어안았다. 두근. 커다랗게 뛰어 대는 심장에 유원이 가만 뒤를 돌아보았다. 지후가 살며시 입술을 포개어 왔다.

가볍게 쪼옥 닿았다 떨어지는 입술이 마냥 달고 보드라웠다. 잠시 눈을 감았다 뜨는 유원을 향해 지후가 싱긋 입가를 말아 올렸다.

"잠깐도 싫어."

"어?"

"너랑 떨어져 있기가. 죽기보다."

그래서 데려왔다고, 그러니 같이 씻자고, 계속 이렇게 함께 있자고 지후는 유원을 달랬다. 그 말에 또 콩닥콩닥 뛰는 제 가슴이 야속해 유원은 애꿎은 아랫입술만 질끈 베어 물었다.

계속 같이 있고픈 마음은 유원도 못지않았다. 그렇다고 반기기엔 민망해 입술만 샐쭉거리며 눈을 흘겼다. 유원이 뭘 해도 좋은 지후는 좀처럼 눈을 떼지 못하고 유원을 바라봤다. 그윽한 눈빛 가득 충만한 애정이 묻어났다.

유원이 입을 내밀었다. 가볍게 뽀뽀를 했다. 한 번이 두 번으로, 두 번이 세 번으로 이어지며 계속 서로를 탐하게 만들었다. 맞닿은 입술 끝에 힘이 실렸다. 지후가 유원의 윗입술과 아랫입술을 차례로 쪽쪽 물고 빨았다.

한참을 그렇게 있었더니 문득 돌린 고개가 아파 왔다. 그렇다고 지후와 뽀뽀를 멈추긴 싫었다. 해서 유원은, 물속에서 느릿느릿 몸을 돌렸다.

여전히 아픈 몸이 수중이라선지 그나마 수월하게 움직여졌다. 거의 지후의 위로 올라타는 듯한 자세가 된 유원이 지후의 목에 두 손을 둘렀다.

"근데 너."

"응?"

"너무 잘하는 거 같아. 키스."

숨결이 고스란히 전해지는 가까운 거리에서 유원이 속삭였다. 닿을 듯 말 듯 하던 입술 끝이 흘러나오는 말에 따라 스치듯 문질러졌다.

지그시 맞춘 둘의 눈동자가 약속이나 한 것처럼 작게 일렁였다. 은밀한 밝기의 조명 아래에서 보는 유원은 더없이 매혹적이었다.

지후가 유원의 입술을 크게 머금었다. 입안에 가두고 몇 차례 쪽쪽 빨아 핥았다. 유원이 타액으로 번들거리는 입술을 달싹였다.

"진짜 왜 이렇게 잘해……?"

"내가 잘하는지 어떻게 아는데?"

"그냥 알 거 같아."

"꼭 다른 사람이랑 해 본 것처럼 말하네."

지후가 미간을 구겼다. 눈썹마저 꿈틀거리는 표정이 살짝 불쾌한 듯 보였다. 저 말고 다른 사람과 해 봤냐는 뜻을 알아들은 유원이 그럴 리 있느냐고 반문했다.

그럼 뭔데. 어떻게 아는 건데, 어? 당장 말하라며 지후가 성을 내듯 유원을 다그쳤다. 살짝 발그레해진 얼굴로 유원이 지후를 바라봤다.

"미치겠거든. 네가 막, 나한테 혀 넣고 움직이면. 죽을 거 같이."

"어⋯⋯?"

"소름이 돋을 정도로 좋아. 몸도 막 뜨거워지는 거 같고 아랫배도 홧홧거리고, 정신이 없어. 너무 잘해, 너."

단순한 감상이라기보단 어째 시기하는 말투가 돼 버렸다. 새치름히 눈을 흘기는 유원이 문득 치밀어 오르는 의혹을 감추지 않고 지후를 째렸다.

난 네가 첫 키슨데 넌 아닌 거잖아. 그렇지?

물을까 말까 고민하며 유원은 지후를 봤다. 쪼잔하게 굴긴 싫었으나 못 견디게 샘이 나는 것도 사실이었다. 이럴 수는 없는 거니까. 명색이 첫 키스면서 사람 맘을 이렇게 들었다 놓았다 할 수는 없는 거였다.

타고난 게 아닌 이상 말이 되질 않았다. 대체 누굴까. 얼굴도 모르는 이가 죽을 만큼 얄미워졌다. 게다가 이것 역시도 아마. 유원이 시선을 내렸다. 곤란해진 지후가 나직이 물었다.

"왜, 불편해?"

"언제까지 이래⋯⋯?"

"글쎄. 쉽게 안 가라앉을 거 같은데."

"왜⋯⋯?"

"왜는, 너랑 이러고 있으니까 그렇지."

흠흠, 하고 지후가 낮게 헛기침을 했다. 이미 커질 대로 커진 지후의 것이 물속에서도 훤히 보였다. 민망해진 유원이 시선을 거두며 얼떨결에 지후에게로 바싹 더 몸을 붙였다.

의도한 바는 아니었지만 아래가 오롯이 닿았다. 조금만 잘못 움직이면 그대로 들어갈 것도 같은 위험천만한 위치였다. 자세를 바꿔 볼까 싶었으나 때는 이미 늦어 버린 후였다. 꿍, 하는 소리를 낸 지후가 이내 덮치듯 유원에게 입을 맞췄다.

거칠게 파고 들어간 지후가 유원의 입안 구석구석 남김없이 핥았다. 마셔도 마셔도 목이 마르는 갈증은 지후로 하여금 더 격렬한 혀놀림을 하게 했다. 세차게 휘감아 힘껏 빨아 당기는 지후를 받아들이며 유원이 어깨를 떨었다. 몸이 또 금세 뜨거워지고 있었다.

저기, 나 아직⋯⋯. 많이 아픈데⋯⋯. 유원이 살짝 떨어진 입술을 달싹여 짐짓 우는소리를 냈다. 키스의 강도가 약해졌다. 봐주려나 싶은 생각은 오산이었다.

지후가 유원의 허리를 부여잡고 물 위로 번쩍 들어 올렸다. 욕조 한쪽 끝 평평한 곳에 유원을 올려다 앉힌 지후가 유원의 다리를 벌리고 그 앞에 자리를 잡았다.

근데 그게 좀 이상했다. 여전히 물속에 있는 지후가 의아하던 것도 잠시, 유원이 빠르게 다가오는 지후의 얼굴에 기겁을 했다.

"잠깐, 홋⋯⋯!"

뜨거운 지후의 입술이 유원의 아래에 닿았다. 혀까지 밀려 나와 입구를 주룩 핥는 행위에 유원은 당황해 어쩔 줄을 몰랐다.

뭘 하는 거냐고 물을 수도, 발버둥을 칠 수도 없었다. 지후의 강인한 두 팔이 유원의 허벅지 바깥에 단단히 고정되어 있었다.

그렇게 옴짝달싹 못 하게 만든 상태로 지후는 연거푸 유원의 아래를 빨았다. 길게 세운 혀가 주름 사이사이를 미끄러지듯이 훑고 쓸었다. 아래에서 위로 움직이는 혀는 마냥 거침이 없었다. 촉촉한 혀가 그보다 더 촉촉이 젖은 입구를 진하게 핥았다.

"읏……. 읍……."

하마터면 소리를 지를 뻔한 유원이 얼른 한 손으로 제 입을 콱 틀어막았다. 뭐라 설명할 수 없는 야릇한 기분에 전신이 오싹해지며 마구 떨렸다.

이게, 무슨, 대체, 너. 두서없이 어질러진 머리를 잠재우려 유원이 두 눈을 질끈 감아 내렸다. 당최 지금 제게 어떤 일이 벌어지고 있는지 감도 오질 않았다. 더럭 겁이 나면서도 싫지 않았다. 두렵기는 하지만 확실히 싫은 건 아니었다.

하…….

거기까지 생각을 정리한 유원이 반쯤 눈을 떴다. 제 다리 사이에서 움직이는 지후가 보였다. 한껏 느끼는 표정을 지은 채 지후는 상상조차 못 했던 야한 짓을 하고 있었다.

마치 그곳과 키스라도 하는 사람처럼 지그시 내리감은 두 눈이 그저 근사했다. 쭉쭉 물고 빨아 당겨질 때마다 아래가 저릿하게 아렸다. 심장이 요동을 쳤다.

핥아 빨던 주름을 이로 잘근 물기도 하던 지후가 수풀 속 부풀어 오른 정점을 찾아내고 그곳에 혀를 날름거렸다. 정신이 번쩍

들 만큼 짜릿한 그 느낌에 유원이 숨을 헉 들이켰다.

이상한 기분. 참으로 묘한 반응. 허벅지 안쪽마저 파르르 떨려와 끙끙대는 유원을 향해 지후가 눈을 치켜떴다. 매섭게 날이 선까만 눈동자가 지독히도 야했다. 지후가 입술을 떼지 않은 채 나직이 중얼거렸다.

"소리 참으면……."

"어……?"

"더 세게, 오래할 거야……."

"흡……."

유원의 손을 끌어내린 지후가 제 머리를 잡게 했다. 그러고는한껏 더 격렬하게 혀를 놀렸다. 반협박이나 마찬가지인 말이었으나 그것에마저 유원은 숨이 멎을 것만 같이 두근거렸다.

유원의 손가락이 지후의 머리를 간질이듯 헤집었다. 젖은 손가락 사이사이로 엉켜드는 머리카락이 실크처럼 부드러웠다. 미끈한 혀가 더욱 깊숙이 핥아 파고들었다. 손끝까지 파들거리게 하는굉장한 쾌감에 못 이겨 마침내 흐느낌과도 같은 신음이 터져 나왔다.

"아! 하응……! 흐읏……!"

참으려야 참을 수도 없었다. 워낙 과감하게 혀를 놀려 빨아 대는 지후라 유원은 더 버티지 못하고 소리를 냈다. 저절로 터져 나오는 새된 소리가 지금 유원이 얼마나 힘겨운 상탠지를 고스란히말해 주었다. 앓듯이 끙끙거리는 유원의 신음이 점점 데시벨을 높여 갔다.

조용하던 욕실 안이 음탕한 소리들로 후끈 달아올랐다. 진득하고 질편한, 속살과 속살의 만남이었다. 붉고 말랑한 지후의 혀가 여리고 쫄깃한 유원의 아래를 끊임없이 더듬고 건드렸다. 겹겹이 둘러싸인 주름들 사이 가장 안으로 슬쩍 밀어 넣어 보기도 했다.

깔짝깔짝……. 지후의 혀가 내는 소리인지, 제 그곳이 내는 소리인지 헷갈린다 싶을 즈음 유원은 다시 물속으로 끌려 내려갔다. 지후가 유원을 무릎 위에 마주 보게끔 앉히고서 제 것을 갖다 유원의 아래에 대고 문질렀다.

물속이라선지 진입이 다소 쉬웠다. 미끈거리는 유원의 안으로 한 번에 쑤욱, 지후가 제 것을 들이밀었다. 굵직한 지후가 가득 들어차는 순간 유원은 숨결뿐인 신음을 내뱉었다.

한껏 적신 후라지만 여전히 좁은 유원의 안이 지후의 것을 꽉 물고 조여들 듯 움찔거렸다.

진짜 죽겠네……. 금방 사정할 것 같음에 지후가 어금니를 악물었다.

"몇 번이나 해 봤어……?"

"뭘……."

"이거……. 여자랑……."

결합한 채로 섣불리 움직이지 못하고 있는 지후에게 유원이 넌지시 물었다. 뻑뻑하게 뭉친 아래가 거의 한계에 가까웠다. 최대한 오래 있고 싶어 잠시 시간을 끄는 도중에 받은 질문치고는 썩 적합하지 않은 것이었다.

내용보다는 유원의 표정이 문제였다. 힘겹게 좁혀진 미간이,

일렁이는 눈동자가, 고통을 참으려는 듯 연신 베어 무는 붉은 입술이 너무나도 탐스러웠다.

간신히 목소리를 낸 지후가 무슨 말이냐고 되물었다. 유원이 서운한 표정으로 말을 이었다.

"많이…… 해 봤어……?"

"궁금해……?"

"처음은 언젠데……? 남자들 보통…… 거의 다 일찍 한다고……."

"문유원."

"응?"

"너야. 내 처음. 키스도, 이것도."

모두 유원이 네가 처음이라며 지후는 작게 웃었다. 말려 올라가는 입꼬리가, 흐릿하게 휘어진 눈매가 진중했다. 유원이 입을 다물었다.

의심하는 맘은 들지 않았다. 여자에 관심 없는 지후를 모르지도 않았다. 하지만 완전히 다 믿기지 않는 건, 처음이라면서 이렇게 능수능란하다는 게 어쩐지 이해되지 않아서였다.

진짜 타고났다는 건가. 공부 머리만 좋은 줄 알았더니. 치이, 하고 볼을 붉히는 유원을 향해 지후가 다정하게 속삭였다.

"안 믿겨?"

"안 믿겨."

"거짓말 같아?"

"응. 너무 잘해."

"연습은 꽤 했거든."

"연습……이라니?"

"꿈에서. 날마다 널 덮쳤어, 내가. 미안."

창피해서 끝까지 비밀로 하려고 했다는 지후가 유원의 볼에 쪽, 입을 맞췄다. 오직 문유원에게만 반응하는 거라는 말까지 덧붙인 지후가 이내 가만히 허리를 쳐올렸다.

한층 더 굵어진 상태로 들쑤시듯 밀고 들어오자 내부가 아려 얼얼했다. 유원이 지후의 목을 끌어안았다.

그 상태로 지후는 몇 번 더 허리를 움직였다. 위에 올라탄 자세라선지 더 깊숙이 들어오는 것만 같아 유원은 눈앞이 아찔해졌다. 커질 대로 커져 놓고 계속 더 자라나는 지후가 버거웠다. 이미 깊은데 자꾸 더 깊숙이 찌르고 파고드는 그였다.

얼마나 괴로운지 이젠 아프다는 말도 나오지 않을 지경이 되어 버렸다. 그저 빨리 끝났으면, 하는 마음으로 지후의 목에 매달려 낑낑 앓았다. 자그마한 유원의 몸이 쉼 없이 위아래로 들썩거렸다.

살살…… 해 주면 안 돼……? 지후야……. 띄엄띄엄 흘러나오는 힘겨운 목소리에 속도를 조금 늦춘 지후가 유원을 떼어 내 바라봤다. 눈을 질끈 감고 아파하는 유원을 나긋이 불렀다.

"문유원……."

"어……."

"너……. 내 거 맞지……?"

끝이 갈라진 탁한 목소리에 유원이 눈꺼풀을 들어 올렸다. 이글이글 타오르는 눈으로 바라보는 지후의 표정에는 정도를 가늠할 수 없을 소유욕이 잔뜩 담겨 있었다.

유원이 고개를 끄덕였다. 기뻐하는 것 같으면서도 내심 불안한 얼굴로 지후는 유원을 바라보았다.

이렇게 가져도 왜 자꾸 네가 욕심이 날까. 갖고 있는데도 더 갖고 싶어서 안달이 나고 마는 걸까, 왜. 좀처럼 믿기지 않아 그런 것 같다고 결론 내린 지후가 힘껏 허리를 쳐올리며 다시금 입을 열었다.

"죽을 때까지……. 내 거 하는 거다……?"

"응……."

"나만 보고……. 나하고만 이런 거 해야 해……. 알았어……?"

"알았어……. 그러니까 너도……."

"어……?"

"나 버리면……. 흣……. 가만 안 둘 거야……."

몸도 마음도 모두 네 것이 됐으니 버리면 혼내 줄 거라며 유원이 으름장을 놓았다.

그 말에 지후는 터져 나오려는 웃음을 애써 참았다. 당치도 않은 소리였다.

버리다니. 서지후한테서 문유원이 감히 버려지기나 할 것 같아? 내 안에 네가 얼마나 가득인데. 이 바보야.

그런 걱정은 하지도 말라며 지후가 입을 맞췄다. 부드럽게 닿았다 떨어지는 입술이 좋아 이번에는 유원이 지후에게 입을 맞췄다.

지후가 유원의 안으로 제 것을 훅 박아 넣었다. 아까보다 조금 더 길게 닿았다 떨어지는 입술 너머로 유원이 달뜬 신음 소리를 냈다.

버리기만 해, 완전 저주할 거야. 유원이 입술을 앙다문 앙큼한 얼굴로 지후에게 겁을 줬다. 지후의 사랑이 변치 않길 바라는 맘이 간절했다. 그건 어디까지나 유원만의 노파심이었다. 이제껏 키워 온 지후의 한결같은 마음을 아무래도 다는 모르는 것이 틀림없었다.

지금부터 보여 줄 거다. 더 많이, 더 실컷 남김없이 보여 줄 테다. 유원의 허리를 더 꼬옥 부여잡은 지후가 골반을 뭉근하게 쳐올렸다. 더없이 다정한 목소리가 지후의 입술 사이로 흘러나왔다.

"내 눈엔 너밖에 안 보여. 지금까지도, 지금도, 앞으로도 그럴 거야."

"지후야……."

"내 처음이자 마지막은 문유원 너야. 죽을 만큼 좋아하지만, 점점 더 많이 좋아할 거 같아. 너를. 오직 너만."

"하아……."

"고마워. 내 거 해 줘서."

살짝 작아진 목소리로 지후가 사랑해, 하고 속삭였다. 세상에 그 어떤 말이 이보다 가슴을 울릴 수가 있을까. 유원은 울컥 메어 오는 목을 참으며 지후에게 입을 맞췄다.

몇 번이고 지후가 반복해서 말을 뱉었다. 한번 터진 마음이 주체가 되지 않는 것 같았다. 사랑해, 문유원. 사랑해. 아주 많이. 지후의 말과 지후의 마음을 고스란히 받아 삼키던 유원이 다시금 지후의 목을 꼭 끌어안았다. 허리질이 서서히 빨라졌다.

아프고 아린 희열이 한참이나 유원을 때리고 자극했다. 그럼에도 유원은 지후가 더 오래 제 안에 머무르길 원했다. 조금 전까지만 해도 빨리 끝났으면, 했지만 지금은 아니었다. 좋아해 줘서 고맙다는 말에 마음이 욱신욱신 저렸다.

이 이상 얼마나 더 좋아지려고 이러나 싶다. 나야말로 벌써 너한테 흠뻑 빠졌는데. 어쩌라고, 응? 지후야.

달아오른 더운 숨을 뱉으며 유원이 혀를 내밀어 지후의 목덜미를 할짝거렸다. 지후의 귓불마저 깨물어 입안에 가두었다. 약한 신음을 토해 낸 지후의 폭주가 끝을 향해 치달았다.

15

포르말린 핑크

"윽······!"

캐비닛 문을 닫기 위해 손을 뻗는 순간 신음이 터져 나왔다. 허리가 찡, 하고 울린 탓이었다. 불지불식간에 엄습하는 통증이 이제는 가히 무서울 지경에 다다랐다.

안 그래도 늦었는데 어쩌면 좋담. 서두르려는 마음을 애써 누르며 유원은 아주 천천히 문을 닫았다. 가운의 매무새를 가다듬는 얼굴이 창백했다.

그냥 가만히 서 있기만 하는데도 다리 사이가 욱신욱신 아리고 아프고 난리였다. 후우, 하고 한숨을 내뱉은 유원이 심호흡까지 마친 후 탈의실을 나섰다.

"괜찮아?"

어기적어기적 걸어 나오는 유원에게 밖에서 기다리고 있던 지후가 급히 다가섰다. 이렇게 묻긴 했어도 전혀 괜찮지 않아 보이는 유원이라 지후는 그저 애가 탔다. 그러게 적당히 좀 할걸, 하는 후회와 그게 어디 맘대로 됐겠어, 하는 위안이 끊임없이 교차되어 지후의 마음을 어지럽혔다.

대꾸도 못 한 채로 낑낑거리는 유원을 보다 못한 지후가 유원의 앞에 몸을 낮춰 앉았다. 유원이 의아한 듯 눈을 크게 떴다.

"업혀."

"응?"

"수술방까지만 업어다 줄게. 어서."

빈말이 아닌지 사뭇 단호한 어투로 지후가 채근했다. 저만치 앞에서 지나가던 타과 병동 간호사 둘이 지후와 유원을 번갈아 보며 속닥거렸다. 난감한 유원이 어금니를 악물고 복화술로 말했다.

"일어나지."

"그냥 업히지."

"누가 보면 어쩌려고."

"보든 말든 뭔 상관이야. 업혀, 빨리."

"야, 서지후."

"자꾸 그러면 확 안고 간다. 어쩔래. 안을까? 안아?"

막무가내로 업히라던 지후가 공주님 안기로 가겠다며 엄포를 놓았다. 한다면 하는 녀석인지라 덜컥 겁이 났다.

그렇다고 덥석 업힐 수도 없고. 이래저래 곤란한 상황 앞에서 유원이 나름 최선의 방법을 생각해 냈다. 조심스레 흘러나온 손잡아 주면 안 되느냔 말에 지후의 눈매가 단번에 누그러졌다.

이내 몸을 일으킨 지후가 유원의 손을 가져다 꼬옥 잡았다. 그러고는 유원에게 맞춰 천천히 걸었다. 아까 호텔에서 나올 때와 비교해 보면 꽤 많이 나아진 상태이긴 했다. 샤워하고 나서는 다리에 힘이 아예 들어가질 않아 한참이나 고생을 했었다.

그게 다 이 서지후 때문이란 걸 알면서도 이상하게 진짜로 미워하는 맘은 들지 않았다. 싫다거나 못마땅하다거나 그 어떤 악감정은 조금도 생겨나질 않는 스스로를 느끼며 유원은 지후를 가만히 올려다보았다. 기다렸다는 듯 지후가 유원과 지그시 눈을 맞춰왔다.

서로의 모습을 담아내는 눈동자가 사이좋게 일렁였다. 좋았다. 이렇게 말없이 보기만 하는데도 가슴이 세차게 두근거렸다.

내 거. 문득 지후가 속삭이던 말들이 되뇌어져 유원은 못내 수줍어졌다. 서지후도 문유원의 것이란다. 한없이 잘난 네가 정말 내 거 맞는 거야?

왠지 지후에게 밑지는 장사가 아닐까 싶어 미안해하던 유원이 순간 중심을 잃고 휘청거렸다. 지후가 다른 손으로 급히 유원의 허리를 감싸 안았다.

"넘어지면 안 되니까."

"어……?"

"나한테 기대. 힘 빼고."

한 손으로 유원의 손을 꼭 잡고 다른 한 손으로 유원의 허리를 당겨 감싸 잡은 채로 지후는 걸음을 시작했다. 말이 기대는 거지,

거의 안긴 거나 다름없는 상황이 됐다.

넘어지면 안 된다는 말로 정리를 마쳐 버린 상황이라 딴죽을 걸 수도 없었다. 그래도 이건 어째 좀. 대놓고 나 지금 몸이 안 좋아요, 왜 그럴까요, 하고 광고하는 꼴이었다.

그만 놓아 달라는 유원의 말을 지후는 들은 척도 않고 걸었다. 유원이 어깨를 비틀었다. 빠져나오려 이리저리 애쓰는 유원의 허리를 지후는 더욱 강하게 부여잡았다. 되레 더 밀착시키려는 지후를 알아챈 유원이 조금 더 격하게 어깨를 비틀었다.

이래도 안 놔줄 거야? 이래도? 부산스럽게 움직여 버둥거리는 유원을 데리고 복도를 걷던 지후가 끝내 미간을 구겼다. 어느덧 탁해진 목소리가 그의 입술 사이로 흘러나왔다.

"너무 그러면. 위험한데."

"뭐가?"

"자꾸, 닿잖아. 네 가슴. 흥분되게."

뭐……?

살짝 크기를 줄인 목소리가 오히려 더 음란했다. 숨결이 가득 실린 탓인지, 그래서 속삭이는 것처럼 읊조린 지후의 말에 유원이 어깨를 비틀던 동작을 멈췄다.

과연 사실이었다. 몸부림을 치면 칠수록 유원의 가슴은 연신 지후의 몸에 닿아 비벼지고 있었다. 순식간에 빨개진 얼굴로 유원이 아랫입술을 질끈 깨물었다.

그러니 얌전하게 가자며 지후가 유원의 허리를 한 번 세게 쥐었다 놓았다. 꼬집는 듯한 그 손길이 간지러웠는지 유원이 까르르, 하고 웃어 버렸다. 옳다구나 싶어 지후는 몇 번 더 유원의 허리를 그런 식으로 살짝 꼬집었다. 아프지 않을 정도로만 건드리자 유원이 계속해서 웃음을 터뜨렸다.

하지 말라고 하면서도 유원은 웃었다. 듣기 좋은 그 웃음소리에 지후가 설핏 개구진 미소를 지었다. 허리가 약점임을 알았다. 또 어디에 간지럼을 잘 타려나, 응?

알수록 좋고 알아 갈수록 더 설렌다. 끝도 없이 커져 가는 마음이 버겁기는커녕 좋아 죽겠다. 문유원이란 존재가 제게 얼마나 대단한 것인지 새삼 깨달으며 지후는 조용히 유원을 눈에 담았다. 잔뜩 휘어진 유원의 눈매만큼이나 지후의 입가도 예쁘게 호를 그렸다.

"이것들이 빠져 가지고. 지금이 몇 시야, 어?"

느릿느릿 걸어 수술장 근처에 다다랐을 때였다. 안에서 나오던 은규가 실실대며 걸어오는 지후와 유원을 발견하고 부리나케 다가와 성을 냈다.

조금 늦긴 했어도 아직 일과 전이라 충분히 만회할 수 있을 만한 시각이었지만, 엄연히 선배로서 화를 내는 그가 아주 이해 안 되는 것도 아니었다.

꾸벅 인사한 지후가 조심스레 제 품에서 유원을 놓아주었다. 은규가 지후와 유원을 번갈아 보며 눈썹을 씰룩였다.

"잘들 한다. 늦은 주제에 꾸역꾸역 기어 와?"

"죄송합니다."

"사과는 니들 동기한테나 가서 해. 누군 새벽 내내 시달리고도 기구 소독하는데 팔자 좋게 연애질이나 해? 제정신이야?"

은규가 말하는 그 누구가 은환이라는 것쯤은 어렵지 않게 알 수 있었다. 언제는 티격태격 서로 못 잡아먹어 안달이더니 오늘은 이렇게나 애틋한 우애를 보여 주는 은규가 신기했다.

정말 알 수 없는 형제라니까. 웃음을 참아 낸 유원이 꾸벅 허리를 숙였다 폈다. 또 찡, 하고 울리는 아픔에 아랫입술을 물었다. 그런 유원이 신경 쓰여 지후가 작게 한숨을 뱉었다.

"근데 서지후. 너 무슨 일 있냐?"

어떻게든 아픈 내색을 않고 참는 유원을 연신 힐끔거리는 지후를 보며 은규가 고개를 비스듬히 기울였다. 뭔가 달랐다. 평소와는 전혀 다른 분위기가 지후의 표정에서 감지되었다.

아뇨, 하고 짧게 대답하는 지후를 은규가 유심히 쳐다봤다. 그래? 아무래도 이상한데. 지후의 얼굴 곳곳을 뚫어져라 보던 은규가 고개를 갸웃거리며 말을 이었다.

"진짜 아무 일 없어?"

"왜 그러십니까."

"되게 달라, 너. 아무리 봐도."

"뭐가 말씀이십니까."

"표정 말이야."

"네?"

"이상하게 온화해 보이네, 오늘?"

정말 말도 안 되게 기분이 좋아 보인다며 은규가 지후를 살폈다. 설마 로또라도 된 거냐고 묻는 은규의 말에 지후가 저도 모르게 유원과 시선을 교환했다.

티가 안 나기란 애초에 불가능했다. 유원이 보기에도 지후는 지금, 예전과 비교조차 안 될 만큼 매우 누그러진 표정을 하고 있었다. 금방이라도 휘어질 것만 같은 눈꼬리하며 연신 들썩이는 입술 끝이 생경했다. 서지후의 탈을 쓴 전혀 다른 사람 같았다.

괜한 헛기침을 하는 지후를 보며 유원이 작게 웃었다. 그러게 평소에 좀 인상을 쓰고 다녔어야 말이지. 걸핏하면 미간 구기고 버럭 성질만 부려 대던 예전의 지후가 떠올랐다.

그게 다 유원을 향한 마음을 감추려는 시도였다고 지후는 슬쩍 털어놨다. 다정하게 바라보고 웃다 보면 제 스스로가 감당이 안 될 것만 같았다고.

덕분에 유원은 차곡차곡 쌓아 왔던 지후의 마음들을 한꺼번에 전해 받고 녹다운 돼 버렸다. 생각하니 또 가슴이 떨렸다. 좋아서. 고마워서. 행복해서. 기뻐서.

대답을 회피하는 지후와 실실 웃는 유원 때문에 은규는 점점 더 큰 궁금증 속으로 빠져들었다. 이것들이 진짜. 단체로 약을 먹었나.

지후의 입꼬리마저 슬쩍슬쩍 올라가는 놀라운 광경에 눈이 휘둥그레진 은규가 재차 캐물으려고 할 때였다. 반대편에서 걸어오던 승하가 선수 치듯 입을 열었다.

"어이, 인턴들. 가서 작년 분기별 차트 기록 좀 찾아와."

이건 또 뭔? 난데없는 지시에 가장 놀란 건 은규였다. 어리둥절해 쳐다보는 유원과 굳은 표정이 된 지후를 번갈아 보던 승하가 은규의 옆에 멈춰 섰다.

대체 뭔 소리 하는 거냐는 은규의 옆구리를 팔꿈치로 가격한 승하가 태연하게 말을 이었다.

"논문 자료로 쓸 거니까 최대한 자세하게 뽑아 놔. 수술, 비수술 구분해서 정리하고."

"작년 거 전부 다 말씀이십니까?"

"그래. 오전 스케줄 빼 줄 테니까 자료실 가서 틀어박혀 있어. 시간 꽤 걸릴 거야."

"야, 류승하. 얘네 안 그래도 지각해서 지금……."

"그러니까 벌주는 거잖아, 내가. 오전에 수술 몇 개 없으니까 니들은 그거나 찾아. 알았어?"

가 봐, 하고 덧붙인 승하의 말에 유원이 고개를 갸웃거리며 지후를 돌아보았다. 경계하는 눈빛만은 여전한 지후의 표정 어딘가에 반색하는 기운이 느껴졌다.

잘된 건가. 왠지 지후가 싫어하는 것 같진 않다는 생각이 들었다. 벌받는 걸 반기는 서지후라. 의아한 맘을 갖기도 잠시, 요란하게 또각거리는 하이힐 소리가 들려왔다.

"어머, 서지후 선생님!"

앙칼진 목소리에 돌아보는 유원의 얼굴이 사정없이 딱딱해졌다. 저 여자가 여긴 또 왜.

출근시간도 아닐 텐데, 하물며 볼일도 없을 수술장 앞에 기습하듯 나타난 혜미가 달갑지 않았다. 양손 가득 커피 트레이를 든 혜미가 쪼르르 달려와 지후의 앞에 섰다.

"여기 계셨네요. 좋은 아침이에요~"

"……"

"선생님 드시라고 제가 커피 사 왔는데. 달달한 거 좋아하시나요? 아님 쓴 거? 입맛대로……"

"난 달달한 거. 땡큐."

종류별로 사 온 커피를 들이미는 혜미에게서 하나를 받아 든 승하가 은규에게도 고르라 채근했다. 얼씨구나, 하고 골라 호로록 맛나게 마시는 은규의 모습에 혜미가 울상이 됐다.

전부 다 지후를 위한 것이었건만, 정작 지후는 관심 없다는 얼굴로 시선조차 주지 않고 있었다. 노골적으로 거절 의사를 말하던 그날처럼 지후는 비집고 들어갈 틈이라곤 전혀 없는 철벽수비를 하고 있었다.

혜미가 몰래 입술을 샐쭉거렸다. 야속하면서도 탐이 났다. 안된다니 되레 오기가 생기는 것도 같았다. 뭐라더라. 죽을 때까지 한 사람만 보겠다고 했던가.

과연 그게 가능하겠냐고 혜미는 코웃음을 쳤다. 남자들이야 다 거기서 거기니까. 미친 척하고 달려들면 결국 안 넘어오고 배기겠어?

이판사판이라는 생각으로 혜미가 슬금슬금 지후의 곁에 붙어 섰다. 그러고는 팔짱을 끼려는 혜미를 앞서 막은 승하가 안 가고 뭐하느냐며 지후와 유원에게 눈짓을 했다.

꾸벅 인사하는 유원을 데리고 지후가 성큼성큼 자리를 떠났다.

뒤 한 번 돌아보지 않고 매몰차게 사라지는 지후를 망연자실 보던 혜미가 승하를 향해 인상을 찌푸렸다.

"뭐하는 거야?"

"너 힘들까 봐 말려 준 거다."

"뭐?"

"괜한 헛수고 말라고. 서지후 저 녀석은 안 돼."

아마 네가 무슨 수를 써도 안 될 거라며 승하가 씩 웃었다. 휘어져 말려 올라가는 입술 끝이 아련했다. 혜미가 허, 하고 헛웃음을 지었다.

"되고 안 되고는 내가 판단해."

"포기해, 글쎄."

"웃겨. 나 강혜미 아직 안 죽었거든."

"죽으면 큰일 나지, 병원에서. 것도 의사 앞에서 할 소린 아니지 않아?"

"야, 류승하."

"아이고, 시끄러워라. 난 빼 줘."

길어지는 둘의 설전에 질색한 은규가 휘적휘적 의국을 향해 사라졌다. 모쪼록 커피 잘 마시겠단 인사도 잊지 않는 은규가 얄미워 혜미는 조금 더 씩씩댔다.

누가 저 마시라고 사 온 줄 아나.

그나저나 뭘 어찌해야 할지 모르겠다. 애교도 안 통하고 남들 껌뻑 죽는 큰 가슴도 싫대고. 막막했지만 이대로 포기하긴 아쉬웠다. 어떻게든 철벽남 서지후를 자빠뜨려 보고 싶었다. 저렇게 뻣뻣한 남자를 굴복시키는 맛은 어떨지 상상만 해도 몸이 달아 견 딜 수가 없었다.

손톱을 물어뜯으며 묘책을 궁리하는 혜미를 보며 승하가 고개 를 절레절레 저었다. 어째 쉽게 단념할 것 같지가 않다. 물불 안 가리고 달려들 혜미가 쉽게 상상됐다.

너도 참, 구제불능이구나. 타인에게 하는 말치곤 지극히 제 발 이 저릴 소리란 걸 깨달았다. 기가 막히는군. 승하가 쓴웃음을 입 가 가득 머금었다.

"강혜미."

"왜."

"좋아한다는 말도 못 할 만큼 좋아한다는 게 뭔지, 혹시 알 아?"

승하는 커피가 담긴 컵을 조용히 만지작거렸다. 다른 한 손은 가운 주머니에 꽂고서 혜미를 주시했다. 갑작스런 질문이 귀에 들 어올 리 없었다. 타이밍도 그렇고 내용도 그렇고.

뭐라는 거냐고 되묻는 혜미의 말에 승하가 낮게 후후, 하고 웃 었다. 알 턱이 없지. 그걸 아는 사람이 그리 가볍게 행동하고 다 니진 않을 테니까.

유원을 바라보던 지후의 눈빛이 떠오르자 가슴 한켠이 간지러 웠다. 홀로 고개를 주억거린 승하가 아니다, 하고는 돌아섰다.

혜미는 문득 생각에 잠겼다. 방금 들은 승하의 말을 속으로 곱 씹었다. 그거야, 알고 있다. 당연히. 이제껏 제가 그리해 온 거니 까.

사실, 승하를 좋아하면서 좋아한다는 말도 못 하고 있는 혜미였다. 가끔씩 몸을 섞는 사이인 승하에게 좋아한다고 말해 버리면 그마저도 해 주지 않을까 못내 겁이 났다. 그래서 더 아무 남자나 만나고 다녔다. 일부러 더 염문을 뿌려 대며 무성한 뒷말에도 개의치 않았다.

나 역시 당신과 같은 부류란 걸 알려 주려고. 그러니 부담 갖지 말고 날 상대하라고. 지금의 나는, 그저 그것뿐이라도 좋다고. 더는 바라지 않는다고.

"……바보."

이미 사라지고 없는 승하를 혜미는 조금 더 바라보았다. 흘러 나온 단어가 누구를 지칭하는 말인지 몰랐다. 괜스레 가슴이 먹먹해졌다.

아무리 이 남자 저 남자 만나고 다닌다 해도 혜미가 자기라고 부르는 사람은 오직 승하였다. 물론 몸까지 섞는 상대 또한 승하뿐이었다. 그건 앞으로도 절대 변하지 않을 거였다.

언제까지 이런 식으로 주변만 맴돌아야 할까. 방법이 그릇된 건 알지만 고칠 엄두는 나지 않았다. 혜미가 한숨을 내쉬었다. 손에 들린 트레이 속 커피들이 차게 식어 가고 있었다.

"같이 해."

"안 돼."

"나도 하고 싶어."

"어허, 가만 앉아 있어."

명색이 같이 시킨 일을 혼자서만 하려는 지후 때문에 유원은 시무룩해졌다. 그냥 가만히 앉아 있기만 하라는 말이 쓸모없다는 소리로 들리는 탓이었다.

그럴 리가 없다는 걸 알면서도 미안한 맘에 자꾸 속이 상했다. 컨디션이 좋지 않은 자신을 배려해 주는 지후가 안쓰러웠다. 저 많은 차트들을 언제 다 정리하려고. 혼자는 절대 무리건만 지후는 완강하게 고집을 부렸다. 유원이 입술을 삐죽였다.

"나도 할래."

"안 된다고 했지."

"그럼 이렇게 그냥 있으라고?"

"심심하면 뭐, 내 얼굴이나 보든가."

"……진짜지? 후회 안 하지?"

별생각 없이 툭 던진 말을 유원이 그만 덥석 물어 버렸다. 후회했을 땐 이미 늦었다. 유원이 두 손에 턱까지 괴고 지후를 바라보았다.

지그시, 아주 뚫어져라 쳐다보는 눈길이 몹시도 뜨거웠다. 하여 지후는, 채 1분도 되지 않아 들고 있던 차트를 내려놓고 말았다. 너무 그렇게 열심히 보지 말라고 해도 유원은 작정한 사람처럼 지후만 봤다.

곤란해진 지후가 부러 차트에 집중하려 안간힘을 썼다. 유원은 계속해서 지후를 봤다. 이것저것 뒤적여 살피는 그의 모습을 조금도 놓치지 않으려 애를 썼다.

집중하는 매끈한 눈매를, 곧게 뻗은 오똑한 콧날을, 굳게 다물린 가지런한 입술을 하염없이 보고 또 봤다. 보기만 해도 배부르다는 말이 이런 건가 싶었다.

엄청 근사하네. 소리 없이 중얼거린 유원이 저도 모르게 미소 지었다. 지후가 빛의 속도로 정리를 마친 차트들을 한쪽으로 밀어 놓고 고개를 들었다.

자료실 직원은 아직도 출근 전인 듯했다. 서둘러 입구 쪽을 살핀 지후가 유원에게 손을 뻗었다. 저렇게 자신을 바라보는 유원을 도저히 가만 놔둘 수가 없었다. 유원의 뒷머리를 잡고 쪽, 빠르고 짧게 입을 맞췄다. 유원이 눈을 동그랗게 떴다.

"누가 그렇게 예쁘래."

"어……?"

"너무하잖아. 사람 가슴 떨리게."

멍한 표정으로 속삭이는 지후의 말에 유원이 되레 더 멍해져 버렸다. 지후 역시 제가 내뱉은 말이 영 어색한 모양인지 머쓱해 하며 시선을 피했다.

이내 다른 차트들을 가져오겠다는 지후가 서둘러 몸을 일으켜 책장들 사이로 들어갔다. 도망치듯 사라지는 지후를 보던 유원이 천천히 자리에서 일어났다. 그러고는 지후를 찾아 걸음을 옮겼다.

머지않아 책장 끝 쪽 안에서 지후를 발견했다. 제 옆으로 다가 오는 유원을 보며 지후는 한숨을 내쉬었다. 아까 솔직히, 유원을 붙들고 더없이 진한 입맞춤을 하고 싶었다. 그러다 어쩌면 그 이 상까지도 가 버릴 것만 같아 겁이 났다. 때문에 차트를 찾는답시 고 잠깐 자리를 피한 거였다. 그랬는데.

남의 속도 모르고 가까이 오는 유원을 원망스레 바라봤다. 그보다 더 야속한 건 제 자신이었다. 봇물이라도 터진 것처럼 한번 발동 걸린 욕구란 제어가 쉽지 않았다.

밤새 괴롭혀 제대로 걷지도 못하게 만들어 놓고 뭘 더 얼마나 하고 싶다는 건지. 더하면 넌 진짜 인간도 아니라는 말로 지후는 폭주하려는 스스로를 힘겹게 다잡았다.

스리슬쩍 옆에 서서 지후를 도와 차트의 목록을 훑던 유원이 넌지시 말을 꺼냈다.

"지극정성이던데."

"뭐?"

"아까 그 여자. 강혜미 씨."

짐짓 아무렇지 않은 척 말하고는 있지만 내내 거슬렸다. 딱 잘라 거절했음에도 불구하고 이른 아침부터 커피까지 사 들고 온 노력이 대단했다.

그럴 리는 없겠지만 만약. 그러지 않길 바라지만 혹시라도. 앞서 가는 상상이 끔찍해 유원은 말을 이었다. 지후가 유원을 가만 바라봤다.

"관심 많은 것 같더라."

"근데."

"적극적으로 꼬시겠다고 했어. 너를."

"그 여자가 그래?"

"응."

"그래서. 걱정돼? 내가 넘어갈까 봐?"

"……."

유원이 입을 다물었다. 걱정이 된다고 하기도 그렇고 안 된다고 하기도 그랬다. 걱정이 된다는 건 지후를 믿지 못한다는 뜻일 테고, 걱정이 안 된다는 건 솔직히 거짓말이었으니까.

열 번 찍어 안 넘어가는 나무 없다는 속담도 있지 않은가 말이다. 그걸 굳이 여기에 대입시키고 마는 못난 자신이 한심스러웠다.

묵묵부답인 유원의 허리 뒤로 지후가 살며시 팔을 둘러 당겨 안았다. 그윽하게 눈을 맞춘 지후가 다정한 목소리로 말을 뱉었다.

"그딴 여자 뭘 하든 관심 없어. 쳐다도 안 볼 거니까 걱정 마."

"……."

"보이지도 않아, 내 눈에는. 문유원 말고는 아무도 안 들어오거든."

"……치이."

"나한텐 너뿐이야. 모르냐……?"

처음이자 마지막이라고 지후는 감히 장담했었다. 그걸 뻔히 들어 놓고도 괜히 떼를 쓰고 싶었나 보다. 어쩌면 그 말이 또 듣고 싶어 앙탈을 부린 건지도 모르겠다.

제가 이렇게 교활했었나, 생각하며 유원은 지후를 올려다봤다. 이유야 어쨌건 지후로부터 들은 말들에 기분은 금세 좋아졌다.

웃음이 나오려는 걸 꾹 참고 눈을 맞추는 유원에게 지후가 문득 딱딱해진 말투로 입술을 달싹였다.

"좀 억울하네."

"어?"

"뭔가 뒤바뀐 기분이 들어."

"무슨 말이야?"

"그렇잖아. 정작 화낼 사람은 난 거 같은데."

지후가 설핏 미간을 구겼다. 사나워진 눈매가 지그시 유원을 쨰렸다. 다소 엄해진 그 표정에 유원이 마른침을 꿀꺽 삼켰다.

맞다. 바뀌어도 단단히 바뀐 게 맞았다. 정작 자신은 승하를 좋아한다는 소리까지 해 놓고 다가오려는 혜미를 철저하게 밀어내는 지후에게는 믿지 못하겠다며 심술이나 부린 꼴이었다. 염치가 없어도 이렇게 없을 수가. 유원이 볼을 붉혔다.

미안해 어쩔 줄 몰라 하던 유원이 다음 순간 까치발을 들고 지후의 입술을 훔쳤다. 쪽, 하고 소리 내어 닿았다 떨어지는 유원을 보는 지후의 표정이 단번에 풀어졌다.

한 번 더 쪽, 하고 유원이 용기 내어 지후에게 입을 맞췄다. 이에 제가 언제 화를 냈냐는 듯 한없이 온화한 표정이 된 지후가 혀로 입술을 축였다. 반들반들 물기를 머금은 붉은 입술이 탐스럽게 빛났다. 나른한 중저음을 내어 지후가 속삭였다.

"미안한데……."

"어……?"

"그걸로는 어림도 없어……."

"그럼……? 읍……."

지후가 곧바로 유원의 입술을 머금었다. 잘 포개져 맞물린 입술 사이로 혀를 집어넣었다. 격렬하게 움직이는 지후를 받아들이며 유원이 두 눈을 감아 내렸다.

힘주어 빨고 세차게 핥았다. 건드리는 족족 입안이 뜨겁게 달아올랐다. 보드랍고 말랑한, 촉촉하고 감미로운 둘의 혀가 빈틈없이 껴안은 채 서로를 탐했다. 더운 숨이 휘몰아쳐 심한 갈증을 불러일으켰다. 흥건히 고인 타액을 남김없이 삼켰다.

지후가 유원의 아랫입술을 잘근 깨물었다. 혀와 입술을 함께 동원해 힘껏 물고 빨았다. 윗입술마저 한참을 그렇게 유린하다 놓아주고 다시 혀를 감아 핥았다. 쪽쪽 소리가 끊임없이 흘러나왔다.

계속되는 과한 자극에 유원이 간간이 신음을 내뱉었다. 조용한 자료실 책장 구석에서 이루어지는 키스치고는 다소 야릇한 소리였다. 듣기만 해도 아랫배가 뻐근해지는 말랑한 그 소리에 지후가 살짝 눈을 떴다. 제 품 안에 안겨 얌전히 키스를 받는 유원이 그저 사랑스러웠다.

"용서해 줄게······."

"응······?"

"이제······ 내 거니까······."

유원의 입술에 입을 맞추며 지후가 여기도, 하고 속삭였다. 유원의 볼과 이마에도 입을 맞추고서 여기랑 여기도, 하고 읊조렸다. 눈꺼풀에도, 콧방울에도, 목덜미에도, 귓불에도 빠짐없이 지후의 입술이 닿았다.

한참이나 쪽쪽대던 지후가 유원의 가슴을 살포시 만져 주물렀다. 내 거. 전부 다 내 거야. 낮게 깔린 탁한 목소리에 유원이 흠칫 어깨를 움츠렸다. 눈을 맞추고 웃던 지후가 다시금 유원의 입술을 진하게 탐했다.

유원이 저 말고 다른 사람을 바라보게 하는 일 따위 앞으로는 절대 없을 테니까. 그러니까. 굳게 다짐하는 지후가 한층 더 깊숙이 혀를 집어넣었다. 많이 힘들고 아팠지만, 지난 일로 가슴 졸이며 괴로워하는 못난 짓은 하지 않는 편이 나았다. 앞만 보고 갈 거다. 이제.

앞으로 유원과 주고받을 사랑이 얼마나 굉장할지 기대감에 들뜬 지후의 심장이 두근두근 요동을 쳤다. 반드시 대단해지게 만들겠다는 굳은 다짐도 함께.

가슴을 주무르던 지후의 손이 더 올라가 유원의 뒷머리를 부여잡았다. 격하게 움직이는 지후의 혀가 유원의 입안을 아찔하게 달궜다.

차오르는 가쁜 숨을 삭이며 유원은 지후와 오래도록 입을 맞췄다. 꽤 한참이나 지후는 유원을 놓아주지 못했다.

"힘든 거 하지 마."

"알았어."

"무리하면 혼내 줄 거야. 몸 사려. 알았지?"

엘리베이터를 기다리며 지후는 몇 번이고 유원에게 당부를 했다. 계속 같이 있고 싶었으나 치프 현태의 호출로 지후는 이만 수술방에 들어가 봐야 했다.

내내 서 있어야 하는 수술방보단 차라리 병동 일이 나을 것 같다고 생각하면서도 유원을 두고 가는 지후는 영 맘이 놓이질 않았다. 잠시 잠깐도 곁에서 유원을 떼어 놓기가 싫었다. 눈이고 마음이고 온통 유원에게 고정된 채로 떨어질 줄을 몰랐다.

지후가 손을 뻗어 유원의 머리카락을 쓸어 넘겼다. 사라락 흩날리는 머릿결을 부드럽게 어루만지며 눈을 맞췄다. 내려간 손이 유원의 손을 자연스럽게 찾아 잡았다. 손가락 하나하나 깍지 껴 꼬옥 잡아 오는 지후를 향해 유원이 작게 미소 지었다.

또 그렇게 예쁘게 웃는다, 사람 미치게.

와락 끌어안고 싶은 걸 억지로 참으며 지후는 유원을 봤다. 지나가던 의료진들이 둘의 모습을 연신 힐끔거렸다. 애정이 가득 담긴 온화한 표정으로 유원을 바라보는 지후는 그야말로 빅뉴스였다.

지후가 유원의 손등에 가만히 제 입술을 갖다 대었다. 보드라운 감촉이 좋아 절로 웃음이 났다. 쪽쪽 두어 번 맞추고서 꼬옥 움켜쥐는 지후가 유원과 눈을 맞추고 눈꼬리를 내려 싱긋 웃었다. 어머머. 그 광경을 보던 뒤쪽의 여레지던트들이 얼굴을 붉혔다.

"진짜……였구나."

"응?"

"그러니까, 진짜로 너랑, 서지후가, 그……."

버벅거리며 말을 잇던 희주가 끝내 헐, 하며 입을 다물었다. 채혈 도구를 챙기던 것마저 망각한 희주를 대신해 유원이 수줍게 웃으며 부리나케 손을 놀렸다.

여전히 믿기지 않는 얼굴로 유원을 바라보며 희주는 넋을 놓았다. 그래도 설마 했는데. 아니, 대충 알고 있긴 했어도 이 정도일 줄은 몰랐는데. 눈치 없다 타박하던 은환의 말에 이제야 수긍이 갔다. 희주가 심각한 표정으로 눈을 깜빡였다.

아침부터 병원 전체에 한바탕 난리가 났다. 특히 여자 의료진들 사이에서 무서운 속도로 확산되는 소문이란 실로 믿기 힘든 것이었다.

단순한 루머인 줄 알았다. 헛소문으로 치부했던 것의 실체를 희주는 방금 제 눈으로 똑똑히 보고 말았다. 서지후가 문유원과 사랑에 빠졌다는 건 지극히 명백한 사실이었다.

깨질까 부서질까 한껏 조심하며 유원을 병동까지 데려다주던 지후. 그래 놓고도 유원의 손을 놓기 싫어 미적거리던 장면이 눈앞에 아른거렸다. 유원의 머리를 어루만지고 유원의 볼을 쓰다듬던 지후의 얼굴에는 단 한 번도 본 적 없던 근사한 미소마저 드리워져 있었다.

그렇게 웃을 줄도 아는 녀석이었다니. 괜한 배신감이 들었다. 안 그래도 어려운 녀석이 더 낯설게만 느껴져 못내 서운했다. 샐쭉이는 희주의 입술이 거슬려 유원은 자진 신고를 했다.

"미안해, 희주야."

"뭐가?"

"일이 이렇게 돼서. 미리 말 못 한 것도 그렇고. 미안."

난감한 기색이 된 유원이 도로록 눈을 굴렸다. 어쩔 줄 몰라 하는 유원의 속내를 희주는 금방 알아들었다.

솔직히 사과를 받을 건 아니었다. 혼자 잠깐 좋아하고 말았던 거니까. 저절로 정리가 된 제 마음을 다시금 확인한 희주가 곧 장난스러운 미소를 감추고 유원을 봤다.

하여간 착해 빠져 가지고. 이래서 이 녀석이 놀려 먹는 재미가 있구나, 싶다. 골려 줄 속셈으로 딱딱하게 표정을 굳힌 희주가 매섭게 눈을 치켜떴다.

"미안? 미안이라고?"

"어……?"

"미안하다는 말이면 다야? 너 웃긴다. 내가 만만하니? 그래서 먼저 고백한 거야?"

"희주야, 나는."

"나 서지후 포기 못 해. 네가 포기해."

팔짱까지 척 끼고서 사납게 성을 내던 희주가 대뜸 선전포고를 해 버렸다. 예기치 못한 반응에 유원이 곤란하다는 표정을 지었다. 과연, 뭐라고 할지 기대가 되었다. 지후에 대해 유원의 입으로 직접 듣고도 싶었다. 터지려는 웃음을 애써 참으며 희주가 쌀쌀맞게 말을 뱉었다.

"날 친구로 생각한다면 이제라도 포기해 줘."

"희주야."

"싫어? 싫다는 거니?"

"싫은 게 아니라, 안 돼. 도저히."

"뭐?"

"내 마음에 지후가 너무 가득 차서 안 될 것 같아. 지후를 포기한다는 건 있을 수 없는 일이 됐어."

"너……."

"내가 서지후를, 정말 많이 좋아하거든. 죽을 만큼. 아주아주 많이."

그러니 미안하지만 안 되겠다며 유원은 애써 웃었다. 진심을 담아 말하는 유원의 눈동자가 어느덧 촉촉하게 젖어 있었다.

예상을 훨씬 뛰어넘는 간절한 그 반응에 희주가 할 말을 잃었다. 언제 이렇게까지 깊어졌을까. 오래도록 쌓여 왔던 마음을 이제야 알아 버렸다는 걸까.

덩달아 욱신거리는 심장이 힘겨워 희주는 서둘러 유원을 안고 등을 도닥거려 주었다. 농담이라고, 장난이었다고 달래 주는 희주의 말에 유원이 뭐야, 하며 웃음을 터뜨렸다.

매 순간 더 많이 좋아지고 있었다. 떠올릴수록, 생각할수록, 지후를 좋아하고 있다는 사실을 깨달을 때마다 유원은 끝도 없이 지후를 제 맘에 가득 담고, 또 담고 있었다. 이젠 뺄 수도 없다. 아주 조금도 맘을 덜어 낼 수가 없는 거다. 너무 좋으니까. 그렇게나 지후만 보이는 유원이 됐다.

머지않아 유원을 떼어 낸 희주가 진심 어린 목소리로 축하인사를 건넸다. 부디 예쁘게 오래오래 잘 사귀어 달라는 부탁에 유원이 고개를 끄덕이며 눈꼬리를 내려 활짝 웃었다.

으이그, 귀여워 가지고. 희주가 유원의 볼을 가볍게 꼬집었다. 말갛게 웃는 유원의 미소가 그저 눈부셨다. 그만 가자며 유원의 손에서 채혈 도구들을 옮겨 든 희주가 유원과 발을 맞춰 병실로 향했다.

"실례합니다."

채혈과 드레싱을 마치고 오후 회진을 돌았다. 진료에 필요한 자료들을 희주와 나눠서 찾으며 돌아다니다 보니 시간이 훌쩍 지나 있었다.

아까 들어간 수술이 생각보다 길어지는지 지후는 좀처럼 나타나지 않았다. 목소리라도 듣고 싶었지만 섣불리 전화를 걸 수는 없었다.

병실에 들러 동의서를 받고 나오는 길에 애꿎은 핸드폰만 만지작거리던 유원이 누군가의 부름에 뒤를 돌아보았다. 모던한 슈트 차림의 나이가 지긋한 중년 남자 하나가 유원을 향해 천천히 다가왔다.

"말씀 좀 묻겠습니다."

"무슨 일이십니까?"

왠지 환자로는 보이지 않았다. 그렇다고 보호자도 아닌 것 같았다. 뭐랄까. 병원이랑 딱히 어울리지 않는 생김새라고 해야 하나.

완고한 이미지를 지닌 그는 신사의 느낌이 물씬 풍겼다. 병색 하나 없이 말끔한 인상과 선이 굵은 생김새는 지긋한 나이만큼이나 중후한 멋을 자아냈다. 지나치게 반듯하고 올곧은 눈매가 썩 낯설지 않았다. 나직한 목소리로 남자가 말을 이었다.

"누굴 좀 찾아왔습니다만."

"아, 네."

"여기 외과 인턴 중에 서지후라고 있지 않습니까?"

"네……?"

순간 유원은, 언급된 지후의 이름에 조금 앞선 생각을 했다. 저절로 그리 되어 버렸다. 잘생긴 눈코 입이 그러고 보니 얼핏 닮은 것도 같았다.

키까지 훤칠하게 큰 중년 남자의 얼굴 위로 지후가 겹쳐 보이는 착각마저 들어 말문이 막힌 유원을 남자는 잠시 바라보았다. 아담하니 귀엽게 생긴 유원의 얼굴을, 가운을 차려입은 가지런한 모양새를 훑는 그의 시선이 느긋하면서도 재빨랐다. 남자가 입을 열었다.

"잠깐 불러 줄 수 있습니까?"

"아, 그게, 지금 수술 중이라서요. 아직 안 끝난 모양입니다."

"그렇군요. 내가 시간이 많이 없는데."

"무슨 일로 그러시는지 여쭤 봐도……?"

"서현석이라고 합니다. 지후 애비 되는 사람입니다."

에……?

유원의 얼굴이 하얗게 질렸다. 예상이 맞았다는 것보다도 지후의 아버지란 분이 바로 제 눈앞에 있다는 것이 더 충격이었다.

서둘러 꾸벅 허리를 숙여 인사한 유원이 뭘 어찌해야 할지 몰라 쩔쩔맸다. 그런 유원에게 현석이 5분 정도 시간을 내어 줄 수 있겠느냐 물었다.

안 돼도 되게 만들어야 할 것만 같은 말투였다. 앉을 곳을 찾아 휴게실로 가는 현석을 유원이 급히 따랐다.

"이름이?"

"문유원입니다. 안녕하십니까!"

자판기에서 부리나케 음료수 두 개를 뽑아 들고 온 유원이 현

석의 물음에 다시금 꾸벅 허리를 숙였다. 오전에 비해 많이 나아
졌다지만 아직도 성급히 움직이기엔 몸에 무리가 따랐다.

지끈, 하고 울리는 허리를 참아 낸 유원이 애써 입가를 말아 올
렸다. 음료수 마개를 따 현석의 앞에 놓아준 유원이 그의 앞자리
에 조심조심 마주 보고 앉았다.

왠지 모르게 자꾸만 긴장이 되고 목이 탔다. 결례되지 않도록
고개를 돌리고 음료수를 들이켜는 유원에게 현석이 말을 건넸다.

"지후랑은 동기입니까?"

"네, 그렇습니다."

"대학도 혹시 같이 나오지 않았나요?"

"네? 아, 네. 맞습니다."

"역시. 제대로 찾았군요, 내가."

"네?"

"아닙니다. 지후 나오면 이것 좀 전해 주십시오."

뭔지 모를 말들에 고개를 갸웃거리던 유원이 내미는 봉투를 전
해 받았다. 연분홍 빛깔의 봉투 앞면에는 화사하고 예쁜 리본이
달려 있었다.

궁금해하는 유원을 알아챈 현석이 청첩장이라고 설명해 주었
다. 가볍게 음료수를 한 모금 들이켠 현석이 유원을 응시하며 딱
딱하게 말을 이었다.

"외가 쪽 사촌 형이 이번에 결혼을 한답니다. 독립한 후로 집
에 통 오질 않아 전해 줄 겸 들렀습니다."

"아, 네에."

"어차피 난 안 갈 거라 필요가 없어서 말입니다. 지후한테 좀 전해 주십시오. 그럼."

"저기, 곧 끝날 텐데요. 기다렸다 얼굴이라도 보고 가시는 게……."

"친합니까? 그 녀석이랑?"

용건이 끝났다며 미련 없이 일어서는 현석을 따라 일어나 붙잡던 유원이 갑작스런 질문에 멈칫거렸다. 포괄적인 질문이었다. 아니 그보다, 궁금해서 묻는다는 느낌이 아닌 것 같았다.

무표정한 얼굴이 더없이 담백했다. 조금은 사납게도 보이는 날선 눈매는 모든 걸 꿰뚫어 보는 것처럼 예리하게 느껴졌다. 과연, 지후의 아버지다웠다.

분위기에 압도된 것인지 섣불리 대답을 못 하고 말을 아끼는 유원을 보며 현석은 홀로 고개를 주억거렸다. 마른 입술 사이로 이내 무뚝뚝한 목소리가 흘러나왔다.

"들었는지 모르겠지만 우리 부자 사이가 별로 안 좋습니다. 그 녀석이나 나나, 한 성격 한 고집 하거든요."

"……."

"그래도 궁금은 하더군요. 곧 죽어도 자존심이 우선인 녀석이 무릎까지 꿇고 부탁하던 여자아이에 대해서는."

"네……?"

"서랍에 고이 모셔 두고 닳도록 들여다보던 사진이 누굴까 했습니다. 이렇게 보니까, 실물이 훨씬 낫네요."

아주 조금 현석이 입가를 말아 올렸다. 희미하기 짝이 없는 그 미소에 유원은 순간 가슴 한켠이 먹먹해졌다. 냉랭한 것 같으면서도 어딘가 모르게 온기가 느껴지는 분이었다. 이런 것도 지후와 닮으셨구나, 생각했다.

방금 들은 말들에 대해 곱씹던 유원은 무슨 말씀이냐고 되물어야 하나 심각하게 고민했다. 왠지 뭔가를 더 안다는 게 두려웠다. 싫다는 게 아니라 살짝 겁이 난다고 해야 맞았다. 은연중 심장이 차츰 빨리 뛰고 있었다. 현석이 알아서 다음 말들을 이어 갔다.

"졸업 후 미국으로 보낼 생각이었습니다만, 고집을 부리더군요. 한국에 있겠다고. 여기 이 병원에서 일하겠다면서."

"지후……가요?"

"아마도 유원 양이 여길 지원한다는 소릴 들었겠죠. 그 녀석 실력이면 더 높은 곳에 갈 수도 있었는데. 애비 된 입장에서 많이 아까웠습니다."

"그게……."

"멀지도 않은 집 놔두고 굳이 따로 나가 살겠다고 난리를 피워서 허락했습니다. 알고 보니 유원 양 원룸 근처로 갔더군요. 그래, 그렇게까지 곁에서 지켜 주고 싶은 사람이구나, 했습니다. 제 엄마를 닮아서 감상적인 구석이 있어요, 그 녀석이."

"……."

"암튼 잘 좀 부탁합니다. 그래 봬도 속은 꽤 여린 놈이니까."

"누가 속이 여리다고, 그만하시죠."

가운 속에서 울리는 진동을 알아차리지도 못할 만큼 넋을 놓고 있던 유원이 문득 들려오는 목소리에 얼른 고개를 돌렸다.

미간을 잔뜩 구긴 얼굴로 툴툴대며 걸어온 지후가 유원의 옆에 멈춰 섰다. 그러고는 매서운 눈빛으로 현석을 쏘아봤다. 전혀 주눅 들지 않는 덤덤한 표정의 현석에게 지후가 따져 물었다.

"대체 뭐하시는 겁니까?"

"넌 애비 보고 인사도 안 하냐?"

"여기까지 어쩐 일이시냐고요, 글쎄."

"별말 안 했으니 가시 세우지 마라."

"안 하긴 뭘 안 하세요, 제가 다 들었는데."

"그래도 장학금 얘기는 아직 안 했다."

"아버지!"

"그럼 또 봅시다, 유원 양. 이 녀석 부탁할게요."

"아니 어딜, 아버지!"

버럭 성을 내는 지후를 본 척도 않은 현석이 유원에게만 끝인사를 건네고 돌아섰다. 당황한 유원이 꾸벅 허리 숙여 뒤늦게 현석을 배웅했다.

빠르게 멀어지는 현석을 째리며 지후는 솟구치는 짜증을 삭이려 씩씩거렸다. 뒤쫓아 갈 수도 없고 정말 환장할 노릇이었다. 어쭙잖게 대거리를 하다 된통 당하는 수가 있었다. 웬만한 교수들도 말빨로 다 누른다는 제 아버지를 당해 낼 재간은 없었다.

젠장. 거칠게 얼굴을 쓸어내린 지후가 유원을 돌아보다 멈칫했다. 물끄러미 올려다보는 유원의 눈빛이 심상치 않았다. 불안감이 엄습했다. 까맣게 반짝거리는 참으로 예쁜 눈빛이었다. 하지만 그것은 곧 다가올 폭풍의 전조와도 같았다. 말을 돌릴 방법이 생각날 리가 없었다.

꿀꺽, 하고 마른침을 삼키는 지후에게로 유원이 가깝게 다가섰다. 그러고는 들고 있던 봉투를 내밀었다. 지후가 의아해하며 받아 들었다.

"사촌 형 결혼하신대."

"누구, 우민이 형?"

"글쎄. 봐 봐."

지후가 천천히 봉투를 열어 청첩장을 꺼냈다. 정갈하게 쓰인 글자들은 확실히 이종사촌 형인 우민의 혼인을 알리고 있었다.

일 년째 열애 중인 여자가 있다는 건 얼핏 들어 알고 있었으나 결혼 날짜까지 잡은 줄은 몰랐다. 생전 여자라곤 쳐다도 안 보더니 일처리 하난 완벽하단 생각이 들었다.

서진? 특이하다. 외잔가 보네. 신부의 이름을 읊조리던 지후가 제 등 뒤로 둘러지는 유원의 팔을 알아채고 굳은 듯 숨을 멈췄다. 유원이 느릿하게 눈을 깜빡였다.

"정말이야?"

"어?"

"정말 내 사진, 서랍에 숨겨 뒀어?"

가볍게 허리를 안은 자세로 유원이 물었다. 유원과 몸이 닿아 버린 그 순간부터 긴장한 지후는 유원의 질문에 한층 더 곤란한 상황이 되었다.

묵묵부답이 긍정의 뜻이라는 걸 알 수 있었다. 유원이 지후의 허리를 조금 더 세게 끌어안았다. 둘의 몸이 더욱 바짝 붙어 버렸다. 난감해하는 지후에게 유원이 재차 물었다.

"미국 가려고 했었다며. 나 때문에 유학도 포기한 거야?"

"……"

"혼자 살게 된 내가 걱정돼서 나 사는 곳 근처로 이사도 온 거였고?"

"……그새 뭘 이렇게 많이 들었냐. 아버지도 참."

"장학금은 무슨 소리야? 그것도 네가 한 거야?"

세상에 완벽한 비밀은 없다더니 결국 이렇게 들통이 나고 말았다. 화내는 기색은 아니었다. 그저 알고 싶다는 듯 조곤조곤 묻는 유원이라 지후는 그냥 순순히 털어놓기로 했다.

실은 아버지가 대학 총장님이라고, 개편하는 김에 장학금 혜택을 각 과별 차석까지 확대해 달라 청했다는 말에 유원이 입을 다물었다. 절대 동정 같은 건 아니었다고 덧붙이는 지후가 오해 말라며 유원을 달랬다.

유원이 말없이 눈을 깜빡였다. 그러고 보니 지후의 아버지가 살짝 낯이 익은 것도 같았다. 언젠가 졸업앨범에서 스치듯 봤던 걸까. 그래. 어쩌면 그랬을지도.

몰랐던 사실을 알고 나면 다 이렇게 맘이 아린 걸까. 도무지 믿기지가 않았다. 제가 뭐라고. 저 따위 대체 뭐라고 이렇게까지 좋아해 주는 건가 싶었다. 유원이 아랫입술을 깨물었다.

있지, 지후야. 누군가가 너무 좋으면 가슴이 막 아릿아릿 아픈 건가 봐.

내가 그래. 네 마음을 들을 때마다, 네가 좋아질 때마다 나는 정말 자꾸만 맘이 아파서 소리 내어 엉엉 울고 싶어져.

울컥 차오르는 슬픔을 가누며 유원이 입가를 말아 올렸다. 지
후가 유원의 볼을 감싸 쥐었다.

"왜."

"그냥."

"그냥 왜. 설마, 울려는 건 아니지?"

"……."

"어허, 뚝."

유원의 두 눈 가득 그렁그렁 차오른 물기를 보며 지후가 미간
을 찌푸렸다. 울었단 봐. 가만 안 둬. 제 여자나 울리는 못난 남자
는 되기 싫은 노파심에 지후가 더럭 겁을 줬다.

응. 가만두지 마. 나 제발 가만두지 말아 줘. 빼곡히 들어차는
마음을 차마 소리 내어 말로 전하긴 부끄러웠다. 유원이 그대로
지후의 품에 안겨들었다. 고스란히 받아 안아 준 지후가 유원의
뒷머리를 부드럽게 어루만졌다.

서지후. 유원이 불렀다.

왜. 지후가 대답했다.

그 뒤로 잠깐의 침묵이 펼쳐졌다. 그저 유원은 지후에게 안긴
채로, 지후는 유원을 안은 채로 귓가에 내려앉는 고요함을 즐겼다.

그런 둘의 모습을 지나던 사람들이 연신 힐끔거렸다. 휴게실에
들렀다 도로 나가는 이가 태반이었다. 둘의 예쁜 장면을 깰까 싶
어 누구랄 것 없이 조용히 물러나 주었다. 물론, 여자 간호사들
몇몇은 입술을 샐쭉거리며 저들끼리 유원을 시샘하기도 했지만.

이내 천천히 유원이 몸을 떼어 냈다. 그러고는 지후를 가만 올

려다보았다. 촉촉하게 젖은 두 눈이 예쁘면서도 안타까웠다. 울지
말라고 다독이는 지후를 향해 유원이 목소리를 내었다.

"고마워."

"뭐가."

"나 그렇게 많이 좋아해 줘서."

"하이고. 내가 그런 인사 받으려고 좋아한 줄 알아?"

"서지후."

"응?"

"큰일 났어."

"왜."

"나 네가 진짜 너무 많이 좋아. 어떡하지?"

정말 큰일이지 않느냐며 유원은 웃었다. 말갛게 휘어지는 눈꼬
리에 지후를 향한 마음이 가득 묻어났다. 그게 너무 예뻐 지후는
차마 따라 웃지도 못했다.

이렇게 보기만 해도 좋아서. 정신을 차릴 수 없을 만큼 매 순간
이 극심한 사랑이었다. 유원의 볼을 감싸 쥔 지후가 엄지로 유원
의 입술을 살살 쓸었다.

"다시 반했어?"

"응."

"나한테?"

"응. 서지후한테. 문유원이."

"와……."

"좋아해. 사랑해. 앞으로 더 많이 사랑할게."

"하……."

귓가에 녹아드는 달콤한 고백을 끝으로 지후가 다시금 유원을 품 안 가득 안았다. 이렇게나 예쁜 녀석이 제 여자라는 게 믿어지지 않았다.

그런 지후의 속내를 전해 듣기라도 한 것처럼 유원은 몇 번이고 지후를 향해 좋아한다고 말했다. 아무리 말해도 마음이 다는 전해지지 않는 것만 같았다. 버거울 정도로 차올라 넘실거리는 제 맘을 계속해서 전하고 또 전했다. 지후가 유원을 더 꼬옥 끌어안았다.

적지 않은 시간을 돌고 돌아 여기까지 왔다. 이제야 이렇게 서로를 마주 보고 사랑을 속삭일 수 있게 되었다. 이 이상 뭘 더 바랄 수 있을까. 너와 내가 있는데. 너와 내가 사랑을 하는데. 지금 이렇게. 감사하게도.

유원을 품에 안은 채로 지후는 눈을 감았다. 까맣게 변한 시야에 늘 그랬듯 온통 유원만이 떠올라 아른거렸다. 이런 순간들조차 유원이었다. 지후에게는. 오직.

지금까지와는 비교도 안 될 만큼 소중하게 아껴 줄게.

나도 널 더 많이 사랑할게. 영원히.

지후가 입술을 내려 유원의 이마에 입을 맞췄다. 약속의 징표처럼 살포시 내려앉는 감미로운 키스에 유원이 행복하게 미소 지었다.

—fin

외전

봄바람처럼 불어온 너

……지루해 돌겠네, 진짜.

정면을 주시하는 지후의 표정이 제법 사나웠다. 한곳에 고정된 시선은 흡사 노려보는 것도 같았다. 못마땅한 기색을 감추려는 노력조차 하지 않은 채로 한숨을 푹 내쉬었다.

아침부터 폭풍 잔소리를 들은 직후라서 더 그럴 테다. 어머니의 호텔에 들락거렸다는 이유로 아버지 현석은 노크도 없이 방으로 들이닥쳐 서슬 퍼런 말들을 쏟아 냈다.

대체 멀쩡한 집 놔두고 왜 그딴 데를 가느냐며 버럭 호통을 치던 그에게 제대로 대꾸조차 못 하고 도망치듯 학교로 왔다. 마주치기 싫어 피했건만 오늘은 하필 입학식 날이었다.

보기 싫어도 봐야 하는 현석의 모습이 영 달갑지 않았다. 총장님 말씀은 무슨.

"적당히 좀 하시죠, 예?"

들릴 듯 말 듯 혼잣말을 중얼거린 지후가 단상에 선 현석을 보며 미간을 찌푸렸다. 학교의 연혁부터 시작해 한창 길어지는 모양새가 웬만해선 끝날 것 같지 않았다.

맘에 안 들어 낮게 툴툴대는 지후를 주변의 여학생들이 끊임없이 힐끔거렸다. 감탄을 자아낼 만큼 수려하게 잘생긴 얼굴은 인상을 찌푸려도 그저 멋있었다. 쏟아지는 시선에도 지후는 전혀 개의치 않고 불만을 표출했다. 까칠한 듯 냉랭한 눈빛이 한껏 싸하게 식었다.

남들이야 저분이 총장님이구나, 하고 주의 깊게 듣겠지만 아들인 지후로서는 말 한 마디 한 마디가 다 거슬렸다. 있는 대로 틀어진 이 관계를 어쩌면 좋을까. 거듭 한숨이 나왔다.

감정의 골이 깊어져 끝내 갈라선 부모님을 지후는 이해하지 못했다. 아니, 이해하기 싫었다. 웬만하면 적당히 맞추고 살아 줬음 싶던 그들은 잦은 다툼을 반복하다 결국 이혼 서류에 도장을 찍었다. 지후가 그 중요하다는 고3 수험생이던 작년에 벌어진 일이었다.

어머니를 포기한 아버지는 무책임했다. 끝까지 책임지지 못할 거면 애초에 뭐하러 시작했느냐는 생각마저 들었다.

그런 지후에게 현석은 말했다. 아직은 네가 어려서 그렇다고, 크면 이해할 거라고. 반항 따위가 아닌데 애 취급이라니. 아버지의 독선에는 질린 지 오래다.

"여보세요? 아, 네. 중3 수학이요?"

썩은 표정으로 중중거리던 지후가 타이를 느슨하게 풀던 참이었다. 살짝 돌아간 시선 안에 누군가가 들어왔다. 조금 떨어진 대각선 앞쪽에 서 있는 그 누군가는 통화 중이었다.

기대에 차 반짝거리는 까만 눈동자가 가장 먼저 눈에 띄었다. 얼굴 가득 머금은 미소와 옹알거리는 붉은 입술이 꽤나 귀엽게 생긴 여자였다. 같은 의예과 라인에 서 있는 걸 보니 아마도 저와 동기일 거라는 생각이 들었다. 지후가 느릿하게 눈을 깜빡였다.

"일주일에 두 번 가능해요. 요일은 잠시만요, ……화, 목 비었네요. 네."

핸드폰 달력으로 요일까지 확인하는 폼이 꽤 능숙했다. 과외 아르바이트를 하는가 보다, 란 생각에 지후는 조금 더 여자를 바라보았다. 가격을 타협하는 것에도 어색함이 없었다. 수능 끝나고 바로 시작했을 거라는, 그래서 저리 자연스러울 거란 짐작이 들었다.

꽤 열심히 사네. 벌써부터 저렇게. 흠.

대수롭지 않다는 듯 눈썹을 한 번 들었다 놓은 지후가 곧 시선을 거둬 현석을 응시했다. 여전히 말씀 중인 제 아버지를 보는데 이상하게 눈앞에 뭔가가 아른거렸다. 자그마한 형체가 유독 신경 쓰였다. 방금 봤던 여자의 잔상이 그대로 남아 있었다.

지후가 다시 고개를 돌렸다. 이제 막 통화를 마친 여자가 핸드폰을 주머니에 넣으며 활짝 웃고 있었다. 뭐가 그리 좋은지 생글생글 웃는 얼굴로 앞을 보는 여자를 지후는 잠시 더 바라보았다. 여자의 모습이 점점 더 또렷하게 지후의 눈동자 가득 담겼다.

아담한 키에 작은 얼굴, 오밀조밀한 눈코 입의 생김새가 나쁘지 않았다. 입가에 실린 미소는 왠지 보는 이의 마음까지 말랑말랑하게 만드는 듯했다. 뽀얗게 맑은 피부가 청아한 느낌을 주었다. 귀여우면서 앳된 이미지가 특유의 순수함을 오롯이 나타내고 있었다.

동그란 어깨를 살짝 덮는 까만 머릿결이 바람에 흩날려 찰랑거렸다. 왠지 부드러울 것 같아 한번 만져 보고 싶다는 생각이 들었다.

머리를 쓰다듬으면 필시 헤헤, 하고 웃을 거다. 볼을 꼬집어도 웃으려나. 손하고 발은 또 뭐 저렇게 작담. 완전 귀엽네. 잡아 보고 싶게.

……내가 지금 뭐라는 거냐.

"하……."

지후가 작게 탄식했다. 떠오른 생각을 지우려 급히 시선을 거뒀다. 어떻게든 현석에게 집중하려 애썼지만 뜻대로 되지 않았다. 지후의 시선이 다시금 여자를 향해 돌아갔다.

이상한 일이었다. 이성에게 관심이 없는 자신이 누군가를 이토록 오래 쳐다본다는 것부터가 신기했다. 뭘까. 이게 뭐지. 영문도 모른 채 지후는 계속해서 여자를 보고 또 봤다. 그러고 있자니 가슴 한켠이 간지러웠다. 손으로 막 건드려 헤집는 것처럼 잠시도 쉬지 않고 들썩거렸다.

희한하네. 난생처음인 생소한 경험에 지후가 인상을 찌푸렸다. 그냥 보기만 하는데도 기분이 묘했다. 도저히 여자에게서 눈이 떨어지질 않았다.

그만 보자, 하면서도 지후는 한참이나 더 여자를 봤다. 현석의 말이 끝나고 교수들의 인사가 이어지는 그 긴 시간 동안을 계속해서 여자만 바라봤다.

스스로의 낯선 모습에 적응은 결코 쉽지 않았다. 젠장. 쓴소리를 뇌까린 지후가 미간을 힘껏 구겼다.

"문유원 말이야. 귀엽지 않냐?"

"완전 귀엽지. 웃을 때 보면 아주."

"경영학과에 내 친구도 걔 좋아한다던데. 곧 고백할 거래."

"이얼, 인기 쩌네. 역시."

"어, 서지후. 왔어?"

강의실에 들어서는 순간부터 표정은 절로 굳어 버렸다. 원래가 무뚝뚝한 이미지라선지 크게 이질감은 없었다. 미간을 찌푸리는 것도 늘 있는 일이라 별스럽지 않았다.

서늘하게 굳은 얼굴로 대충 동기들과 인사를 주고받은 지후가 창가 쪽에 자리를 잡고 앉았다. 그러고는 혹시나 모를 대화를 차단하려 이어폰을 귀에 꽂고 교재를 폈다.

시답잖은 걸로 수다나 떠는 건 딱 질색이었다. 필요할 땐 어울리지만 굳이 아침부터 그러고 싶지 않았다. 사내 녀석들의 대화란게 어차피 거기서 거기이기도 했다.

뭐, 솔직히 말하자면 이유는 다른 거였다. 멋대로 유원의 이름을 들먹이는 저 녀석들이 마음에 들지 않았달까. 괜히 거슬리고 짜증나고. 슬그머니 열이 받는 것도 같고. 왠지 모르게. 자꾸만.

"근데 걔 남친은 왜 안 사귀지?"

"바쁘잖아. 맨날 과외 하느라 정신없던데."

"귀여운 게 야무지기도 하지. 말할 때 보면 되게 착하더라. 센스도 있고."

"근데 걔, 키 작은데 은근 가슴 있다? 엠티 때 보니까 완전 볼륨 업! 쩔어!"

"정말? 이얼~"

……저것들이 진짜.

진작 음악을 틀었어야 했다고 후회하면서도 지후는 동기들의 대화를 놓치지 않으려 애썼다. 유원을 들먹이는 자체가 거슬렸으나 지후 역시 본능적으로 귀를 기울이고 있었다. 미간은 여전히 잔뜩 구겨져 좁혀진 채였다.

유원을, 유원이라는 이름을, 유원과 관련된 모든 것들을 듣고 싶었다. 굳이 합세할 생각은 물론 없었다. 해서 지후는, 시선을 교재에 둔 채로 최대한 티 안 나게 그들의 얘기를 들었다. 하얀 종이 위에 어느덧 유원의 얼굴이 떠올라 아른거렸다.

언제부턴가 지후는 유원의 일거수일투족을 눈으로 좇고 있었다. 이걸 뭐라고 해야 하지. 그립다고 해야 하나. 집에서건 학교에서건 은연중 유원을 찾고 부르게 되었다. 누군가가 보고 싶다는 마음 또한 그에게는 매우 낯선 감정이었다.

이혼한 어머니도 이렇게 찾아본 적이 없는데. 모를 일이라고 생각하며 지후는 미간을 구겼다. 고민이 깊어지자 한숨이 나왔다.

교재를 들여다볼수록 유원의 얼굴만 선명해졌다.

슬슬 올 때가 됐는데.

머지않아 교재에서 눈을 뗀 지후가 고개 돌려 창밖을 바라봤다. 교정 근처가 훤히 내려다보였다. 들어서는 학생들을 훑으며 유원을 찾는 지후의 표정이 사뭇 진지했다.

조금이라도 빨리 보고 싶었다. 수업시간에 티 안 나게 훔쳐보는 것도 어느덧 익숙해졌다. 날카로운 눈동자가 재빨리 움직이며 유원이 오는지를 살폈다. 심장이 살포시 두근거렸다.

이해 안 되는 감정이 시작된 건 아마도 입학식 날 그 순간부터였을 거다. 유원에게서 눈을 뗄 수 없었던 그때부터 지후는, 어쩌면 지금의 사달을 미리 예상했었는지도 모른다.

이런 적이 없었으니까. 이제껏 단 한 번도, 어느 누구에게도. 여자라곤 쳐다도 안 보던 게 지후였다. 중·고등학교 시절을 통틀어 무수히 많은 고백을 받았지만 흔들린 적은 없었다.

그래. 그랬는데. 어떻게 이렇게 단번에. ……기가 막혀서, 내가.

"서지후. 아, 안녕?"

저만치 앞에서 걸어 들어오는 유원을 확인한 지후가 서둘러 몸을 일으켰다. 강의실을 막 빠져나가려는데 웬 여학생 하나가 말을 걸었다. 손에는 음료수와 편지가 들려 있었다.

타과인 듯 보이는 여학생이 이윽고 지후에게 그것들을 내밀었다. 됐으니 치우라는 말로 단박에 거절한 지후는 그대로 돌아서서 계단을 내려갔다.

망연자실한 여학생이 울상이 되든 말든 지금 중요한 건 그딴 게 아니었다. 조금씩 더 걸음을 빨리해 유원에게 가는 것을 서둘렀다.

어딜 가든 사내 녀석 둘 이상만 모이면 유원을 입에 올렸다. 여학생들이 지후에게 열광하는 것에 못지않게 남학생들은 유원에게 관심을 보였다. 그게 지후는 못마땅했다. 눈독 들이는 놈들이 많아도 너무 많았다. 굳이 관여할 게 아니란 걸 알면서도 자꾸만 신경이 쓰였다.

물론 남자에 관심이 없다고는 했지만. 그럴 여유도, 시간도 없다고는 했지만. 그래도.

싫으니까. 싫어 죽겠으니까.

딴 놈들이 유원을 쳐다본다는 것 자체가. 진짜 돌아 버릴 정도로. 나는.

"어? 서지후! 너 세포학 과제 다 했……."

건물 입구에 다다른 지후가 유원을 막 발견했을 때였다. 동시에 지후를 발견한 유원이 신이 나서 달려오다 그만 입구 계단 앞에서 꽈당 넘어지고 말았다.

다행히 지나다니는 학생은 얼마 없었고, 유원도 그리 크게 다친 것 같진 않았다. 그런데도 지후는 저도 모르게 잔뜩 인상을 찌푸렸다. 멋대로 뒤틀린 입술이 험한 말을 쏟아 냈다.

"잘하는 짓이다. 창피하게 진짜."

"헤헤."

"뭐가 좋다고 실실대? 다물고 빨리 일어나."

혀까지 끌끌 찬 지후가 팔짱을 끼고 비딱하게 섰다. 당장이라도 달려가 일으켜 주고 싶었지만 과도한 친절이 나올 것 같아 꾹 참았다.

머쓱한 표정으로 일어선 유원이 소리 내어 무릎을 탁탁 털었다. 살짝 먼지가 남은 바지 무릎을, 대충 문지르는 자그마한 손을, 흩날리는 머릿결을 차례로 살피는 지후의 눈동자가 작게 일렁였다. 쪼르르 달려와 지후의 앞에 선 유원이 눈꼬리를 내리며 미소 지었다.

"나 방금 완전 버라이어티하게 넘어지지 않았어?"

"뭐?"

"그거 있잖아. 꼭 슬랩스틱처럼, 응?"

아무래도 개그에 재능이 있는 모양이라며 유원은 그저 웃었다. 해맑은 그 모습에 지후는 자꾸만 성질이 났다. 민망하고 창피해 웃는 거란 걸 알면서도 은근 화가 치밀었다. 부드럽게 휘어진 눈꼬리와 입가가 못 견디게 곱고 예뻤다. 그게 참, 거슬렸다.

그렇게 맨날 실실거리고 다니니까 딴 놈들이 눈독 들이는 거야. 모르냐?

지후는 울컥 터져 나오려는 말을 삼키며 돌아섰다. 불현듯 부모님 얘기를 꺼내던 유원이 떠올랐다. 이것도 잘 지내고 있다는 자기암시인 거냐고 괜한 시비를 걸려다 말았다.

계단을 오르며 지후가 슬쩍 옆으로 눈을 돌렸다. 열심히 따라 걷던 유원이 지후의 시선을 알아채고 눈을 맞췄다. 별 뜻 없이 활짝 웃는 유원을 가만 바라봤다. 지후가 곧 멈춰 섰다.

"이게 뭐냐. 칠칠치 못하게."

쯧, 하고 혀를 찬 지후가 허리를 숙이며 손을 뻗었다. 손수 유원의 무릎을 털어 내는 지후의 표정은 마냥 사나웠다. 그러면서도 먼지 하나 남지 않도록 꼼꼼하게 털어 내고 있었다.

오른쪽 왼쪽 두 무릎을 다 털어 내어 준 지후가 자세를 바로 해 유원을 봤다. 이런 식으로 손이라도 한 번 대어 보려는 마음을 너는 알까. 스스로가 우스워 터지려는 한숨을 삭였다. 괜찮은데, 하고 중얼거린 유원이 고맙다며 다시금 활짝 웃었다.

반짝거리는 까만 눈동자를 마주하는 지후의 가슴 안으로 훅, 바람이 불었다. 살랑살랑. 묘한 그 기척에 지후가 숨을 죽였다. 유원이 고개를 비스듬히 기울였다.

"왜?"

"뭐."

"왜 그렇게 보는데."

"내 눈 갖다 보지도 못하냐."

"치이, 누가 그렇대?"

날을 세워 바락 할퀴는 지후를 향해 유원이 눈을 흘겼다. 하여간 말하는 꼴하고는. 싸가지 대마왕이라니까. 들릴 듯 말 듯 중얼거리며 유원이 불만 섞인 얼굴로 입술을 삐죽였다.

대놓고 반항인 유원이 거슬려 지후는 미간을 구겼다. 못마땅한 얼굴이면서도 지후의 눈은 유원에게 고정된 채 떨어질 줄을 몰랐다.

샐쭉이는 붉은 입술에 자꾸만 시선이 갔다. 그만 보자는 생각이 도통 먹혀들질 않는 거다. 이 녀석만 보면. 보고 있으면. 아주 그냥.

"……죽겠네."

"응?"

"아무 말도 안 했어. 빨리 와."

"어어, 같이 가!"

성큼성큼 앞질러 가는 지후를 유원이 열심히 따랐다. 강의실을 향해 걷는 내내 지후는 간지러운 손바닥 안을 가라앉히려 애를 썼다. 눈동자가 슬그머니 유원을 담아내었다.

어디선가 또 묘한 바람이 불어와 맘을 건드렸다. 쉬지 않고 계속. 오래도록. 은근하게 질긴 그것을 차마 뿌리치지도 못하고 있었다. 그윽하니 깊어지는 감정에 한숨이 나왔다.

"문유원은?"

"아, 저기, 도서관 간다는 것 같던데."

"고마워."

알려 줘서 고맙다는 지후를 향해 여학생이 얼굴을 붉혔다. 뭐라 더 말을 걸기도 전에 지후는 빠르게 몸을 돌려 별관 계단을 내려갔다.

유원과 시간표가 다른 교양과목이 몇 개 있었다. 수강 인원이 넘쳐 정정기간에도 달리 손을 쓸 수가 없던 것이 새삼 애석했다. 잠시라도 떨어져 있으면 괜히 불안했다. 또 어디서 허둥대다 넘어지진 않을까 싶고. 그 모습을 못 본다고 생각하니 퍽 아쉬운 것도 같았다. 좋은 구경거리를 빼앗기겠다는 그런.

이거 어쩌면, 꽤 악취민가.

낮게 코웃음을 치던 지후가 도서관에 들어서서 주위를 두리번거렸다. 아마도 내일까지 기한인 세포학 과제를 하고 있을 터였다. 관련 분야의 책들이 즐비한 구역으로 거리낌 없이 걸어가던 지후가 머지않아 한곳을 응시하며 숨을 골랐다.

유원을 찾는 것은 어렵지 않았다. 따지고 보면 키도 작고 얼굴도 작아 인파 속에 있을 때면 묻히기 십상인 것을, 그럼에도 지후는 늘 단번에 유원을 찾아내곤 했다.

심각한 얼굴로 과제를 들여다보며 열심히 필기하는 유원을 향해 걸음을 옮겼다. 같은 테이블에 앉은 남학생들 몇몇이 호감 어린 시선으로 유원을 힐끔거리는 게 보였다.

그만 좀 봐라, 이 자식들아. 발끈하려는 맘을 삭이고 마저 걸어가 유원의 옆자리에 앉았다. 인기척에 놀란 유원이 지후란 걸 알고 생긋 웃었다.

"이제 끝났어?"

"많이 했냐."

"아직. 조금 더 봐야 해. 한 이만큼?"

남은 책들이 꽤 되었다. 두껍기는 또 왜 이리 두꺼운지 모르겠다며 유원이 뽀로통한 표정을 지었다. 끝이 내려간 눈썹이 귀엽다는 생각을 잠시 하던 지후가 책들을 뒤적거렸다.

참고하지 않아도 될 것들이 몇 개 보였다. 최대한 간단히 추려 준 지후가 빨리 끝내라며 중요 지점까지 표시해 주었다. 고맙다는 유원의 말에 모른 척 갖고 있던 소설책을 펴 들었다.

"다 했으면 그만……."

얼마나 지났을까. 유원 쪽으로 고개를 돌리던 지후가 그대로 동작을 멈췄다. 얼추 마무리를 하는 것 같던 유원이 어느샌가 책상에 엎드린 채 잠들어 있었다.

오늘은 과외가 없다고 했다. 학생에게 사정이 생겨 다음 주에 보강해 주기로 했다는 말을 아까 들었다. 그럼 좀 자게 둬도 되려나. 핸드폰으로 시간을 살핀 지후가 유원을 바라봤다.

지그시 내려 감긴 눈꺼풀과 가지런한 속눈썹을 훑었다. 앙증맞은 코 아래 붉게 물든 입술이 탐스러웠다. 잡티 없이 뽀얀 우윳빛 피부를 살피다 고개를 돌렸다. 유원을 훔쳐보고 있던 남학생들이 언제 그랬냐는 듯 재빨리 시선을 거뒀다.

미간을 설핏 구긴 지후가 책들을 한데 그러모았다. 그러고는 유원의 앞쪽에 막듯이 높게 올려 세웠다. 아무에게도 보여 주고 싶지 않다는 맘에서 우러나온 그 행동에 차마 이의를 제기할 수 있는 이는 없었다. 성격 까칠하기로 소문난 서지후가 문유원과 단짝이라는 건 이미 공공연한 사실이었다. 그나마 둘이 사귀지 않는다는 것에 위안을 삼을 뿐이었다.

잘도 자네. 누가 보는 줄도 모르고.

못마땅한 눈으로 유원을 내려다보던 지후가 애써 책으로 눈을 돌렸다. 그러기 무섭게 지후의 시선이 다시금 유원에게로 향했다. 하필이면 이쪽을 보고 잘게 뭐람. 독서고 뭐고 다 글러 버렸다.

괜한 원망감에 인상을 썼다. 원체 표현이 서툰 탓도 있지만 웃는 것보단 화내는 것에 더 익숙한 성격의 영향이 컸다. 엄격한 아버지와 단둘이 살면서 굳어진 습관인지도 몰랐다. 못마땅한 얼굴로 유원을 가만 내려다보던 지후가 책상 위에 얹어진 유원의 손을 응시했다.

흐음.

볼 때마다 느끼는 거지만 손이 참 작다. 꼭 아기 손 같달까. 앙증맞기 그지없는 그것을 지후는 한참이나 내려다봤다. 조금 떨어진 옆쪽의 제 손과 비교도 해 가면서 살펴보았다.

잡으면 아마 쏙 들어올 거다. 덮쳐 포개는 대로 고스란히 감춰지겠지. 그렇게 생각하자 문득 또 손바닥 안이 간지러웠다. 잡지도 않았건만 잡고 있는 것처럼 가슴이 두근거렸다. 예기치 않은 설렘에 쯧, 하고 혀를 찬 지후가 시선을 거뒀다. 입술이 씰룩거렸다.

누굴 불편하게 하는 건 적성에 맞지 않는다. 타인에게 피해를 끼치기도 싫고, 누군가로 인해 피해를 받는 것도 딱 질색이다. 잠잘 시간도 부족해 이렇게 잠깐씩 조는 걸로 버텨 내는 유원에게 섣불리 다가갈 생각은 없다. 여유가 없다고 하니 그저, 기다려야겠다 싶을 뿐.

지후가 검지로 톡톡 책상을 건드렸다. 유원을 향해 돌아가려고 하는 눈을 어떻게든 참고 진득하게 시간을 보냈다. 그럼에도 결국엔 향해지고 마는 시선이 살짝 벌어진 유원의 붉은 입술을 더듬었다. 말랑말랑. 참으로 부드러워 보이는 여린 살결은 무던히도 유혹적이었다.

키스하면 기분이 어떨까. 입술을 대면, 혀를 빨면. 유원 몰래 야릇한 생각을 하던 지후가 유원의 노트 밖으로 삐져나온 사진 끄트머리를 발견했다. 조심스레 잡아당겨 빼낸 지후가 사진 속 유원을 들여다봤다. 해맑은 얼굴로 활짝 웃고 있는 유원이 두 눈 가득 들어찼다.

'뭐야, 이건.'

'아아, 엠티 마지막 날. 기습적으로 찍혔어.'

동기 중 누군가가 폴라로이드 사진기를 가져왔다고 했었다. 사진 찍는 걸 싫어하는 지후라 들이대면 알아서 하라고 미리 겁을 준 기억이 난다.

돌아다니며 풍경이나 찍겠거니 했더니 도촬을 한 걸까. 기습적으로 찍힌 것치곤 제법 각도를 잘 잡았다. 당장이라도 까르르, 소리가 흘러나올 것처럼 생생하게 잘 찍혔다. 말갛게 휘어진 눈꼬리와 벌어진 입매가 특히 고왔다. 사진인 걸 알고도 눈이 안 떨어진다. 역시.

"문유원."

"……"

"지금 안 일어나면 이거 내가 갖는다."

"……"

"난 허락받았다. 나중에 딴말하기 없어."

쌔근쌔근 곤히 잠든 유원에게 대고 지후가 중얼거렸다. 들리지 않을 정도의 크기로 아주 작게 흘러나온 그 말은 속삭임에 가까웠다. 그러거나 말거나. 들었든 못 들었든.

분명히 허락받은 거라고 재차 읊조린 지후가 조금 더 들여다보던 사진을 책에 끼워 가방에 집어넣었다. 집에서는 얼굴을 못 보니까. 나름 타당한 이유를 댄 지후가 작게 웃었다. 확연히 누그러진 눈매로 웃던 지후가 누가 볼까 얼른 표정을 굳히고는 유원을 힐끔거렸다.

아무래도 이 녀석이 좋은 것 같다. 이 녀석만 보면 정신을 못 차리겠다. 그래서 더 화가 나고 더 성질을 부리게 된다. 좋아하는 마음을 내보이기 싫어서. 그럼 안 될 것 같아서.

일단은 옆에 있는 걸로 만족하겠다는 지후가 느릿하게 눈을 감았다 떴다. 잔잔하게 일렁이는 까만 눈동자 가득 유원의 모습이 넘실거렸다. 머지않아 잠에서 깬 유원이 부스스한 얼굴로 기지개를 켰다. 그런 모습조차 놓치지 않으려는 지후의 입가가 흐릿하게 휘어졌다.

에필로그 하나

짝사랑 후배의 결혼식

커튼 틈 사이로 빛이 조금씩 새어 들어오는 방 안. 눈이 부시도록 하얀 이불 속에서 뭔가가 작게 꼼지락거렸다.

허리에 얹어진 그것을 대수롭지 않게 생각한 유원은 계속 눈을 감고 잠을 청했다. 아직 달콤한 잠이 눈꺼풀 가득 매달려 있는 상태였다.

잠시 미적거리던 움직임이 한없이 느릿하게 꼼지락거렸다. 허리 부근을 살살 쓸며 지분거리다 앞으로 옮겨 가 점점 더 위로 올라가더니, 마침내 유원의 오른쪽 젖가슴을 덥석 움켜잡았다. 헤매지도 않고 위치를 잘도 찾아 단번에 손아귀 가득 움켜쥔 지후가 낮게 속삭였다.

"자……?"

"깼어……?"

"응…… 이거 만지고 싶어서……."

어찌나 그리웠던지 꿈에서도 찾아 댔다며 지후는 열심히 유원의 가슴을 조몰락거렸다. 간질이듯 살살 주무르는 손길에 유원이 못내 웃어 버렸다.

지후가 쪽쪽 유원의 뒤쪽 목덜미에 가볍게 입을 맞췄다. 잘 잤냐는 지후의 물음에 조금만 더 자겠다고 유원이 답했다. 그럼 그러라며 지후는 더 이상 말하는 것을 삼갔다.

"하아……."

헌데, 문제는 손이었다. 더 자겠다는 유원을 지후의 손은 가만 내버려 두지 않았다. 조물조물 만져 대는 손길이 차츰 질펀하고 야릇해졌다. 살결을 쓸고 끌어 모아 쥐었다 났다 주무르는 기척이 무던히도 끈적했다.

얕은 신음을 내뱉은 유원이 간지럽다며 칭얼댔지만 지후는 계속해서 유원의 가슴을 질펀하게 만져 댔다. 이미 등은 지후의 탄탄한 가슴팍 안에 오롯이 감싸 안겨 있는 상태였다.

안 그래도 어제, 늦은 술자리를 파하고 돌아와 격렬하게 관계를 맺고 바로 자는 바람에 둘 다 아무것도 입지 않은 알몸이었다. 맨살끼리 닿으니 그저 손길만으로도 몸이 달았다. 문득 엉덩이 쪽에 느껴지는 딱딱한 이물감에 유원이 기진맥진한 표정으로 입을 열었다.

"졸려……."

"알아……."

"기운 없어……."

"안대도……. 아무것도 하지 마……."

"지후야……."

"쉿, 가만있어……."

제가 다 알아서 할 테니 아무것도 안 해도 된다는 지후가 검지로 유원의 가슴 끝을 팽그르르 돌렸다. 어느덧 단단하게 부푼 가슴 끝이 이리저리 건드리는 손가락에 맞춰 튕겨졌다.

간지럽고 아찔한, 묘한 그 느낌에 유원이 아랫입술을 질끈 베어 물었다. 어쩜 이렇게 지치지도 않는 걸까. 서지후는 정말 희대의 불가사의임에 틀림없다. 간밤의 뜨거웠던 희열이 다시금 되살아나 전신을 뒤덮는 것만 같았다.

밀려드는 아릿함에 벌써부터 다리 사이가 미세하게 떨렸다. 욱신거림을 참고 있으려니 유원의 가슴을 놓은 지후의 손이 서서히 아래로 내려갔다. 흐르듯 부드럽게 라인을 타고 내려가는 손길이 따스하고 감미로웠다. 그 황홀한 감촉에 유원의 입술이 작게 벌어졌다.

"아……."

엉덩이를 쓰다듬던 손이 골을 타고 내려가 가운데를 문질렀다. 허벅지 사이로 침범한 손은 적잖이 과감했다. 더듬듯 비비고 어루만지는 손길이 야해 절로 신음이 터져 나왔다.

살살 쓸어 비비듯 훑던 손가락이 이내 안으로 슬쩍 들어왔다. 너무도 자연스러워 미처 막지 못한 유원이 아랫입술을 지그시 깨물었다. 아프지 않도록, 그러면서도 꽤나 노골적으로 지후는 유원의 안으로 손가락을 넣어 헤집었다. 깔짝거리던 손가락이 곧 빠져

나갔다.

그리고,

"훗……!"

제 것을 갖다 댄 지후가 단번에 유원의 안으로 침범했다. 한순간 꽉 들어찬 굵직한 기둥에 유원은 숨을 멈췄다. 뜨겁게 달아오른 지후의 것이 묵직하게 들어와 가득 자리했다.

고스란히 막혀 버린 아래가 아릿하게 아리기 시작했다. 아직 움직이기도 전이건만 유원은 얼얼한 통증에 압도되어 꼼짝도 할 수가 없었다. 고개를 돌리는 것도, 하지 말라는 말도, 심지어 눈꺼풀조차 들어 올릴 힘이 없어 잠자코 있었다. 지후가 서서히 움직였다.

"아……. 하웃……. 읍……."

느릿하게, 혹은 부드럽게 지후는 허리를 쳐올렸다. 최대한 조심해서 천천히 허리질을 했다. 옆으로 누운 채 바짝 밀착된 유원을 끌어안고 한 손으로 유원의 가슴을 움켜쥐고서 골반을 밀어붙였다.

깊숙이 안까지 파고들어 와 끝을 꾹 눌렀다. 빠져나갈 때도 너무나 신중하게 엉덩이를 아주 조금만 뺐다. 지후의 것이 불끈, 하고 제 몸을 더욱 키웠다. 유원이 이를 악물었다.

속도는 느렸으나 강도는 약하지 않았다. 오히려 매 순간 더 잘, 더 세세히 느껴지는 것만 같았다. 안쪽의 여린 속살들이 따라서 밀려나가듯 묘하게 아려 왔다. 단단히 결합된 아래가 부딪힐 때마다 뜨겁게 화끈거렸다. 쑤시고 박는, 밀어 욱여넣는 행위에 점점 힘이 실렸다.

조금씩 거칠어지는 지후를 느끼며 유원이 고개를 젖혔다. 숨을 참음과 동시에 저절로 몸에 힘이 들어갔다. 유원의 아래가 움찔움찔 조여들었다. 지후가 미간을 찌푸렸다.

"완전······ 조여······."

"아······."

"어떻게 이렇게까지······. 와······."

"하아······. 읏······."

"금방 하겠다······. 안 되는데······."

아쉬운 말투로 중얼거린 지후가 잠시 움직임을 멈췄다. 자고 난 직후라 더 조이는 것 같다며, 그 느낌이 정말 이루 말할 수 없을 만큼 좋다면서 지후는 작게 앓는 소리를 냈다.

지후가 혀를 날름거려 유원의 목덜미를 핥았다. 소리 내어 쪽쪽 입까지 맞추며 가슴을 주물러 댔다. 여전히 아래는 바짝 결합시킨 채였다. 이윽고 지후가 다시금 허리를 움직였다.

말로는 죽는 소리를 한다지만 이래 놓고도 금방 끝나지 않을 거란 걸 유원은 알고 있었다. 날이 갈수록 능숙해지는 지후였고, 그게 유원에게는 참으로 곤란한 일이었다. 물론 좋지만, 일일이 다 받아 주기가 버겁다고 해야 할까. 어떻게 된 게 수술이 풀인 날이나 당직을 한 날에도 지친 기색 하나 없이 맹렬하게 달려드는지 유원으로서는 심신이 고달플 정도였다.

이제 막 색(色)에 눈을 뜬 사내답게 혈기왕성한 지후는 지난주 유원이 마법에 걸려 하지 못했던 것에 대한 불만을 연거푸 쏟아

내고 있었다. 이럴까 봐 어제 회식 때 술도 많이 먹였건만 효과는 전혀 없었다. 차츰 격렬하게 밀어 박는 지후에게 유원이 간신히 목소리를 내었다.

"오늘⋯⋯. 사촌 형 결혼식인데⋯⋯."

"그래서⋯⋯."

"신성한 날에, 웃⋯⋯. 이런 건 좀⋯⋯."

"어때서⋯⋯. 식장에서 안 하는 게 다행이지⋯⋯."

"뭐⋯⋯?"

거기서라도 하자면 할 것처럼 구는 지후의 말에 유원이 헛웃음을 웃었다. 아직 웃을 기력은 남은 것 같다며 지후는 유원을 더 꼬옥 부여잡고 제 것을 박아 넣었다. 미끈하게 젖은 좁은 안의 주름들이 지후의 것으로 인해 쓱쓱 밀리고 끌려졌다. 유원이 윽, 소리를 냈다.

빠르게 들락거리던 지후가 이내 허리를 짧게 끊어 탁탁 쳐올렸다. 아무것도 안 해도 된다더니 정말 아무것도 할 수 없을 만큼 급박하게 몰아오는 지후라 유원은 계속 끙끙 앓았다. 칭얼대듯 터져 나오는 간지러운 새된 소리에 지후가 점점 밀어 박는 속도를 높였다.

지끈, 하고 아렸다. 욱씬, 하고 저리기도 했다. 그야말로 쉴 틈이 없었다. 매 순간을 있는 대로 꽉꽉 채워 덮쳐 오는 지후가 리드미컬하게 골반을 돌려 튕기며 현란히 움직였다.

퍽, 퍼억⋯⋯. 한계를 넘어선 대단한 통증에 눈앞이 새하얘졌다. 어떻게든 참아 내던 끝에 유원이 허리를 힘껏 웅크렸다. 시트를 말아 쥔 유원의 손을 지후가 겹쳐 잡았다. 어느덧 배어 나온 땀이 깍지 낀 둘의 손을 흥건하게 적시고 있었다.

"아! 하웃……! 윽……."

"그만할까……?"

"응, 흑……. 그만……."

"싫은데……. 미안……."

"하앗……! 아……! 흡……."

괜한 질문에 괜한 답을 했다. 봐주지 않을 거란 걸 알면서도 덥석 미끼를 문 유원이 괘씸하다는 핑계로 지후는 더욱 포악하게 제 것을 박아 댔다.

미친 듯이 들락거리며 날뛰는 지후가 유원의 안을 세차게 헤집었다. 이미 흠뻑 젖었음에도 계속 커지는 지후를 받아 내기란 만만치 않았다. 다리를 비벼 아픔을 참으려는 유원을 지후가 엎드려 눕혔다. 확연히 벌어진 두 다리를 하고서 유원은 가는 신음을 토해 냈다.

"흐응……. 하으웃……."

문득 제 것을 빼낸 지후가 유원의 엉덩이골 사이에 얼굴을 묻었다. 그러고는 혀를 길게 내밀어 유원의 젖은 샘을 핥았다. 살살 굴려 문지르듯 빨며 유원의 아픔을 중화시켰다. 부드럽게 움직이는 혀는 음란하면서도 그 이상으로 다정했다. 뿌리칠 수 없을 만큼.

말랑한 주름 입구를 쪽쪽 빨았다. 겹겹이 모인 가운데로 혀를 집어넣으니 유원이 저도 모르게 허리를 들썩거렸다. 달큼한 꿀 냄새에 아랫배가 무섭도록 뻐근해졌다. 여린 주름 사이사이를 지후는 남김없이 핥아 마셨다. 아무리 맛봐도 질리지 않는 것이 신기했다.

"하악⋯⋯!"

조금 더 그렇게 유원의 아래를 빨아 대던 지후가 다시 제 것을 깊숙이 쑤셔 넣었다. 유원의 허리를 한 손으로 받쳐 들고는 이제껏 그 어떤 때보다 가장 거칠고 빠르게 허리를 놀렸다.

인내심은 바닥을 친 지 오래였다. 벌써 뭉툭한 끄트머리로 찔끔찔끔 액이 흘러나오는 중이었다. 꽉꽉 조여 감겨드는 유원 때문에 정신마저 몽롱해졌다. 죽을 것 같았다. 좋아서. 진짜 너무 많이 좋아서. 유원이. 유원의 모든 것들이. 미치도록.

하아⋯⋯. 아아⋯⋯.

척추가 싸하게 아리는 쾌감에 정신없이 유원의 안을 들고나던 지후가 머지않아 유원의 안 깊숙이 제 것을 갖다 압박하듯 눌렀다. 참았던 것 이상으로 힘껏 뿜어내는 지후를 느끼며 유원이 몸을 가늘게 떨었다. 내려앉은 눈꺼풀에마저 미세한 진동이 일었다.

움찔, 또 움찔. 몇 번이고 연이어 지후가 유원의 안에 제 것을 잔뜩 쏟아 넣었다. 거의 탈진한 것처럼 늘어지는 유원의 등에 부드럽게 입을 맞추었다. 온 마음을 다해 유원을 어르고 달랬다. 유원이 지후의 품에 안겨 작게 바르작댔다.

"어떡해, 늦으면?"

"괜찮아. 아직 시간 있어."

"그러게 얼른 씻자니까. 나빠."

조수석에 올라탄 유원이 입술을 샐쭉거렸다. 시간이 가는 것도 모르고 여유 있게 샤워를 한 게 문제였다.

아니, 정확히 말하자면 샤워를 하는 동안 한 번 더 유원을 덮친 지후의 영향이 컸다. 지후가 손을 뻗어 유원의 볼을 아프지 않게 꼬집었다.

"얼른 씻은 건데."

"내 말은 씻기만 했어야 한다는 거지."

"씻기만 했잖아. 뭐 더 했나?"

"뭐?"

"말해 봐. 우리가 뭘 했는데? 응?"

"그야……."

어쩜, 갈수록 능청이 는다니까. 섣불리 대답 못 하고 우물쭈물하던 유원이 얄밉다는 듯 눈을 흘겼다. 장난기 그득한 얼굴로 피식 웃음을 터뜨린 지후가 유원을 끌어당겨 짧게 입을 맞췄다.

벨트를 맨 지후가 이내 부드럽게 액셀을 밟았다. 유원의 손을 가져다 힘주어 꼬옥 부여잡는 것도 잊지 않았다.

주말이라 차가 막힐 테지만 다행히 식전엔 도착할 수 있을 거다. 서두르다 사고라도 나면 큰일이니까. 유원을 태우고 있기에 각별히 더 조심해야겠다는 마음으로 지후가 천천히 핸들을 꺾었다. 진회색의 매끈한 승용차가 다른 차들 사이로 자연스럽게 섞여 들었다.

"음악 들을까?"

"응."

"잠시만."

들어 올린 유원의 손등에 쪽 입을 맞춘 지후가 살짝 손을 놓고 카오디오를 만졌다. 버튼을 눌러 음악을 틀고 적당한 크기로 볼륨을 조절했다. 잔잔한 클래식이 흘러나왔다.

머리를 맑게 하는 효과가 있었다. 굳이 교양을 쌓자고 듣는다기보단 가사 없이 울려 퍼지는 웅장한 악기들의 조화가 집중력을 키우고 정서를 안정시킨다는 전문가의 의견에 지후는 극히 동의하는 바였다.

때문에 유원도 언제부턴가 지후의 차를 탈 때면 흘러나오는 클래식 음악에 나름 적응이 되어 있었다. 고즈넉한 선율에 귀를 기울이며 유원은 지후를 돌아보았다.

잠깐 놓았던 손을 도로 가져다 잡은 지후가 열심히 전방을 살폈다. 운전에 집중하느라 한껏 진지해진 지후의 모습을 유원이 가만히 눈에 담았다.

헤에……?

오똑한 콧날의 옆얼굴이 기가 막히게 근사했다. 깜빡일 때마다 드리워지는 속눈썹의 음영도, 가지런히 다물린 붉은 입술도, 조각 같은 턱 선도 어디 하나 흠잡을 것 없이 매력적이었다. 슈트를 차려입어서 그런지 평소보다 더욱 젠틀한 분위기가 느껴졌다.

유원이 입가에 미소를 머금었다. 지후를 보고 있으면 절로 웃음이 나왔다. 좋아서. 너무 좋으니까. 도저히 눈을 뗄 수 없어 계속 바라봤다. 지후가 신호에 맞춰 핸들을 꺾었다.

서두르는 법이 없었다. 당황하는 모습도 본 적이 없다. 신호를 어긴다거나 다른 차들 사이로 무리하게 끼어들거나 해서 폐를 끼치지 않는, 지극히 모범적인 운전을 지후는 늘 해 왔다. 남자는 운전할 때 보면 성격이 나온다는데 그 흔한 욕설 한 번 들어 본 적이 없다.

그것조차 지후다웠다. 다분히 냉철하고 이성적인 서지후는 운전을 할 때도 마찬가지였다. 침대에선 폭발적으로 구는 음흉한 짐승 같은 그가 밖에서는 날카로운 눈빛의 무뚝뚝한 사내로 돌변한다는 게 유원은 꽤나 신기했다. 뚫어져라 보는 유원의 시선을 알아챈 지후가 나직이 입술을 달싹였다.

"왜."

"그냥."

"그냥 왜."

"멋있어서."

"뭐?"

속삭이듯 새어 나온 유원의 말에 지후가 유원을 돌아보았다. 별 뜻 없이 내뱉은 것치곤 파급력이 상당했다. 얼마나 대단했던지 당장 운전하고 있다는 사실마저 잊을 뻔했다.

늦지 않게 도로 앞을 본 지후가 큼, 하고 낮게 헛기침을 했다. 귀가 약간 빨개졌다. 부끄러워하는 서지후는 언제 봐도 즐겁다. 유원이 지후의 손을 만지작거리며 싱긋 웃었다.

"좋아?"

"어."

"얼마나?"

"말로 다 못 할 만큼."

"나도."

나도 지후 네가 말로 다 못 할 만큼 좋아. 아주아주 많이 좋아. 너무 좋아서 어쩌나 싶어.

나긋한 음성이 귓가에 스며들었다. 듣기만 해도 심장이 벌렁거려 지후는 얼른 심호흡을 해야 했다. 하여간 예뻐 가지고. 유원의 손등을 들어 올려 아까보다 길게 입을 맞췄다.

매 순간이 좋고 매 순간이 설레었다. 그저 눈을 맞춰 바라보는 것만으로도 가슴 가득 기쁨이 차올랐다. 손에 꼭 쥔 유원의 살결이 감당 안 될 정도로 보드라웠다. 손가락 하나하나 깍지 껴 잡은 지후가 살그머니 입가를 말아 올렸다. 누그러진 눈매에 그윽한 미소가 실렸다.

"아……."

중간중간 막히긴 했지만 다행히도 뚫린 길을 찾아내어 늦지 않게 식장에 도착했다. 지후가 열어 주는 문으로 내리던 유원이 바닥을 딛고 서자마자 약한 신음을 토해 냈다.

동시에 다리가 풀려 방향감각을 잃고 옆으로 휘청거렸다. 놀란 지후가 서둘러 유원의 허리를 감싸 안고 이리저리 살폈다.

"왜, 아파?"

"너무."

"응?"

"심하게 했나 봐. 아침부터."

아무래도 무리를 한 것 같다며 유원이 수줍게 눈꼬리를 내렸다. 발갛게 변한 두 볼이 사랑스러웠다. 지후가 마른침을 꿀꺽 삼켰다.

그러게. 적당히 좀 할걸. 미리 알았어도 막지 못했을 괜한 후회란 걸 알면서도 하고 마는 지후가 자그맣게 미안, 하고 사과를 건넸다. 유원이 고개를 저으며 지후에게 팔짱을 꼈다.

"괜찮아. 좋았으니까."

"어……?"

"아파도 좋아. 아픈 거 이상으로 좋아, 너랑 그거 하면. 너는 어때……?"

살짝 언성을 낮춰 유원이 물었다. 그러면서 살며시 지후에게로 몸을 기댔다. 슈트 재킷 너머로 닿아 오는 유원의 가슴이 더없이 말랑말랑했다. 지후가 작게 끙, 소리를 냈다.

"몰라서 물어?"

"응. 모르겠어. 말해 줘."

"괜찮겠어?"

"뭐가?"

"완전 야하게 말할 거 같아서 말이지. 나답지 않게."

모쪼록 감당이 되겠느냐며 지후가 유원을 바라봤다. 흑요석처럼 빛나는 까만 눈동자가 어느새 탁하게 흐려져 있었다. 좁혀진 미간이 야릇했다. 심장이 두근, 내려앉았다.

되로 주고 말로 받는다는 게 이런 걸까 싶다. 조금 놀려 주려다

오히려 기습을 당한 유원이 됐으니 빨리 가자며 지후의 팔을 잡
아끌었다.

느슨하게 휘어진 입가로 지후가 소리 죽여 쿡쿡 웃었다. 민망
해진 유원이 빨갛게 달아오른 얼굴을 감추려 고개를 푹 숙였다.

"우민이 형."

웨딩홀 안으로 들어서 분주히 지나는 하객들을 뚫고 식장 앞으
로 간 지후가 유원을 데리고 신랑 측 안내대로 향했다.

예복을 차려입은 우민이 부친인 태영과 함께 거래처 사람들의
축하 인사를 받다 지후를 발견하고 손을 들어 올렸다. 원래도 훌
륭하던 외모가 예복 덕분에 한층 더 수려하고 근사해 보였다. 태
영에게 사람들을 맡기고 다가오는 우민을 향해 유원이 꾸벅 인사
를 건넸다.

"결혼 축하드려요."

"고마워요. 오늘 예쁘네요."

단아한 원피스 차림의 유원을 우민이 칭찬했다. 인사치레에 가
까운 말이건만 지후는 우민을 경계하듯 슬쩍 표정을 굳혔다. 되도
않는 질투심을 알아챈 우민이 얼른 지후를 챙겼다.

"병원 일은 잘 하고 있어?"

"나름. 어제부로 정형외과 끝. 다음 주부터 다른 과 턴이야."

"고생했다. 이번엔 어디?"

"소아과."

"큰일이네. 너 애들이라면 질색이잖아."

"뭐."

버텨 봐야지, 라며 지후가 미간을 구겼다. 어지간히도 싫어하는 그 표정에 유원이 이유를 묻듯 눈을 크게 떴다. 이에 지후가 시끄러워서, 라고 답을 했다. 우민이 다음 말을 이었다.

"이 녀석 애들 싫어하는 거 유명했거든요. 애들도 이 녀석 무서워하고."

"아, 네에."

"귀여워해 주는 게 뭐 어렵다고. 그래 갖고 나중에 자식은 낳을까 몰라."

"그건 다르지."

"뭐가 다른데?"

"뭐냐면……."

지후가 말을 끊고 제 옆의 유원을 봤다. 유원의 얼굴을 쏙 빼닮은 조그만 여자아이의 모습이 착시현상처럼 떠올라 아른거렸다. 지후의 표정이 모호하게 부드러워졌다.

상상만으로도 좋았다. 어찌나 좋은지 저절로 귀가 빨개지고 호흡마저 거칠어졌다. 대충 뭉뚱그려 대답을 회피한 지후가 유원의 어깨를 감싸 쥐고는 우민에게 물었다.

"어머니랑 이모는?"

"신부 대기실. 나도 가 있고 싶은데 극구 안 된다네."

"바보냐? 신랑이 자릴 지켜야지, 어딜 가."

"보고 싶어 죽겠단 말이지. 잠시도 떨어져 있기 싫고."

말만 해도 애가 탄다며 우민이 한숨을 내쉬었다. 생긴 걸로만 따지면 누구보다 세련되고 시크한 도시남자가 알고 보니 신부바라기에 팔불출이라는 사실은 꽤나 흥미로운 일이었다.

작게 웃어넘기던 유원이 신부 대기실로 가 보자는 지후를 잡아 세웠다. 그러고는 잠깐 화장실에 다녀오겠다며 급히 돌아섰다. 종종 걸어 멀어지는 유원을 하염없이 바라보는 지후에게 우민이 슬쩍 말을 꺼냈다.

"좋아 보인다."

"어디 형만 하겠어."

"자식. 부럽다고 말을 해라, 그냥."

우민의 타박에 지후가 눈썹을 한 번 들었다 놓았다. 솔직히 고까운 거다. 훨씬 더 오래 좋아했는데. 여자에 관심 없던 우민은 감정의 서열로 따지면 엄연히 지후의 후배인 셈이었다.

그런 주제에 먼저 결혼이라니. 부러우면 지는 거라는 말을 연신 속으로 뇌까렸다. 뭐, 나도 곧 할 거니까. 치솟는 감정을 정리한 지후가 우민을 향해 진지하게 입술을 달싹였다.

"기분이 어때?"

"말해 뭐해. 장난 아니지."

"결혼까지 결심한 이유는 뭐야?"

"불안해서."

의외의 대답에 지후가 입을 다물었다. 매사에 자신만만하고 여유롭기로 소문난 천하의 현우민이 여자 때문에 불안해한다는 건 극히 이례적인 얘기였다.

지후의 놀란 시선을 읽은 우민이 멋쩍게 혀를 날름거리며 작게 웃었다. 날렵한 입가에 담긴 미소가 제법 섹시했다. 그윽하니 깊은 눈빛으로 우민이 허공을 응시하며 입을 열었다.

"너무 좋아서 가만 놔둘 수가 없더라. 내 여자라고 공표라도 해야겠다 싶었어."

"이젠 안 불안해?"

"아니. 그래도 불안해. 마음이란 게 너무 작은 것 같아. 성에 안 차."

"뭐?"

"좋아하는 감정이 다 들어가질 않아. 더 넣고 싶은데 자꾸 넘쳐흘러. 앞으로 얼마나 더 좋아질지도 모르겠어. 나 내 여자한테 꽤, 심각해."

좋아할수록 더 많이 좋아진다며 우민은 웃었다. 사실 불안하다는 건 핑계라고, 더 맘껏 좋아해 주고 싶어서 결혼을 결심한 거라는 말까지 덧붙이는 그는 무척이나 행복해 보였다.

아련하게 반짝이는 까만 눈동자가 전에 없이 영롱하게 빛났다. 한없이 감미로운 그 눈빛에 지후가 말을 아꼈다. 그러고는 아까 유원이 사라진 곳을 향해 고개를 돌렸다.

더 맘껏 좋아해 주고 싶어서……라.

말없이 유원의 모습을 찾는 지후가 느릿하게 눈을 감았다 떴다. 머지않아 저만치 앞에서 걸어오는 유원을, 잔뜩 긴장한 것처럼 어깨를 들썩여 심호흡하는 유원의 모습을, 조금씩 가까워지는 유원과의 거리를 가늠하며 묵묵히 기다렸다.

이윽고 유원이 자신을 보고 있는 지후를 발견하고는 입가를 말아 올렸다. 부드럽게 휘어지는 눈꼬리에 말간 미소가 드리워졌다.

그 순간 두근, 하고 심장이 격하게 요동을 쳤다. 지후가 나지막이 목소리를 내었다.

"나도. 형이랑 마찬가지야."

"뭐?"

"더 맘껏 좋아해 주고 싶어. 저 녀석. 내가 할 수 있는 한. 아니, 할 수 없는 한까지라도."

우민이 지후를 바라봤다. 평소와는 너무도 다른 온화한 표정으로 지후는 유원을 응시하고 있었다. 눈동자 안에 오직 유원만이 가득했다. 우민이 지후를 바라보며 미소 지었다.

다시 한 번 축하한다는 말을 건넨 지후가 유원에게로 걸어갔다. 팔짱을 끼고 나란히 걸어 신부대기실로 향하는 예쁜 둘의 모습을 우민은 조금 더 지켜봤다.

어서 따라오시라고요, 짝사랑 선배님.

마냥 기분 좋게 웃던 우민이 다시금 태영의 옆에 선 채 하객들을 맞았다.

"나 괜찮아? 이상한 데 없어?"

신부대기실로 들어서기 전 유원은 거듭 지후에게 제 상태를 물어봤다. 아까 화장실에 들러 살짝 화장을 고치고 온 것 같았다. 핑크빛으로 물든 두 볼이 탐스러웠다. 지후가 유원의 머리를 살살 쓰다듬었다.

"예뻐. 귀여워."

"그러지 말고 제대로 봐 봐."

"제대로 봐도 예쁘고 귀엽다니까, 내 눈엔."

"치이. 안 놀아."

"문유원."

"왜."

"긴장돼? 우리 어머니 만난다니까?"

지후의 목소리에 웃음기가 묻어났다. 남은 떨려 죽겠는데 그걸 되레 재밌어하는 지후가 유원은 못내 야속했다. 입술을 삐죽이며 눈을 흘기는 유원의 볼을 지후가 가만 감싸 쥐었다.

내가 있잖아. 떨지 마. 긴장할 거 없어. 괜찮아. 잔잔하게 일렁이는 까만 눈동자가 유원에게 그리 말했다. 지후의 마음이, 지후의 애정이, 지후의 사랑이 고스란히 전해져 왔다.

덕분에 조금 안정을 찾은 유원이 웃으며 고개를 끄덕였다. 유원의 볼을 살살 쓸어 어루만져 준 지후가 유원의 손을 꼭 잡고 안으로 들어섰다.

순백색의 웨딩드레스를 입은 아리따운 신부의 곁에 서 있는 우아한 한복 차림의 이모 혜정과 어머니 혜은이 보였다. 지후가 조심스레 그들을 불렀다.

"어머니. 이모."

"아이고, 이게 누구야. 지후 왔구나."

"안녕하셨어요, 이모."

반색하는 혜정을 향해 지후가 꾸벅 허리를 숙였다. 그전에 신부인 진에게 축하드린다는 인사를 먼저 건넸다. 진이 지후에 이어 유원과 눈을 맞추고는 은은하게 미소 지었다.

딱 봐도 범상치 않은 아름다운 외모를 지닌 신부였다. 과연 우민의 짝으로 더없이 잘 어울린다는 생각을 하며 유원은 진을 따라 미소 지었다. 다시금 축하한다고 말하자 진이 수줍게 웃으며 고개를 떨궜다. 그 모습이 어찌나 고운지 유원은 괜스레 심장이 두근거렸다.

"그래, 병원 일 힘들지?"

"아직은 할 만합니다."

"고생이 많네. 근데 이쪽은 누구야? 설마 여자 친구야?"

"네. 같이 왔어요."

"안녕하십니까. 문유원이라고 합니다."

"세상에. 지후 네가 여자 친구를 다 사귀고, 이게 웬일이니."

도저히 믿기지 않는다는 듯 혜정이 눈을 빛냈다. 그때까지 잠자코 둘을 바라보던 혜은이 유원의 모습을 세세하게 살폈다.

머리부터 발끝까지 쭉 훑어 내리는 시선은 집요하다 못해 날카로웠다. 배우처럼 또렷한 이목구비를 지닌 혜은이 너무 대놓고 쳐다보자 유원은 눈 둘 곳을 몰랐다.

바짝 긴장한 유원을 알아챈 지후가 유원의 어깨에 팔을 둘러 감싸 안으며 혜은의 시선을 살짝 밀어냈다.

"너무 보지 마세요, 닳아요."

"뭐? 어머나, 지후 얘가 농담을 다 하고. 진짜 연애를 하긴 하나 보구나."

"저희 먼저 식장에 들어가 있을게요. 얘기들 나누고 오세요."

"신부랑 같이 사진 찍고 가. 괜찮죠?"

"아, 네! 그럼요!"

혜은의 제안에 잔뜩 기합이 들어간 유원이 큰 소리로 대답하자 혜정과 진이 풋, 하고 웃음을 터뜨렸다. 머쓱해 따라 웃으며 유원은 얼른 지후와 함께 진의 뒤로 가서 섰다.

사진을 찍으라는 건 핑계였는지 혜은은 아까보다 더 노골적으로 유원을 바라봤다. 분명 카메라 앵글을 봐야 한다는 걸 알면서도 유원은 혜은이 신경 쓰여 자꾸만 표정이 굳었다. 다들 웃으시라는 사진기자의 말에 힘겹게 입가를 말아 올렸다. 플래시가 펑, 하고 터졌다.

지후는 유원을 데리고 식장으로 들어가 대충 자리를 잡고 앉았다. 이곳저곳 신기한 듯 둘러보는 유원을 지후는 가만히 바라봤다. 되게 예쁘다, 하고 중얼거리는 붉은 입술이 못 견디게 탐났다. 어디 구석진 곳으로 가서 잠시만 입 맞추고 올까. 심각하게 고민이 되었다.

신성한 식장이라 유원은 분명 안 된다고 할 거다. 솔직히 키스만으로 끝낼 자신이 없기도 하다. 피로연이고 뭐고 식만 끝내고 나가야지 안 되겠다며 지후는 맘을 다잡았다. 휴일인 내일까지 유원과 꼭 붙어 있겠다는 계획도 세웠다. 유원의 뽀얀 속살이 그새 그리웠다.

"문유원."

"응?"

"언제가 좋겠어?"

하나둘 들어차는 객석 사이로 버진 로드 곳곳에 놓인 아기자기

한 꽃장식을 감탄하며 보던 유원이 지후의 갑작스러운 물음에 고개를 돌렸다.

사뭇 진지해진 표정으로 지후가 유원을 향해 손을 뻗었다. 부드럽게 유원의 머리를 쓸어 넘긴 지후가 유원의 손을 가져다 꼬옥 잡았다. 두근두근. 손바닥 안이 차츰 떨려 왔다.

"말해 봐. 언제가 좋은지."

"뭐가?"

"우리 결혼. 언제쯤 하는 게 좋아?"

불쑥 터져 나온 말에 유원이 숨을 멈췄다. 말문이 막힌 유원을 아랑곳 않고 지후가 난 빠를수록 좋은데, 라고 덧붙였다.

대수롭지 않게 흘러나온, 허나 전혀 가벼워 보이지 않는 진중한 어투로 결혼을 언급하는 지후를 유원이 물끄러미 바라보았다. 조금의 팀을 갖고 난 후 유원이 입을 열었다.

"결혼?"

"응."

"나랑?"

"그럼 너 말고 누구랑 하냐, 내가."

"이거, 혹시 프러포즈야?"

조심스레 묻는 유원에게 지후가 아니, 하고 딱 잘라 답했다. 그건 나중에 정식으로 할 거라고, 지금은 그냥 언제가 좋은지만 물어본 거라고 지후는 상세하게 부연설명을 해 줬다.

어쨌거나 한다는 거다. 하자는 거였다. 결혼을. 왠지 기분이 묘하게 간지러워 유원은 지후에게서 시선을 거둬 앞을 봤다. 미련 없이 제게서 눈을 돌리는 유원의 모습에 발끈한 지후가 작게 성을 냈다.

"나 안 보고 어딜 봐."

"잠깐만."

"빨리 나 봐. 눈 맞춰, 어서."

"좀 있어 봐."

"문유원."

"좋아서 그래. 너무 좋아서."

"뭐?"

"울 것 같아. 지금 너 보면."

남의 결혼식에 와서 눈물 바람이면 좀 그렇지 않느냐며 유원이 애써 입가를 말아 올렸다. 안간힘을 써서 참아 보려 했지만 노력에도 불구하고 눈가는 조금씩 젖어 들었다.

후우, 하고 한숨을 내쉬는 유원을 지후가 억지로 제게 돌려 앉혔다. 또르르 떨어지는 눈물방울에 당황한 유원이 얼른 손등으로 눈가를 훔쳤다. 지후가 유원과 지그시 눈을 맞췄다.

"왜 울어."

"말했잖아. 좋아서라고."

"좋으면 웃어야지. 왜 이렇게 울보야?"

"그래서 싫어?"

"싫을 리가 있어? 문유원인데."

좋아서 미치겠는 건 저라며 지후는 유원을 달랬다. 매분 매초가 사랑이라고, 어떻게 된 게 점점 더 좋아지기만 하느냐고 지후는 짐짓 항변을 하기도 했다.

이렇게나 대단한 마음을 어쩌면 좋을까. 이렇게까지 좋은 너를, 그저 예쁘고 사랑스러운 유원이 너를, 나는. 까맣게 젖은 눈동자가 몹시도 고왔다. 작게 감탄한 지후가 말을 이었다.

"왜 이렇게 예뻐."

"놀리지 마."

"우는 것도 예쁘네, 사람 미치게."

"치이."

"빨리 대답해. 결혼 언제 할까? 인턴은 마치고 할까? 너 힘드니까?"

"지후야."

"어."

"우리, 가족 되는 거야……?"

유원의 두 눈에 물기가 들어찼다. 가족, 이라는 단어를 말하는 목소리는 살짝 떨리고 있었다.

좋아서 그렇다고는 해도, 어쨌거나 유원이 우는 건 예쁘지만 속이 상한다. 지후가 미간을 구기며 유원의 눈가를 살살 어루만져 주었다.

"그래. 가족."

"너랑 나랑?"

"문유원이랑 서지후랑. 죽을 때까지 평생 함께인 가족."

"하……."

"더 많이 좋아하고 싶어. 더 맘껏, 더 실컷, 더 미친 듯이 좋아

할래. 그러니까."

나한테 와, 라며 지후가 설핏 입가를 말아 올렸다. 누그러진 눈매에 담긴 진심이 무척이나 감미로웠다. 더없이 깊고 더없이 진한, 그야말로 감사할 수밖에 없는 마음이었다.

지후가 유원을 가만히 품에 안고 다독였다. 누가 볼까, 흉이 될까 걱정하면서도 유원은 쉽사리 지후를 밀어내지 못했다. 지후가 유원의 등을 부드럽게 토닥거렸다.

"근데."

"응?"

"어머니가 반대하시면 어떡하지?"

아까 보니 썩 달가워하시는 것 같지 않았다는 유원의 말에 지후가 흠, 하고 콧소리를 냈다. 괜한 기우일까. 그런 거라면 좋겠는데. 침울해진 유원을 지후가 거듭 다독였다.

"안 하실 거야. 걱정 마."

"어떻게 장담해?"

"내가 아무나 좋아하지 않는다는 것쯤은 아실 테니까. 아들의 선택을 믿어 주실걸."

"그래도."

"혹 반대해도 무시하면 돼. 이제 나한테 그럴 권리 없으셔."

"그 말은 좀 서운하구나, 권리가 없다니."

작게 칭얼거리던 유원이 순간 들려온 목소리에 화들짝 놀라 지후를 밀어냈다. 언제 왔는지 혜은이 근처에 멈춰 선 채로 둘을 지켜보고 있었다.

남의 결혼식장에서 뭐하는 짓이냐는 듯 뚱하게 쳐다보던 혜은이 지후가 아닌 유원의 옆자리에 몸을 낮췄다. 한복치마가 구겨지지 않도록 조심하며 앉는 그녀를 보며 유원이 긴장해 숨을 들이켰다. 지후가 그런 유원을 걱정스럽게 살폈다. 혜은이 낮게 혀를 찼다.

"안 그럴 줄 알았던 녀석이 무섭게도 변했네."

"뭐가요."

"여자 친구라고 데려오질 않나, 눈을 못 떼질 않나. 우민이나 너나 암튼."

맘에 안 든다는 투로 내뱉는 혜은의 표정에 옅은 미소가 서려 있었다. 말만 저렇지, 속으로는 썩 싫지 않다는 뜻인 것 같았다.

그럼에도 유원은 좀처럼 긴장을 늦추지 못했다. 꼿꼿이 허리를 세우고 앉아 무릎 위에 얹은 손으로 연신 원피스 자락만 쥐었다 놨다 하며 어쩔 줄 몰랐다. 혜은이 말을 이었다.

"네 아버지는 결국 안 온다니?"

"오시겠어요? 저 대신 보내신 거나 마찬가진데."

"고집은. 이런 날까지 그놈의 자존심만 내세우지, 아주."

"어머니가 하실 말씀은 아니신 것 같네요."

"비딱하게 굴지 마. 오랜만에 얼굴 보면서 그러고 싶어?"

혜은이 야속하다는 듯 눈을 흘겼다. 살갑기를 바라는 게 욕심일 만큼 아버지 현석을 쏙 빼닮아 어릴 때부터 매사에 시큰둥하고 무뚝뚝한 지후가 혜은은 늘 거슬렸었다.

시간이 제법 흘렀고, 이제 다 큰 아들 녀석이 여전히 말끝마다 날을 세워 받아치는 것에는 속이 안 상하려야 안 상할 수가 없다. 말을 말자던 혜은이 유원에게 시선을 주었다.

"아까 이름이?"

"문유원입니다."

"지후랑은 어떻게?"

"병원에서 같이 인턴으로 일하고 있습니다. 대학 동기고요."

"근데 허리 안 아파요? 좀 편하게 있어요."

"아……."

왜 그렇게 힘을 주고 앉아 있느냐고 혜은이 유원을 나무랐다. 원인제공자가 하는 말이라고는 어쩐지 우스운 타박이었다.

어머니 때문이지 않느냐고 한마디 하려는 지후를 알아챈 유원이 그러지 말라며 다급히 눈짓을 했다. 내켜 하지 않으면서도 지후는 말을 삼가고 미간만 구겼다. 둘의 눈짓을 놓치지 않은 혜은이 이내 가만히 유원을 살폈다.

오밀조밀 참 귀엽게도 생겼다 했다. 작은 키가 흠이 되지 않을 만큼 전체적인 비율도 좋았다. 생긋생긋 잘 웃고 성격도 좋아 보이고, 어른들을 대하는 거나 말하는 것도 딱히 모나지가 않았다. 어딜 가든 사랑받을 타입임은 확실했다.

조카인 우민의 아내 진도 감탄이 나올 만큼 예뻤지만 어쩐지 혜은은 유원의 생김새가 더 맘에 들었다. 신부대기실로 지후가 데리고 들어올 때부터 자꾸만 눈이 갔다. 첫눈에 알아봤다. 제 아들 지후가 정신 못 차릴 정도로 많이 좋아하는구나, 라고.

학창시절을 통틀어 이성에게 관심이라곤 전혀 없는 줄로만 알았던 살아 있는 목석(木石) 아들의 기막힌 반전이었다. 좀 더 겪어 봐야 알겠지만 첫인상은 일단 합격인 셈이었다.

"먹는 건 뭐 좋아해요? 가리는 거 있어요?"

"네?"

"언제 시간 한번 내줘요. 같이 밥이라도 먹게."

곧 식이 시작된다는 사회자의 안내멘트가 나왔을 때였다. 혜은이 심드렁하게 툭 던진 말에 유원과 지후의 눈이 동시에 크게 뜨였다. 놀란 둘의 모습이 어쩜 이리 판박인지 모르겠다고 혜은은 생각했다. 닮았으니 결혼하면 잘 살겠구나, 하는 생각도 들었다.

이내 혜은이 치맛자락을 붙들고 천천히 몸을 일으켰다. 이모의 곁에서 식을 지켜봐야겠다고, 잘 보고 조심해서 돌아가라는 말을 덧붙였다. 지후가 돌아서려는 혜은을 붙잡았다.

"시어머니 코스프레 같은 거 질색이에요."

"뭐?"

"괜히 잡지 마시라고요. 아버지든 어머니든 유원이 홀대하는 거 절대 못 봐요."

"너는 홀대를 비싼 밥 사 먹여 가면서 하니? 걱정 마라, 아주 맛있는 걸로 사 줄 테니까."

"어머니."

"하나 말해 두자면, 난 싫은 사람하곤 밥도 못 먹는 성격이에요. 시간 잡아서 연락 줘요."

조만간 꼭 따로 보자며 혜은이 작게 미소 지었다. 이제껏 냉랭하게 유지하던 표정이 무너지는 순간에 비쳐진 미소란 몹시도 부드럽고 자상했다.

유원은 생각했다. 됐다고. 이걸로 다 된 거라고. 같이 밥을 먹자는 말을 해 준 혜은이 진심으로 고마웠다. 지후의 노파심이 괜한 거라는 증거였다. 유원이 지후에게 속삭였다.

"좋은 분이신 것 같아."

"글쎄. 나한테 부모님은 둘 다 나쁜 사람이라."

"그래도 볼 수 있잖아."

"어?"

"헤어졌어도 가끔씩 이렇게 얼굴 볼 수 있잖아. 그거면 된 거 아냐?"

두 분 다 살아 계시니 그것만으로도 감사한 것 아니냐며 유원이 웃었다. 말갛게 피어나는 미소가 예쁘면서도 참 아팠다. 촉촉한 눈동자가 노크하듯 지후의 심장을 두드렸다.

그래. 그렇구나. 유원이 그렇다면 그런 거라며 지후는 고개를 주억거렸다. 우린 오래오래 행복하자고, 언제 어디서든 늘 붙어 있자고 다짐 어린 고백을 건넸다. 유원이 활짝 웃었다.

"자, 신랑 신부 동시 입장이 있겠습니다! 큰 박수로 맞아 주십시오!"

쏟아지는 박수갈채를 받으며 우민과 진이 버진 로드로 들어섰다. 피아노로 연주되는 결혼행진곡에 맞춰 한 걸음 한 걸음 내딛는 둘은 잠시도 서로에게서 눈을 떼지 못했다.

느리게, 아주 더디게 나아가는 둘을 하객들은 진심으로 축하해 주었다. 그 속에는 서로 손을 꼭 맞잡은 지후와 유원도 있었다.

우민의 모습을 좇던 지후가 가만 유원을 돌아보았다.

우리도 저렇게 예쁘게 살자. 지후가 속삭였다. 그러자고 답한 유원이 자연스럽게 지후의 어깨에 머리를 기댔다. 안아 주듯 유원의 어깨 뒤로 팔을 둘러 감싼 지후가 유원의 이마에 길게 입술을 눌렀다.

무한한 사랑의 말들이 맘으로부터 흘러나와 둘 사이를 수놓았다. 시간이 멈춘 것만 같은 아득한 행복이 전신으로 퍼져 나갔다. 환하게 빛나는 조명 아래 너무도 아름다운 우민과 진의 모습을 바라보며 지후가 다시금 유원의 이마에 입을 맞추었다. 유원이 싱긋 미소 지었다.

에필로그 둘

무서운 남자를 달래는 방법

"아, 선배님. 제발요."

"글쎄, 안 된다니까. 내가 무슨 수로."

"부탁드릴게요. 네? 저 좀 살려 주세요."

정형외과 인턴 새내기 성민의 얼굴은 거의 울기 일보 직전이었다. 그러거나 말거나 레지던트 2년 차 은환은 제가 나선다고 해결될 일이 아니라는 말만 되풀이하고 있었다.

그러게 누가 메스를 잘못 건네랬냐고. 수술 중 유독 더 까칠하고 예민해지는 지후를 알면서도 같잖은 실수를 저지르고만 이 초보를 어찌하면 좋을지 모르겠다. 게다가 오늘은 아주 사소한 잘못조차 용납되지 않는 이른바 '절대 조심'의 날이었다. 은환이 끌끌 혀를 찼다.

"안타깝다. 방법이 없네. 그냥 포기해라."

"선배님."

"다른 과 지원해. 내가 볼 때도 너 외과는 아니야. 손이 그렇게 느려서 어디다 써?"

"노력하겠습니다. 제발 수술방 출입 금지 조치만 좀 철회해 주세요."

"글쎄, 아무리 나한테 애원해 봐도 소용 없……."

"박은환."

애꿎은 나한테 이럴 게 아니라는 말을 하려던 은환이 문득 들려온 싸늘한 목소리에 숨을 죽였다. 그와 동시에 흠칫 놀란 성민이 얼음처럼 뻣뻣이 굳어 어찌할 바를 몰랐다.

귀는 물론 온몸의 세포까지 꽁꽁 얼어붙게 만드는 냉랭한 음성이었다. 도저히 인간의 것이라고는 믿어지지 않을 만큼 차갑고 싸늘한 목소리의 근원지를 향해 은환이 고개를 돌렸다. 매섭게 날이 선 무시무시한 눈빛을 한 지후가 거칠게 의국 문을 닫고 들어섰다.

"이 녀석 뭐냐."

"어?"

"왜 여태 내 눈에 보이냐고. 확 안 꺼지고."

당장이라도 잡아 죽일 것처럼 노려보는 서슬 퍼런 지후의 눈초리에 성민이 식은땀을 삐질 흘렸다. 실수를 한 것은 인정하지만 그래도 한 달 내내 수술방 출입 금지라니, 아무리 봐도 과한 처사로밖에는 생각되지 않았다.

그렇다고 대놓고 항의를 한다는 것은 있을 수 없는 일이었다.

치프보다도 엄격하기로 소문난 정형외과 레지던트 2년 차 서지후의 심기를 거슬러 좋은 꼴을 당한 이는 이제껏 없었다. 그게 환자와 관련된 실수를 저지른 오늘 같은 상황이라면 내쳐지는 건 당연한 거였다. 안절부절못하던 성민이 서둘러 바닥에 무릎을 꿇었다.

"죄송합니다, 선배님. 죽을죄를 지었습니다."

"난 너 같은 후배 둔 적 없는데."

"다신 안 그러겠습니다. 제발, 이번 한 번만 봐주십시오."

"한 번만?"

"네?"

"너 지금 한 번만이라고 했냐? 장난해?"

지후의 미간이 구겨졌다. 한층 더 노기가 실리는 눈빛은 공포스럽기 그지없었다. 어찌나 험악하고 사나운지 성민은 숨을 참다 저도 모르게 크흡, 딸꾹질을 했다.

곁에서 지켜보던 은환이 한숨을 내쉬며 고개를 저었다. 아무래도 저 인턴 녀석, 곱게 살아 나가긴 다 틀린 것 같다. 도와줄 수 있는 거라곤 모른 척 제 할 일을 하는 것뿐이라는 생각에 은환이 돌아앉아 노트북을 펼쳐 들었다. 그러고는 쓰다 만 논문을 끼적거리기 시작했다.

지후는 꿇어앉은 성민을 향해 나직한 목소리로 훈계의 말들을 늘어놓았다. 평소의 지후는 말이 많은 성격이 아니다. 노려보는 눈빛만으로 상대의 기선을 제압하기엔 충분하니까.

그런 그가 지금처럼 잔소리를 퍼붓는다는 건 화가 정말 많이 났다는 증거였다. 환자의 목숨이 달린 수술방에서 딱 한 번만 실수를 봐 달라는 자체가 어불성설이긴 했다. 그 실수가 자칫 돌이킬 수 없는 결과로까지 이어지지 말라는 보장이 없다는 게 지후를 화나게 했다.

완벽주의고 뭐고 그딴 게 아니라 기본인 거다. 최대한 집중해야 할 공간에서 벌어진 실수는 그만큼 정신머리를 느슨하게 했다는 뜻일 테니. 짓이기듯 씹어뱉는 말들이 하나같이 호되었다. 성민은 차마 다리가 저리다고 말도 못한 채 눈물이 쏙 빠지도록 혼나야 했다.

"아이고, 불쌍한 성민이. 하필 이런 날."

휴게실 자판기 앞에 선 은환이 음료를 꺼내어 건네며 지후를 힐끔거렸다. 지지리 운도 없지, 라고 덧붙이는 말에 지후는 알 바 아니라는 듯 돌아서서 창가 쪽 테이블로 향했다.

털썩, 소리 내어 주저앉는 지후의 앞에 은환이 몸을 낮췄다. 딱딱하게 굳은 표정이 좀처럼 풀어질 생각을 않고 있었다. 하여간에. 못 말린다는 생각으로 은환이 입을 열었다.

"적당히 해라."

"뭐를."

"표정 좀 풀라고. 너 무서워서 인마, 애들이 우리 과 다 기피하잖아. 1년 차들도 너 무섭다고 난리야."

"일만 잘하면 내가 왜 무서워. 지들이 못하면서 남 탓은."

"서지후."

"왜."

"와이프님한테 아직 연락 없으셔? 그래서 더 이래?"

슬쩍 미끼를 던졌다. 그랬더니 아주 덥석 물고 만다. 은환이 언급한 와이프님이라는 말에 굳어 있던 지후의 눈매가 확연히 누그러졌다. 마치 조금 전까지와는 아예 다른 사람인 것처럼 온화해 보이기까지 한 것이.

후욱, 한숨을 내쉰 지후가 핸드폰을 꺼내 들었다. 잠잠한 액정을 들여다보는데 괜히 또 심통이 났다. 뾰로통한 얼굴로 입술을 삐죽이는 지후를 보며 은환이 헛웃음을 지었다.

"세미나를 보내지 말든가."

"가고 싶다는데 어떡하냐. 최 교수님 지정이기도 했고."

"그럼 좀 참든가. 고작 하루 떨어져 있었다고 뭘 그렇게까지."

"고작 하루가 아니다, 나한테는."

말해 뭐하겠어, 하고 중얼거린 지후가 신경질적으로 음료수를 들이켰다. 잠시 잠깐도 싫다는 뜻이라는 걸 은환은 어렵지 않게 알아들었다. 은환이 고개를 살짝 기울였다.

유난도 이런 유난이 있을까. 어쩜 이렇게 갈수록 더 유원밖에 모르는지 은환은 아무리 생각해도 지후가 신기했다. 찔러도 피 한 방울 안 나올 것처럼 냉랭하게 구는 서지후가 제 와이프 앞에서는 세상 둘도 없는 다정남이 되어 버린다는 게 희한했다. 맘 같아선 방송국에 제보라도 하고 싶다는 은환이 테이블 위에 두 팔을 얹고서 지후를 빤히 바라보았다.

"솔직히 말해 봐. 컨셉이지?"

"뭐?"

"내 여자한테만 자상한 까칠남이 여자들한테 먹힌다며. 그래서 일부러 그러는 거냐?"

"말 같잖은 소릴 잘도. 닥치고 음료수나 마셔."

"인정. 우리 서지후 멋있지. 그러니 유부남이라도 상관없다며 너도나도 눈독을 들이지."

"시끄럽다고, 글쎄. 그만 까불어."

"10시 방향."

"뭐가."

"보호자인 듯 환자는 아닌 보호자 같은 절세미녀가 널 보고 있다. 눈길 한번 줘라."

여유롭게 음료를 마시며 은환이 찡긋 눈짓을 했다. 시큰둥한 얼굴로 옆을 돌아본 지후는 채 1초도 지나지 않아 도로 눈을 거뒀다. 은환이 허, 하고 기막힌 탄식을 터뜨렸다.

"그게 다냐?"

"뭘 더 바라?"

"완전 미인인데."

"꺼지라 그래. 미인은 개뿔."

"야, 몸매도 장난 아니야. 대문자 S. 건드리면 바로 넘어오겠는데? 너 싫으면 내가……."

"박은환."

"어?"

"너 이러는 거 윤희주도 아냐? 확 이른다?"

"나 뭐. 내가 뭐. 왜."

기척도 없이 불쑥 나타난 희주가 눈에 쌍심지를 켜고 은환과 지후를 번갈아 보았다. 호랑이가 아니라 윤희주도 제 말 하면 온 다로 속담을 바꿔야겠다고 은환은 심각하게 생각했다.

진료를 하러 가는 길인지 한가득 들고 있던 차트를 내려놓은 희주가 팔짱까지 척 끼고 노려보았다. 그런 희주를 향해 은환이 언제 그랬냐는 듯 능글맞게 입가를 쓱 말아 올렸다.

"우리 희주, 왔어?"

"그래. 오셨다. 무슨 수작이었는지 빨리 불어."

"수작은 무슨. 너 보고 싶다고 말한 것도 수작인가?"

"지랄. 야, 서지후. 내가 이 개소리를 믿어야 되냐?"

코웃음을 치는 희주의 물음에 지후가 아니, 라고 못을 박아 주었다. 곤란해하는 것 같던 은환이 희주를 얼른 옆자리에 앉히고 음료수를 건넸다. 어디 먹던 걸 주느냐고 성질인 희주였으나 그냥 주는 대로 먹으라는 은환이기도 했다. 지후가 피식 작게 웃음을 터뜨렸다.

둘은 요즘 말로 '썸'을 타는 중이었다. 뭐, 남들이 보기엔 동기 끼리 투닥거리는 걸로 보이기도 했지만. 사귀는 건 아닌데 희한하게 같이 있으면 묘하게 애정전선이 흐르는 것도 같아 보이는 게 바로 은환과 희주였다. 장난치듯 엉기는 은환에게 희주가 나직이 물었다.

"서지후는 왜 또 무시무시한 저기압이야?"

"왜겠냐. 뻔하지."

"유원이 아직 안 왔어? 제주도에서 첫 비행기 탄다고 하지 않았나?"

세미나 일정 다 끝났을 텐데 왜 여태 안 나타나느냐는 희주의
말에 지후가 한숨을 내쉬었다. 그러니까 속이 터진다는 거다. 아
침 일찍 출발했으면 도착하고도 남았을 시간인데.

담당교수인 최 교수의 보조 겸 어시로 참석한 거라 함부로 전
화를 걸기도 뭐했다. 일할 땐 딱 일만 신경 쓰고 싶다는 유원의
뜻을 지후가 이해 못 하는 것도 아니었다. 하지만, 눈치 보인다며
혹여나 마중 나오지 말라는 말은 듣는 게 아니었다. 괜히 또 성질
이 났다.

생각보다 데미지가 컸다. 유원 없이 홀로 맞는 아침이 이렇게
까지 싫을 수도 있구나, 새삼 깨달았다. 아무리 마셔도 갈증은 충
족되질 않았다. 유원이 곁에 없다는 단지 그 이유로.

여전히 잠잠한 핸드폰을 손에 꼭 쥐고 몸을 일으키는데 응급
콜이 들어왔다. 조금 남은 음료수 캔을 쓰레기통에 던져 넣은 지
후가 은환과 함께 수술방으로 향했다. 기운 내라는 은환의 말에도
지후의 미간은 구겨진 채 펴질 줄 몰랐다. 은환이 몰래 웃음을 삼
켰다.

"네, 아버님."

병원 입구 앞에 멈춰 선 택시에서 내리며 유원은 핸드폰을 꺼
내 들었다. 안 그래도 연락하려던 참이건만 그새를 못 기다리고
전화를 건 시아버지 현석의 마음씀씀이가 감사했다.

잘 도착했느냐고, 다음 일정 때문에 못 데려다줘서 미안하다는

말에 유원이 손사래를 쳤다. 바쁜 와중에 귀한 시간 내주신 것만도 감사한데 되레 사과를 하는 그의 배려에 입가에는 저절로 미소가 그려졌다. 수화기 너머에서 현석이 근엄한 목소리를 내었다.

— 피곤할 텐데 오늘만 일찍 보내 달라고 해라.

"그게 맘대로 되나요, 어디."

— 정 뭐하면 지후라도 부려 먹어. 혼자 힘들게 다 하려 들지 말고.

"그럴게요. 걱정 마세요."

— 아 참, 너랑 점심 먹었단 소린 안 하마.

"네?"

— 나한테 먼저 들렀다는 거 알면 그놈 틀림없이 삐칠 거야. 비밀로 하자.

앞선 단속을 하며 현석이 후후, 하고 낮게 웃었다. 안 그런 척하는 목소리 가득 좋아하는 기색이 묻어났다. 지후를 놀려 준다는 생각만으로도 내심 흡족한 모양이었다. 어쩜 이렇게 귀여우실까. 유원은 터져 나오려는 웃음을 꾹 참았다.

오늘 얼굴 봬서 좋았다고, 그만 들어가시라며 통화를 마무리했다. 이에 현석이 당신이야말로 반가웠다며, 다음 주에 영화 보자는 약속도 잊으면 안 된다고 신신당부를 했다. 흔쾌히 대답한 유원이 지후에게 전화를 걸려다 멈칫했다. 그러고는 그냥 회전문 안으로 들어섰다.

시어머니 혜은과 시아버지 현석 사이에서 유원은 본의 아니게 묘한 경쟁 구도를 형성 중이었다. 이혼 후 각자 따로 있는 처지라 하나뿐인 며느리의 애정을 독차지하고 싶은 마음이 비등비등한 그들은 서로 상대방과 동일한 횟수와 조건으로 유원을 만나길 원했다.

주마다 한 번씩은 꼭 만나 뵙는 두 분이건만 지난주에는 일이 바빠 현석을 만나지 못했었고, 혜은만 잠깐 만나 차를 마셨다는 걸 알고 토라졌을 현석이 신경 쓰여 유원은 세미나가 끝나고 서울에 도착하자마자 전화를 걸었다. 오늘 시간 괜찮으시면 병원 들어가기 전에 식사라도 같이하자는 유원의 말에 현석은 열 일 제쳐 두고 오케이를 외쳤다.

"미안, 서지후. 이해하지?"

덕분에 지후를 만나는 시점이 조금 늦어 버렸음에 유원은 죄스러운 마음이 되었다. 그래도 친부모처럼 잘해 주는 현석이나 혜은과의 만남은 그런 죄스러운 마음까지 씻어 줄 만큼 유원에겐 더없이 행복한 시간이 되었다. 얼굴만 봐도 맘이 따스해지는 고맙고 감사한 만남.

부디 이해해 주길 바란다며 혼잣말을 중얼거린 유원이 탈의실을 향해 걸음을 옮겼다. 빠르게 가운을 챙겨 입고 나와 의국으로 향하는데 앞에서 마주 오던 누군가를 발견했다.

온통 남자뿐인 후배 레지던트들에게 둘러싸여 이야기를 나누는 모양새가 이제는 퍽 자연스러웠다. 지나치려던 그의 시선이 우연찮게 유원과 마주쳤다. 그의 걸음이 멈춰졌다.

"여, 문유원."

"치프님."

"복귀가 늦었네. 아침 일찍 출발 아니었나?"

입가를 말아 올려 싱긋 미소 지은 승하가 일행들을 놔두고 천천히 걸어와 유원의 앞에 섰다. 꾸벅 고개 숙여 건넨 인사를 받은 승하가 뒤쪽을 향해 먼저 가라 손짓을 했다.

유원과도 간단히 인사를 주고받은 레지던트들이 구내식당 쪽을 향해 걸음을 옮겼다. 승하가 유원과 지그시 눈을 맞추고 말을 이었다.

"최 교수님은?"

"그쪽 지인분과 만나신다고요, 하루 더 있다 오신답니다."

"그럼 혼자 올라온 거야? 저런."

짧은 시간이었대도 비행기 안에서 제법 외로웠겠다며 승하는 혀를 찼다. 안쓰러워하는 표정 너머에는 그 어떤 사심도 담겨 있지 않았다.

달라도 너무 달랐다. 예전과는 확연히 달라진 승하의 태도가 반갑고 좋았다. 적당히 담백하고 적당히만 친근하고 다정한 승하의 눈빛에 유원이 한결 편안한 마음으로 입을 열었다.

"식사하러 가시는 겁니까?"

"어. 오후 수술 스케줄이 장난 아니라서 짬날 때 먹어 두려고."

"그럼 얼른 가십시오."

"그래야 하는데 이거야 원, 발길이 안 떨어지네."

"네?"

"간만에 보는 문유원이 너무 반가워서. 순간 밥이고 뭐고 다 잊어버렸다고, 내가."

승하가 입가를 쓱 끌어 올렸다. 대놓고 던지는 능글맞은 농담에도 그저 웃을 수 있을 만큼 여유로워진 사이가 새삼 인식되었다. 유원이 못 말린다는 표정으로 승하를 따라 웃었다.

철저히 병원 일을 위해 살기로 작정한 사람처럼 승하는 언제부턴가 사생활을 완벽히 끊고 일에만 매달렸다. 여자 간호사들과 시답잖은 농담을 주고받던 예전의 그는 찾아볼 수 없었다. 그 변화가 하도 드라마틱해 누군가는 착한 남자인 척 연기를 하는 거라고 오해하기도 했다. 저러다 금방 또 개차반 류승하로 돌아갈 거라고. 잠깐 눈속임을 하는 것뿐이라고.

우스갯소리에 가까운 루머가 끝난 건 올해 초였고, 레지던트 4년 차인 승하는 당연한 것처럼 정형외과의 치프가 되었다. 빽이니 뭐니 해도 그의 뛰어난 업무 성과와 수술 능력에는 어느 누구도 의구심을 가질 수 없었다.

현재 외과의 모든 수술 스케줄이 치프인 류승하를 중심으로 돌아간다고 해도 과언이 아닐 정도로 독보적인 실력을 인정받고 있었다. 이제야 본연의 자리를 찾은 것처럼 모범적인 승하의 모습에는 그 어떤 이질감도 없었다. 펠로우에 이어 교수직까지 정해진 코스를 착실히 밟아 나갈 그를 상상하며 유원은 조용히 고개를 주억거렸다. 절로 미소가 지어졌다.

"그래서, 아직도 싫증 안 난 거야?"

다시금 얼른 가 보시라 등을 떠밀려던 유원이 승하의 말에 눈을 동그랗게 떴다. 개구진 미소가 승하의 느른한 입가 가득 드리워졌다. 승하가 유원을 향해 두 팔을 벌려 보였다.

"잊지 않았지?"

"뭘 말씀입니까?"

"언제든 내가 너 기다리고 있다는 거."

"치프님."

"1년이나 살아 줬음 됐잖아. 결혼 생활 그만 끝내고 나한테 와."

"괜찮으시겠습니까? 그 농담?"

"설마, 서지후한테 이르려고?"

에이, 하고 승하가 눈을 흘겼다. 진짜 이르기 전에 그쯤해 두시라며 유원이 가볍게 쥔 주먹으로 승하의 가슴을 때렸다. 아주 살짝 건드린 그 기척에 승하가 죽는 시늉을 했다.

"와, 사나이 순정을 이렇게 짓밟다니."

"그만하십시오."

"이르지 마. 그 녀석 무섭단 말이야. 아직 팔팔한 나이에 맞아 죽긴 싫어."

"여기서 끝내시면 안 이르겠습니다. 얼른 가 보십시오, 저도 가 봐야겠습니다."

"문유원."

"네?"

"얼른 서지후랑 애라도 낳아. 그만 단념하게."

농담 반 진담 반의 억양으로 승하가 말을 던졌다. 결혼까지 한 여자에게 그만 집적대고 싶다는 뜻보다는 둘을 빼닮은 예쁜 아기가 보고 싶다는 후자의 속뜻이 더 컸다.

왠지 살짝 부끄러워진 유원이 뒷머리를 긁적이며 시선을 떨궜다. 그런 유원에게 승하는 지후가 수술방에 있음을 알려 주고서 기분 좋게 돌아섰다. 입가에 은근한 미소를 띤 채로 유원이 서둘러 걸음을 옮겼다. 지후를 만나러 간다는 생각만으로도 심장이 터질 듯 뛰었다.

"최성민."

"서, 선배님!"

수술장에 도착해 막 안으로 들어서던 유원이 수술방 앞에 무릎 꿇고 앉아 있는 인턴 성민을 발견하고 걸음을 멈췄다.

마치 구세주를 만난 것처럼 반색한 성민은, 그럼에도 섣불리 일어나지 못하고 주춤거렸다. 이 녀석이 여기 이러고 앉아 있을 이유라야 뻔했다. 유원이 작게 웃으며 다가갔다.

"무슨 실수를 한 거야?"

"그게, 오전 수술 때 메스를 잘못 드려서, 그만······."

"결과는?"

"수술방 출입 금지요. 저 이제 어쩝니까, 선배님. 살려 주십시오."

"에효, 이 녀석아."

어쩌다 그랬느냐며 유원이 혀를 찼다. 천하의 서지후 심기를 거슬렀다간 그야말로 혼쭐이 나고야 만다는 걸 모르는 이는 없었다. 한번 내뱉은 말을 번복하는 일 따위 역시 없었다. 당장 나가라면 나가야 하고 다른 과로 안 보이게 꺼지라면 꺼져야 하는 거였다. 그런데.

소용없을 걸 알면서도 이렇게 자진해서 수술방 앞에서 기합을 서는 성민의 사정이 딱했다. 게다가 이런 식으로 구제를 바라는 인턴들이 아예 없었던 것도 아니었다.

한 번만 봐 달라고 잘 말해 줘야 하는 자신의 임무를 깨달은 유원이 어깨를 들썩여 한숨을 내쉬는 순간, 수술방 램프가 꺼지고 문이 열렸다. 유원이 자세를 바로 했다.

"오예, 문유원이다!"

주치의인 정 교수에게 먼저 깍듯이 인사를 건넨 유원을 뒤따라 나오던 은환이 소란스레 맞았다. 왜 이제야 오느냐고 툴툴거리는 은환에게 대충 웃어 준 유원이 시선을 옮겼다.

적잖이 굳은, 그러면서도 눈매만큼은 확연히 누그러진 지후가 걸음마저 멈추고 유원을 바라보고 있었다. 장갑을 벗는 손길에 신경질이 가득 묻어났다. 유원이 조심스레 다가갔다.

"잘 끝났어? 무슨 수술이었어?"

"……"

"이야, 바이폴러(Bipolar hemiarthroplasty, 양극성 인공관절 부분 치환술)였네? 장난 아니게 고생했겠다. 괜찮아?"

"너 대체……"

마스크를 내리던 지후가 말을 끊고 입을 다물었다. 눈빛이 꽤나 이글거렸다. 당장 뭐부터 말해야 할지 모르겠는 사람처럼 지후의 표정에 온갖 복잡한 기색들이 한가득 서렸다.

지후의 뒤쪽으로 물러선 은환이 손짓 발짓으로 유원에게 신호를 보냈다. 얼핏 해석하기로 '네가 늦게 나타나서 화가 아주 단단히 났어!' 라는 뜻 같았다. 유원이 작게 미소 지었다.

"많이 기다렸어?"

"……."

"미안. 그럴 일이 좀 있었어. 그보다 성민이 말인데."

"혼나."

"어?"

"딴 놈 이름 입에 올리지 말라고. 싫으니까."

지후가 이를 악다문 채로 씹듯이 말을 뱉었다. 서슬 퍼런 그 목소리에 뒤쪽에 있던 레지던트 1년 차들이 흠칫 어깨를 곧추세웠다. 졸지에 죄인이 된 성민의 안색은 흙빛이었다.

아무래도 단단히 심사가 뒤틀린 모양이라고 생각한 유원이 한숨을 내쉬려는 찰나, 지후가 유원의 손목을 잡고 수술장 밖으로 뛰듯이 걸음을 옮겼다. 끌려가며 유원이 손짓으로 은환에게 성민을 부탁했다.

알았다고 수신호를 보낸 은환이 고개를 절레절레 저었다. 과연 유원이 무사할지 괜스레 걱정이 되었다. 아무래도 실컷 맞을 것 같다. 주먹이 아닌 입술로.

"읍!"

은환의 예상은 적중했다. 빈 의국으로 들어선 지후는 문을 걸어 잠그자마자 그대로 유원을 끌어안고 입을 맞췄다. 숨조차 제대로 쉬지 못하게 틀어막고서 다짜고짜 혀를 넣었다.

격하게 파고들어 온 혀가 이리저리 날뛰었다. 불에 달궈진 듯 뜨거운 기척이 격렬히 입안에서 퍼덕거렸다. 너무 세게 밀어 넣고 헤집는 탓에 고개가 자꾸만 뒤로 젖혀졌다.

"흡……. 으읍……."

사정없이 들어와 후벼 파는 지후를 향해 유원이 신음 소리를 내어 아프다고 알렸다. 그러거나 말거나 지후는 연거푸 유원의 혀를 세차게 빨아 당겼다.

혀뿌리가 얼얼할 정도로 빨리고 입술이 잡아 뜯어지듯 핥아 깨물렸다. 밀어내도 밀려나지 않는 지후의 품 안에 오롯이 갇힌 채로 유원은 한참이나 더 거친 혀놀림을 받아들여야만 했다. 눈앞이 아찔할 정도로 질펀한 자극이 계속되었다. 다리에서 슬쩍 힘이 빠져나갔다.

"하아……. 아……."

"하……."

꽤 오랫동안 유원을 탐한 지후가 가까스로 혀를 빼고 입술을 떼어 냈다. 맞닿은 이마가 따뜻하다고 느끼며 유원은 천천히 눈을 떴다. 그와 동시에 지후의 눈꺼풀이 스륵 열렸다.

탁하게 흐려진 까만 눈동자가 정확히 유원과 초점을 맞췄다. 깜빡이는 것조차 잊고서 바라보는 지후의 눈빛에 차츰 예리하게 날이 섰다. 가빠진 숨을 고르며 유원이 입을 열었다.

"늦게 와서 화났어……?"

"미치겠다……."

"응……?"

"죽도록 화내려고 했는데…… . 진짜 그러려고 했었는데…… . 어떻게 너는…… ."

결국 그것마저 못 하게 됐지 않느냐며 지후는 미간을 찌푸렸다. 얼굴을 본 순간 화내고 따져 묻고 성질부리는 모든 것들이 다 부질없게 돼 버렸다는 뜻이었다.

그저 이렇게 품에 끌어안고 미친 듯이 입을 맞추는 것밖에는 다른 도리가 없었다. 그렇게나 좋아서. 그렇게나 반갑고 맘이 설레서. 쪽쪽 두어 번 더 입을 맞춘 지후가 이마를 살짝 떼고는 유원의 머리를 부드럽게 쓸어 넘겼다.

지후는 잠시 유원을 바라봤다. 제 앞에 있는 사람이 유원이 맞는지 조금 더 확인을 했다. 눈에 담는 모든 순간들이 벅차게 떨렸다. 얼마나 좋은지 손끝까지 파르르 떨림을 냈다.

다시금 지후가 유원의 입술을 길게 탐했다. 아까와는 다르게 천천히, 그리고 부드럽게 혀를 넣어 입안을 문지르듯 더듬었다. 끈적한 타액이 둘의 입안에서 흐르듯이 떠돌았다. 달달한 마찰의 흔적들을 남김없이 빨아 삼킨 지후가 지그시 유원을 바라보았다.

"보고 싶었어. 진짜 죽는 줄 알았어."

나지막이 흘러나온 중저음이 귓가에 사르르 감겨들었다. 한없이 감미로운 그 음성에 유원은 은연중 아랫배가 뻐근해지는 것을 느꼈다. 내색 않으려 아랫입술을 잘근 베어 물었다.

지후가 유원의 양쪽 볼에 쪽쪽 소리 내어 입을 맞췄다. 그러고는 유원의 입술 또한 스치듯 비벼 머금었다. 혀와 입술을 동원해 유원의 윗입술 아랫입술을 모두 핥아 맛본 지후가 흐릿한 미소를 입가에 걸고서 말을 이었다.

"혼자 눈 뜨는 거, 못할 짓이더라. 너무 괴롭더라고."

"그랬어……?"

"응. 진짜 미쳐 버릴 것만 같았어. 보고 싶고 만지고 싶고, 안고 싶어서."

"저기, 잠깐……."

"가만있어 봐. 내 거 잘 있나 확인 좀 하게."

"읏……."

옴짝달싹 못 하게끔 품에 가둔 채로 지후가 한 손을 들어 올려 유원의 가슴을 주물렀다. 확인이라는 명목과는 달리 야릇한 눈빛을 닮아 손길 역시 음탕하기 그지없었다. 아프지는 않았으나 이대로 가면 분명 다음까지 이어지고 말 거란 생각이 들었다.

굳이 만류하려는 맘은 없었지만 솔직히 병원에서만큼은 하고 싶지 않았다. 게다가 의국은 레지던트와 인턴들이 언제 들이닥칠지 모르는 곳이었다.

갈수록 탁하게 흐려지는 지후의 눈빛에 불안해진 유원이 입술을 달싹여 간신히 목소리를 냈다.

"안 할 거지……?"

"싫어……?"

"여긴 안 돼……."

"왜……?"

"들키면……."

"뭐 어때, 부부 생활 좀 하겠다는데……."

"지후야……."

"넣고 싶어 돌겠어……. 죽겠다고, 진짜……. 안 돼……? 싫어……?"

"하……."

블라우스 안으로 손을 넣어 한층 더 과격하게 가슴을 만져 대며 지후가 허리를 슬쩍슬쩍 움직였다. 어느덧 굵직하게 커진 지후의 것이 옷감 너머로 고스란히 느껴졌다. 되도록 빨리 끝낼게, 라고 속삭이는 지후의 말에 유원이 난감해 어쩔 줄을 몰랐다.

안 되는데. 진짜 안 되는 건데. 생각과 행동이 일치하지 않는다는 게 이런 건 줄 미처 몰랐다. 이렇게까지 사람을 곤란하게 만드는지 상상도 못 했다는 유원이 말리기도 전에 지후는 유원을 데리고 정중앙의 테이블로 향했다.

당장 품에 안고 싶어 견딜 수가 없었다. 그래야 좀 더 확신할수 있을 것 같았다. 유원이 곁에 있음을. 유원이 자신과 함께하고있음을.

손으로 테이블 위를 아무렇게나 치워 버린 지후가 조심조심 유원을 눕히고 유원의 치마를 걷어 올렸다. 반듯하게 눕혀진 유원의 가슴이 곧 들이닥칠 희열에 대한 기대감으로 벌써부터 들썩거렸다.

"웃……!"

황급히 지퍼를 내린 지후가 단번에 유원의 안으로 가득 들어찼다. 힘껏 제 것을 밀어 넣은 지후는 이내 격하게 허리를 움직이기시작했다. 더는 조금의 여유조차 없는 듯했다.

유원의 좁은 안이 들락거리는 지후를 따라 연신 움찔거렸다. 꽉 물었다 아주 조금만 놓아주는 여린 속살의 수축이 기가 막혔다. 탄성을 내지른 지후가 점점 더 빠르게 움직였다.

"읍……. 흐읏……. 아……."

어떻게든 신음이 터져 나오지 않도록 유원은 최대한 애를 썼다. 허나 앓는 듯한 미약한 소리까지 어찌할 도리는 없었고, 그것만으로도 지후는 충분히 흥분해 버렸다. 아니, 테이블 위에 누워 다리를 벌리고 있는 유원의 자태에 이미 온통 홀려 버린 그였다.

늘어지듯 펼쳐진 까만 머릿결의 모양새가 아름다웠다. 두 눈을 질끈 내리감은 뽀얀 얼굴도, 벌어져 오물거리는 붉은 입술도. 연신 들썩이며 숨을 고르는 소담한 가슴마저도. 모두.

어쩌면 좋을까. 이렇게 예뻐서. 진짜 어떡하면 좋지? 너한테 이렇게까지 빠져서. 나는.

"너무……."

"윽……."

"좋아……. 문유원……. 진짜 돌겠어……."

"하읏……."

"후……."

지후가 한 손을 뻗어 유원의 블라우스를 끌어 올렸다. 드러난 우윳빛의 젖가슴을 주무르듯 어루만지며 세차게 하체를 밀어붙였다. 가득 차게 집어넣고 과감하게 흔들었다. 더 오래, 더 길게 탐하고픈 마음은 굴뚝같았으나 유원의 지적대로 사정이 여의치 않았다.

되도록 빨리 끝내겠다는 약속도 지켜야 했다. 남은 오후 일과를 위해서라도 너무 거칠게 유원을 대했다간 홀로 고생할 게 뻔했다. 제 여자 고생시키기는 또 죽어도 싫은 지후라서 욕심을 억누르며 허리질을 했다. 절정을 향해 치닫는 하체가 뭉근하게 아려 오고 있었다.

일에 있어 한 치의 실수도 용납 않는, 공과 사를 정확히 구분하는 무섭고 엄한 서지후는 그 어디에도 없었다. 여자들의 호감 어린 시선은 물론 말 한 마디 섞는 것조차 내키지 않아 대놓고 무시하는 냉정하고 무뚝뚝한 서지후는 오직 문유원의 앞에서만 이렇게 흐물흐물 녹아 버리고 만다. 단 하나, 말 그대로 유일한 거였다. 지후의 심장을 쥐락펴락할 사람이란.

유원과 몸을 섞는 지금 이 순간 더는 바랄 게 없었다. 유원의 안에 들어가 부딪히고 문질러지는 모든 순간들이 달콤했다. 젖은 속살들의 결합이 소름 끼치도록 황홀해 당장이 꿈인 듯 현실 같지 않았다. 제 눈앞에 있는 유원이 혹 신기루처럼 사라질까 두려울 정도였다.

차츰 빠르게 허리를 튕겨 올리던 지후가 한순간 그대로 제 것을 박아 넣고서 몸을 낮췄다. 유원을 덮치듯 포개어 안고는 진하게 입을 맞췄다. 유원의 안에 갇힌 지후의 것이 움찔거리며 한바탕 뜨겁게 쏟아 냈다. 나른하게 젖어 드는 아래를 느끼며 유원이 얕게 신음했다. 그러다 문득, 이번 달 생리가 제법 늦어지고 있다는 걸 아주 잠깐 생각해 냈다.

"봐줄 거지?"

"뭐를."

"성민이 수술방 출입 금지라며. 풀어 줄 거지? 응?"

휴지와 물티슈를 가져다 유원의 아래를 꼼꼼하게 닦아 주던 지후가 미간을 구기며 시선을 들어 올렸다. 딴 놈 이름 입에 올리지 말랬더니 그새를 못 참고 말 안 듣는 유원이 야속했다.

지후는 들은 척도 않고 시선을 거두고서 하던 일을 마저 했다. 잔뜩 젖어 질척이던 여린 속살을 깨끗하게 닦아 마무리해 준 지후가 마지막으로 유원의 그곳에 입술을 댔다.

끝났다는 의미로 해 주는 담백한 키스에 유원이 간지럽다며 몸을 비틀었다. 계속 더 지분거리려는 지후를 밀어내고 속옷을 챙겨 입으며 재차 물었다.

"안 돼? 싫어?"

"봐서."

"그러지 말고. 다신 안 그러겠다는 각서라도 받아 줄까?"

"왜 이렇게 집요하게 굴어? 설마 그놈한테 관심 있어?"

"바보."

"뭐?"

"그동안 내가 구제한 인턴이 몇 명인지 알고나 하는 소리야?"

여자건 남자건 따지지 않고 구제해 준 걸 모르느냐며 유원이 눈을 흘겼다. 그건 맞는 말이었다. 근무를 서는 동안 조금이라도 눈 밖에 나는 인턴들을 향해 닥치는 대로 아웃을 날린 지후였고, 그럴 때마다 한결같이 지후를 달래며 울상인 인턴들을 구제해 온 유원이었다.

때문에 이제는 알아서 유원에게 청탁이 들어오는 수준에 이르 렀다. 물론, 그걸 바라고 일부러 실수를 저지르는 인사는 다행히 도 없었다. 수술방 출입이 금지되면 다른 누구보다도 인턴 본인에 게 손해라는 걸 모르는 이도 없고 말이다. 유원이 지후의 허리 뒤 로 두 손을 둘렀다.

"서지후."

"왜."

"자기님아."

"……뭐. 말해."

"화 이제 그만 내면 좋겠는데요. 자기님."

유원이 지후에게로 살며시 몸을 기대며 눈꼬리를 내렸다. 말갛 게 접히는 눈매에 피어난 웃음에는 천하의 서지후도 두 손 두 발 들 수밖에 없다. 게다가 자기님이라는 호칭은, 뭐.

결국 더 뻗대지 못하고 지후는 그만 허, 웃고 말았다. 그와 동 시에 알겠다며, 인턴들을 불러 모아 조심하라고 경고하는 걸로 끝 내겠다는 말도 해 주었다. 유원이 미소 지었다.

까치발을 한 유원이 지후의 입술을 짧게 훔쳤다. 그러고는 혹 흔적을 남기지 않았는지 의국 안 여기저기를 샅샅이 살피고서 문 을 열었다. 아무 일도 없었던 것처럼 자연스럽게 유원은 지후와 복도를 거닐었다. 엘리베이터 앞에 멈춰 선 지후가 유원에게 손을 뻗었다.

유원의 볼을 가볍게 쥐었다 놓으며 지후는 입가를 말아 올렸 다. 너른 그 미소가 유난히도 감미로웠다.

근사하다, 내 남자. 속으로 감탄한 유원이 내미는 지후의 손을 사양 않고 잡았다. 손가락 하나하나 깍지 껴 잡은 지후가 잠시 깜빡했다는 표정으로 입을 열었다.

"아까 말하려던 건 뭐였어?"

"어?"

"왜 늦게 왔냐고. 그럴 일이 뭐였는데."

"아아, 실은."

삐칠 테니 비밀로 하자는 현석의 당부가 떠올랐지만 유원은 지후에게 차마 거짓말을 할 수가 없었다. 감춰 봤자 언젠가는 알게 될 것 같기도 했다. 보통 집요한 게 아닌 지후니까.

지난주에 도저히 시간이 안 돼 혜은만 잠깐 만난 걸 기억하느냐는 애기부터 꺼냈다. 때문에 현석이 서운해할 것 같아 올라오자마자 같이 점심을 먹었다는 유원의 말에 지후의 표정이 눈에 띄게 굳어 갔다. 역시 선견지명이 뛰어나신 아버님. 지후가 사납게 툴툴거렸다.

"아버지를 만났어? 만나서 점심도 먹었어?"

"미안."

"그러니까 너는, 나보다 아버지가 먼저였다는 거지? 말이 돼?"

"오늘만 먼저였어. 나머진 늘 자기가 먼저란 거 알잖아."

"말해 봐. 내가 보고 싶지도 않았어?"

나는 매분 매초를 그리워했는데 너는 아니었느냐며 지후가 성을 냈다. 수시로 떠올라 아른거려서 일도 손에 안 잡힐 정도였는데 어떻게 태연히 밥까지 먹고 나타나느냐는 타박에 유원이 입술을 샐쭉거렸다. 봐 달라는 표정이 귀여웠지만 일단은 서운한 게 먼저였다.

준 것 이상으로 받고 싶은 게 솔직한 심정이었다. 유원을 죽도록 좋아하는 지후로서는 제가 좋아하는 그 이상으로 유원이 저를 좋아해 줬으면, 하고 바라게 되는 거다. 바보 같다고 해도 할 수 없다. 그렇게나 유원이 좋으니까. 그렇게나 빠져 버렸으니까 뭘 어쩌겠느냐고.

가져도 가져도 욕심이 나는데. 갈수록 네가 더 그립고 간절해지는데. 어쩌라고. 나더러.

"서지후."

"왜."

"사랑해. 죽을 만큼."

다른 사람보다 조금 늦게 만나 줬다고 성을 내는 지후를 향해 유원이 속삭이듯 말을 뱉었다. 병원에 도착해 승하와 잠깐 마주쳤다는 말은 꺼내지 않은 게 차라리 다행이라는 생각이 들었다. 그런 아무것도 아닌 일로 기분을 더 상하게 만들긴 싫어 일단 고백부터 건넸다. 눈을 맞추고서, 부드럽게.

꿀처럼 달콤한 음성이 귓가로 흘러 들어왔다. 그 순간 지후의 심장은 두근, 떨림을 내었다. 진심이 가득 담긴 유원의 사랑 고백은 언제고 지후의 맘을 벅차오르게 만들었다. 이 이상 뭘 더 바란다는 자체가 무리였다.

단번에 눈 녹듯 무너져 내리는 지후를 향해 유원이 다시금 사랑해, 하고 말하며 미소 지었다. 하여간 이길 수가 없다니까. 한껏 누그러진 표정으로 지후가 나지막이 되물었다.

"사랑해?"

"응, 사랑해."

"죽을 만큼?"

"죽어서도 사랑할 거야. 서지후만을."

"……뽀뽀."

어디 한번 증명해 보라며 지후가 입술을 내밀었다. 이미 그는 이곳이 매일 근무하는 병원이라는 것도, 주위에서 지켜보는 의료진들이 꽤 많다는 것도 잊은 듯했다. 남들 시선이 존재하는 곳에선 특히 더 조심하고 싶어 하는 유원의 마음까지 잊고서 지후는 막무가내로 뽀뽀를 해 달라 졸랐다.

나중에 집에서 실컷 해 주겠다고 눈짓하는 유원의 얼굴을 지후가 부여잡았다. 그러고는 눈 깜짝할 사이에 빠르게 입술을 훔쳤다.

뒤에서 같이 엘리베이터를 기다리던 이웃 내과 간호사들의 눈이 차마 믿지 못할 광경을 봤다는 듯 동시에 휘둥그레졌다. 미쳤어. 창피해 어쩔 줄 몰라 하는 유원의 어깨에 지후가 팔을 둘러 감싸듯 끌어당기며 당부했다.

"다음부턴 그러지 마."

"알았어."

"이번 한 번만이야. 또 그러면 진짜 화낼 거야."

"알았대도."

"완전 혼내 줄 거야. 울고불고해도 안 봐줄 거고. 알았어?"

약속이라면 철석같이 지키는 스타일이지만, 가끔 지후는 이렇게 지키지 못할 약속으로 으름장을 놓기도 한다. 그게 어쩐지 귀여워 유원은 웃음을 참으며 고개를 끄덕였다. 지후가 유원을 데리고 도착한 엘리베이터에 올랐다.

얼른 따라 탄 간호사들이 신기한 듯 지후와 유원을 힐끔거렸다. 공공연히 떠돌던 소문을 오늘 확실히 눈으로 확인한 그녀들은 도통 이 상황이 믿기지 않는 얼굴이었다. 쏟아지는 시선들에 유원이 눈 둘 곳을 몰랐다. 그들 중 태연한 이는 단연코 지후 하나였다.

시선 처리 하나조차 허투루 하지 않는다고 했다. 제 아내가 아닌 다른 여자와는 사적인 말 한 마디도 섞지 않는 엄격하고 까다로운 서지후는 일명 '무서운 남자'로 통했다. 그를 달래는 방법이란 그의 아내 문유원뿐이라는 말들에도 설마 했었다. 어떻게 그렇게까지 순정적일까 싶어서. 남자란 다 거기서 거기일 텐데. 과장된 소문일 거라 치부했으나 결국 사실이었던 거다.

지후의 눈이 유원에게 붙어 떨어질 줄을 몰랐다. 어느 누구에게도 보여 주지 않았던 온화한 눈빛과 다정한 표정으로 유원을 바라보는 지후가 좋아 죽겠는 듯 연신 입가를 말아 올리는 희귀한 광경을 목격한 간호사들의 볼이 붉어졌다. 저렇게나 대단한 사랑을 받는 유원이 아무래도 부러울 수밖에 없었다. 대체 전생에 무슨 복을 쌓았나 싶기도 한 것이.

그녀들의 애타는 심정을 아는지 모르는지 지후는 병동에 도착한 엘리베이터에서 내리면서도 유원을 품에서 놓지 못했다. 다정

히 손을 잡고 멀어지는 둘의 모습을 보던 간호사들이 대박, 하고
자그맣게 중얼거렸다.

복도 중간쯤 멈춰 선 지후가 다시금 유원의 입술을 짧게 훔치
는 것을 끝으로 엘리베이터 문이 닫혔다. 차마 미워할 수도 없는
저 달달 커플을 어쩌면 좋을까. 시선을 교환한 간호사들의 입에서
누구랄 것 없이 깊은 탄식의 한숨이 흘러나왔다.

에필로그 셋

딸바보 vs 아들바보

"잘했어요, 잘못했어요."

"잔모태쪄요……."

"진짜 잘못했어요?"

"네에, 징짜요……."

고사리 같은 두 손을 맞잡고 싹싹 비는 모양새가 처량했다. 자세가 잘 나오지 않음에도 불구하고 짧은 다리를 접어 바닥에 무릎까지 꿇고 앉은 아가, 유진이 애처롭게 엄마 유원을 올려다보았다.

그 모습이 어찌나 짠한지 그만 피식 웃음이 터져 나왔다. 이번에야말로 조금 더 엄하게 대하려던 계획이 어그러졌지만 도저히 더는 화를 낼 수 없었다. 유원이 손을 뻗어 유진을 품에 안았다. 눈꼬리가 한껏 내려간 처연한 표정의 유진에게 유원이 다정히 속삭였다.

"또 그러면 안 돼요."

"네에."

"약속한 거예요, 엄마랑. 자, 손."

"소온."

새끼손가락을 내밀자 유진이 야무지게 제 새끼손가락을 갖다 고리를 걸었다. 그런 유진에게 유원이 잘했다며 이마에 쪽 뽀뽀를 해 주었다. 살짝 땀이 배어 나온 따끈한 이마를 문질러 닦아 주고 는 바닥에 내려놓았다. 그렁그렁 물기가 들어찬 두 눈이 촉촉하게 젖어 있었다.

첫돌 후 어느 정도 지난 저 때는 자기 잘못을 스스로 인정하는 것조차 억울해한다고 했다. 고집이 한창 자라나는 시기라 자칫 떼 쟁이로 변할 수 있어 각별히 조심하자는 마음으로 유원은 제법 엄하게 유진을 다뤘다. 그럴 수밖에 없는 이유 또한 존재했다. 유 원이 조금 고개를 돌려 옆쪽에 얌전히 누워 있는 아들 유준을 안 아 들었다. 볼에 붉은 생채기가 선명했다.

"우리 유준이 아야 했어요?"

"네에……."

"그랬구나. 많이 아팠어요?"

눈물 맺힌 얼굴을 하고서도 유준은 살살 고개를 저었다. 저로 인해 누이인 유진이 한차례 혼났다는 것을 인지하고 있었다. 자신 의 대답으로 인해 거듭 혼날 수 있다는 것도.

괜찮다고 하는 유준의 볼에 유원이 쪽쪽 입을 맞췄다. 아프지 말라고 호까지 해 주니 유준은 그것으로 이미 다 나았다는 듯 방 긋 웃었다.

순둥이도 이런 순둥이가 있을까. 얼른 약을 발라 주고 기특하다는 뜻으로 엉덩이를 토닥거리고 있는데 문소리가 났다. 울먹이던 유진이 반사적으로 벌떡 몸을 일으켰다.

"아빠!"

"우리 유진이 왜, 울었어?"

"으아앙……."

기다렸단 듯 현관으로 달려 나간 유진이 지후를 보자마자 왈칵 울음을 터뜨렸다. 조금 전까지만 해도 잘못했다며 반성하는 기미를 보이던 딸의 돌변에 난감해진 건 유원이었다.

아니나 다를까 잔뜩 성이 난 얼굴로 지후가 유진을 안아 들고 성큼성큼 다가왔다. 들고 있던 봉지마저 내팽개친 지후가 우는 유진을 다독이며 유원을 향해 야속하다는 눈길을 보냈다.

자초지종을 듣기도 전부터 딸의 편에 서 버린 지후가 유원으로서는 그저 어이없었다. 하여간 저 딸바보. 기막혀 말을 아끼는 유원에게 지후가 딱딱한 말투로 물었다.

"유진이 혼냈어?"

"어."

"왜."

"혼날 짓을 했으니까."

"그러니까 뭘 했는데."

"유준이 얼굴 좀 봐. 상처 보여?"

아주 잠깐 부엌에 다녀온 사이 유준의 한쪽 볼을 손톱으로 그어 놓은 유진이었다. 바짝 깎아 날이 서지 않아 다행히도 상처는 깊지 않았지만, 혹 흉이라도 남을까 걱정스러웠다.

속상해 죽겠다며 한숨을 내쉬는 유원의 말에 지후가 뭐라 더 받아치지는 못하고 뚱한 표정을 지었다. 그럼에도 유진은 아빠인 지후가 제 편을 들어 줄 거란 기대를 버리지 못하고 칭얼댔다. 아빠, 하고 목에 매달려 안기는 유진의 등을 어루만지며 지후가 항변했다.

"그렇다고 왜 애를 혼내."

"동생 얼굴을 그어 놨는데 그럼 잘했다고 칭찬해 줘?"

"좋게 말할 수도 있잖아."

"좋게 말했어. 누가 보면 내가 애 잡은 줄 알겠다."

"유준이가 잘못한 건 아니고?"

"뭐?"

"저 녀석이 먼저 누나 화나게 한 건 아니냐고."

그럴 가능성도 있지 않느냐며 지후가 유준을 향해 의심의 눈초리를 보냈다. 백번 양보해 딸바보인 것까진 좋다 이건데, 언제부턴가 지후는 아들 유준을 은근 경계하고 있었다.

이게 말로만 듣던 남녀 역차별인가. 유준의 상처를 보는 둥 마는 둥 지후는 훌쩍이는 유진을 달래느라 여념이 없었다. 유원이 원망 섞인 눈으로 지후를 올려다보며 말을 이었다.

"유준이가 그럴 애야? 아닌 거 알면서 무슨 그런 소릴 해."

"혹시 또 모르지. 유진이 심기를 건드렸을지."

"당신 정말, 그러다 유진이 버릇 나빠져."

"우리 공주님은 좀 나빠져도 돼."

"자기야."

"어?"

"이번 거는 유진이가 백 퍼센트 잘못한 거야. 모르겠어?"

자꾸 그렇게 오냐오냐하면 안 된다며 유원이 눈을 흘겼다. 그
런 식으로 나오면 진짜 화낼 거라는 말까지 덧붙이자 그제야 지
후는 정신을 차리고 유진을 품에서 떼어 냈다.

마냥 제 입장에 서서 싸워 줄 줄 알았던 아빠가 손을 놓아 버
리자 유진은 사색이 됐다. 도로 안기려 두 손을 뻗어 발을 동동
구르는 유진을 향해 지후가 엄하게 목소리를 냈다.

"서유진."

"힝……."

"대답해. 서유진."

"네에."

"동생한테 사과했어, 안 했어?"

바닥에 한쪽 무릎을 꿇고 앉아 눈높이를 맞춘 지후가 나직이
물었다. 크게 호통치지 않는 나긋한 음성이 되레 더 매섭고 까칠
했다. 기선에 제압당한 유진이 입을 꾹 다물었다.

다시금 했느냐고 묻자 유진이 못내 고개를 저었다. 어서 사과
부터 하라는 아빠를 향해 유진이 불퉁스럽게 입술을 삐죽였다. 지
후가 미간을 살짝 구기고서 유진을 노려보았다.

"빨리 사과해."

"아빠⋯⋯."

"안 할 거야? 안 하면 아빠도 유진이 아빠 안 해. 어쩔래."

"흐아앙⋯⋯."

"뚝. 그쳐."

더 울면 된통 혼내 줄 거라며 지후가 아랫입술을 지그시 베어 물었다. 한번 아니면 아닌 아빠를 모르지 않는 유진이 마지못해 꼬리를 내리고는 유준의 곁으로 다가가 손을 뻗었다.

자그마한 손으로 유준의 볼을 쓰다듬으며 유진이 미안해, 했다. 유준이 누나 유진의 손에 제 손을 갖다 겹치고는 괜찮다는 뜻으로 방긋 웃었다. 유진이 유준을 꼬옥 안아 주었다.

이란성 쌍둥이로 태어난 유진과 유준은 생김새부터 성격까지 판이하게 달랐다. 5분 먼저 태어난 누나 유진은 씩씩하고 활달한 반면, 동생 유준은 온순하고 얌전했다. 잠깐만 눈을 떼도 이것저 것 때려 부수며 사고를 치는 유진에 비해 유준은 확실히 손이 덜 갔다. 종일 혼자 놔둬도 별 탈 없이 잘 놀고 잘 자는 게 바로 아들 유준이었다.

그래서 유원은 솔직히 유준에게 더 맘이 갔다. 누나한테 맞아도 아프다 소리를 않고 꾹 참는 유준이 속이 깊다 생각되면서도 보다 많이 알아주지 못할까 걱정스러웠다.

딸 유진이야 아빠인 지후가 알아서 잘 챙겨 주니 살짝 소홀해지는 경향도 없지 않았다. 그래서인지 요즘 부쩍 투정이 늘어난 유진이, 실은 엄마인 자신에게 시위하는 거라는 짐작도 들었다. 모쪼록 더 신경 써야겠다며 유원이 지그시 유진과 유준의 모습을 눈에 담았다.

"저기 봐."

"응?"

"유진이가 유준이 과자 먹여 준다."

이유식을 만들러 부엌으로 들어간 유원의 곁으로 다가간 지후가 턱 끝으로 한쪽을 가리켰다. 거실 한복판에 나란히 주저앉은 유진과 유준이 오물오물 과자를 먹는 게 보였다.

유아용으로 제작된 유기농 과자였다. 다소 큰 크기의 과자를 작게 조각내어 유준의 입에 조심조심 먹여 주며 유진이 맛있냐고 물었다. 고개를 끄덕이는 유준의 머리를 살살 쓰다듬기도 하는 유진은 언제 울고 떼를 썼냐는 듯 방긋방긋 잘도 웃고 있었다.

유진이 먹고 싶다고 하자 당장 마트로 달려갔던 지후는 정작 아빠한테는 먹어 보란 소리도 안 한다며 작게 툴툴거렸다. 웃음을 참은 유원이 다시금 지후에게 당부를 했다.

"진짜 큰일이야."

"뭐가."

"유진이 말이야. 갈수록 떼가 늘어."

"좀 늘면 안 되나?"

"말이라고 해? 지금 안 잡으면 나중에 엄청나대. 감당이 안 된댔어."

"그건 또 어디서 들었는데. 윤희주 가라사대야?"

"어. 걔네 언니, 딸만 다섯이라잖아."

한번 늘어난 떼가 걷잡을 수 없이 커지는 건 시간문제라고 했다며 유원이 조심하자 일렀다. 응석받이로 키우면 나중 성격에도 영향을 줘 여러모로 문제가 될 수 있었다.

아무리 딸바보라지만 그렇게까지 자식을 방관하고 싶진 않은 지후가 알았다며 고개를 끄덕였다. 그러면서도 눈이 유진에게서 떨어지지 않는 지후를 유원이 야속하게 쳐다봤다.

"딸내미가 그렇게 좋아?"

"좋지, 그럼. 예뻐 죽겠는데."

"어련하시겠어. 딸이 우니까 눈에 보이는 게 없지? 내 앞에서도 감싸고돌고."

"나중엔 혼내 줬잖아. 사과도 시켰고."

"치이."

"그래서. 화났어……?"

지후가 살그머니 뒤에서 유원의 허리를 감싸 안았다. 미안, 하고 나지막이 속삭인 지후가 유원의 귓불을 잘근 물었다 놓았다. 그러고는 가녀린 목덜미에도 쪽쪽 입을 맞췄다.

뭐하는 거냐며 유원이 어깨를 비틀었다. 빠져나가려는 유원을 지후는 단단히 품 안에 감싸 안은 채 좀처럼 놓아주지 않았다. 간지럽게 목덜미 곳곳을 지분거리는 입술이 차츰 질펀하고 끈적해졌다. 유원이 야채를 잘게 썰며 지후에게 경고했다.

"나 지금 칼 들었거든."

"와, 무서워라."

"저리 가. 집중이 안 되잖아."

"뭘 집중씩이나. 대충 해서 먹이고 얼른 재우자."

"재우고 뭐하려고."

"글쎄. 뭘 하려나. 내가. 응……?"

슬금슬금 앞으로 넘어간 손이 앞치마 속으로 들어갔다. 위로 올라가 유원의 한쪽 가슴을 덥석 움켜쥔 지후가 그만하라는 유원의 말을 못 들은 척 주물러 만져 댔다.

애들이 본다는 유원의 말에 지후가 얼른 거실을 살폈다. 여전히 과자 삼매경에 빠진 유진과 유준이 까르르 웃으며 잘 놀고 있었다.

걱정 말라며 유원을 달랜 지후가 가스레인지 쪽으로 이동하는 유원을 밀착 수비했다. 약한 불에서 야채를 볶던 유원이 작게 칭얼댔다.

"간지러워."

"싫어?"

"몰라. 그만해."

"싫다고는 안 하네?"

"이제 그만, 응?"

"여보야."

"어?"

"나 내일 학술회인데. 이따가, 괜찮아……?"

힘껏 가슴을 움켜쥐며 지후가 유원의 목덜미를 빨았다. 쪼옥, 하고 난 소리보다 한층 낮게 내리깔린 중저음이 더 야했다. 유원이 저도 모르게 어깨를 움츠리며 얕게 신음했다.

레지던트 4년 차이자 정형외과 치프로서 지후는 내일 정 교수를 따라 종일 하반기 학술회의에 참석해야 했다. 때문에 내내 떨어져 있을 예정이라는 그의 말에 담긴 속뜻을 유원은 어렵지 않게 알아들었다. 볶은 야채들을 냄비에 넣고 돌아선 유원이 지후를 가만 올려다봤다.

"오늘……?"

"응, 오늘."

"어제도 장난 아니게 했으면서."

"그건 당연한 거고."

"뭐가 이래?"

"어?"

"애 낳고 나면 남들은 시들해진다는데. 말이 안 되잖아."

어쩜 갈수록 더한 것 같다며 유원이 수줍게 볼을 붉혔다. 그게 꼭 싫지만은 않다는 뜻 같아 지후는 후후, 하고 낮게 웃으며 유원의 머리를 쓸어 넘겼다. 알잖아, 늦바람이 무서운 법이라는 거. 덧붙인 지후의 말에 유원이 기막혀 따라 웃고 말았다.

마주한 둘의 까만 눈동자가 보기 좋게 일렁였다. 거듭 괜찮냐는 질문에 유원이 가까스로 고개를 끄덕였다. 다행히도 밤잠 투정은 없는 아이들이라 조용히 하는 것에 어느덧 익숙해져 있었다. 서둘러 요리를 마무리 짓는 유원을 바라보며 지후가 은근하게 미소 지었다.

"아……."

"아파……?"

"응……. 잠깐만……."

충분한 전희가 끝난 후, 지후의 위로 올라간 유원이 아래를 결합시키자마자 고개 돌려 아기침대를 확인했다. 나란히 누워 곤히 잠든 유진과 유준이 쌔근쌔근 고른 숨소리를 내며 잠들어 있었다.

안도의 한숨을 내쉰 유원이 다시금 고개 돌려 지후와 눈을 맞췄다. 어두운 방 안에 흐릿한 조명이 로맨틱한 분위기를 자아냈다.

지후가 유원의 어깨로부터 이불을 끌어 내렸다. 흘러내릴 듯이 매끈한 곡선의 아름다운 여체가 모습을 드러냈다.

"예뻐 죽겠네……."

"놀리지 마……."

"놀리긴. 이렇게 예쁜 마누라 놀릴 데가 어딨다고."

"훗……."

지후가 손을 뻗어 유원의 봉곳한 젖가슴을 움켜쥐었다. 손가락 사이사이로 삐져나오는 우윳빛의 말캉한 살결이 소름 끼치게 부드러웠다. 감촉마저 달았다. 아주. 무척이나.

하아, 하고 작게 탄성을 내지른 지후가 아주 살짝 허리를 튕겨 올렸다. 한순간 강하게 들어오는 지후를 느끼며 유원이 아랫입술을 물었다. 유원이 이내 서서히 허리를 움직였다.

앞뒤로 움직이던 골반을 둥글게 돌리자 지후의 숨이 차츰 거칠어졌다. 미간을 조금 구긴 채로 지후는 유원의 움직임을 고스란히 받아들였다. 조금씩 더 빠르게 움직이며 유원은 간간이 뒤를 돌아보았다. 아이들이 깰까 살피며 열심히 지후의 것을 제 안에 담아 삼켰다.

불끈거리는 지후의 것이 한층 더 크기를 키웠다. 빈틈없이 가득 들어차 찔러 대는 지후가 버겁다 느껴질 즈음 유원은 침대에 반듯이 눕혀졌다. 지후가 유원에게 입을 맞췄다.

"읍⋯⋯."

입술을 포개고 혀를 넣으며 지후는 강하게 허리를 쳐올렸다. 크게 들어와 뭉근하게 박혀 드는 지후의 것을 느끼며 유원이 약한 신음을 토해 냈다.

지후가 점점 밀어 박는 속도를 높여 갔다. 그와 동시에 격렬히 혀를 움직여 유원의 입안을 헤집었다. 달고 뜨거운 타액을 빨아 삼키며 유원의 속살을 점령했다. 위와 아래를 모두.

아찔한 나른함이 엄습했다. 전신으로 퍼지는 훗훗한 기척에 정신마저 몽롱했다. 잔뜩 젖은 유원의 아래가 지후의 것을 야무지게 물었다 놓았다. 지후의 미간이 심하게 구겨졌다.

고개를 비틀어 더욱 깊숙이 혀를 넣고서 유원의 입안을 돌아다녔다. 사뭇 격렬하게 혀를 놀려 빨아 대며 보다 강하게 유원의 안으로 파고들었다. 젖은 속살이 내는 질척이는 소리가 조용한 방 안을 가득 채웠다. 은밀하고도 음험한 그 소리에 유원이 살며시 눈을 떴다.

"애들⋯⋯."

"응⋯⋯?"

"읏, 깨지 않았어⋯⋯?"

내심 걱정이 되어 던진 유원의 질문에 지후가 잠시 입술을 떼고 고개를 돌렸다. 여전히 쌔근쌔근 잘 자고 있는 쌍둥이를 확인한 지후가 걱정 말라며 유원을 달랬다.

말은 이렇게 한대도 사실 다른 걸 신경 쓸 여유란 결코 없었다. 계속해서 격하게 들락거리는 지후를 받아들이며 유원이 아픔을 참으려 고개를 뒤로 젖혔다.

지후가 유원의 한쪽 다리를 올려 제 어깨에 얹고는 한층 더 과감하게 허리를 밀어 박았다. 콱콱 무리하다 싶게 깊숙이 밀고 들어오는 지후를 느끼며 유원이 인상을 찌푸렸다.

"흣⋯⋯."

"나 봐⋯⋯. 유원아⋯⋯."

"하아⋯⋯. 흐⋯⋯."

유원이 질끈 내리감았던 눈을 떠 지후를 바라보았다. 계속 허리를 움직이며 지후는 자신과 눈을 맞추는 유원을 향해 아주 조금 입가를 말아 올렸다. 어쩌면 이렇게 좋아. 어떻게 이렇게까지 좋을 수 있어. 꼭 그렇게 말해 주는 것처럼 그윽하게 미소 지었다.

그게 너무 설레어 유원은 다시 눈을 감지도 못하고 지후를 봤다. 아릿한 통증 이상으로 심장이 떨리고 숨이 차올랐다. 손바닥이고 발바닥이고 모조리 간질거리는 굉장한 희열에 당장이라도 혼절할 듯 맘이 벅찼다. 유원이 두 손을 들어 올려 지후의 목에 둘렀다.

"너무 좋다⋯⋯."

"나도⋯⋯."

"진짜 말이 안 되는 거 같아⋯⋯. 이렇게까지 좋은 건⋯⋯."

"아⋯⋯. 하응⋯⋯."

"하고⋯⋯ 또 해도 돼⋯⋯?"

안 된다고 해도 어떻게든 할 것처럼 지후가 눈을 빛냈다. 졸려도 참으라고, 몇 번이고 더 하고 싶다고 나른히 속삭이는 지후의 말에 유원이 혀를 날름거려 제 아랫입술을 훑었다.

그 모습이 어찌나 야하고 매혹적인지 지후의 것이 순간 불끈, 하고 크기를 키웠다. 안 그래도 가득 들어찬 상태에서 느껴질 정도로 커지니 유원은 도저히 감당이 되질 않았다. 흡, 하고 짧게 신음을 내지른 유원이 허락 대신 지후의 목을 끌어당겼다. 유원의 다리를 내린 지후가 그대로 유원에게 입을 맞췄다.

진하게 키스하며 지후가 사랑해, 하고 읊조렸다. 입안으로 고스란히 흘러 들어온 그의 말이 마냥 감미로웠다. 정도 이상으로 달콤한 것을 먹었을 때 느껴지는 현기증처럼 머리가 살짝 어지러운 것도 같았다. 심장이 너무 세차게 빨리 뛰는 탓일지도 몰랐다.

압박하듯 눌러 들락거리기를 반복하는 지후를 따라 가장 안쪽의 주름들까지도 들썩거렸다. 슬슬 한계에 가깝다 싶을 즈음 지후는 제 것을 빼내고 유원의 몸을 돌려 눕혔다.

허리만 높이 들린 상태에서 지후가 다시금 유원의 안으로 격하게 파고들었다. 퍽, 퍼억⋯⋯. 아까보다도 훨씬 더 깊게 들어와 찌르듯 박히는 지후를 견뎌 내며 유원이 어금니를 악물었다. 질펀하게 젖은 둘의 몸이 사뭇 느슨하게 뒤엉켜 흔들렸다.

"예뻐⋯⋯."

"아……."

"죽겠다……. 좋아서……."

머지않아 뜨겁게 사정한 지후가 유원을 품에 안고 침대에 풀썩 누웠다. 지후에게 뒤에서 안긴 자세로 유원이 가쁜 숨을 골랐다. 지후가 유원의 목덜미에 부드럽게 입을 맞췄다.

말랑한 입술이 스치듯 비벼 문질러졌다. 혀를 내밀어 살짝살짝 핥기도 했다. 어깨 라인을 따라 내려가는 따끈한 그 기척에 유원이 간지럽다며 낮게 웃었다. 유원이 제 허리 부근에서 미적거리는 지후의 손을 찾아 잡았다.

"근데."

"응?"

"유진이가 진짜 그렇게나 좋아?"

조곤조곤 유원이 속삭이듯 말을 꺼냈다. 아이들이 잘 자고 있는지 다시금 살핀 후였다. 이에 당연한 질문이라는 듯 지후가 그럼, 하고 단호하게 답했다.

아빠가 딸 좋아하는 게 뭐 어떻겠느냐마는 본론은 그게 아니었다. 잠시 홀로 생각에 잠겨 있던 유원이 조심조심 몸을 돌렸다. 그 바람에 지후의 것이 유원의 안에서 떨어져 나왔다. 못내 아쉬운 얼굴로 바라보는 지후와 눈을 맞춘 채로 유원이 이내 입을 열었다.

"그럼 유준이는?"

"어?"

"솔직히 말해 봐. 유준이는 유진이보다 덜 좋지? 응?"

혹 잠결에라도 들을까 싶어 유원이 한층 더 목소리 크기를 낮췄다. 거의 들리지 않을 정도로 속삭이는 유원의 질문에 지후가 다소 난감한 표정을 지었다.

너무 대놓고 물어봤나. 그렇긴 하지만 유원이 보기에 지후의 편애는 슬슬 도를 넘어가고 있었다. 혹 속내 깊은 유준이 이걸 눈치채고 아무 말 못 하고서 혼자 끙끙 앓을까 걱정되었다. 현석과의 사이가 좋지 않은 지후이기에 어쩌면 부자간의 관계를 어려워하는 건 아닐지 염려스럽기도 했다. 어디 말 나온 김에 짚고 넘어가자는 유원을 향해 지후가 되레 질문을 던졌다.

"그러는 자기는 누가 더 좋은데?"

"나야 둘 다 좋지. 다 내 배 아파 낳은 내 자식들인데."

"나도 둘 다 좋아. 근데."

"근데?"

"그게. 좀. 그러니까……."

순간 지후가 말을 끊고 미간을 찌푸렸다. 불현듯 떠오른 기억에 기분이 언짢아진 것 같은 그의 표정이 유원은 왠지 의아했다. 궁금증이 오래가지 않도록 지후가 곧 말을 이었다.

"몰라. 내가 이상한 건지."

"응?"

"자꾸 샘이 나네. 저 녀석 챙길 때마다."

"뭐?"

"괜히 거슬리고 그렇다고. 저 녀석, 어쨌거나 남자잖아. 나와 같은."

지후가 불퉁스럽게 입술을 내밀었다. 전해 들은 말들의 요지를 이해하고 난 유원은 그럼에도 좀처럼 웃지를 못했다. 아들을 질투하는 아버지라. 지후가 유원을 향해 눈을 흘겼다.

"내 건데."

"어?"

"다 내 건데. 문유원은. 머리부터 발끝까지 나만 만질 수 있는데."

"자기야."

"저 녀석이 이거 입에 물고 빨던 것만 생각하면 정말, 아오……."

한 손을 들어 올린 지후가 유원의 가슴을 살며시 움켜쥐었다. 약하게 주물럭거리는 지후의 표정에 불만이 가득했다. 이제는 하다하다 모유 수유에마저 샘을 내는 지후였다.

대체 웃어야 할지 울어야 할지 분간이 되질 않아 유원은 멍한 표정으로 지후를 보기만 했다. 영 맘에 안 든다는 말투로 계속 유원의 가슴을 만져 대며 지후가 툴툴거렸다.

"아무도 주기 싫어."

"안 줘, 아무도."

"아들이고 뭐고. 다 싫어. 저 자식 밉다고."

"아무리 그래도 아들한테 저 자식이 뭐야."

"문유원."

"응?"

"유진이가 예뻐 죽겠지만, 문유원에 비하면 아무것도 아니야."

문득 진지해진 지후가 유원의 가슴을 놓았다. 그러고는 유원의 볼을 살그머니 감싸 쥐었다. 엄지로 입술을 살살 쓸어 만지는 지후의 눈동자에 애정의 기운이 가득 담겨 있었다.

그래. 솔직히 유원 역시 딸인 유진을 질투했었던 건지도 모른다. 아들 유준이 순하고 여리다는 이유로 유진보다 편애한 게 아니라, 같은 여자로서 지후에게 예쁨받는 유진을 은연중 샘냈던 건지도. 생각이 그쯤 미치자 피식 웃음이 나왔다. 유원이 입술을 달싹였다.

"정말?"

"당연하지."

"나랑 유진이랑 싸우면 내 편 들 거야?"

"그걸 말이라고 해? 난 무조건 문유원 편이야. 죽을 때까지."

"진짜지? 거짓말 아니지?"

"나는."

"응."

"유진이도 유준이도 다 소중해. 눈에 넣어도 안 아플 우리 문유원이 낳았으니까."

게다가 유진은 유원을 아주 빼다 박았다. 그래서 더 눈이 가고 맘이 가는 거였다. 저절로 유진에게 약해지고 마는 딸바보 아빠에게도 이렇듯 나름의 이유는 존재했다. 지극히 타당하고 또한 논리적인 이유가.

저렇게나 예쁜 아이들을 낳아 줘서 고맙다며 지후가 유원에게 입을 맞췄다. 쪽, 하고 부딪혔다 떨어지는 입술이 아쉬워 유원은 다시 다가가 한 번 더 지후와 입을 맞췄다.

길게 머물렀다 떨어지는 유원을 바라보며 지후가 소리 없이 미소 지었다. 어쨌거나 서로를 닮은, 그래서 더없이 소중한 아이들이라는 생각에는 변함이 없었다. 아들에게 말 안 되는 질투를 한 것도, 딸에게 괜히 샘을 냈던 것도 사실은 서로를 너무 사랑해서 그런 거니까. 쏙 빼닮은 결론에 도달한 지후와 유원이 이마를 맞댄 채로 머쓱한 웃음을 터뜨렸다.

잠시간의 대화를 끝내고 지후는 다시금 유원의 위로 슬금슬금 올라갔다. 말로써 사랑을 확인했으니 이제는 또 몸으로써 재차 확인할 때였다. 아까 말했듯 몇 번이고 더. 오래.

아직도 이렇게나 가득 넘치게 사랑을 해 주는 지후라 유원은 차마 말리지도 못한 채 지후를 받아들였다. 끈적하게 닿아 오는 입술이 그저 달았다. 다시는 놓고 싶지 않은 열락 같은 마음과 무한한 감정들. 깊어지는 밤처럼 둘의 마음도 속절없이 깊어지고 있었다.

"추어……?"

이른 아침. 동생 유준의 뒤척임에 깬 유진이 손등으로 눈을 비비며 몸을 일으켰다. 엄마 아빠의 침대를 가리키며 옹알대는 유준의 말에 유진이 앉은 자세로 고개를 돌렸다.

서로를 꼭 껴안은 채 잠든 지후와 유원의 모습이 보였다. 이불 너머로 살짝 빠져나온 그들의 맨어깨를 보고 유준이 춥겠다고 하는 거였다. 저렇게 놔둬도 되느냐는 질문일까.

고개를 갸웃하며 바라보던 유진이 침대 모서리를 잡고 서려는 유준을 도로 앉혀 눕혔다. 그러고는 유준의 배를 살며시 토닥이기 시작했다.

유준이 눈을 동그랗게 떴다. 유진이 그와 상반되는 태연한 얼굴로 유준을 달랬다.

"자장, 자장."

"자……?"

"어, 코 자. 자자. 자장. 자장."

이미 깨 버린 유준은 다시 코 자라는 누나 유진의 말에 얌전히 눈을 감았다. 잠이 올지 안 올지 모르지만 누나가 자라고 하니 일단은 자 봐야겠다는 생각이 들었다.

다행히도 얼마 안 가 유준이 쌕쌕거리며 잠들었다. 유진은 잠든 유준을 확인하고 슬쩍 엄마 아빠의 침대로 고개를 돌렸다. 너무도 다정히 잠든 그들을 보며 유진이 입술을 모았다.

"엄마. 아빠. 뽀뽀."

앙증맞게 입술을 모아 샐쭉이던 유진이 눈꼬리를 내려 바스스 웃었다. 아직 뭐가 뭔지 모르는 아이치고는 꽤나 의미심장한 미소였다. 왠지 제가 더 설레 하는 것 같달까.

엄마 아빠가 꼭 껴안고 누워 있는 장면이 유진의 작고 까만 눈 안에 마치 영화 속 한 장면처럼 오롯이 담겼다. 아마도 두고두고 잊지 못할 명장면일 것 같았다. 조금 더 보고 싶어 유진은 욕심을 부렸다. 평소와는 다르게 칭얼대지 않고 얌전히. 엄마 아빠가 깨지 않도록.

지후와 유원의 모습을 차례대로 바라보던 유진이 곧 동생 유준의 옆에 누워 눈을 감았다. 조금 더 유준의 배를 토닥거리던 유진의 손이 이윽고 움직임을 멈추었다. 방 안에 다시금 침묵이 찾아들었다.

어느덧 다시 곤히 잠든 유진이 쌔근쌔근 고른 숨소리를 내었다. 유진의 입가에 유원을 꼭 닮은 미소가 어렸다. 그 옆에는 지후를 꼭 닮은 유준이 잠들어 있었다. 너무나 예쁜 가족의 평온한 모습이 한 장의 사진처럼 선명히 그려졌다. 지후가 유원을 더 꼬옥 끌어안았다.

작가 후기

문득 처음 글을 쓰게 된 계기에 대해 생각해 봤습니다. 어쩌면 일종의 돌파구가 필요했던 걸까, 싶었습니다. 마음이 어지러워서, 혹은 심란해서, 어딘가에 기대고 싶고 의지하고 싶다는 생각에 아마 시작을 했던 것 같습니다. 시작해도 되는지 모르고 덜컥 해 버렸달까요.

그 마음, 이미 넘치게 위안받고 있다고 결론을 내렸습니다. 글자 하나 단어 하나 쓰고 만들면서 저는 충분히 행복한 사람이 되고 마니까요. 바람이 있다면 이 마음을 독자님들과 오롯이 나누고 싶다는 것이지만 아직은 욕심이란 걸 압니다. 그러기엔 내공이 부족하다는 것도, 그래서 계속 꾸준히, 더 열심히 노력해야겠다고 새삼 또 다짐도 하게 됩니다.

놀랍게도 벌써 다섯 번째 종이책입니다. 한 권 한 권 낼 때마다 감회가 새롭지만 이번엔 더욱 특별한 기분이 듭니다. 생각이 많아진 때였고, 그만큼 복잡해진 감정 속에서 제법 힘이 들었습니다. 그럼에도 불구하고 오로지 글을 써야겠다는 일념으로 버텼습니다.

지금은 힘들었던 것 이상으로 뿌듯하고 감사한 마음입니다. 역시 글을 쓸 때가 가장 행복하구나, 또 한 번 깨달았습니다. 저로 하여금 이런 마음을 느끼게 해 주신, 연재 때를 비롯해 이 글을 읽어 주신 모든 분들께 그저 고맙고 감사하다는 말씀을 드립니다.

친구에서 연인으로 되는 이야기인 제 책 [센티멘털리즘]의 반대 버전을 써 볼까 하는 생각이 시초였습니다. 이번엔 여주가 아닌 남주의 짝사랑이었고, 쓰는 내내 꽤나 즐거웠습니다. 더불어 연작 아닌 연작을 시도한 글이었어요. 지후와 꼭 빼닮은 사촌 형 우민은 [멜로우 틱]의 남주이기도 하지요. 전자책에서 못다 이룬 그들의 결혼을 여기서나마 시켜 주게 되어 마음이 한결 가벼워졌답니다. 우민과 진, 그 두 사람도 오래도록 행복하게 살겠지요?

찔러도 피 한 방울 안 나올 것 같은 냉혈한이지만 마음만은 한결같은 순정남을 그리고 싶었습니다. 지후는 제 이런 의도를 아주 충실히 담아 주었습니다. 고마울 정도로요. 간혹 너무 애태우는 게 아닐까 싶어 미안하기도 했지만 충분히 보상해 줬으니 괜찮을 듯요.(웃음)

그런 지후의 엄청난 사랑을 받는 유원이는 나중에 지후 못지않게 대단한 사랑을 주게 되지만 초반엔 욕도 꽤 먹었더랍니다. 그렇게 사람 보는 눈이 없어서 어디다 쓰겠냐고요. 자신의 마음을 조금 늦게 깨달았던 것뿐이니, 게다가 지금은 지후밖에 모르는 순

정녀가 되었으니 너무 미워하시진 않았으면 좋겠습니다. 우리 유원이, 언니가 많이 아낀다.(찡긋)

알아주는 바람둥이에서 나름 개과천선(?)한 남조 승하의 이야기도 한번 써 보고 싶습니다. 지후와 유원의 이란성쌍둥이 아이들인 유진과 유준의 이야기에도 욕심이 나네요. 언젠간 꼭 도전해 보리라는 말씀을 드리며, 그때도 부디 함께해 주시길 진심으로 바랍니다.

존재 자체만으로도 힘이 되는 가족에게 감사의 말을 전합니다. 염려와 기대를 갖고 곁에서 지켜봐 주는 지인분들 고맙습니다. 무사히 책으로 나올 수 있도록 애써 주신 뿔미디어 관계자분들과 담당자 정시연 팀장님, 이번에도 너무나 재밌고 즐거운 작업이었습니다. 앞으로도 쭉 잘 부탁드린다는 말씀 거듭 드릴게요.

저는 이제 또 다른 글 작업에 들어갑니다. 뭔가를 시작할 때의 마음은 늘 두근두근 설렙니다. 이 마음 그대로 잊지 않고 계속해서 나아가겠습니다. 저의 자리에서, 저만의 감성으로 이렇듯 꾸준히 나아가겠습니다. 그 길에 함께해 주신다면 얼마나 좋을까, 싶습니다.

읽어 주신 모든 분들께 다시 한 번 감사드리며…… 애정하는 거 아시죠? 그럼, 또 뵐게요.

―늘 함께하고픈
리밀 드림

www.bbulmedia.com

www.bbulmedia.com